London's Perfect Scoundrel
by Suzanne Enoch

天使の罠にご用心

スーザン・イーノック
高村ゆり［訳］

ライムブックス

天使の罠にご用心

主要登場人物

エヴリン（エヴィ）・マリー・ラディック……イングランドの侯爵の姪
セイント・オーバン（マイケル・エドワード・ハールボロー）……イングランドの侯爵
ヴィクター・ラディック……エヴリンの兄
ジェネヴィーヴ・ラディック……エヴリンの母
ルシンダ・バレット……エヴリンの親友
ジョージアナ・ハレー……エヴリンの親友
デア子爵トリスタン・キャロウェイ……ジョージアナの夫
クラレンス・アルヴィントン……エヴリンの求愛者
ファティマ・グラッドストーン……子爵夫人。セイントの元愛人

プロローグ

「世の男性たちは、女性にだって意思があることを知るべきよ」エヴリン・ラディックは、かちゃんという派手な音をたててティーカップをテーブルに置いた。その音で、彼女はすっかり会話に没頭していたことに気づいた。親友たちと男性のマナーの悪さについて意見を交わしていたのだ。彼らがいかに手に負えないかはわかっていたが、その事実は容認しがたい。ルシンダ・バレットとジョージアナ・ハレーの機知に富んだ批判は、いつもながら的を射ている。エヴリンも彼女たち同様、世の男性の身勝手な態度にはほとほと愛想が尽きていた。男性と礼儀作法。それはほとんど相容《あいい》れないものに思えるが、傲慢《ごうまん》で自分のことしか頭にない彼らを、だれかがなんとかしなければ。

ルシンダが腰を上げ、部屋の隅の机に向かった。「男性が守るべきルールをリストにしましょうよ」ひきだしの中から紙を取り出し、エヴリンとジョージアナに手渡す。「わたしたち三人なら大きな影響力を発揮できるわ。紳士面した男性たちを教育し直すのよ」

「ほかの女性たちのためにもなるわね」ジョージアナが真剣な面持ちで言った。それまでの苛立《いらだ》たしげな表情はすっかり消えている。

「でもリストを作ったからといって、なにも変わらないんじゃないかしら？」エヴリンには
リストを作る目的が今ひとつわからなかったが、とりあえずルシンダから鉛筆を受けとった。
「そんなことないわ。リストをもとに行動を起こせばいいのよ」ジョージアナが反論した。
「それぞれひとりずつ男性を選んで、女性に対する振る舞い方をレッスンするというのはど
うかしら？」
「それはいい考えね」ルシンダはテーブルを叩《たた》いた。
エヴリンはルシンダとジョージアナの顔を交互に見た。兄に知れたら、くだらないことに
時間を費やすなと叱《しか》られるところだが、その心配はない。インドに滞在中の兄がこのまま帰
ってこなければ、教育をし直さなければならない相手がひとり減るのだけれど。そう気づく
とエヴリンは思わず口もとをほころばせ、ルシンダから受けとった白紙の紙を引き寄せた。
人から見ればたしかにつまらないことではあったが、エヴリンは有意義なことをしているよ
うな充実感を味わっていた。
ジョージアナが鉛筆を手にしながら、愉快そうに笑った。「このリストは出版すべきね。
『三人の有名なレディーによる恋のレッスン』というタイトルで」
エヴリンのリスト
一　女性が話しているときは口をはさまない。あたかも自分の意見のほうが重要視されるべ
きといった態度は慎むこと。

二　女性に意見を求めるなら、嘲笑《ちょうしょう》の種にするのではなく、素直に聞き入れること。
三　女性のためにドアを開けることだけが紳士のたしなみではなく、女性が求めていることを自分の要求と同様に最優先してこそ、紳士の名にふさわしい振る舞いができると認識すべき。
四　女性がなにかの役割を見いだして目的意識を持つことを〝道楽〟と決めつけない。

エヴリンは椅子の背にもたれ、書きあげたリストを手に取って息をついた。さあ、これでいいわ。あとは犠牲者を――いいえ、生徒を見つけるだけ。彼女はにっこり笑った。「楽しみだわ」

1

一年後

「こんなことくらいで大騒ぎしないでほしいわ」エヴリン・ラディックはそう言って、兄から逃げるようにあとずさりした。「ルシンダ・バレットとわたしは子供のころからの親友なのよ」

ヴィクターはエヴリンに詰め寄り、不愉快そうな口調でまくしたてた。「女同士のおしゃべりなら、ほかの場所でやってくれ。彼女の父親には議会の投票権さえないんだからな。今夜はレディー・グラッドストーンに話しかけてもらわなくてはならないんだ」

「レディー・グラッドストーンは苦手なの」エヴリンは不満げにつぶやいた。ふたたび身をかわそうとする彼女の腕を、ヴィクターがしっかりとつかんだ。エヴリンは思わず声をあげそうになった。「あの人、ウイスキーばかり飲んでいるんですもの」

「彼女の夫はウェストサセックス州の有力者だ。下院議員の椅子にありつけるなら、酔っ払いの相手くらい安いものだよ」

「お兄様は自分で相手をするわけではないから、平気でそんなことが言えるのよ。今夜はダンスをして、友達とおしゃべりをするつもりだったのに――」

「今夜はわたしがおまえをここに連れてきたんだ。選挙活動にはひと役買ってもらわなければならない」ヴィクターは眉をひそめて言った。

反論しても無駄なのはわかっている。エヴリンに勝ち目がないことを思い知らされるだけなのだから。

「ああ、いやだわ。インドに行ったまま帰ってこなければよかったのに」

「わたしもそうしたかったさ。さあ、プリンプトンの取り巻き連中に先を越される前に、彼女と話をしてきてくれ」

儀礼的な愛想笑いを浮かべ、エヴリンは混雑したダンスフロアの脇《わき》でレディー・グラッドストーンを探した。票集めのために兄が新たにターゲットにしている女性だ。実を言うと、レディー・グラッドストーンの酒癖など、たいした問題ではなかった。夫より三〇歳も若い子爵夫人はウイスキーに溺《おぼ》れる以上に、よからぬことにうつつを抜かしているらしい。彼女の火遊びの相手が今夜の夜会に来ているという噂《うわさ》が、エヴリンの耳にも伝わってきていた。

狭いアルコーヴにしつらえた楽団席の片側に椅子が並んでいる。首を横に傾けて、ゆったりと座るレディー・グラッドストーンの姿が見えた。肉感的な体の線を誇示するかのように、エメラルドグリーンのシルクが上体を締めつけている。保守的なレディー・ダルメアの屋敷で、その姿は下品でみだらに見えたが、かたわらで彼女に身を寄せる男性の態度はさらに不快感の増すものだった。子爵夫人の金色に光る巻き毛に、彼は黒い髪が触れるほど顔を近づけている。

エヴリンはなにも見なかったふりをして立ち去りたい衝動に駆られたが、そんなことをすればまたヴィクターの逆鱗《げきりん》に触れるだけだ。しばらくその場に立っているほかなかったが、のぞき見をしているような気分に耐えられなくなって咳払《せきばら》いをした。「レディー・グラッドストーン？」

子爵夫人が黒い大きな目を上げてエヴリンを見た。「セイント、どなたかがわたしにご用があるらしいわ」くすくすと忍び笑いをもらす。

レディー・グラッドストーンに寄り添っていた男性が上体を起こし、グリーンの目を見開いてエヴリンの全身を眺めまわした。引きしまった浅黒い顔は精悍《せいかん》で、非の打ちどころがないほど端整だ。エヴリンは顔が赤らむのをどうすることもできなかった。

世間体を気にする若い娘たちはけっして、このとてつもなくハンサムで長身のセイント・オーバン侯爵には近づかないことにしている。選挙活動さえなければ、兄はエヴリンがレディー・グラッドストーンのそばに寄ることさえ許さなかっただろう。

「セイント・オーバン卿《きょう》」エヴリンは冷静さを取り戻し、彼に向かって軽く膝を曲げ、お辞儀をした。「こんばんは」

セイント・オーバンはエヴリンに視線を据えたまま、冷酷そうな口もとに皮肉めいた笑みを浮かべた。「まだ宵の口だ。こんばんは、と挨拶《あいさつ》するには早すぎる」それだけ言うと、彼は背を向けて娯楽室のほうへと歩み去った。

エヴリンは思わず息をつき、小さくつぶやいた。「失礼な方ね」

レディー・グラッドストーンが頬を赤らめ、なにか思い出したようにふたたび忍び笑いをもらした。「あなたがどなたか知らないけれど、言っておくわ。セイントはお行儀よく振る舞う必要などないのよ。だって彼はとっても……とっても悪《ワル》なんですもの」

さっぱり意味がわからないわ。エヴリンはもう一度膝を曲げてお辞儀をした。「子爵夫人、わざわざ声をかけたのではないのよ。でも、行儀の悪さについて話し合うために、わたしはエヴリン・ラディックと申します。ブラムハースト家のクリスマスパーティーでご一緒させていただきました。ロンドンでまたお会いしましょうと言ってくださったので」

「あら、そうだったかしら。わたくし、だれにでもそう言いますのよ。それで、わたくしになにかご用、ミス……ラディック？」

エヴリンのもっとも苦手な場面がこれだった。ここでお世辞のひとつも言わなければならないのに、嘘《うそ》が下手なのだ。「こんなにすばらしいドレスは見たことがありませんわ。まず、そのことをお伝えしたかったんですの」

その言葉に、子爵夫人は体の線をひけらかすように胸をそらすと、ふくよかな唇に笑みを浮かべた。「まあ、嬉《うれ》しい。仕立屋を紹介してもよくてよ。あなたはわたしと同年代でしょうから……といっても、胸の大きさはかなり違うようだけど……」

言われなくてもわかってるわ。エヴリンは思わず眉をひそめそうになったが、すばやく作り笑いを浮かべた。「それはご親切に。ありがとうございます」虫唾《むしず》が走るのをこらえて子爵夫人のかたわらに歩み寄り、隣の椅子に腰を下ろす。「実は相談がございます。グラッドストーン卿の政界での功績を支えているのは奥様の陰なるお力だとお聞きしました。わたしも兄のヴィクターのために力になりたいのですが、どうすればいいのかわかりません」彼女はいわくありげな声でささやいた。

それまで冷ややかだったレディー・グラッドストーンが、取り澄ましたようにほほえんだ。「まず有力な人物とのつながりが必要ですのよ――」

「やつはどこだ？」丸い赤ら顔のグラッドストーン子爵がいきなり割り込んできたかと思うと、夫人の目の前に立ちはだかった。魚みたいに飛び出た目を、いっそう大きく見開いている。「あのろくでなしはどこに行った？」

子爵夫人は背筋を伸ばし、あどけない表情を装った。「どうかなさったの、あなた？　わたくし、ミス・ラディックとおしゃべりしておりましたのよ。どなたかをお探しでしたら、お手伝いしますわ」

子爵が血走った目をエヴリンに向けた。最悪だわ。悪名高いセイント・オーバン侯爵と子爵夫人とのスキャンダルの片棒を担がされるわけね。それというのもすべてヴィクターのせいなのに、この話を知ったら兄は怒り狂うに違いない。

「とぼけるな、ファティマ。おい、お嬢さん、あのろくでなしがここにいただろう？」

「エヴリン！　ここだったのね」ジョージアナが息を切らして駆け込んできた。いつもながら絶妙のタイミングだ。エヴリンの手をつかんでまくしたてる。「デアったら、わたしの言うことを本気にしないのよ。一緒に来て、彼と話してほしいの」

エヴリンはやむなく子爵夫妻に軽い会釈をしただけで、ジョージアナに引きずられるようにその場を離れ、ダンスフロアの反対側へと向かった。「助かったわ。困っていたのよ」彼女は大げさに叫んだ。

「いったいどうして、あなたがレディー・グラッドストーンなんかと一緒にいたの？」ジョージアナがようやくエヴリンの手を放した。

エヴリンはため息まじりに答えた。「兄に訊《き》いて」

「ああ、そういえば、ヴィクターがプリンプトンと議席を争っているという噂を聞いたわ」

「そうなのよ。困ったものだわ。兄は五年間海外で過ごしていたのに、帰国するなり、頭の中は選挙活動のことでいっぱいよ。わたしは有力な人物のところに送り込まれて、ご機嫌取りをさせられるの」

ジョージアナが考え込むような表情で言った。「兄弟を対象にするなんて考えもしなかったけれど、ヴィクターを例のレッスンの生徒にするのもいいかもしれないわね」

「冗談はよして」エヴリンは肩をすくめた。「ルシンダがだれを選ぶのかを見てから決めるわ。それにあなたは結局デアと結婚したけれど、わたしだったら兄を殺したくなるわよ」

「わかったわ。あなたのレッスンの生徒は、きっとそのうち目の前に現れるわよ」

「それはどうかしら。わたしが兄のために愛敬《あいきよう》を振りまいているあいだは無理ね。社交辞令とお世辞ばかり言わされるのはもうたくさん。うんざりだわ」

ジョージアナは笑いながらエヴリンの手をもう一度つかんだ。「さあ、機嫌を直して。デアと踊ってらっしゃいよ。彼のことも気に入らなかったら、蹴《け》っ飛ばしてやるといいわ」

「あら、わたしはデアが好きよ」エヴリンも笑顔で応じた。気の置けない友人の存在がありがたかった。「デアは正直に言うべきことを言う人だもの」

ジョージアナは幸せそうにほほえんだ。「ええ、そのとおりよ」

2

「兄を見かけなかった、ラングレー？」エヴリンは執事からショールを受けとると、声をひそめて尋ねた。

「はい、居間で新聞を読んでおられます。あと五分ほどは居間から出ていらっしゃいませんよ」年配の執事がしわがれ声で答えた。

「わかったわ。それじゃあ、おば様の家に行ってきます」

執事は玄関のドアを開け、エヴリンがラディック家の馬車に乗り込むのを手伝った。「いってらっしゃいませ、お嬢様」

執事の姿が家の中に消え、玄関のドアが閉まった。馬車が走り出すと、エヴリンはようやくほっとため息をついた。やれやれ。兄と顔を合わせずにすんだのは幸運だった。昨夜のことで、兄にはあのあとさんざん小言を言われたのだ。グラッドストーン子爵夫妻と親しくなれるチャンスを逃したと、彼は憤慨している。もう一度子爵夫妻に会いに行かされてはたまらない。しかもおばの家での言動まで指図されるくらいなら、いっそのことロンドンから逃げ出してサーカスにでも入団するほうがましかもしれない。

馬車はチェスターフィールド・ヒルの坂道を駆けおり、北東に曲がって、メイフェアの外れへと向かった。おば夫妻の家はヒュートン侯爵家が代々所有する地所の一角にある古い館《やかた》で、ロンドンのしゃれた繁華街の中心に取り残されたように立っている。とはいえ、そのたたずまいは壮観で、おばは高級ブティックやオフィスが立ち並ぶ周囲の町並みを無視しながら暮らしていた。

一五分後、馬車が近道のグレート・ティッチフィールド通りに差しかかると、エヴリンは馬車の窓から身を乗り出した。灰色の大きな建物が通りの左側にぼんやりと現れた。かつてはジョージ二世の軍隊の兵舎として使われ、今は〈希望の家〉という名の孤児院になっている建物だ。

エヴリンのような上流階級の令嬢なら馬車のカーテンを閉ざし、その存在すら気づかないふりをするところだが、彼女にはその建物が目障りなだけのものとは思えなくなっていた。どこから見ても陰鬱《いんうつ》な気配の漂う寒々とした建物の窓から、子供たちが通りを見おろしている姿を見たことがあったのだ。子供たちはまっすぐにエヴリンを見つめていた。

一週間ほど前、バッグにキャンディを詰め込んだエヴリンは、孤児院の前で御者のフィリップに馬を止めさせると、勇気を奮い起こして重々しい木の扉を叩いた。子供たちはエヴリンの訪問を、というよりも彼女が持っていったキャンディを大歓迎した。そしてこの日のできごとは彼女自身にとっても貴重な、忘れがたい体験となった。

エヴリンはその直後に二度目の訪問をしていた。そのとき、ボランティアとして孤児院の手伝いをしたいと申し出たが、戸口で家政婦の女性は怪訝《けげん》そうな目をエヴリンに向け、ボランティアをしたいなら孤児院の理事会で承認を得る必要があると告げた。

エヴリンは馬車の窓から顔を出して御者に声をかけた。「フィリップ、ここで止めて」

馬車が通りの片側に寄り、がらがらと音をたてて停止した。今日、この時間に理事会が開かれているはずだった。フィリップが馬車の扉を開けると、エヴリンは立ちあがった。

「ここで待っていて」肩越しに御者に言い残し、往来の激しい通りの反対側に立つ陰気な建物に向かう。ようやくなにか意義のあることを見つけた気がしていた。

重い扉が開き、家政婦が驚いた表情で尋ねた。「ご用件は？」

「今朝、理事会が開かれるとお聞きしたので」

「ええ、そうですが――」

「理事の方たちにお話があるんです」

家政婦はまたしても怪訝そうな目でこちらを凝視している。エヴリンは兄がよくやるように、有無を言わせぬ居丈高な態度を装い、眉をつりあげてみせた。家政婦はとまどった様子でため息をついたが、先に立って歩き始め、曲がりくねった階段へとエヴリンを案内した。

家政婦のあとに続きながら、エヴリンの胸の中で不安と期待が錯綜《さくそう》した。人前で話すのはけっして得意ではなかった。いつもしどろもどろになって、惨めな醜態をさらしてしまう。その一方でエヴリンは、ヴィクターの言いなりになって夜ごと夜会に出席させられ、着飾って愛敬を振りまく無為な日々に嫌悪感を覚えてもいた。兄がその役目にふさわしい相手を見つけて結婚でもしない限り、彼女の生活は変わりそうもない。自分自身のために、そして巨大な灰色の建物に捨てられた子供たちのために、エヴリンはなにか意味のあることをしたかった。

「ここで待っていてください」

家政婦はもう一度うしろを振り返った。エヴリンの気が変わり、逃げ出すのではないかとでも言いたげな目つきだ。重々しいオーク材のドアをノックすると、男性のくぐもった声が聞こえ、家政婦はドアを開けて部屋の中へと姿を消した。

廊下の先の柱時計が刻々と時を刻んでいる。今朝はおばの家で〝ウェストサセックス州婦人政治集会〟という仰々しい名前のティーパーティーが開かれているはずだった。女たちが政治スローガンをハンカチに刺繍《ししゅう》しながら、その場にいないメンバーの噂話に興じるだけの集まりだ。エヴリンが来ていないという報告が、もうじき兄のもとに届けられるだろう。

ドアが開き、家政婦がふたたび姿を現した。「こちらにお入りください」

エヴリンは体の前で両手を組み、手の震えを抑えて家政婦の横を通り抜けると、広々とした応接間の入口に立った。軍隊の兵舎だったころは司令官の住居として使われていた部屋なのだろう。メイフェアでは瀟洒《しょうしゃ》な住居を目にする機会がいくらでもあるが、飾り気のない廊下と薄暗い建物の雰囲気からは想像もつかないほどの華やかさに、エヴリンは目をみはった。

煙の充満する応接間に座っていた五、六人の男性たちが、いっせいに立ちあがった。高級葉巻のにおいが鼻をかすめる。胸に押し寄せていた不安がたちまち引いていくのがわかった。

ありがたいことに、男性たちはいずれも顔見知りだ。

「おはようございます、ミス・ラディック。こんなところにいったいなんのご用です？」エドワード・ウィルスリー卿が意外そうな表情で太い眉をつりあげた。

目の前にいる男性たちより自分の階級が上なのはわかっていたが、エヴリンは膝を曲げてお辞儀をした。形式にとらわれず、礼儀と社交辞令を用いたほうが、いつも好ましい結果を得られる。「今日は孤児院に用があってまいりました。今週の初めにこちらへお邪魔したときに、孤児院のお手伝いをするためには理事会の承認が必要だとお聞きしました。こちらのみなさんが理事の方たちですか？」彼女はにっこりとほほえんだ。

「ああ、そのとおりだ」

タリランド卿が尊大な表情でエヴリンに笑いかけた。彼女は自分が男性たちから純真無垢《むく》、つまりは人畜無害と思われていることに気づいていた。ことに男性たちの固定観念では、美しくあどけない女性は同時に愚かで無能ということになる。以前はそう思われることを気にも留めなかったが、今はそんな男性たちが愚かしく思えた。

「では、みなさんの承認をいただきたいのですが」エヴリンはティモシー・ラトリッジを見つめ、長いまつげを伏せてみせた。このなかで独身男性は彼ひとりだ。この際、無知で無能と思われていることを最大限に利用するしかない。男たちはときとして実に単純なのだから。

「あなたのような方が本当にこんな場所に出入りするつもりですか、ミス・ラディック？ここの孤児たちはあなたの手には負えませんよ」

「でしたらなおさら、子供たちには手助けが必要です。金銭的にも多少は余裕がありますから、みなさんの承認さえいただければ、すぐにも——」

「パーティーでも開くというのか？」エヴリンの背後で低い声が聞こえた。

思わずうしろを振り返ると、セイント・オーバン侯爵が戸口の壁にもたれて、エヴリンに目を据えていた。片手に小型の酒瓶《フラスク》を、もう一方の手に手袋を持っている。グリーンの冷ややかなまなざしに気づき、彼女は口にしかけた反撃の言葉をのみ込んだ。友人同士のあいだでは皮肉を言い合うことに慣れっこになっていたから、侯爵の皮肉は驚くには当たらない。だが、彼の引きしまった端整な顔と涼しげな目もと、鋭い顎の線、そして心を奪われそうな笑みをたたえた唇、そのすべてに浮かんだあざけりの表情にエヴリンはたじろいだ。

同時に彼女は侯爵のいわくありげな視線に気づき、息をのんだ。「おはようございます、セイント・オーバン卿」エヴリンは気を取り直して口を開いたが、すっかり動揺していた。彼みたいな人が、ここでいったいなにをしているのかしら？　しかもこんな時間に。

「あるいは孤児たちにコンサートでも開かせるつもりかな？」侯爵はエヴリンの挨拶など、耳に入らなかったかのように続けた。

ほかのメンバーたちの忍び笑いが聞こえ、エヴリンは頬が熱くなるのを感じた。「そうではなくて——」

「それとも仮面舞踏会か？」セイント・オーバンは壁から離れ、エヴリンに歩み寄った。「そんなに退屈なら、きみが夢中になれるような楽しいことを提供してやってもいいぞ」

セイント・オーバンがなにを提供するつもりなのかは、その口調からすぐに察しがついた。タリランド卿がたしなめるように咳払いをした。「言葉がすぎますぞ、セイント・オーバン卿。ミス・ラディックは孤児院に寄付までしてくれるつもりで――」

「寄付？」侯爵はエヴリンに視線を据えたまま言った。「どうりで、あなた方がありがたがっているわけだ」

「いいですか、セイント・オーバン――」

「それで、きみはここでなにをするつもりなんだ、ミス・ラディック？」侯爵は獲物を追いつめた豹《ひょう》のように、エヴリンのまわりをゆっくりと歩いた。

「なにをって……まだ――」

「わからないわけか。なにか思惑があってここに来たのか、それともただの気まぐれで孤児院見学でもしようと思ったのか、どちらだ？」

「ここには先週、一度まいりました」エヴリンは震える声で答えた。いつもは怒りで声が震えるのだが、今は恐怖のせいだ。「孤児院のお手伝いをするには理事会の承認が必要だとうかがったんです。ですから、理事の方たちと話し合いを続けさせていただきたいのですが」

セイント・オーバンの口もとに一瞬笑みが浮かび、すぐに消えた。「理事長はわたしだ。どうやらきみには具体的な計画も、ここでなにをしたいという意志もないようだな。それならさっさと家に帰って、ほかの暇つぶしを探したまえ」

「セイント・オーバン卿、もういいかげんになさったらどうです」ラトリッジが口をはさんだ。

　こんな言葉を言われたことは一度もなかった。ヴィクターがいばりくさって小言を言うときでさえ、これほど侮蔑《ぶべつ》的ではない。だが、ここでひと言でも言葉を返したら見境がなくなり、淑女としての品格を失いかねない。エヴリンは無言のまま応接間をあとにし、階段の踊り場まで来ると、ふと立ち止まった。

　セイント・オーバンはだれもが知る札つきのろくでなしだ。妻を寝取られた夫から決闘を挑まれたことが何度もあるという噂は、たぶん本当なのだろう。夫たちは、今ではただ泣き寝入りをするだけだという。セイント・オーバンには太刀打ちできないからだ。こと女性に関しては……。

「こんにちは」

　エヴリンは雑念を追い払うように首を振り、ここを訪れた目的を思い出した。セイント・オーバンになんと言われようと、その目的は少なくとも彼女にとって意味がある。充実感を味わうことのない生活に甘んじていたエヴリンにとって、その思いはなおさらだった。

　エヴリンははっと我に返り、踊り場から階下を見おろした。少女が三人、細長い窓のところに立っている。三人とも一二歳くらいだろう。薄汚れたぼろぼろの人形がふたつ、窓枠に置いてあるのが目に入った。少女たちはその人形で遊んでいたようだ。

「こんにちは」エヴリンはにこやかにほほえんだ。

「先週、キャンディを持ってきてくれたのはあなた？」痩《や》せこけた背の高い赤毛の少女が尋ねた。

「ええ、そうよ」

「またキャンディを持ってきてくれたの？」

エヴリンは舌打ちしそうになるのをこらえた。今日は理事たちと話をして、そのあとはおばの家に行くつもりだったから、子供たちに会えるとは思っていなかったのだ。「ごめんなさい。今日は持ってきてないの」

「そう。じゃあ、いいわ」少女たちはエヴリンの存在を忘れたかのように、ふたたび人形で遊び始めた。

キャンディを持ってこなければ子供たちに受け入れてもらえないなら、ここに来る意味はない。エヴリンは親しげな笑みを絶やさないようにしながら少女たちに近寄った。警戒心を抱かせることだけは避けたい。「おやつのなかで一番好きなものはキャンディなの？」

赤毛の少女がふたたび振り向いた。「わたしはアップルシナモン味のブレッドプディングが好き」

「プディングはわたしも大好きよ。あなたはなにが好き？」

三人のなかで一番年下らしい少女が顔をしかめた。「食べ物のことなんか考えたくもないよ。あなたはコックさんなの？」

「いいえ。わたしの名前はエヴィよ。あなたたちに会いに来たの」

少女たちは興味のなさそうな表情でエヴリンを見つめている。

「あなたたちのお名前は？」

「わたしはモリー」赤毛の少女が答え、隣の少女を肘で指した。「この子はペニーで、そっちの子はローズ。ねえ、プディングを持ってきてくれる？」

「たぶん持ってこられると思うわ」

「いつ？」

「明日のランチタイムはどうかしら？」

ローズが笑いながら言った。「明日、また来るの？」

「あなたたちさえよければ」

モリーがローズの手を取り、うしろに下がらせた。「ブレッドプディングを持ってきてくれるなら、いつでも来ていいわ」

「いつ来てもいいのね」

「いや、それは困る」

どこからかセイント・オーバンの声が聞こえ、エヴリンは息を止めて階段を振り返った。背後で少女たちが足音をたてて廊下を走り去り、まもなくドアの閉まる音がした。

「子供たちはあなたを怖がっているんですね？」エヴリンは顔を上げて侯爵の目を見つめた。

「わたしが知る限り、そうらしい。さっさと帰れと言ったはずだ」

「まだここに用があったんです」

侯爵は首をかしげ、意外そうなまなざしをエヴリンに向けた。面と向かって彼と対峙《たいじ》しようとする者などめったにいないのだろう。彼女も先ほどあんなひどいことを言われていなければ、そんな勇気はわいてこなかったに違いない。レディー・グラッドストーンの言葉どおり、彼の評判は最悪なのだ。

「もう用はすんだのだろう？」セイント・オーバンは有無を言わさぬ態度で、階段を指し示した。自尊心を損なわれないためにも、彼にはこれ以上かかわらないほうがよさそうだと思い、エヴリンは階段を下り始めた。

「わたしが孤児院のお手伝いをするのが、なぜそれほど気に入らないんですか？」背後に近づく侯爵の足音を聞きながら、エヴリンは肩越しに言った。「なんの経費もかからないはずでしょう」

「きみがプディングやキャンディを子供たちに与えることに飽きるまでは、経費はかからないだろう。もっとも、そのうち子供たちの虫歯の治療費を払わなければならなくなる」

「おやつを持ってくると約束したのは、子供たちの警戒心を解くためです。彼らは大人を信用していないのではないかと思うので」

「きみの慈愛には涙が出るほど感動するね」

エヴリンは階段の途中で足を止めて振り向いた。セイント・オーバンが危うく彼女にぶつかりそうになる。彼女は正面に立ちはだかった侯爵の不遜《ふそん》なまなざしを見据えた。「あなたには人間らしい心がないのかと思っていましたわ、セイント・オーバン卿」

彼はうなずいた。「そのとおりさ。皮肉を言ったまでだ。さあ、帰ってくれ、ミス・ラディック」

「わたしは子供たちの役に立ちたいんです」

「きみはなにもわかっていないようだ。あのガキどもも孤児院も、きみの力など必要としていない」

「そんなひどい言い方は――」

セイント・オーバンが階段を一段下りると、彼のウエストがエヴリンの視界をさえぎった。

侯爵は声のトーンを落として続けた。「それに、きみが役に立てる場所はほかにあると思うがね」

エヴリンは顔が火照るのを感じたが、毅然《きぜん》とした態度を装った。「それはどこですの?」

「わたしのベッドさ、ミス・ラディック」

エヴリンは呆気《あっけ》に取られてセイント・オーバンを見つめた。これまで愛をささやかれてベッドに誘われたことは何度かあったが、こんな男性にお目にかかったことはなかった。あえてショッキングなことを言い、彼女が逃げ出すのを待っているのかもしれない。そうとしか考えられない。エヴリンはどうにか呼吸を整え、咳払いをして口を開いた。「あなたはファーストネームさえ知らない相手をベッドに誘うんですか?」

「きみの名前ならもちろん知っているが、だからどうだというんだね、エヴリン・マリー?」

絡みつくように名前を呼ばれ、低い声の響きがやさしい愛撫《あいぶ》のようにエヴリンの全身をくすぐった。さすがは名うての女たらしだわ。

「わたしの名前をご存じとは意外ですわ」エヴリンは動揺を隠して言った。「ともかく、ここでの活動の計画案は準備しますが、それ以上の要求に応じるつもりはありません」

セイント・オーバンがほほえんだ。心を奪われるほど魅力的な笑みだったが、冷たくあざ笑うようなまなざしにはなんの変化も見られなかった。「それはどうかな。さあ、刺繍の会にでも行ったらどうだ？」

エヴリンは彼に向かって舌を出して罵倒《ばとう》したい衝動に駆られた。だが、からかわれるのが落ちだろう。それにひとけのない薄暗い階段で、悪名高い侯爵とこれ以上向き合っていて、どうなるというのか。「ごきげんよう、セイント・オーバン卿」

「それじゃあ」

セイントはエヴリンが正面玄関から出ていくのを見届けると、コートと帽子を取りに二階へ上がった。退屈しのぎに〈希望の家〉を訪れては、親切ぶってきれいごとを並べたてるおせっかいな女たち。エヴリン・マリー・ラディックもそのひとりにすぎないのだろうが、なにかが違うような気もする。議員の座を狙《ねら》う彼女の兄は、妹がこんな場所に来ているとは想像もしていないだろう。家族が政界に進出しようとするときに、メイフェアの瀟洒な町並みの外に出て下層階級の者たちとかかわることは汚点にこそなれ、なんの益にもならないのだ。だが、優雅な夜会の席でひどく退屈そうにしているエヴリンを、セイントは何度か見かけたことがあった。エヴリンの訪問を心待ちにする孤児たちの存在が、彼女の自尊心を満たす格好の材料となったに違いない。

「旦那《だんな》様、なにかご用ですか？」家政婦が階下の戸口に顔を出した。

「やるべき仕事をやったらどうだ？」セイントはコートを肩に羽織った。

「どういうことでしょう？」

「子供たちを廊下で遊ばせないでくれ。ほかになにかまともなことをさせられるだろう？」

セイントはポケットから取り出したフラスクを振り、中になにも入っていないとわかると、ふたたびポケットに戻した。くそっ、もう空か。もっと大きなフラスクを作らせるべきだな。

「そんなことまで、わたしひとりでは無理です、旦那様」

「だったら、せめて迷惑な客は中に入れないようにしろ」家政婦が脇に身をよけ、セイントはドアの外に出た。

「ですから、お訊きしたじゃありませんか」

セイントは家政婦の言葉が聞こえなかったふりをした。ここで口論するつもりもなければ、彼女の言うことに逆らう気もない。孤児院の使用人と理事会のメンバーはセイントの存在を煙たがっていたが、彼はそれにも増してこの場所を嫌っていた。

セイントの馬車が玄関の前に来て止まった。通りの先に目をやると、ラディック家の馬車が角を曲がるのが見えた。エヴリンが出ていってから、しばらく経《た》っている。ということは、飛んで逃げ帰ったわけではないらしい。

ベッドに誘っただけで彼女は怖《お》じ気《け》づいたはずだ。汚れを知らない天使のようなエヴリンはセイントの好みではなかったが、侮辱されてグレーの目を見開いたときの美しさが脳裏によみがえった。

セイントは口もとにかすかな笑みを浮かべ、馬車に乗り込んだ。〈ジェントルマン・ジャクソンズ〉に向かう。あの美しいグレーの目が彼に向けられることは二度とないだろう。それもやむをえない。軽薄な小娘にかかわっている暇などないのだから。

3

ファティマ・ハイネス・グラッドストーン子爵夫人は、男性への正しい挨拶のしかたを心得ていると自負していた。「よせよ、ファティマ。ズボンの中から手を出してくれ」セイントは彼女の頭越しに、薄く開いたドアに目を向けて小声で言った。

「このあいだはあんなに喜んでくれたのに」子爵夫人が愛撫を続けながらささやいた。

「それは子爵にわたしたちの関係を知られる前の話だ。きみの家庭争議に巻き込まれるつもりはないと言っただろう?」

「だからふたりだけで会いたいと言ったの? まさか別れ話をするためじゃないわよね?」

彼女はようやくセイントの下腹部から手を離し、眉をひそめた。

「驚くほどのことでもないだろう、ファティマ?」セイントはゆっくりと彼女から体を離した。「こんなことはお互いに慣れっこのはずだ」

ファティマは深々とため息をついた。「あなたには人間らしい心がないのね」

セイントは冷ややかに笑った。「そうらしいな」

廊下に人の気配がないことを確かめると、セイントはハンソン邸の書斎を出て舞踏室へと戻った。ファティマとはあと腐れのない関係だ。そのうち彼女は次の浮気相手を見つけるだろう。それまでは子爵のそばに近寄らないことだ。激情型のグラッドストーン卿のことだから、決闘を挑んでこないとも限らないが、ファティマにはそんな血なまぐさい思いをしてまで手に入れる価値はない。

舞踏室は招待客でにぎわっていた。レディー・ハンソンの料理の腕前には定評があったが、セイントはディナーを味わっていくつもりはなかった。〈ジザベルズ〉かどこか、二流の酒場にでも行ったほうが、よほど気のきいた会話が楽しめるだろう。

玄関広間を通って出口に向かおうとしたセイントの前で、ブルーのシルクに包まれた小さな人影が立ち止まった。

「こんばんは、セイント・オーバン卿」エヴリン・ラディックが小意気に膝を曲げ、お辞儀をした。

セイントは一瞬、下腹部の筋肉が締めつけられるのを感じた。「エヴリン」故意にクリスチャンネームで呼びかけながら、自分の体の反応に少なからず驚いていた。

「もう一度お時間を作っていただきたいと思っております」グレーの瞳がまっすぐセイントの目を見つめている。彼は興味を引かれた。男女を問わず、セイントの目を正面から見据える者はそう多くない。

「断る」

エヴリンの頬がうっすらと赤く染まった。「具体的な計画がなければ承認していただけないというお話でしたので、企画案を作成しようと思います。できあがったら目を通していただきたいのです」

セイントはしばらくのあいだ、彼女の顔を見つめていた。エヴリンの要求を聞き流すこともできたが、実のところ彼女には好奇心をそそられていた。このところ退屈していたせいかもしれない。しばし小娘の相手をするのも悪くない。

彼はうなずいた。「いいだろう。理事会は金曜日に開かれる」

エヴリンはやわらかそうな唇をわずかに開き、ふたたび静かに閉じた。「ありがとうございます」

「忘れないように書き留めておいてやろう」

彼女の頬の赤みが増した。「その必要はありません」

「それならいい」

「あの……もうひとつお願いがあります」

セイントは腕を組んだ。「なんだ?」

「企画を練るために、もう一度孤児院の様子を見ておきたいのです。子供たちがなにを必要としているかを知っておいたほうが、もっと役に立つことができると思いますので」

セイントが笑いを噛《か》み殺しているのは、冷ややかな目の表情から明らかだった。エヴリンは真剣な面持ちのまま、彼を見返した。セイントの目には彼女のひたむきさが滑稽《こっけい》に映っているのだろう。だが、そんなことはどうでもよかった。今は彼の許可を得さえすればいい。

「ほかの理事たちからは許可をもらったのか？」

「いいえ。理事長はあなたですから、こうしてお願いしているのです」

セイントは考え込んでいる様子だ。「なるほど」

彼に歩み寄って話をするだけで、心臓が喉から飛び出さんばかりだ。エヴリンは呼吸をすることさえ忘れていた。「よろしいでしょうか？」

「条件がある」

思ったとおりだわ。ベッドをともにしよう、とでも言い出すに決まっている。「どんなことでしょう？」とりあえず尋ねるしかない。

「孤児院を見学するあいだは案内人の指示に従ってもらうぞ」

エヴリンは目をしばたたいた。「ええ、もちろんですわ」

「それから……」セイントは口もとにかすかな笑みを浮かべ、言葉を続けた。「わたしとワルツを踊ってもらう」

「ワルツ……ですか？」

「そう。ワルツだ」

企画を承認してもらうまで引き延ばせば、そのうちうやむやにすることができるかもしれない。「今夜はほかの方とワルツを踊る約束をしております。でも近いうちにきっと」

セイントは首を振った。黒髪がはらりと額に落ち、片方の目をふさいだ。「今夜だ」

「でも、ほかの方とお約束が――」

「次のワルツを一緒に踊ろう。それがいやなら〈希望の家〉に二度と近寄らないでくれ」

またしても一方的な宣告だ。エヴリンが脱兎《だっと》のごとく逃げ出せば、厄介払いができるとでも思っているのだろう。だが彼女にとって、セイントの思惑は問題ではなかった。これはエヴリン自身にかかわることなのだ。孤児院と子供たちを簡単にあきらめるつもりはない。これまでだれかに存在価値を認められたことなどなかったが、あの場所では彼女の行為のひとつひとつが、子供たちに大きな変化をもたらすのだ。

「わかりました」エヴリンは背筋を伸ばして言った。「メイフュー男爵にお断りしてきてもよろしいですか?」

セイントは無表情のまま答えた。「だめだ」その言葉が合図だったかのように、ワルツが聞こえてきた。彼は舞踏室のほうを手で示した。「踊るのか踊らないのか、どちらなんだ、ミス・ラディック?」

「踊ります」

一五歳のとき、エヴリンは兄の服を着て、ウェストサセックスのアダムリーホールで開かれた仮面舞踏会に出かけたことがあった。それが彼女のもっとも大胆で突飛な行動だ。そのとき母親は卒倒しそうになったが、今夜、ジェネヴィーヴ・ラディックは心臓麻痺《まひ》を起こすかもしれない。

セイントはエヴリンの手を取ろうともせず、混雑するダンスフロアへと大股で歩いていく。彼女が逃げ出すのを心待ちにしているかのようだ。エヴリンは走り出したい衝動と闘った。

ダンスフロアの端に来ると、セイントが立ち止まって振り向き、エヴリンは呼吸を整えて彼と向き合った。セイントがゆっくりと彼女のウエストを引き寄せる。エヴリンは頭上に雷でも落ちないかと願わずにはいられなかった。

メイフュー男爵が姿を現したが、エヴリンのダンスの相手を見るなり、生唾《なまつば》とともに抗議の言葉をのみ込んだ。セイントは男爵に目もくれない。メイフュー男爵は突然なにかを思い出したかのように、そそくさとその場を立ち去った。

「まあ」エヴリンは思わずつぶやいた。ジョージアナとルシンダが言っていたことは本当だったのね。騎士道は滅んでしまったんだわ。

セイントが追い討ちをかけるように言った。「気が変わったのか?」片方の手で彼女の手を取る。

引き寄せられると、石鹸《せっけん》とブランデーのにおいがエヴリンの鼻をかすめ、きりりと結ばれた首巻き《クラヴァット》が目の前にあった。彼女は顔を上げることができなかった。これほど近くにセイント・オーバンがいることに動揺していた。彼に関するさまざまなスキャンダルが頭の中で渦を巻く。醜聞の絶えない侯爵の腕に抱かれて、わたしはいったいなにをしているの?

セイントは軽やかに手を差し出し、エヴリンをワルツへと導いた。これまでセイントがダンスをするのを目にした記憶はなかったが、予想どおり彼の身のこなしは優雅で洗練されていた。手をそっと握られているにもかかわらず、エヴリンはその手の鋼鉄のごとき力強さを感じずにはいられなかった。この手にとらえられたら、けっして逃げ出すことはできないだろう。

「顔を上げて」彼がささやいた。耳もとにセイントの息を感じたとき、先日の夜会でレディー・グラッドストーンと親密そうに言葉を交わしていた彼の姿がエヴリンの脳裏によみがえった。

彼女は覚悟を決めて顎を上げた。「あなたは本当に意地悪な方ね」

セイントが片方の眉をつりあげた。「きみの望みをかなえてやろうと言っているんだぞ」

「それと引きかえに、わたしに恥をかかせるおつもりでしょう?」

「ワルツを一緒に踊ってほしいと頼んでいるだけさ。もっと立ち入ったことを要求してもよかったんだが」

エヴリンはまたしても頬が熱くなるのを感じた。ただでさえ、いつも顔が真っ赤だと彼に思われているかもしれないのに。「これ以上の要求はお断りしたはずです」

彼が笑い声をあげた。その声には思いのほか親しみが感じられ、目にも明るい光が差しているような気がした。この人はなぜいつも、これほど冷たくひねくれた態度を取るのだろう。エヴリンは不思議に思った。

「ベッドをともにしようと言ったのは、要求ではなくてただの誘いさ。いい誘いだと思うがね」

「とんでもない。わたし、あなたを愛しているわけではないんですもの。わたしがあなたと……親密な仲になれるはずがありません」

セイントは呆気に取られたようにエヴリンを見つめた。「愛しているかどうかなど問題ではないよ。セックスは楽しむための行為だ」

ああ、穴があったら入りたいくらいだわ。舞踏室のど真ん中で、セイント・オーバン侯爵とこんなふしだらな話をしているなんて、身の破滅よ。彼のささやくような低い声が、だれの耳にも届かないことを祈るしかない。ふたりがなにを話しているのかと、だれもが興味を抱いているのは明らかだが、今はそんなことにかまっていられない。「それは知りませんでしたわ。でもふたりのあいだに愛情があれば、その行為をより楽しめるのではありませんか?」

「きみの無邪気さは注目に値するね」セイントはエヴリンの耳もとに顔を寄せた。「世間知らずを解消したいなら、喜んで協力するよ」

彼女の耳をセイントが唇でそっとなぞった。全身を電流が駆け抜ける。彼はわたしをからかっているのよ。退屈しのぎに、なにかおもしろいことを探しているだけだわ。エヴリンは自分に言い聞かせた。「やめてください」声が震えるのを止めることができない。

音楽が終わった。エヴリンが身を引く前に、セイントはあっさりと彼女の体から手を離した。またなにか屈辱的な言葉をささやかれるに違いないと身構えていたエヴリンの前で、彼は優雅にお辞儀をした。「こちらの条件はこれで満たされたわけだ」セイントはかすかな笑みを浮かべた。「では、明日の朝一〇時に来てくれ。案内人を待たせておく。時間に遅れたら、この話はなかったことにするからそのつもりで」

エヴリンの返事を待たずに、セイントは人込みの中へと立ち去った。周囲の客たちは彼の姿を目にすると、そそくさと身をよけた。不意にエヴリンは息苦しさを覚えた。

バルコニーのほうに向かうと、にぎやかに談笑していた客たちが同様に脇へ寄った。会話の内容までは聞きとれなかったが、その必要はない。ラディックという名前とセイント・オーバンの爵位である侯爵という言葉が人々の口にのぼれば、おおよその見当はつく。

「エヴィ」背後から女性の声がして、彼女は腕をつかまれた。

「ルシンダ」エヴリンは振り向いて安堵《あんど》のため息をもらした。「あなたも来ていたなんて知らなかった――」

「正気なの？」ルシンダ・バレットは声をひそめて言ったが、顔はあくまでもにこやかだ。はたからは楽しい話題に興じているように見えた。「セイント・オーバンと踊るなんて信じられない。お兄様に知れたらとんでもないことになるわよ」

エヴリンはルシンダと連れ立って、涼しい夜風の吹くバルコニーに出た。「たぶんもう知っているわよ。今ごろ、わたしにも意思があったことを思い出してくれているはずだわ。兄の言いなりになっていると、わたしにも意思があることを忘れられてしまうの」

ルシンダが心配そうにエヴリンを見つめた。「今回ばかりは、わたしもあなたのお兄様に賛同することになると思うわ。反抗したい気持ちはわかるけど、どうしてセイント・オーバンなの？」

「彼が〈希望の家〉の理事だってこと、知ってた？」

ルシンダは開いた口をまた閉じてから、ゆっくりと言った。「いいえ、それは知らなかったわ。でも、エヴリン、それがいったいどうしたというのよ？」

「孤児院でボランティアをしようと思っているの」その計画がこれほど意義深く思えるのがなぜなのか、エヴリン自身さえわかっていないというのに、どうしたらルシンダにわかってもらえるだろう。

「それは……いいことだわ」

「本気にしていないのね。そうでしょう？」先ほどからのやり場のない苛立ちのせいで、エヴリンは思わず声を荒らげた。

「違うのよ。なにか夢中になれるものを探しているのなら、ほかにもボランティアができる場所はたくさんあるでしょう？　なにもセイント・オーバンとかかわらなくたっていいはずよ」

「ええ、それはわかってる。でもあそこを選んだときには、セイント・オーバンが理事だなんて知らなかったの。理事のひとりが評判がよくないからといって、わたしを必要としている子供たちを見捨てることはできないわ」セイント・オーバンは理事のひとりではなくて理事長だし、彼の評判はよくないどころではない。だが、それを訂正したところでなにかが変わるわけでもなさそうだ。

「それはわかったけど、彼とワルツを踊ったことの説明にはなっていないわ」ルシンダはゆっくりと噛みしめるように言った。

「ああ、あれは交換条件だったのよ。彼とワルツを踊ったら明日、孤児院を見学させてくれると言われたの」

エヴリンはまともではない、とまだルシンダが思っているのは表情から明らかだった。友人思いのルシンダは不安に駆られながらも、うなずくしかなかった。「セイント・オーバンは自分の得にならないことはなにもしない人よ。そして彼のすることは、けっして人に褒められることではないわ。それを忘れないで」

耳を唇でなぞられた感覚を思い出し、エヴリンは身震いした。「大丈夫よ、ルシンダ。わたしは男性たちが思っているほどうぶじゃないの」

「わかってるわ。デアにセイント・オーバンのことを相談してみたら？　あのふたりは友達よ」

「はいはい。それであなたの気がすむなら言うとおりにするわ」

「わたしの気がすむかどうかは問題じゃないのよ、エヴリン。とにかく気をつけて」

「ええ」エヴリンは心配そうな顔つきのルシンダを見つめ、ため息まじりに応《こた》えた。「約束するわ」

背後からヴィクターの声がした。「エヴリン」

ルシンダが立ち去るのを見送りながら、エヴリンはふと思った。脳溢血《のういっけつ》になるのは老人だけかしら。若くてもいきなり気を失うことはあるの？　「お兄様」

ヴィクターがエヴリンの腕をつかんだ。傍目《はため》には親しみのこもった動作に見えたが、彼はあざが残るほど強く腕をわしづかみにしていた。「今すぐ帰るぞ。とんでもないことをしでかしてくれたな。おまえは愚かで世間知らずで能なし――」とんでもないことをしで

「それ以上ひどいことを言うなら、ここに引っくり返ってやるわよ。お兄様に殴られて倒れたと思われてもいいの？」

兄は憤怒《ふんぬ》の形相で彼女の腕を放し、うめくように言った。「この続きは家に帰ってからだ」

ああ、痛かった。「わかっているわよ」ヴィクターの肩越しに、黒髪の救世主が近づいてくるのが見えた。「悪いけど、カドリールのパートナーが待ってるからもう行くわ」

ヴィクターがさっとうしろを向く。「デアじゃないか」

デア子爵トリスタン・キャロウェイがヴィクターにうなずいた。青い目を輝かせ、取ってつけたようなまじめくさった表情をしている。「やあ、ラディック」

ヴィクターはもう一度腹立たしげなまなざしでエヴリンを睨《にら》みつけると、人込みの中へ立ち去った。「鬼」彼女は兄の背につぶやいた。

「カドリールはなにより苦手なんだがね」デアがエヴリンの手を取って言った。

「知っているわ」

「きみをジョージアナのところへ連行するように命じられたんだ」人込みを避けて進みながら、デアはにこやかに告げた。「彼女はきみを折檻《せっかん》するつもりらしい」

今夜はみんなしてわたしを折檻するつもりね。「それで、あなたのご意見は、デア？」

「セイントがなにを企《たくら》んでいるかは知らないが、油断しないことだ。やつには背中を見せる

な」

「彼とは友達なんでしょう？」

デアは肩をすくめた。「以前はね。今はたまにカードゲームをするだけだ」

「彼はどうしてセイントと呼ばれているの？」

「それが彼の名前なのは知っているだろう？　六、七歳のころにセイント・オーバンの爵位を受け継いだそうだが、〝セイント・オーバン侯爵〟と呼ばれるより〝セイント〟のほうが、小さな子供にとってなじみやすかったんだろう。だが今は、どうやらおもしろがって使っているらしい。なにしろ彼はすべてにおいて〝聖人《セイント》〟とは似ても似つかない男だからね」

「なぜ？」

「それは彼に訊いてくれ。わたしがきみならそんなことは知りたいとも思わないが、悲しいかな、女性の考えることは不可解だ」

エヴリンは愉快そうに笑ったが、デアの言葉は意外でもあった。彼自身、かつては放蕩《ほうとう》者の悪名どおり道楽の限りを尽くした人物だが、今は新妻の厳しい監視のもとで、人々の噂話にのぼることはなくなっていた。そんな彼がセイント・オーバンに近寄るなと言うのは、よほどのことに違いない。

「忠告をありがとう」エヴリンは明るく笑ってみせた。「でもセイント・オーバン卿は、わたしが始めようとしている計画とはほとんどかかわりがないの。用件がすめば彼と会う必要もなくなるわ」

「だったら、それまでのあいだはせいぜい気をつけるんだな、エヴリン」

デアと話したあとも彼女の気分は変わらなかった。それどころかセイントにまつわる数々の噂話にも、彼の言動にも、さらに好奇心が募った。でもセイントに関するさまざまな疑問は、今のところ追究しないほうがよさそうだ。


翌朝、エヴリンは孤児院見学での確認事項と質問をまとめ、準備を整えた。ありがたいことに、ヴィクターは朝早くから会合に出かけている。今日のところは憎悪に満ちた険しい目で一瞥《いちべつ》されただけですんでいた。昨夜セイント・オーバンとワルツを踊った一件は、このまままなんとか忘れてもらいたいものだ。そうでなくともヴィクターはエヴリンを肥満の貴婦人や禿《は》げ頭の紳士のところに送り込み、有力な人物に近づこうとしているのだから、ゆうべの一件をいつまでも根に持っているわけにはいかないはずだ。

だがボランティアの計画がヴィクターに知れたら、孤児院に行くことさえも禁じられるだろう。そんなことになったら絶望的だ。なんとしても兄に見つからないように、慎重にことを運ぶ必要がある。

エヴリンが付き添いを連れずにひとりで出入りできる場所は、ルシンダの家とジョージアナの家、そしておばの家だけだ。エヴリンはヒュートン家に行くと執事に告げて家を出た。ヒュートン家に行っていると言えば、ヴィクターの機嫌を損ねたり疑われたりせずにすむだろう。善行のために嘘をつかなければならないのは理不尽に思えたが、なにも始まらないうちから兄に妨害されるのだけは避けたかった。

フィリップがグレート・ティッチフィールド通りで馬車を止めた。エヴリンは座席に座ったまま筆記道具や持ち物を確認し、気を静めた。案内人や子供たちの前で醜態をさらしたくはない。「ここで待っていて。すぐ戻ってくるわ」

フィリップがうなずく。「ラディック邸からヒュートン邸まで、道が込んでいたことにしましょう」馬車の扉を閉めながらエヴリンに言うと、彼は御者席に戻った。

エヴリンはほほえんだ。フィリップには感謝しきれないほど感謝している。インドに滞在していたヴィクターが帰国してからというもの、使用人たちは彼女が兄の束縛を逃れて外出する手助けをしてくれていた。ヴィクターがそのことを知ったら、彼らは即刻解雇されるだろう。

エヴリンは小走りに通りを横切った。孤児院のドアをノックして、ふと顔をしかめる。だれが案内してくれるのか、セイント・オーバンから聞きそびれていたのだ。あの感じの悪い家政婦でないことを願わずにはいられない。彼女が親切に孤児院の中を案内し、質問に答えてくれるとは思えなかった。

ドアのきしむ音がして家政婦が顔を出し、彼女の広い肩が目の前をふさいだ。

やっぱり。「今朝一〇時に来るようにと――」

家政婦はあたふたとお辞儀をした。「ええと……ミス・ラディックですね?」あわてて言うと、もう一度頭を下げる。「お入りください。お待ちしておりました」

エヴリンは彼女の前を通り抜け、玄関広間に足を踏み入れた。家政婦が急に礼儀正しくなったことを、警戒すべきか喜ぶべきかわからなかった。じっくり考える間もなく、エヴリンは階段の手すりにもたれている人影に気づいて立ち止まった。

　夏の朝の明るい陽光のもとでさえ、セイント・オーバン侯爵からは夜のオーラが感じられた。おそらくセイントの評判を耳にしているせいだろうが、そうでなかったとしても、飾り気のない灰色の壁や質素な獣脂蠟燭《タロウキャンドル》は彼には似合わない。シャンデリアと豪華な壁掛けのあるカーテンに閉ざされた薄暗い寝室。そんな雰囲気がふさわしい。

「なにを見ているんだ、ミス・ラディック?」セイントが手すりから体を離して言った。

「あなたがいらっしゃるとは思わなかったので驚いただけです。わたしが見学に来ることを伝えるためだけなら、わざわざ来てくださらなくてもよかったのに」

　セイントはうなずくと、豹のようにしなやかな足取りで彼女に歩み寄った。「たしかに普段は徹夜明け以外、この時間に起きていることはないからね」

なんと応えていいかわからず、エヴリンは口ごもった。「あの、もしも家政婦の方が……」

　セイントは家政婦に目を向けた。「きみの名前は?」

「ネイザンです」家政婦は答えたが、口調から察するに、彼に名前を訊かれたのはこれが初めてではないらしい。

　エヴリンは弱々しい笑顔を家政婦に向けた。第一印象が悪かったからといって、この先も不愉快な思いをするとは限らない。「ミセス・ネイザン、よろしければ見学を始めたいので、案内をお願いします」

「でも……あの……わたしは……」

「きみの案内をするのは彼女ではない」セイントが冷ややかな声で言った。「わたしだ」

「あなたが？」エヴリンは思わず訊き返した。

「そうだ。さあ、見学を始めよう」彼は玄関広間の右側のドアを開けた。

「でも、ほかにご用があるのでは？」

「いや。なにもない」口もとにかすかな笑みを浮かべたセイントは、息をのむほど官能的だった。「きみが孤児院を見学したいと言ったから、わたしが案内役を買って出た。それが気に入らないなら帰りたまえ。そのかわり二度とここに立ち入ることは許さない」

なるほど。脅してわたしの気持ちを変えさせようという魂胆ね。でも今朝は脅しに乗る気分じゃないのよ。せっかく今日から意味のあることを始めようとしていたんですもの。悪意に満ちた傲慢なセイント・オーバン侯爵といえども、わたしの邪魔はできないわ。

セイントは必死で笑いをこらえた。狼《おおかみ》に囲まれ、逃げ出すこともできずに身をすくませている哀れな子鹿《こじか》よ。おおかた彼女は、このミセスなんとかという大女の家政婦と、噂話に興じながら孤児院見学をするつもりだったに違いない。そして家政婦は家政婦で、悪辣《あくらつ》な孤児院の管理者と対面したミス・ラディックが、さらに孤児たちの悲惨な生活を見学するはめになることをさぞ気の毒がっていたのだろう。

エヴリンはなにか言いたげなグレーの瞳で、セイントとドアを交互に見つめている。このドアの向こうに足を踏み入れたら最後、生きては帰れないとでも思っているかのように。なんともわかりやすい女だ。彼は物足りなさすら覚えた。

「わかりました。それではお願いします」エヴリンが案内を促した。

セイントは内心の驚きを隠すように、ドアの向こうへと歩き出した。エヴリンが横に並び、ふたりは一階の廊下を奥へと進んだ。もしかすると、彼女は思ったほどわかりやすくないのかもしれない。女にしては珍しい。今のところは。「一階のほとんどの部屋は事務所用だ。以前は軍隊の――」

「ジョージ二世の近衛歩兵第二連隊の兵舎だったのですね。今はなにに使われているんですか？」

「下調べをしてきたようだな」セイントは不機嫌そうに言った。

「意外ですか？」エヴリンが落ち着き払った声で応えた。

意外どころか、さっきからきみには驚かされている。「さあね」彼は長い廊下に視線を戻した。「一階の部屋はほとんどが倉庫《ストレージ》か雑務室として使われている」

左手に紙の束を抱えたエヴリンは、うなずきながら一番上の紙にペンを走らせた。「一階にはどれくらいの大きさの部屋がいくつあるのですか？」

どうやら小心者のミス・ラディックは、あくまで事務的に振る舞うことにしたらしい。セイントは彼女の横顔を見つめた。「部屋の数はおよそ一〇だ。大きさはわからない。中に入って測ってみよう」

エヴリンは唾をのみ込み、メモを取る手を止めて顔を上げた。「それは……必要ありませんわ。それにサイズを測るための道具も持っていませんもの」

今度は警戒心むき出しの処女に戻ったというわけか。「それでは音楽室か美術室に行ってみるか？　舞踏室もある。ここよりは快適だ」

不意にエヴリンが立ち止まった。セイントは振り返り、彼女と向き合った。エヴリンは彼の目を食い入るように見つめている。セイントにこれほどまっすぐな視線を向ける女性はめったにいない。その果敢さは称賛に値するが、どうせすぐにも泣き出すに決まっている。勘弁してくれ。

「お言葉ですが――」エヴリンはかすかに震える声で言った。「わたしは快適なものを見るためにここへ来たのではありません。すべてが整った施設なら、わたしがお手伝いする必要もないはずです。それよりも、わたしが恐れているのは、ここに来ることで悪い噂が立つことです。あなたに案内してもらうというだけで、わたしはその危険を冒しているんです。廊下なら人の目がありますが、あなたと密室に入るとなると話は別ですわ。そんな無謀で無意味なことはできません」

セイントはゆっくりと彼女に近づいた。「たしかに無謀かもしれないが、無意味とは限らないさ。わたしが手ほどきをしてやれることはいろいろある。きみもそのためにここへ来たんじゃないのか？　なにかを学びたいんだろう？」

エヴリンの頬が赤く染まった。セイントは彼女の表情と、華奢《きゃしゃ》な体が示す反応に目を凝らした。女性関係では数多くの浮き名を流してきた彼だが、未経験の女性の扱いには慣れていない。処女とはかかわらないことに決めていたのだ。半狂乱でまとわりつかれるのは厄介なだけだ。

だが、エヴリンにはなぜか興味を引かれる。

彼女はくるりと背を向けた。「ごきげんよう、セイント・オーバン卿」

「もうあきらめるというわけか」セイントは思わずエヴリンのあとを追いそうになり、あわててその場にとどまった。彼女をこのまま帰すつもりもないが、謝るつもりもない。たとえいっときでも、彼女を優位に立たせるわけにはいかないのだ。セイントはけっして相手に主導権を握らせない。

「あきらめてはいません。ミセス・ネイザンに案内していただきます。彼女になら、掃除用具置き場で体の関係を迫られることもないでしょうから」

どうやらレディー・ハンプステッドとの悪ふざけの話をどこからか聞きつけたようだ。噂はすっかり広まっているらしい。「わたしが案内を続ける。きみに見学をさせると約束したのだから、約束は守る」

エヴリンが振り向き、もう一度セイントに向き合った。抱えていた紙の束に折り目がつくほど、手に力がこもっている。「孤児院の見学です。あなたの個人的な趣味の見学ではありません」

「まあ、いいだろう。今日のところはきみに従うよ」

彼女はしばらくその言葉の意味を考えていたが、やがて近くのドアに視線を向けた。「ここはストレージですか？」

「そうだ」

エヴリンがまた逃げ出そうとするのではないかと思い、セイントは廊下に残り、ドアを開けて中に入っていく彼女を待った。ほどなく部屋から出てきたエヴリンは、ノートにペンを走らせた。「ストレージはすべて同じ大きさですか？」

セイントは心がかき乱されるのを感じ、苛立っていた。彼女はノートに走り書きを続けている。まったくもっていまいましい。無邪気な娘が無邪気な使命に没頭し、無邪気な質問を繰り返しているあいだ、このわたしはみだらな妄想に下半身を熱くしている。「だいたい同じだ」

「わかりました。先に進みましょう」

エヴリンは先ほどのセイントの言葉をすっかり信用しているらしい。またひとつ、彼は驚かされ、さらに欲望を燃えあがらせた。彼女に従うと言ってしまった以上、手出しはできない。案内を続けるのは時間の無駄だ。そう思いながらも、セイントはふたたび先に立って歩き始めた。「なにを書いているんだ？」体の疼《うず》きを静めようと、意識をほかに向ける。ふたりは廊下の突きあたりに来ていた。

「メモを取っているんです」

「ストレージの大きさを？」

「最終的な案ができあがったら、お教えしますわ。今はなにを説明しても、わたしについての先入観を変えてくださるおつもりはなさそうですものね、セイント・オーバン卿？」

「セイントだ」エヴリンの言葉を無視して、彼は言った。

ほんのりとピンク色に染まったままの顔を上げ、エヴリンはセイントを見つめた。彼のそばにいるだけで頬が熱くなる。「なんとおっしゃったのですか？」

「セイントと呼んでくれと言ったんだ。みんなにそう呼ばれている」

エヴリンは咳払いをしてから言った。「わかりましたわ、セイント」

彼が見つめると、エヴリンは目をそらした。彼女のほうからもファーストネームで呼んでほしいと言い出しそうなものだが、どうやらそのつもりはないらしい。だからといって、ラストネームで呼ばなければならないわけではないだろう。

「それで……一階の部屋はほとんど使われていないんですね？」沈黙に耐えきれず、エヴリンは口を開いた。

「さっき、そう言ったはずだ」セイントは笑い出したいのをこらえた。「それとも、もう質問を思いつかないのか？　こんな見学など、わたしの時間を無駄に――」

「はっきりさせておきたいことがあります」エヴリンがきっぱりと言った。「わたしはあなたに案内をお願いした覚えはありません。案内役を買って出たのはあなたです、侯爵……いえ、セイント」

このわたしに意見する気か。背後の白い壁に細い肩を押しつけて唇を奪ったら、エヴリンはどんな反応を示すだろう。だがそうなると、唇だけではすまなくなる。彼女に指一本触れたが最後、優雅に頭を飾る帽子とやわらかそうな手袋を引きはがし、なぜこれほど欲望をかきたてられるのかわかるまで、そして疼きが癒《いや》されるまで、その小さな体を味わいつくさずにはいられなくなる。

おそらくは、帽子と手袋、それに地味で古風なハイネックのドレスに想像力を刺激され、その下に隠されたなめらかな肌を思い描いて、荒々しい欲望に身を焦がしているだけのこと。

「そうではありませんか?」エヴリンがセイントの顔をのぞき込んだ。

「そうだな。ともかく、今日のところはきみに従うと言ったばかりだ」そんなことはめったにない。というより、これまで一度もない。そのことを彼女は知っているだろうか?

「あなたに感謝しなくてはなりませんわね」

「いや、そんなことはない。きみに従わずにすむなら、わたしにとってはもっと感謝すべき事態だろうからな。さて、次はキッチンに行ってみるか? それとも子供たちに会うかね?」

「キッチンを見せてください」エヴリンは困惑したように鼻に皺《しわ》を寄せた。「子供たちと会う前に、この施設についておおよそのことを把握しておきたいんです。子供たちをあとまわしにしているわけではありません」

「そんなことはだれも言っていないさ」

彼女はいたずらっぽいまなざしをセイントの横顔に向けた。「言おうとしたでしょう?」

セイントは一瞬エヴリンの笑顔に目を奪われ、言葉を失った。こんな時間に起きて苛立っていたうえに、なにもかもが彼の思惑とは違っている。しかもエヴリン・マリー・ラディックのような取り澄ました小娘に、〈希望の家〉を嬉々《きき》として案内しているとは、まったくもって説明がつかない。

4

エヴリンはすっかりうわの空で、メモを取ることさえ忘れていた。原因はわかっている。

孤児院に着いてからというもの、自分がいかに有能であるかを示そうと気を張っていた。そのうえ案内人がセイントとなれば、緊張感は一〇〇倍にも膨れあがった。男性とつき合ったことがないわけではない。友人もいるし、恋の真似《まね》ごとも経験している。社交界にデビューしてからは、あまたの男性から誘いを受けてきた。もっとも、心を惹《ひ》かれる男性にはひとりとしてめぐりあっていなかったが。セイント・オーバン侯爵はこれまで出会った男性たちとはまったく違っていた。違っているだけならまだしも、母親に知れたら猛反対されるタイプの男性だ。常識的に考えれば、けっして近づくべきではない相手だということはエヴリンにもわかっていた。あまりに厳格な兄の言いなりになって暮らしてきた反動で、兄とは正反対の男性に魅力を感じるのはうなずける気がした。

先ほどエヴリンにとがめられて以来、セイントは態度を改めたようだった。爪を隠した豹さながら、所在なげな様子だが、彼女はセイントが牙《きば》をむかないうちにこの状況を最大限に利用したかった。うしろを振り返ると、彼は女子寮の入口で腕を組んで立っている。ふたりはふたたび視線を合わせたが、おそらく彼はエヴリンを観察し続けていたに違いない。グリーンの目には、礼節とはかけ離れた淫靡《いんび》な光が宿っていた。

「ミス・エヴィ、プディングを持ってきてくれた？」モリーのか細い声で、エヴリンは我に返った。

「持ってくるつもりだったのだけれど、ごめんなさいね。今日はあなたたちとおしゃべりをしたいの」

「彼は来るのかな」だれかが言い、少女たちのあいだからくすくすと忍び笑いがもれた。

「来るといいな」別の少女がはにかむように言った。「だって、セイント・オーバンの家の床には金貨が敷きつめられてるんだよ」

エヴリンは眉をひそめて尋ねた。「あなたは何歳？」

「一七歳。あと八カ月でここから出ていくんだ。コベント・ガーデンの大金持ちの家で暮らすんだよ」

「あら、まあ。そうならないように祈ってるわ」子供たちを見まわしながら、エヴリンはつぶやいた。この子たちはそんなことを目標に生きているのかしら？　少女たちの行く末を思い、暗澹《あんたん》とした気分になった。

「わたしはコベント・ガーデンより、金貨の床の家に住むほうがいいな」

「彼がお針子の娘と結婚するわけがないじゃない、マギー。あんたなんか床磨きだってさせてもらえないよ」

マギーはぼろきれのような木綿のスカートをひるがえし、モリーの前で裾《すそ》をめくりあげた。

「結婚するなんて言ってないよ、まぬけ」

モリーが舌を出してやり返す。「このあばずれ女——」

エヴリンはふたりのあいだに割って入った。今の会話がセイントの耳に届いていないことを祈るしかない。彼女が来たというのに、子供たちはいがみ合い罵《ののし》り合っている。それは彼女の評価に大きな影響を及ぼすことなのだ。「セイント・オーバン卿の家の床がなにでできていようと、喧嘩《けんか》をしても意味がないわ。そんなことより、わたしはここにいるレディーたちのことをもっとよく知りたいの」

「わたしはレディーじゃないよ。まだ子供だもん」ローズがエヴリンに歩み寄った。薄汚れた人形の足をつかんでいる。「それにわたしたちはみなしごだから、レディーなんかじゃないんだよ」

「みんながみなしごってわけじゃないよ」別の少女が口をはさんだ。アイリスという名前の少女だ。まわりを見渡すと、二〇人以上もの少女たちがエヴリンを取り囲んでいた。「ウィリアムとペニーの父さんは七年間の島流しになったんだ」

アリス・ブラッドリーが大きな口を開けて笑った。「それにファニーの父さんはニューゲート監獄に入ってる。酒場の親父《おやじ》の頭を酒瓶で殴ったのさ」

「あの酔っ払いの親父は殴られて当然だったんだ」ファニーが言い返した。茶色のドレスの前で手を組んでいる。すり切れたドレスは生地の素材もわからないほど汚れてみすぼらしいが、粗末な素材であることは明らかだ。

「でたらめを言うんじゃないよ、アリス。あんたの母さんがなんでニューゲートに入れられたか、言ってもいいのかい？」

「黙れ！」

まあ、どうしましょう。「さあ、みんな、質問があるの。だれか答えてくれないかしら？」

エヴリンは床に腰を下ろし、スカートを広げた。

ローズがエヴリンの膝に寄りかかった。「わたし、あなたのしゃべり方が好きよ」ローズは人形を持っていないほうの手で腰を掻《か》きながら言った。

「ありがとう、ローズ」

「最初の質問はなに？」

エヴリンは息を深く吸い込んだ。子供たちを刺激するような言動は慎まなければならないし、騒動になってセイントの非難を浴びたくなかった。

「あなたたちの中で字が読める子は何人いるの？」

「字が読める子？」ペニーが大声で言った。「どんなお菓子が好きなのかって訊くのかと思った」

「そうだよ、お菓子をちょうだい。このあいだキャンディをくれたじゃないか」

エヴリンは子供たちの言葉と、戸口にたたずむセイントの冷笑を無視しようと努めた。彼がいなければもっとうまくできるのに。もどかしさが募ったが、セイントはその場から動く気配すら見せない。

「わたしの質問に答えてちょうだい。あなたたちの中で字の読める子は――」

「お菓子!」

部屋中の子供たちがいっせいに声を張りあげ、けたたましい大合唱が起こった。悪夢だ。ここに来てまだ一〇分も経っていないというのに、収拾のつかない事態になってしまった。質問どころではない。

「静かに!」

セイントがエヴリンの背後で言った。その一喝で大合唱は金切り声に変わり、少女たちは一目散に出口へと駆け出した。子供たちがまたたくまに姿を消し、エヴリンとセイントは女子寮に取り残された。「怒鳴らなくてもよかったのに」エヴリンは不服そうに言い、おもしろがっているような彼の冷たい視線を避けながら、腕に抱えた紙の束をそろえた。

「あまりやかましいので頭が痛くなった。まったく、あいつらは手に負えないな。これであきらめがついたろう?」

エヴリンは首を横に振った。「いいえ、まだあきらめません」

「ミス・ラディック、きみが子供たちを一〇分間も統制できたのは称賛に値するが、やつらを変えることなど、きみにはとうてい無理だ」セイントが低い声で突き放すように言った。

彼女は荒い息をつき、悔し涙を必死でこらえた。セイントに涙を見せるわけにはいかない。

「家に帰って刺繍でもしていろと言いたいのね?」悔しさを怒りにすりかえた。憤慨していれば泣かずにすむ。

「初めに言ったとおりだ」セイントはエヴリンの手から鉛筆を取り、腕をつかんで立ちあがらせた。彼に触れられたとたん、衝撃が電流のようにエヴリンの背中を駆け抜けた。「こんなことをしているより、わたしとベッドをともにしたほうがきみはよほど真価を発揮できる」

セイントが彼女の唇を親指でなぞった。その軽やかであたたかい指の感触に、エヴリンは息をのんだ。彼はゆっくりとした動作でエヴリンの手から筆記道具を取りあげ、かたわらのベッドに置いた。彼女はドアが開いたままのだだっ広い女子寮にいることをしばし忘れ、セイントとふたりで密室にいるような錯覚に陥った。

「なにをなさるの？」エヴリンは震える声でささやいた。

「きみにキスをする」彼がなに食わぬ顔で言った。まるで、食器を片づける、とでも言うような淡々とした口調だ。

エヴリンは吸い寄せられるようにセイントの口もとを見つめた。わずかに開かれた官能的な唇に目を奪われそうになり、首を振って自分を戒める。心のうちを見透かすまなざしと、たくましい体に魅了される自分が恨めしかった。彼に抱かれれば多くのことを知るだろう。だが、同時にそれは身の破滅につながる。これまで彼とかかわった女性たちの現在の状況が、そのことを如実に物語っている。

「セイント・オーバン卿――」

「セイントだ」彼は訂正し、エヴリンの額にかかった前髪を指で払った。

彼女は獣に追いつめられて、生きたまま丸のみされるような恐怖に襲われた。膝ががくがくと震える。「セイント」彼女は言い直した。どうしよう。本当にキスをするつもりなのかしら。そんなところをだれかに見られたら、社交界から永久に追放される。その前に家を追い出されるでしょうけれど。「無能で役立たずと言われ、絶望的な気分になっているところにつけ込んで誘惑するおつもり？」

セイントの目が一瞬きらりと光ったかと思うと、ふたたび暗く翳《かげ》り、やがて彼は笑い出した。「役立たずとは言っていない。きみは女性として知るべきことを知るための一歩を踏み出せずにいるだけさ」

そんな言葉を真に受けて誘いに乗る女性がいたのだろう。そうでなければ、これほどばかげたことを平気で言えるはずがない。突飛な意見にあきれつつ、エヴリンはセイントの魅力に圧倒されかけている自分に気づいた。心臓が彼の耳にも届きそうなほど激しい音をたてている。抗《あらが》いがたい力に引き寄せられながらも、彼とのあいだにいくぶん距離を置いていることがエヴリンを奮い立たせた。「それで、一歩を踏み出したところにあなたのベッドがあるとおっしゃるのね？」

セイントはうなずき、身をかがめて彼女の口もとを見つめた。「そのとおり」

「だったら、あなたのベッドは混雑しているでしょうから、わたしの入り込む余地はなさそうね」エヴリンはかたわらのベッドから筆記道具を取りあげた。

「エヴリン――」

「男子寮を見学させていただきます」彼女はぴしゃりと言い、走り出したい衝動を抑えて大股でドアに向かった。

これほど腹立たしく、同時にこれほど胸が高鳴る思いを味わったのは初めてだ。不まじめな身持ちの悪い男性とかかわったことなどなかったのに、よりによって最悪の相手、しかもとびきりハンサムな女泣かせの男にキスを迫られ、さらにはそれ以上のことまで求められている。セイントはエヴリンの資質と能力をあからさまに侮辱しておきながら、それでも彼女を誘惑しようとしているのだ。なんと不遜《ふそん》な振る舞いだろう。

エヴリンは廊下に出ると歩調をゆるめ、顔をしかめた。セイントの目的はわたしの体を奪うことなのかしら。それとも再度わたしを脅し、企画案を練るための情報も与えずに追い出すことなの？「どんないきさつで、あなたはこの孤児院の理事長になったのですか？」誘惑されるのと追い出されるのと、どちらがいいのだろうと彼女はふと思った。

「運が悪かったのさ」セイントがエヴリンに追いつき、横に並んだ。

「あなたのような方が運のせいにするとは意外だわ」

「世の中には技量で補いきれないものがある。それを運と呼んだまでだ」

「それで、運が悪かったとは？」

セイントは暗い表情で笑った。「きみがいくら好奇心をそそられたふりをしようと、子供たちの興味はキャンディを奪い合って騒ぐことだけだ。ボランティアなどなんの意味もないとわかったときに、きみはここに来た本当の目的を知ることになるのさ」

「それがあなただというの？　あなたとかかわってまで、ここでボランティアをすることがどれほど危険か、常識的な女性ならだれでもわかります。しかもあなたが管理するこの孤児院は、これまでわたしが目にした施設の中で最悪です」

実のところ、エヴリンはほかの施設を見に行ったことなどなかったが、わざわざ事実を白状する必要もない。セイントが低い声で毒づいたが、彼女は聞こえなかったふりをした。彼が理事長になったいきさつを尋ねていたのを思い出し、また同じ質問を口にしかけた瞬間、いきなりセイントに腕をつかまれて、背後の壁に背を押しつけられた。

とはいえ、力ずくで押さえつけられたわけではなかった。それなのに逃げようとしても逃げられない。エヴリンは身動きもできないほどうろたえていた。

「覚えておくんだ」セイントが彼女に顔を近づけ、耳もとでささやいた。「きみはすでにわたしとかかわっている。わたしに近づくとどういうことになるのか教えてやろう」

さらに顔を近づけると、セイントはエヴリンの唇に唇を重ねた。あたたかくやわらかな感触を残しただけで、彼はすぐに顔を離した。

「さあ、行こう」いつもの冷ややかな笑みを口もとに浮かべ、セイントは廊下の先を手で示した。

エヴリンはめまいがするほど当惑していた。「あなたって……本当に……ひどい人だわ」

彼が立ち止まって振り向き、ふたたびエヴリンのかたわらに歩み寄った。怒りに任せて罵声を浴びせようと大きく息を吸い込んだとき、セイントの熱いキスがもう一度彼女の唇をふさいだ。体を壁に押しつけ、顎をつまんで上を向かせて、彼はさらに深くエヴリンの唇を求めた。腕に抱えた紙の束が床に散らばる音をぼんやりと聞きながら、彼女はセイントの黒い上着に手を這《は》わせた。

セイント・オーバン侯爵がどれほど女性を泣かせた冷酷な人物であろうと、彼のキスが女心を狂わせたのは間違いない。果敢にもエヴリンの唇を奪った男性はこれまで何人かいたし、そのときのキスの感覚はけっして不快なものではなかったが、彼女は本当のキスがどんなものかを今、この瞬間まで知らなかったことに気づかされた。

電流のような衝撃が背筋を駆け抜け、ハイヒールの中で爪先が丸まった。セイントから離れるのよ。エヴリンは自分自身に叫んだ。襟もとをつかんだ指で、彼を突き放そうともがいた。

だが離れたのは彼女ではなく、セイントのほうだった。彼は顔を上げてエヴリンを見つめ、味わいを楽しむように自分の唇を舐《な》めた。

「きみは蜂蜜《はちみつ》の味がする」低い声でゆっくりとセイントは言った。

膝が震え、激しい耳鳴りがする。エヴリンは身をすくませた。まるで戦場で大砲に囲まれているみたいだ。どこでもいい。どこか安全な場所に逃げたい。「やめて……」声を絞り出し、セイントの胸を押しやる。

「もうやめているよ」エヴリンに押されても、彼は微動だにしなかった。セイントは彼女の唇に視線を戻した。「不思議だ」ひとり言のようにささやき、ふたたびエヴリンの唇を指でなぞる。

彼女は静かに息をついた。「なにが不思議なんです?」

セイントは肩をすくめ、一歩うしろに下がった。「いや、別に。男子寮を見学したいなら案内する」

「ええ、そうお願いしたはずだわ」エヴリンはそっけなく応えると、身をかがめて床に散らばった紙を拾い始めた。予想どおり、セイントは手を貸そうともしなかった。彼女は震える指で紙をかき集め、胸に抱えた。

セイントが廊下の先を行くあいだに、エヴリンは帽子をかぶり直し、心の動揺を静めた。彼に平手打ちを食らわせて今すぐこの建物から立ち去るのが良家の淑女の取るべき態度なのだろうが、それを言うなら、そもそも〈希望の家〉に足を踏み入れたこと自体が間違いだったのだ。

彼はエヴリンを追い出すつもりでキスをしたのに違いない。侮蔑の言葉が功を奏さなかったので、別の方法で辱めようとしたのだろう。ここでエヴリンが逃げ出せば、それはセイントにとって二度と彼女を受け入れずにすむ格好の理由になる。そしてエヴリンは社会に貢献するためのまたとないチャンスを失うことになる。罪作りなほど官能的なセイントの唇が彼女の情熱に火をともしさえしなければ、彼の試みはうまくいっていたかもしれない。でも心とは裏腹に、エヴリンは体の奥でもう一度唇を奪われることを願っていた。

セイントは男子寮のドアを開けた。ストレージを通り抜け、キッチン、女子寮へと進むより、ここから案内を始めればよかったと彼は思った。エヴリンが逃げ出すかもしれない状況を作ったことを考えると、彼女が哀れに思える。初めに男子寮へ来ていれば、これほど品行方正な娘にキスをせずにいられなくなることもなかったのではないか。処女に対して心と体がどう反応すべきなのかわからず、彼は胸苦しさを覚えていた。

セイントは肩越しにエヴリンへ視線を向けた。「入るのか入らないのか、どちらだ？」

「もちろん入ります」

目の前を彼女が通り抜け、ほのかな香りがセイントの鼻をかすめた。レモンの香りだ。唇は蜂蜜のように甘く、髪はレモンの香りを漂わせている。肌は苺《いちご》の味がするのだろうか。エヴリン・ラディックは正真正銘の豪華なデザートかもしれない。彼は激しい渇望感を覚えた。

節度をわきまえるという行為を美徳と思ったことはないし、もっとも苦手としていたが、だからといって即座にエヴリンに襲いかかっても欲求が満たされるとは思えない。気絶でもされたら興ざめだ。

男子寮の奥には二〇人くらいの少年たちの姿が見えた。奥の壁を取り囲み、輪になっている。にぎやかな話し声や叫び声に紛れて、硬貨のぶつかり合う音が聞こえてきた。

「なんの音——」エヴリンが言いかけて口をつぐんだ。

「コイン投げだ」セイントは立ち止まり、彼女に目を向けた。

「賭《か》けごとを？　まさかここで？」

セイントはため息をついた。良家の子女というものは、よけいな世話ばかり焼きたがるらしい。「床に落ちているコインはすべて没収するぞ」彼は大きな声を張りあげた。

少年たちが床に散らばった硬貨をあわてかき集める。傍観していた子供たちはのろのろと不ぞろいな列を作った。セイントが男子寮に姿を現すことはめったにないのだろう。だが彼も子供たちも、めったにない機会を喜んでいるようにはけっして見えなかった。

「ミス・ラディックを紹介する。きみたちに会いに来た」セイントが彼女を手で示した。

「ありがとうございます、セイント・オーバン卿」薄い唇に引きつった笑みを浮かべ、エヴリンは少年たちの列に歩み寄った。「こんにちは、みなさん。エヴィと呼んでくださいね」

「ぼくたちにキスしてくれよ、エヴィ」年長の少年が言った。

セイントは笑っている。彼にキスを許したのだから、少年たちにも可能性はあるとでも思っているようだ。彼は部屋の中央の柱にもたれて腕を組み、興味津々といった表情で子供たちとエヴリンを眺めていた。

「女性とキスをしたいなら――」エヴリンは野次を飛ばした少年の前に立ち、きっぱりと言った。「まずはお風呂に入ることね」

少年たちが笑い、〝汚《ダーティー》いマリガン〟と口々にはやし立てた。セイントは依然としてなにも言わなかった。風呂に入り、髭《ひげ》も剃《そ》ってあったから、彼女が指摘したのは自分のことではないと悦に入っていたのだ。

「さあ、静かに」エヴリンはマリガンの肩を叩き、話を続けた。「ふざけるのはもうやめましょう。わたしはあなたたちのことをよく知りたいの。みんな、一日中この中にいるの？」

「今日はずっと中にいろって鉄モップに言われたよ」別の少年が答えた。

「鉄モップって？」

「ミセス・ネイザンのこと」

「そう」

エヴリンの口もとに笑みが浮かんだ気がしたが、確かめる間もなく彼女は表情を引きしめた。セイントは眉をひそめた。良家の子女というやつはユーモアを解さないらしい。わたしの評判が悪いのがなによりの証拠だ。

「じゃあ、いつもはなにをして過ごしているの？　勉強は？」

「勉強は？」だれかがエヴリンの口調を真似た。「そんなばかなことを言うなんて、ミス・エヴィは精神病院から来たんじゃないの？」

「教会から来たんだろう？　ぼくたちの野蛮な魂のために祈ってくれるのさ」マリガンが口をはさんだ。

「そんな――」

「毎週日曜日にビーチャム牧師がここへ来るよ。ぼくたちを救うためなんだって」別の少年が言った。

「違うよ。鉄モップに会いに来るんだぜ」

エヴリンはもどかしげにセイントを見やった。彼は眉をつりあげ、冷ややかに言った。

「プディングでも配ったらどうだ？」

「ぼくは野蛮人だ!」

「ぼくはインディアンだぞ!」年少の子供が叫び声をあげて踊り出した。

「おもしろい現象だな、エヴリン」セイントが彼女に聞こえるようにささやいた。「きみが行く先々で、決まって騒ぎが起きる」

エヴリンは険しい表情で彼を睨みつけたが、次の瞬間には笑みを浮かべ、子供たちに向き直った。「じゃあ、インディアンの話をしましょう」踊り出した少年の前で身をかがめる。

「インディアンについて、どんなことを知ってるの？」

「インディアンは人間の頭の皮をはぐんだって。ランドールが言ってたよ」

彼女はうなずいた。「インディアンは森の中を音もたてずに進んだり、岩山や川を越えたりしながら、熊《くま》狩りをしたのよ」

少年は目を丸くした。「本当？」

「ええ、本当よ。あなたのお名前は？」

「トーマス・キネット」

エヴリンは身を起こした。「ミスター・キネット、女性に自己紹介をするときはお辞儀をするものよ」

少年は顔をしかめた。「どうして？」

「スカートの中をのぞけるかもしれないからさ」セイントは無愛想に言った。

お決まりのパターンだ。女は子供にまともなものを食べさせることを気づかうより、行儀作法を教えようと躍起になる。彼は期待を裏切られた気がした。エヴリン・ラディックは魅力的なだけでなく、意識の上でもほかの女性とは一線を画しているように思えたのだが。

「セイント・オーバン卿！」エヴリンが頰を赤らめて振り向いた。子供たちのあいだから笑い声が起こっている。

「なんだい、ミス・エヴィ？」

「あなたがそんな――」彼女は声を荒らげて言いかけたが、口を閉ざした。周囲を見渡し、子供たちの輪から退いてセイントの前に立ちはだかる。「あなたがそんな悪い手本を子供たちに示すのは感心できません。あなたの存在は悪影響です」

セイントはエヴリンを見据えたまま身をかがめた。「きみのやっていることも感心できないね。七歳のスリの常習犯に礼儀作法を教えてどうする？　無駄だと思うが」

彼女の白い肌が青ざめた。セイントは殴られるのではないかと一瞬身構えた。エヴリンはしばらくじっとしていたが、やがて静かにうなずいた。「少なくとも、わたしは彼らのために役立つことをしようとしています。あなたも同じだと言うのはあつかましすぎますわ」

やれやれ。わたしに言いがかりをつけるとは。そんな女はめったにいない。人前で恥をかかされるか、あるいはもっとましな場合はわたしのベッドで辱めを受けるのが落ちなのだ。

「エヴリン・マリー」セイントは笑い出しそうになるのをこらえてささやいた。「今日はきみの唇を味わったから、これ以上あつかましい真似はやめておこう。きみの体を味わうのは次の機会を待つことにするよ」

エヴリンは呆気に取られて目をしばたたき、口の中でひとり言をつぶやくと、うしろに下がった。「ろくでなし」

彼はお辞儀をした。「仰せのとおりです」

激しい怒りとショックをあらわに、エヴリンはもう一度セイントを睨みつけてから、くるりと背を向けて駆け出した。彼は少年たちの笑い声を聞きながら、エヴリンの背中を見つめた。これでいいのだ。彼女はもう二度とわたしにも孤児院にも近づこうとはしないだろう。だが思いどおりになったというのに、セイントの心は晴れなかった。

「帰っちゃったじゃないか。インディアンの話を聞きたかったのに」トーマスが不服そうに言った。

セイントは眉をひそめ、苛立たしげに男子寮をあとにした。トーマスの言葉が彼に向けられたものでないことはわかっていた。だれひとり、たとえ幼児といえども、セイントに対してそんな口のきき方をする者はいない。子供たちの願望がどうであれ、こうなるのが最善だったのだ。彼自身にとっても、エヴリン・ラディックにとっても。

5

「冗談でしょう？」ルシンダはバレット家の馬車のかたわらで足を止めた。召使がビロード張りの座席の上にいくつもの箱や包みを積んでいる。

「わたしが冗談を言ってるように見える？」エヴリンは答えた。箱をルシンダの召使に手渡し、座席に積んでもらう。ルシンダとふたりで買い物に出かけたものの、気に入ったものがひとつしか見つからず、ふさぎ込んでいるところだった。

「そうねえ。セイント・オーバンに関して、いい話はいっさい聞いたことがないわ。彼がまともな話題で噂になったことはないもの。それにしても、人前であなたの能力を批判するなんて、ずいぶんおこがましいわね。あなたがヒュートン侯爵の姪《めい》だということを忘れたのかしら？」

「わたしの親戚《しんせき》がだれだろうと、彼は気にもかけていないと思うわ」エヴリンはセイントについてのあらゆる情報をルシンダから聞き出したかった。

「たぶん、そうでしょうね」ルシンダが応えた。「ああ、そういえば〈ラッキングズ〉に新しい帽子が入荷したんですって。行ってみない？」

エヴリンは企画書に取りかかりたかったが、今日はヴィクターが家にいる。こんなさわやかな日だというのに書斎にこもっているのを見られたら、兄の疑惑をかわす自信はない。

「もちろんよ。行きましょう」

ふたりはボンド・ストリートを歩いて帽子店に向かった。ルシンダは通りすがりに出会った知人たちとにこやかに言葉を交わし、なにかに気を取られているらしいエヴリンの様子に気づかないふりをしていた。それが彼女のやさしさだとエヴリンは思った。ルシンダは友人が悩みを打ち明けるまで、けっして自分からは無理に聞き出そうとしないのだ。冷静で堅実な彼女の助言は、いつも適切で論理的だった。

だがセイント・オーバンにキスをされたと打ち明けても、エヴリンは自分の愚かさにますます憂鬱になるだけのような気がした。ルシンダの助言で決意が変わるとも思えない。孤児院でのボランティアの計画については、セイントにキスされようとされまいと、あきらめるつもりはなかった。でも、すでに計画は暗礁に乗りあげている。その事実を認めたくはなかった。

「エヴィ?」

エヴリンは我に返った。「ごめんなさい。今なんて言ったの?」

「ヴィクターのことを訊いたのよ。選挙方針は決まったのかしらと思って。実はジョージアナが今夜、ワイクリフ公爵と食事をするんですって。そのときにヴィクターのことを吹聴《ふいちょう》してきてあげると言ってるの」

「吹聴してもらうほど立派なことを兄がやっているかどうかは疑問だわ。それにジョージアナとワイクリフ公爵がいとこ同士で過ごす貴重な時間に、わたしの兄のことなんて話す必要はないわよ」

ルシンダが細い眉のあいだに皺を寄せた。「あなたは友達思いだけれど、政治的手腕があるとは言いがたいわね」

エヴリンはため息をついた。「政治的手腕なんていらないわ。わたしには関係のないことだもの。それよりなにか有意義な活動をしたいのよ」

「〈希望の家〉のような場所で?」

「ええ」

ルシンダが足を止めた。「ねえ、いい考えがあるわ」顔を輝かせてエヴリンの腕を取り、馬車のほうへと戻り始める。「そう、あなたの言うとおりよ。ワイクリフ公爵と話す必要なんてない。必要なのは公爵夫人よ」

「公爵夫人?　なぜ――」

「公爵夫人は以前、女学校の校長だったの。子供たちの教育について、学校の校長以上に知っている人がいると思う?　エマ・ブラケンリッジ以上に、あなたに適切な助言をしてくれる人がいるかしら?」

昨日の敗北感を押しやるように、エヴリンの胸に希望がわきおこった。セイントが彼女を見学の途中で逃げ出すように仕向けたとしても、別の方法で情報を得ることはできるのだ。

「ルシンダ、わたしがどれほどあなたを大切に思っているか、最近言っていなかったわよね?」エヴリンはルシンダの手を握りしめた。

「あなたの力になりたいの、エヴィ」


セイントは椅子の背にもたれ、葉巻の灰を指で落としながら言った。「これはただの提案です。承諾なさろうとなさるまいと、ご自由ですよ」

向かいに座る大柄な人物が険しい表情を変えずに言った。「わたしは国民の意見を考慮しなければならないのだ。きみにとってはどうでもいいことだろうがね」

「なにも不正を行うわけではありません。新しい公園を造るという話です。摂政皇太子《リージェント》として、あなたがなし遂げようとしているロンドン大都市計画の一環です」

「それはそうだが、孤児院を取り壊すことになるのだぞ」

こめかみを打ちつけるような頭痛がふたたび始まっていた。「そのころには孤児たちはいなくなっていますよ。別の場所に移るよう、取り計らいます」

ノックの音がして、ドアがわずかに開いた。「陛下?」

「なにかね、ミッサーズ?　仕事中だ」

細く開いたドアの向こうで侍従の顔が青ざめたのが見てとれた。「仕事……陛下、まさかこの……」

「そうだ。このわたしと仕事の相談だよ、ミッサーズ」セイントは笑みを浮かべた。

「なんということだ。よりにもよって……ああ、恐ろしや――」

「下がれ、ミッサーズ」ジョージ皇太子が侍従に命じ、高価なマディラワインがなみなみと注《つ》がれたグラスを振りかざした。

ドアが閉まった。

「いまいましい。五分もすれば、ここに大臣たちが勢ぞろいするはずだ」

葉巻を口にくわえたまま、セイントは皇太子のグラスに酒を注いだ。ミッサーズが大臣たちに連絡を取っているとしたら、長居はできない。「わたしがここを追い出される前に、もう一度お考えいただきたい。数エーカーもの広大な土地をお譲りし、あとはご自由にお使いくださいと申しあげているのです。現在着手なさっている計画の趣旨に反するものではありません。建物を取り壊し、木を何本か植える以外、納税者に負担はかからないのです」

椅子をきしらせて、皇太子はずんぐりとした上体をかがめ、身を乗り出した。「だが、セイント、それがきみにとってどんな利益になるというのだね？」

セイントは冷ややかな目で皇太子を眺めた。皇太子《プリニー》は自分の身を守るためなら、平気で秘密を口外する男だ。数カ月前から考えてきたこの計画は違法なものでないにしろ、不正行為が介在していることは隠しておかなければなるまい。「簡単なことです」セイントは葉巻の煙を吐き出して答えた。「わたしは母の遺言によって〈希望の家〉を維持し、管理する立場に立たされましたが、王室がその権限で孤児院を取り壊すとなれば、わたしの義務も消滅するというわけです」

「母上はあの孤児院に思い入れがあったのだね？」

「母はクリスマスの晩餐《ばんさん》用のテーブルクロスに刺繍することが慈善活動だと思っていたようです。そんなばかげたことに加担するつもりはありません。目の前に優雅な公園が造られようとしているなら、なおさらです」

皇太子はふっくらした手で優雅にグラスを揺らして笑った。「だれかを視察に行かせることにしよう。信頼できる者にきみの提案を検討させてからでないと返答はしかねる」

セイントも笑い返したが、その目は険しかった。「期待どおりの答えをお待ちしていますよ」急ぐ必要はない。あの孤児院を押しつけられて管理するはめになったのは六年前のことだ。チャンスが来るのをひたすら待っていた。あと数週間くらい、どうということはない。

「ところで」皇太子がいわくありげな口調で話し出した。「セイントよ、教えてくれ。レディー・ファティマ・グラッドストーンはベッドの中で、その……いい声をあげるというのは本当か？」

「ええ、猫のような声を」セイントはグラスに残っていたマディラワインを飲みほした。

「ほかにはなにか、陛下？」

皇太子はふたたび愉快そうに笑い出し、肉づきのいい顎を揺すった。「下がってよいぞ。それにしてもセイントよ、きみという男は救いがたい悪党だが、それでもなお、わたしを楽しませてくれる」

セイントは立ちあがり、お辞儀をするとうしろに下がった。ようやくあの孤児院から解放されるチャンスがめぐってきたのだ。せいぜい皇太子の機嫌を損ねないようにしなければならない。「それがわたしの才能です、陛下」

「みながきみのようだとおもしろいのだが」

カールトンハウスを出て馬を待つあいだ、セイントはジョージ皇太子との話し合いが予想以上にうまくいったことに満足していた。孤児院を取り壊すための費用も、公園の植樹の費用も自分が支払う心積もりでいたが、その申し出をするまでもなく、視察をさせると皇太子が言ったのは、かなり脈がある証拠だ。

セイントは愛馬のカシアスにまたがり、昼食のために〈ブードルズ〉へ向かったが、数分走ったころ、遠まわりをしていることに気づいた。無意識のうちにまわり道をして、ある場所に向かっていたのだ。行く手の左に白い家が見えたとき、彼は顔をしかめて速度を落とした。

ラディック邸はどう見ても広大で瀟洒な屋敷とは言いがたいが、庭園は小さいながらも手入れが行き届いており、馬小屋にも活気がある。ヴィクター・ラディックはおじのヒュートン侯爵の事業を手伝うためにしばらくインドへ行っていたが、母親と兄妹の三人家族が暮らしていくのに充分な収入を得ているらしい。

そのヴィクターが最近になって政界に進出する意志をかためたという噂は、セイントも耳にしていた。ヒュートン卿が熱心に支援しているに違いない。先週の夜会でエヴリンがファティマに近づいていったのも、兄の野望を実現するための一歩だったのならうなずける。あのときのエヴリンの苦虫を嚙みつぶしたような顔は、あの夜のハイライトだった。今、この家のドアをノックしたら、彼女はどんな反応を示すだろう。

そのドアが内側から開いた。セイントは弾《はじ》かれたように背筋を伸ばした。期待に胸が高鳴る。だが、ドアから出てきたのはエヴリンの母親だった。昼食会にでも出かけるのか、めかし込んでいる。彼は少し離れた道路脇の楡《にれ》の木陰に身をひそめた。続いて召使が姿を現したが、エヴリンが出てくる気配はなかった。

セイントは激しい渇望感を覚えた。エヴリンがその渇きを刺激しているのは間違いない。彼の行きすぎた行為に恐れをなしたエヴリンは当初の計画を断念し、今ごろ孤児院から修道院に鞍《くら》がえしているかもしれない。セイントは肩をすくめ、ペリメル通りの方向に戻った。いずれにしろ明後日の理事会に彼女が姿を見せなければ、あとを追う価値もないということだ。そう思いながらも彼は曲がり角でもう一度、エヴリンの家を振り返らずにはいられなかった。金曜になればわかる。待つのも悪くない。期待どおりの結果が待ち受けているならの話だが。

「わたしが教えたのは一二歳から一八歳までの女生徒ばかりだったので、初等教育についてはあまり詳しくありませんのよ」ワイクリフ公爵夫人が身をかがめ、サイドテーブルの下に向かってクッキーをちらつかせた。

「なにかご助言をいただけたらありがたいのですが、公爵夫人」サイドテーブルが大きく揺れ、エヴリンはそちらに気を取られながら言った。

「エマとお呼びになって」公爵夫人はクッキーを手にしたまま椅子から下りると、カーペットの上にひざまずいた。「床に這いつくばるなんて、威厳もなにもあったものではありませんわね」クッキーを餌《えさ》に、サイドテーブルの下の見えない相手に懇願する。「エリザベス、お母様はそんなところには入れないの。出てきてちょうだいな」

笑い声が返ってきた。

エマはため息をついた。「お父様のせいね。おとぎの国の妖精《ようせい》が洞穴の中に住んでいるなんて話をするものだから」

サイドテーブルの下からは依然として笑い声が聞こえるばかりだ。

エマは上体を起こし、クッキーを自分の口に放《ほう》り込んだ。「だったら、そのままそこにいなさい。妖精はサイドテーブルの下には住めないことをお父様に説明していただきましょう」

ドアにノックの音が聞こえた。公爵夫人は優雅な動作で椅子に座り直し、戸口に立った召使に声をかけた。「見つかった、ベス?」

「はい、奥様」手に抱えた本の山をテーブルに置いたとき、下のほうから突然笑い声が起こり、召使は驚いて飛びあがった。「ああ、びっくりした!」

「公爵様を探してきてくれないかしら、ベス? デア卿とまだビリヤード室にいるかもしれないわ」

「かしこまりました」召使はお辞儀をして立ち去った。

エヴリンは親友に視線を向けた。ルシンダはのどかな午後を心から楽しんでいるようだ。ルシンダは孤児たちに読み書きを教えるための助言を求める必要もないし、ワイクリフ公爵やデア子爵がエヴリンの計画を知ったときの反応を危惧《きぐ》する必要もない。とはいえ、ワイクリフ公爵やデア子爵の反応など、ヴィクターの反応に比べたらなんということもないが。ジョージアナがここにいてくれたら、絶大な影響力を持つ身内の男性陣を盾に、ヴィクターとエヴリンの仲裁役になってくれるだろう。でも彼女は今ごろ、ワイクリフ公爵の母親と昼食会の最中のはずだ。どのみちヴィクターに秘密がもれたら、だれひとり仲裁役など務まらない。エヴリンは自分で自分の権利を守るしかないのだ。

「それで、なんの話だったかしら?」指先についたクッキーのかすを払いながら、エマが言った。「ああ、そうだったわね」本を取りあげ、膝の上でぱらぱらめくると、エヴリンに手渡した。「これは子供用の入門書。小さな子たちに字を教えるのに役立つはずよ。混乱させるのを避けるために、まず母音とその発音から始めることをおすすめするわ」

「まあ、ありがとうございます」エヴリンは心から礼を言い、さっそく本を開いた。「なにから始めればいいのか、方法がわからずに困っていたんです」

「方法はわかっているのに、あなたは心配しすぎるのよ、エヴィ。だれかの役に立とうと努力しているあなたをだれも批判することはできないし、批判などするべきじゃないわ」ルシンダが強い口調で言った。

エヴリンはにっこりした。「ありがとう、ルース」

エマが思わせぶりな目をエヴリンに向けた。「あなたひとりで子供たちを教えるおつもり？　教えることはとてもやりがいのある仕事だけれど、ほかのことに手がまわらなくなるほど忙殺されるわ」

「ええ、ひとりでは無理かも……」エヴリンは口ごもった。ワイクリフ公爵夫人は信頼できそうな相手に思えたが、秘密を口外しないように口止めするのは、なにかうしろめたいことをしているみたいで気が進まなかった。

「ご家族のことでお忙しいでしょうから、無理をしないことよ」エマが言った。

エヴリンは笑顔を返し、別の本を手に取った。「教師を雇ってみるのもひとつの方法かもしれません。すばらしい本を見せていただいて、ありがとうございます、エマ」

「どういたしまして。好きなだけ持っていって活用してちょうだい」

戸口でワイクリフ公爵の低い声がした。「だれかわたしに用かね？」

長身で肩幅が広く、黄褐色の髪をした公爵が大股で部屋に入ってきた。デアがあとに続く。

エヴリンは引きつった笑みを浮かべた。これまでの話を盗み聞きされていたのではないかと不安になった。だが、どう見ても彼らは盗み聞きをするような人たちではない。この数日間、夢の中にまで現れてはエヴリンを悩ませているどこかの侯爵とは違うのだ。

「ええ、わたしがお呼びしましたの。おとぎの国の妖精がサイドテーブルの下に入り込んで、出てきませんのよ。お風呂に入る時間なのに」

公爵が目を大きく見開き、眉をつりあげた。「妖精が?」彼はマホガニー材のサイドテーブルのつややかな表面をノックした。「この下に妖精が隠れているというのか?」かん高い笑い声が起こる。

すっかり相好を崩している公爵を見て、エヴリンはほほえんだ。公爵は紅茶のセットとキャンディがのったトレーをサイドテーブルの上から持ちあげ、デアに渡した。先ほど公爵夫人がやったように床に座り込み、エリザベスを引っぱり出すのだとばかり思っていたエヴリンの予想を裏切り、なんとワイクリフ公爵はサイドテーブルを軽々と持ちあげて脇に置き直した。

「まあ、力持ちね」エマがうっとりしながらつぶやいた。エヴリンは思わず顔を赤らめた。

黄色と白のドレスを着たエリザベスが赤褐色の短い巻き毛を振り乱し、またもやかん高い声を張りあげてライティングデスクのほうに駆け出した。公爵は長い脚を一歩踏み出し、またたくまに娘を腕の中にすくいあげたかと思うと、肩にのせた。「やあ、エリザベス」

エリザベスは奇声をあげて父親の上着を握りしめ、くすくすと愉快そうに笑った。

「今のを聞いたか?」公爵は満面に笑みをたたえ、デアを振り返った。「エリザベスが〝パパ〟と言ったぞ」

デアはキャンディと紅茶のセットをサイドテーブルに戻しながら答えた。「わたしの耳には〝バブーン〟としか聞こえなかったが」

「だったら、きみの耳がおかしいのさ」

「それはどうかな」

エマは笑って男性たちをドアのほうに追いやった。「さあ、もう行ってちょうだい。女性同士のおしゃべりを邪魔しないで」

デアが立ち止まった。「どんなおしゃべりをしていたんです？」デアの視線を感じ、エヴリンは先日の彼の言葉を思い出した。セイントには背中を見せるな、という忠告は守ったつもりだ。真正面から唇にキスされたのだから。

「フランスのファッションと宝石のお話よ」エマが間髪を入れずに答えた。

「やれやれ。エリザベスにビリヤードを教えるほうがよほど楽しそうだ」デアは顔をしかめてみせた。

公爵はうなずいてドアを開け、デアが廊下に出るのを待った。「きみは実に機転のきく男だ。いとこをきみに推薦してよかったとつくづく思うよ」

「推薦？　わたしの記憶によると、あれは脅し以外のなにものでもなかったな」

にぎやかな話し声が遠ざかるのを、エヴリンは不思議な思いで聞いていた。少し前まではスキャンダルの絶えることがなかったふたりだが、そのうちのひとりは今や父親業がすっかり板につき、幼い娘を溺愛《できあい》する様子にはかつての放蕩者の影もない。そしてもうひとりも、六カ月後には同じような状況を迎えているだろう。

「エヴリン？」

はっと我に返る。「ごめんなさい、エマ。なんとおっしゃいました？」

公爵夫人がほほえんだ。「あなたの計画を実行するには、だれかの手助けが必要なのではないかしら、と言ったのよ」

「ええ、たしかに。でも、なんとか自分の力でやってみたいんです」

だれかの力を借りることもできないわけではない。だが、ベッド以外では役に立たない女、とセイントにそしられるのは耐えがたい屈辱だ。人の手を借りれば必ず彼の耳に入り、またしても理事たちの目の前で口汚く罵られるだろう。そう、これはわたしの掲げた目標よ。自力でやるしかないわ。

「そうでしょうね。でも、なにかあったらいつでも相談に乗るから」

三人は思い出したようにフランスのファッションと宝石の話題にしばらく興じ、やがてエヴリンとルシンダはブラケンリッジ邸をあとにした。小さいながらも一歩を踏み出したとエヴリンは思った。公爵夫人に借りた本の山を見つめ、企画案が理事会の承認を得られる確率は半々だと思う。問題は、理事会の承認を得るだけでは不充分だということだ。企画案は完全なものでなければならない。そして、その完全な企画案を二日間で準備しなければならないのだ。

しかも、準備すべきものは企画案だけではなかった。セイント・オーバンになにを言われようと逃げ出さないだけの精神力と、彼に二度とキスを許したりしない意志の強さが必要だった。彼が追い求めているものがなんであれ、それを与えるつもりはない。

「ストレージの保管物の資産価値を査定してもらうだと？　そんな不必要な支出を承認するほど、わたしは酔っていないぞ、ラトリッジ」セイントは眉間《みけん》に皺を寄せて言った。

ティモシー・ラトリッジが不愉快そうにセイントを睨み返した。それまでの熱意のこもった態度とは打って変わり、ふてくされたように背中を丸めている。「アンティークの家具や絵画にはかなりの価値が――」

「そんなに興味があるなら、人を雇わずに自分でやればいい」セイントはラトリッジの言葉をさえぎって身を乗り出した。「だが棒切れ一本でも処分しようものなら、ただではおかない」

「でも――」

「やめておきたまえ、ラトリッジ」エドワード・ウィルスリー卿がしわがれ声で言い、グラスのポートワインを飲みほした。「そんな支出はわたしも承認しかねる」

「わたしの目を盗んでうまい汁を吸うつもりなら、もっと工夫が必要だな」セイントは蔑《さげす》むように言うと、自分のグラスとウィルスリー卿のグラスにワインを注いだ。そんな話題に興味はなかったが、エヴリンが現れるかどうかわからず苛立ちを募らせていたセイントは、ラトリッジの話につき合うことで気を紛らわせていた。

彼女はきっと来ないだろうと思いながらも、セイントは理事会を終了することができずにいた。待たされること自体、沽券《こけん》にかかわることではあったが、ここは彼が管理を任されている場所で、つまりは自分の領地だ。その事実がセイントのプライドを守り、同時にラトリッジに敗北感を与えもした。

「ほかに話し合うことは？」タリランド卿が葉巻の煙を吐き出して言った。

ウィルスリー卿が咳払いをして口を開く。「男子寮の一番左の窓が、また外れています。修理が必要です」

セイントはにやりと笑った。「修理をしたら、やつらが夜中に出歩くための出入口を閉ざしてしまうことになる」

「なんだって？」ウィルスリー卿が身を乗り出した。「子供たちがそんなことをしているのを知っていたというのかね？」

「わたしの目をごまかすことはできないさ」

「やれやれ、それを見逃していたとは。きみに任せておくと、この孤児院は窃盗団の巣窟《そうくつ》になるな」

タリランド卿がふたたび煙を吐き出して言った。「そのほうが利益が上がるだけましでしょう」

セイントは無言でポートワインをすすった。この理事会に出席することこそ、〈希望の家〉の理事として最悪の仕事だ。

ドアにノックの音がした。自制心が働く前にセイントは立ちあがっていた。皮膚の下で血が熱くたぎるのがわかる。これが彼女でなかったら、どうしてくれよう。

「今ごろ、だれが？」タリランド卿がけだるそうに言い、セイントに目を向けた。

「帰りたいならご自由に」セイントは皮肉を言い、大股で部屋を横切ってドアを開けた。「なんだ?」

家政婦がはっとして飛びのいた。「あの……ミス・ラディックが……」

「入ってもらってくれ、家政婦さん」

「ネイザンです」

エヴリンの姿が戸口に見えたとき、家政婦の抗議の声も、背後で理事たちがいっせいに立ちあがる音も、セイントの耳には聞こえなかった。薄緑色のハイネックのドレスを着たエヴリンは、メイフェアの貴族の令嬢にしてはあまりに地味だった。長い赤毛を家庭教師のように頭のうしろできっちりまとめている。隙《すき》を見せまいと身構えているのは明らかだ。

エヴリンはお辞儀をした。「みなさん、ご機嫌いかがですか?」セイントの視線を避けながら脇をすり抜ける。

「たいした度胸だ」セイントはつぶやき、空いている椅子を手で示した。「約束のものを持ってきたようだな」思わず彼女に触れそうになるのを抑え、彼はエヴリンが腕に抱えている書類の束を指で叩いた。

「これは企画案の関係書類です」彼女が椅子の上に書類を置いた。

「今日はどんなご用でいらしたのですか?」ラトリッジが歩み出てエヴリンの手を取り、唇に引き寄せた。

セイントは彼女の視線を感じたが、気づかないふりをして部屋の隅に行き、ライティングデスクにもたれかかった。ほかの理事たちからは見えない場所に立ち、エヴリンを観察したかった。彼らに知らせてはいなかったが、エヴリンが来ると伝えていれば、だれもが浮き足立っていたに違いない。

「〈希望の家〉を改善するための企画案を持ってまいりました」エヴリンの声はかすかにうわずっていた。「具体的な計画があればここでボランティア活動をさせていただけると、セイント・オーバン卿からお聞きしましたので」

理事たちがふたたび椅子に腰を下ろす。タリランド卿が笑顔で言った。「それはすばらしい。さっそくあなたの計画をお聞きしましょう、ミス・ラディック」

エヴリンは企画案を語り始めた。孤児たちの教育問題、衣類や食事、建物に関する改善策。セイントはそのどれも聞いていなかった。そのかわり、彼女の手のしぐさや頭の動き、ひたむきな表情に目が釘《くぎ》づけになっていた。エヴリンはなにごとにも、こうして真剣に取り組むべきだと思っているのだろう。

彼女を降伏させるのは造作もない。いずれはエヴリンもわたしの前にひれ伏し、キスを、指を、わたしのたくましい体を懇願するようになるのだ。それがわかっていながら、これほどまでに彼女に執着していることがセイントは不可解でならなかった。彼が処女の小娘に熱をあげているのを知ったら、ファティマを始めとするかつての愛人たちは大笑いするだろう。

遠慮がちな拍手の音が聞こえ、セイントは我に返った。エヴリンがなにを話したのかは定かでないが、理事たちには気に入られたようだ。これで寄付金の話を持ち出しさえすれば、彼らの賛同を得るお膳《ぜん》立ては整うだろう。

ウィルスリー卿が口を開いた。「あなたの熱意には感服しました。企画案を実行するにあたってお役に立てることがあれば、いつでも声をかけてください」

ラトリッジが同意するようにうなずいた。「この施設の管理は、あなたのように繊細な方にとってはつまらないでしょう。それでいて複雑な問題もたくさんあります。わたしは助力を惜しみませんよ」

下衆《げす》な連中め。やつらはけっしてメインコースにはありつけない。せいぜい残りもので満足していればいいのだ。

エヴリンが穏やかな笑みを浮かべた。ダンスの相手に笑いかけるような、無邪気でよそよそしい表情だ。「ありがとうございます。では、みなさんの承認をいただけるのですね?」

タリランド卿も立ちあがっている。小娘の寄付金をあてにしているのか、よだれを垂らさんばかりの顔つきだ。「決をとりましょう。賛成の方は〝はい〟と言ってください」

〝はい〟という声がいっせいに起こった。

「セイント・オーバン卿、あなたはどうなんです? ミス・ラディックの企画案に異議があるのですか?」ラトリッジが尋ねた。

セイントは少し離れた場所で、ライティングデスクにもたれたままゆったりと立っていた。孤児院を取り壊そうというときにエヴリンの介入は必要ない。反対すべきだろうか? 彼女は怒ってここを飛び出し、そのあとは夜会で会ってもわたしを無視し続けるだろう。それはかまわないが、困ることがひとつある。みだらな官能に身を火照らせ、熱い吐息とともにわたしの名を狂おしく叫ぶエヴリンを、けっして胸に抱くことはできなくなるのだ。

セイントは唇をすぼめて彼女を凝視していたが、やがて口を開いた。「この試みはわたしの監視のもとに行われるのだろうね？」

自信に満ちたエヴリンの笑顔がかすかにゆがんだ。その笑顔に惑わされない男性がいることを知り、とまどっているのだろう。「あなたがそれをお望みなら」彼女は言葉をにごした。

「ああ、望んでいる」

エヴリンが顔を上げた。頬がさらに紅潮する。「わかりました。あなたの監視のもとで、わたしは企画を実行いたします」

セイントはゆっくりと笑った。「それならわたしも賛成だ」

6

「エヴリン！」

家の玄関口で、エヴリンは凍りついた。このままうしろを振り返らずに、馬車のところまで走ろうかと迷っているあいだに、ヴィクターが階段を駆けおりてきて目の前に立った。眉をひそめて腕を組んでいる。

「おはよう」彼女は明るい笑顔を取り繕った。

「昨日、ヒュートン家に立ち寄った」ヴィクターが嚙みつくように言った。「この一週間、おば上はおまえに会っていないそうだ」

「それは――」

「火曜日のウェストサセックスのティーパーティーに行かなかったのはなぜだ？」

「行くつもりだったけど――」

「セイント・オーバンのダンスの相手をした理由も、まだ聞いていない」

「お兄様、聞いて――」

「自分のしていることがわかっているのか？」ヴィクターはまくしたてて、ようやく息をついた。「わたしのインド滞在中におまえが勝手気ままに暮らしていたのはわかっているし、下院に当選すれば、買い物だろうとパーティーだろうと、遊び三昧《ざんまい》の生活に戻れるんだ。だからせめてそれまでのあいだ、少しは常識をわきまえて行動してもらえないか」

エヴリンは怒りを押し殺した。兄に本当のことを知られてはまずい。ここはごまかすしかなかった。彼女は数日のあいだ考え続けた言い訳を口にした。「お兄様の選挙の邪魔はしていないし、協力しているつもりよ。お兄様は議員になるべき人ですもの。だけどわたしには今、やらなければならないことがあるの。それをなおざりにしたら、お兄様の評判にも傷がつくわ」

ヴィクターは手を伸ばし、執事のラングレーが外から開けようとしたドアを閉めた。「やらなければならないこと？　なんだそれは？」

セイント・オーバンが理事長を務める孤児院で、実質的な管理と運営にかかわることになったなどと兄に告げたら、部屋に閉じ込められるだろう。「レディー・デアとワイクリフ公爵夫人が慈善活動で貧しい子供たちに教育を施すことになって、わたしに手伝ってほしいと言ってるの」

「おまえに？」

だれもおまえに助言や助力など求めない――そう言いたげなヴィクターの懐疑的な口調をものともせず、エヴリンは答えた。「そうよ。わたしはお兄様のことも手伝っているでしょう？」

「信じがたい話だな。それで、セイント・オーバンとワルツを踊ったことに関しては、どう言い繕うつもりだ？」

「誘われたからよ。もし断ったりしたら……誘いを受けるよりも険悪な雰囲気になると思ったの」

ヴィクターが不服そうにうなずいた。「それもそうだな。だが、あの男には近づくな、エヴリン。二度と誘われないようにしろ」

「わかってるわ」

ヴィクターは彼女に詰め寄った。「おまえがなにを始めたのかは知らないが、そんなことはあくまでも二の次だ。今は家のことを、つまりわたしのことを優先してくれ。母上は次のティーパーティーにおまえと出席すると言っている。もうのんびりと構えてはいられない。プリンプトンはアルヴィントンの票を狙っているんだ」

「お母様がわたしと？」

「そうだよ。母上はこの選挙に全力を投じてくれている。おまえも同じように努力すべきだ」

「してるわよ」冗談じゃないわ。ティーパーティーの席で母が自慢げに話す言葉が聞こえるようだ――わたくし、ヴィクターがインドから帰国する前に結婚なさいと、エヴリンには再三すすめておりましたのよ。と申しますのも、どんな男性もヴィクターの眼鏡にはかないませんから、エヴリンはいきそびれてしまいますわ。娘の価値が高いわけではなく、ヴィクターの基準があまりにも高すぎますの。

「どこに行くんだ？」ヴィクターはエヴリンが腕に抱えた本の束に目を移し、あっというまに上の一冊を抜きとった。止める暇もなかった。「初等読み書き？」

「これに目を通しておくようにと、公爵夫人が貸してくださったの」

不愉快そうに鼻を鳴らし、ヴィクターは本を戻した。「公爵はおまえが夫人の手伝いをしていることを知っているのか？」

「ええ、もちろん」選挙のことで頭がいっぱいのヴィクターを騙《だま》すのはたやすい。

「だったら公爵によろしく伝えてくれ」

「わかったわ」

「急いで行きなさい。公爵夫人をお待たせしてはまずいだろう」

セイント・オーバン侯爵をお待たせするのはもっとまずいのよ。ヴィクターが書斎に入ると同時に、エヴリンは玄関を飛び出した。「孤児院に大急ぎで行ってちょうだい」フィリップに耳打ちする。

「かしこまりました、お嬢様」

ヴィクターとセイント・オーバンさえいなければ、どれほど気が楽だろう。ひとつミスをすれば計画のすべてが水の泡だ。ルシンダが言うように、支援を必要としている施設はほかにいくらでもある。そしてほかの施設なら、セイントに煩わされることもない。良家の子女が出入りするにふさわしい施設もあるに違いない。そういった場所ならば、ヴィクターの選挙活動の妨げにもならず、彼の了解を得るのは簡単だ。〈希望の家〉に心を引かれたのは、この施設こそがエヴリンをもっとも必要としており、同時に彼女の追い求めていた場所のような気がしたからだった。孤児たちの生活を改善することは、エヴリン自身の人生に大きな意味をもたらすことになるのだ。だれも彼女を止めることはできない。だれにも邪魔はさせない。

セイント・オーバンは〈希望の家〉の正面入口に女性の一団が列をなしているのを、呆然《ぼうぜん》と見つめていた。女性たちがどこのだれなのか、なんの用でここに集まってきたのかは見当もつかないが、彼の目には取り立てて騒ぐ気にもなれないほど平凡な女たちの集団に映った。ミス・ラディックという名を耳にしていなければ、彼女たちを追い払っていただろう。セイントが苛々と廊下を行き来するたびにあわてふためいて逃げまどう女たちは、まるで鶏の群れのようで、それを見ているだけで少なくとも退屈しのぎにはなった。どうやら彼は下層階級にも悪名をとどろかせているらしい。

みすぼらしい身なりの若い女性たちが怯《おび》えて騒ぐのは勝手だが、こんな時間に起きているのはこの女たちのためではない。セイントは再度懐中時計を取り出し、蓋《ふた》を開けて時間を確認した。九時だ。エヴリン・ラディックはまだ来ない。あと一〇分待って現れなければ、女たちを建物の外に叩き出し、ドアに鍵《かぎ》をかけてやろう。

エヴリンがあきらめるのをじっと待っている必要はない。行く手に次々と障害を仕掛けてやればいいのだ。その一方でセイントは、彼女がここでなにをするつもりなのか、興味をそそられてもいた。下心もなしに金と時間を提供する人間など見たことがない。エヴリンがここでなにをしようと、彼女の本心を、本当の姿を、いつか暴いてやる。そしてそのときこそセイントは、膨れあがる欲望に身を任せ、激しい渇きが癒《い》えるまで、エヴリンの裸体をむさぼり続けるつもりだった。

玄関の両開きのドアが開いた。また女の訪問客に違いないと思いながら振り向いたセイントの体を電流が駆け抜けた。エヴリン・ラディックが玄関広間に駆け込んできた。赤毛を振り乱し、帽子がうしろにずれている。苦しげに波打つ胸の前に本の束を抱えていた。

「おはようございます、セイント・オーバン卿。遅れて申し訳ありません。出がけに引き止められて、どうすることもできませんでした」息をあえがせながら、彼女が言った。

「だれに引き止められたんだ?」セイントは階段の奥から静かに歩み寄り、エヴリンの前で立ち止まった。手を伸ばし、首のところで結ばれた帽子のひもをゆっくりとほどく。

エヴリンはグレーの目を見開いてセイントを見つめ、次に女性たちの一団に視線を向けた。

「兄ですわ。その手を離してください」

セイントは彼女の帽子を取り、風に乱れたほつれ毛をうしろに撫《な》でつけてささやいた。

「二〇分もここで待っていた。いいかげんにこんな茶番劇はやめようと思ったが、そうしなかったことを感謝してもらいたいね」

エヴリンは肩を怒らせ、きっぱりと言った。「これは茶番劇などではありません」彼の手から帽子を奪いとり、不安そうにたたずむ女性たちに顔を向ける。「広告を見て来てくださった方たちですね?」

女たちがお辞儀をして、口々に答えた。「ええ、そうです」

セイントはエヴリンの肩に顔を寄せた。「広告? なんのことだ?」彼女の髪のレモンの香りを胸いっぱいに吸い込みながら尋ねる。

エヴリンは手にした新聞を振った。「『タイムズ』紙に広告を載せました。教師を募集したんです」

彼は奥歯を嚙みしめた。なんという大それたことを。そんな広告を皇太子やそのまわりの口やかましい連中が目にしたら、とんでもないことになる。いったいこの状況をなんと説明すればいいのだ。「先にわたしの許可を得るべきだったな」

エヴリンはセイントにうなずいてみせると、女性たちに向き直った。「それではみなさん、これから面接を行います。三人ずつ、隣の部屋にお入りください」

「残りの女たちの相手をわたしにさせるつもりか?」

彼女はセイントに顔を向けた。「あなたがここにいる必要はありません」

「必要はある。きみの企画はわたしの監視のもとで行われることになっているんだ」

「理事のみなさんは違う意見でしたわ」

彼はゆっくりと口の端に笑みを浮かべた。「理事長はわたしだ。ミス・ラディック、そのことを忘れるな。さて、ほかにニュースはないのかい?」

「正午に作業員が数人、来ることになっています。一階のストレージを整理するために手配しました」エヴリンは顎を上げ、セイントの目を見据えた。「反対なさる理由はないはずです」

ひるむことなく真正面から見つめてくるエヴリンに、彼は内心感服していた。今日は彼女にとって初日でしかない。これまで勝手気ままな行動を常とし、快楽だけを追求してきたセイントが、エヴリンにすっかり主導権を奪われている。だが、彼はそのことを指摘せずにいた。いずれわからせてやる。「ストレージを整理してどうするつもりだ？」

「教室にするんです」彼女が眉をひそめた。「わたしの企画案をお聞きになったでしょう？」

「聞いていない」

「そんな――」

「エヴリン・マリー・ラディック」セイントは低い声で言った。この女たちがどこかへ行ってくれたらいいのに。そうすれば、蜂蜜の味がするこの小さな唇を思う存分味わえるのだが。

「きみは企画のためにここへ来ているのではない」

眉間の皺を深くして、彼女が言った。「では、なんのために――」

「わたしを喜ばせるためだ」

「わたしを脅すのはやめてくださいとお願いしたはずです、セイント・オーバン卿」

「セイントだ」彼は訂正した。「きみのせいで欲情した男の体を見たことがあるか？」

エヴリンの頬が真っ赤に染まった。「な……なんてことを」

「見せてやろう」セイントはこらえきれずに手を伸ばし、彼女の頬に触れた。「教室の講義では学べないことをきみに教えてやる。そのうち、きみはわたしに教えを請わずにはいられなくなるさ」

エヴリンは呆然としたまま、開いた口をまた閉じたが、やがて震える声で言った。「手を離してください。あなたの脅しには乗らないわ」

「今日のところはあきらめよう」セイントは彼女の肩越しに女たちの一団を見やった。「それで、ストレージのものをどこに移すつもりだ?」

「あの……」咄嗟《とっさ》に頭を切りかえられず口ごもったエヴリンを、彼は勝ち誇ったように見つめた。それでいい。動揺していればいいのだ。「古い厩舎《きゅうしゃ》に移します。ストレージのものにはすべて目を通し、使えそうなものがあるかどうか調べます」

セイントは慇懃《いんぎん》にお辞儀をした。「お好きなように」

「手伝ってくださるおつもりは?」

彼は冷ややかに笑って向きを変えた。「手伝うのはいいが、ボランティアはごめんだね。わたしは無償ではなにもしない」

エヴリンが手配した作業員たちは、どうやら酒場の下働きの男たちらしい。デアが集めた連中だとセイントはすぐに気づいた。デア子爵トリスタン・キャロウェイは結婚して以来、すっかり堅物になってしまった。エヴリンが本当の理由を告げて彼の助けを借りたとは思えない。
デアはかつてはセイントの遊び仲間で、皮肉たっぷりのユーモアが通じる貴重な友人だった。だが、それも彼が結婚するまでのこと。女によって軌道修正されたとは嘆かわしい限りだ。今では議会で顔を合わせるか、シーズン中にやむをえず出席するパーティーですれ違うだけで、言葉を交わす機会もなくなっている。セイントはデアの結婚を祝福しつつも、うらやむ気にはなれなかった。

作業員たちにストレージの整理と不用品の処分についての指示を与えると、セイントはなにもすることがなくなった。ポケットからフラスクを取り出し、壁にもたれかかってジンをあおる。

セイントが協力的だったことに、エヴリンは少なからず驚いていた。なんのためかはわからないが、どうせ下心あってのことに違いない。セイントも彼女の本心がわかりかねていたが、少なくとも自分のもくろみだけは把握していた。この場所に公園が造られることになったら、孤児院を取り壊す前に建物の中を一掃しなければならない。エヴリンの歓心を買いながら、早くも孤児院の取り壊し作業に着手できるとは、なんと効率的なことか。

廊下の隅で待つ女たちの数も、昼過ぎには数人に減り、ストレージのほとんどが蜘蛛《くも》の巣と埃《ほこり》を残すばかりとなっていた。セイントは子供たちが遠くから様子をうかがっていることに気づいていたが、わざわざ説明するつもりはなかった。彼らには食べ物と住む場所を与え、最低限の義務を果たしている。子供たちへの説明はエヴリンに任せておけばいい。なんといっても、今日のこの騒ぎはすべて彼女の発案によるものなのだから。

レモンの香りがセイントの鼻をかすめた。「子供たちに、わたしたちがなにをしているのか説明したほうがいいのではありませんか？」エヴリンが彼の横で言った。

「きみがなにをしているか、だろう。わたしはここで暇つぶしをしているだけだ」

「それでも助かりましたわ」

彼女は大いに満足している様子だ。「ミス・ラディック、きみがなにを企んでいるのか知らないが、追従するつもりはない。わたしは自分の目的のために行動している。きみのためではないことを忘れるな」

「わたしはなにも企んでなどいません。かわいそうな子供たちのために力になりたいだけです。あなたもそのために理事長を務めているのでしょう？」

「誤解もはなはだしい」壁から体を起こし、セイントはエヴリンに向き直った。「〈希望の家〉が存続する限り、ハールボロー家がその管理運営にあたるようにというのが母の遺言だった。あいにく、わたしがハールボロー家に残ったただひとりの人間だったというわけさ。それだけの理由だ」

セイントは〝〈希望の家〉が存続する限り〟という言葉を印象づけないようにさらりと言ったが、エヴリンは別の言葉に気を取られている様子だった。

「ハールボロー家？」ひとり言のようにつぶやく。「知りませんでした」

「まさか、きみがハールボロー家の血を引いているというのではないだろうね」セイントは眉をひそめた。たとえ遠い親戚であっても、血縁の女とは関係を持たないことにしている。故意だろうと偶然だろうと、彼の血統を深めたところでいいことはない。

「いいえ」エヴリンは首を振った。「あなたのラストネームを知らなかったことに気づいたんです。というより、クリスチャンネームさえお聞きしていません」

「マイケルだ」

「マイケル」エヴリンが繰り返し、セイントは彼女の唇に視線を吸い寄せられた。女性の唇に目を奪われるのは珍しくもないが、今回ばかりはキスをしたいからではない。セイントをクリスチャンネームで呼ぶ女性はめったにいないし、彼自身がそれを拒んできた。セックスはただの肉体の交わりでしかないのに、過剰な親密さを押しつけられるのは迷惑だ。それなのに、エヴリンが無邪気にも彼の名を口にしたとき、セイントはなぜか体の奥が震えるのを感じた。不思議だ。

「ありふれたつまらない名前だ。母親もありふれたつまらない女だった」

「ひどいことをおっしゃるのね」

セイントは肩をすくめた。この会話がしだいに気づまりになってきた。「本音を言ったまでだ」

エヴリンはセイントを見つめた。「ご家族の話題は気が重いのね?」どうしてそんな言葉を口にしたのか、自分でもわからなかった。だが、なぜかこの言葉が、傲慢で否定的な態度を崩そうとしないセイントの核心に触れたような気がした。

「気が重いはずがないだろう、エヴリン？　わたしには良心というものがないのだから。少なくとも人にはそう思われている」彼がエヴリンに一歩近づいた。

セイントのグリーンの目に獰猛《どうもう》な光が宿っていた。彼女は身をかわすようにうしろに下がった。ふたりの会話の細部まで作業員たちの耳に届いているのは明らかだ。デア卿が請け合ったのは彼らの労働だけで、セイントがエヴリンにキスするのを目撃した場合の口止めまでは保証していない。

「あなたはわたしをいたぶって楽しんでいるのね」エヴリンはくだけた口調で言った。

彼が首を横に振った。「これは警告だ。何度も言ったが、わたしは無償ではなにもしない。今日きみを手伝ったことの借りは返してもらう」

「わたしは手伝ってほしいなどと言った覚えはありません」思わず反撃の言葉が口から飛び出した。彼に歯向かっても無意味なのはわかっていたはずだ。どんな場合にも一歩も譲ろうとしないセイントになにを主張したところで、愚弄《ぐろう》されるか、あるいは彼の気分によってはキスされるのが落ちだ。

「わかっている。きみはわたしに妨害されずに、思いどおりのことがしたいんだろう。わたしもきみを思いどおりにしたくてたまらない」セイントは謎《なぞ》めいた笑みを浮かべた。「わたしは悪魔に取りつかれた男だ。悪魔の機嫌を損ねないほうがいいぞ」

セイントがふたたび手を伸ばし、エヴリンの頬に触れた。視線を唇へと移す。彼女は息をのんだ。二度とキスはさせないと自分を奮い立たせ、彼を拒絶しようとしたとき、セイントが羽根のように軽やかな動きで喉からうなじへと指を滑らせた。一瞬ののち、うなじを離れた彼の手にエヴリンの真珠のネックレスが握られていた。

留め金を外されたことさえ気づかなかった。「いったい……どうやって……」

「きみのドレスもこうやって脱がせてやる」セイントはネックレスをつまみあげ、一連の真珠を見つめてささやいた。「これは今日の報酬として預かっておくよ。今夜のダンドリッジのパーティーで返してやろう。きみも来るだろう？」

「ええ……」

「ならばそのときに。お遊びが終わったら、家政婦にそう言って帰ってくれ」

「遊びではありません」エヴリンはうわずった声で言い返した。セイントの姿はすでに廊下の先に消えていた。

彼女の言葉が聞こえていたとしても、セイントは気にもかけないだろう。怒りは静まりそうもないのに、ドレスを脱がせると言った彼の言葉がエヴリンの耳にこだましていた。巧みな指が背中を這い、ドレスが肩から落ちるのを想像せずにいられない。そして彼の手が……。

「わたしったら、なんてことを」エヴリンはつぶやき、みだらな幻影を追い払うように頭を振った。これではセイントの誘惑に屈したも同然だわ。彼はわたしをからかって楽しんでいるだけなのに。実際、そう言っていたでしょう。

セイントは罪深いほど美しく魅力的だ。しかし、彼の気まぐれに巻き込まれるのはあまりにも危険だった。レディー・グラッドストーンも言っていたではないか。けれども真珠のネックレスを取り戻すには、今夜パーティーで彼に声をかけなくてはならない。セイントはエヴリンが断れないのを見越して、ダンスに誘ってくるに違いない。

エヴリンの顔が苦しげにゆがんだ。兄にどんな仕打ちをされることか。だがその前に彼女は、セイント・オーバンによって破滅の道へと追い込まれるだろう。

7

「彼にネックレスを盗まれたのなら、警察に通報して逮捕してもらえばいいわ」ルシンダが声をひそめて言い、憤然とした表情でダンドリッジ邸の客たちを見渡したが、セイントが来ている気配はなかった。

エヴリンも人込みに注意を向けていたものの、彼の姿は見あたらない。「逮捕されたら一石二鳥ね」彼女はオレンジピールを口にくわえ、ルシンダにささやき返した。「セイント・オーバンからは逃れられるし、ヴィクターはその話を聞いたら脳卒中を起こして倒れること間違いなしよ、ルース」

ルシンダが笑った。「逮捕というのは冗談よ」

「じゃあ、まじめに考えて。わたしはどうすればいいの？　彼のところに行って、ネックレスを返してと言えばいい？　もしもレディー・グラッドストーンが一緒だったら？」

「だったら、ヴィクターには選挙のことで彼女と話していたと言えばいいでしょう？」

「それはいい考えかもしれないわ」そこまで言って、エヴリンは口をつぐんだ。しばらく考えているうちに、結局それもほかのアイデア同様に現実的ではないことに気づいた。「セイントがなぜわたしのネックレスを持っているのか、レディー・グラッドストーンに追及されるわ。説明する前に、あの爪で目玉をえぐりとられるんじゃないかしら」

「だれの目玉がえぐりとられるんですって？」背後で女性の声がした。「ジョージアナ」

息をのんで振り向いたエヴリンは、大きなため息をついた。彼女は親友の手を取って握りしめた。「びっくりさせないでよ」

デア卿が横でうなずいている。「わたしもいつも驚かされているんだ」彼はテーブルからチョコレートボールをわしづかみにし、妻の口にひとつ放り込むと、残りを自分の口に入れた。「作業員たちは役に立ったかい？」

「しいっ」エヴリンは目配せした。とはいえ、彼女とジョージアナ以外、口いっぱいにチョコレートを頬ばったデアの言葉を聞きとれたとは思えない。「あれは内緒なの」

デアはチョコレートをのみ込んでから言った。「ああ、わかってるよ。しかしいったいなんのために、あの連中をこっそり孤児院に送り込まなければならなかったんだ？」

ジョージアナがデアを鋭い目で見た。「あなたが心配することではないわ、トリスタン。エマとグレイドンと話してきたら？」

「わかったよ」デアはにっこりしてジョージアナの頬にキスをし、人込みの中に消えた。

デアが立ち去ると、ジョージアナはエヴリンやルシンダの密談めいた声の調子に合わせてささやいた。「それで、だれの目玉がえぐりとられるの？」

「わたしの目玉よ」エヴリンは笑いを噛み殺して答えた。ジョージアナとルシンダは彼女にとってかけがえのない友達だ。なにを打ち明けたとしても、ふたりなら秘密を守ってくれる。それでもなおエヴリンは、セイントにキスされたことを話す気にはなれなかった。彼に唇を許したことを、どう説明すればいいのかわからない。そして、いつまでもあのキスにとらわれている自分の気持ちも説明がつかなかった。

「なにがあったの？」

「今日の午後、エヴリンのネックレスが盗まれたの。犯人はセイント・オーバン卿よ。どうすればことを荒立てずにネックレスを取り戻せるか、作戦を練っていたところ」ルシンダが説明した。

「セイント・オーバン卿が犯人というのはたしかなの？」興味津々だったジョージアナの顔が不安げに曇った。

「彼がわたしの首から外したのよ。返してほしければ今夜のパーティーに来るようにと言われたの」エヴリンは答えた。

「明らかにいやがらせよね。彼はそういうことに喜びを感じるタイプなんですって」ジョージアナも客の群れに目を走らせ、侯爵の姿を探した。「ねえ、エヴリン。あなたは安全ではない場所に足を踏み入れようとしているんじゃないかしら」

セイントが孤児院の運営にかかわっていると知った時点で、すでにエヴリンは安全圏内から足を踏み出している。「態度の悪い男性に恐れをなして、せっかくのチャンスを棒に振ることはできないわ。たとえあのろくでなしが相手だろうと、わたしはあきらめないから」

「態度の悪い男性ですって?」ルシンダが思案顔で言った。「〝恋のレッスン〟を施すにはうってつけ――」

ジョージアナが血相を変えた。「だめよ! セイント・オーバンにかかわるのだけは絶対にだめ。レッスンのことを知られたら、エヴリンがどんな仕打ちをされるかわかったものじゃないわ。もっと扱いやすい生徒はいくらでも見つかるわよ」

「でも――」エヴリンの鼓動が速くなった。

「そのとおりだわ」ルシンダが口をはさんだ。いたわるようにエヴリンを見つめる。「わたしたちが対象にする生徒は、少なくとも人間の魂を持った男性でないと。それに孤児院でのボランティアは、ジョージアナの言うように危険すぎると思うの。もっと安全な場所を見つけましょうよ」

「安全な生徒も見つけなきゃね」ジョージアナがつけ加える。

エヴリンは親友たちの顔を交互に見た。舞踏室のざわめきが意識のかなたに遠のいていく。無二の親友と思っていた友人たちに、着手したばかりの計画を断念しろとすすめられている。それはエヴリンにとって自信と信望を失うことに等しかった。おそらくジョージアナとルシンダは、このボランティア計画を知ったときから、手放しで賛同していたわけではなかったのだろう。そこに悪名高いセイント・オーバンの存在が加われば、彼女たちが反対するのも無理はない。いずれにしてもエヴリンには力不足だと思われているなら、彼女たちの考えを変えさせてみたかった。

「あなたの言うとおりね、ルシンダ」エヴリンは静かに言った。鼓動が友人たちの耳に届きそうなほど激しくなる。

「がっかりしないで、エヴィ。明日になったらほかの施設を探しましょう。もっとあなたにふさわしい場所を」

「違うの。あなたの言うとおりと言ったのは、セイント・オーバンが生徒にうってつけだということよ。しかも今、わたしは彼にレッスンをするのに願ってもない立場にいるわ」

ルシンダが目を丸くした。「やめてちょうだい。本気じゃなかったのよ。わたしの言ったことを真に受けないで。あなたは問題の多い孤児院の改革だけでは飽き足らなくて――」

「問題の多いセイント・オーバンの改革にまで乗り出すと言いたいのね。わかってるわ。これ以上に大それた挑戦はありえないわよね？」

ジョージアナがエヴリンの手を取った。「本気なの？　自分の力を実証しようなんて思う必要はないのよ」

「自分自身に実証したいのよ」エヴリンは答えたが、実証したい相手は自分だけではなかった。「わたしは本気よ。どちらの改革にもみごとに成功するか、あるいは惨めな敗北に終わるか、試してみたいの」

ルシンダとジョージアナはその後も説得を続けた。エヴリンが冒す必要のない危険を冒そうとしていることや、孤児院もセイント・オーバンも彼女の手には負えないことを力説したが、友人たちの主張がいかに正論だったにしろ、人込みの中にセイントの姿を見つけたエヴリンはもはやなにも聞いていなかった。

以前は気にも留めなかったが、そのときになってエヴリンは、いかに多くの女性たちが夫の背後から、あるいは象牙《ぞうげ》の扇の陰からセイントの姿を盗み見ているかに初めて気づいた。いかに彼といえども、密会する相手の数には限度があるはずだ。不貞を働く妻たちに加えて、独身の女性たちとも噂が絶えないのだから、夜が足りないに違いない。エヴリンはまたしても、セイントは行儀よく振る舞う必要はないというレディー・グラッドストーンの言葉を思い出した。

女性たちは彼に熱い視線を注ぎ、その姿を目にするのを楽しんでいるかのようだ。豹のごとくしなやかなセイントの動きに、女性たちの目が吸い寄せられるのがわかった。これほどたくさんの女性に求められているというのに、セイントはなぜわたしにかまうのだろう？　それとも、わたしはからかわれているだけ？　彼のポケットの中には、昼間どこかで声をかけた若い女性のネックレスがぎっしり詰まっているに違いない。

「エヴィ」ルシンダが真顔でささやいた。

エヴリンは我に返った。「なに？」

「彼が来てるわ」

「ええ、わかってる」

ルシンダとジョージアナが目を見交わしたが、エヴリンは気づかないふりをした。「どうするつもり？」ジョージアナが尋ねた。

エヴリンは高鳴る胸を静めようと深呼吸をした。「ネックレスを返してもらってくるわ」

「でも――」

二の足を踏みそうになる前に、エヴリンは軽食の置かれたテーブルのほうに歩き出した。セイントも同じ方向に向かっている。わざわざ彼の前に歩み寄って手を差し出すよりも、テーブルでばったりでくわすほうが、まだ人目につかないはずだ。

エヴリンがテーブルに近づいたとき、セイントは数メートル離れたところで給仕係に飲み物を頼んでいるところだった。彼女は氷の彫刻の陰からセイントを見つめた。なめらかにカーブした白鳥の翼が、黒い上着に包まれた彼のたくましい胸を細長く映し出し、引きしまった顔に淡い光を投げかけている。

マイケル・ハールボロー。ミドルネームはなんというのだろう、とエヴリンは思った。彼のことはなにも知らない。それゆえに、ほんの少しの情報が途方もなく重要に思える。額に垂れた黒髪が片目を覆い、セイントは物憂げな雰囲気を漂わせていた。不意に彼が目を上げ、エヴリンの視線をとらえた。まるで彼女の動きを追っていたようなまなざしに、エヴリンの心臓は止まりそうになった。

セイントがなにを企んでいるにしろ、今、彼の心を占拠しているのはエヴリンなのだ。セイントはゆっくりと笑みを浮かべ、給仕係のそばを離れて、まわりの女性客には目もくれずに彼女に歩み寄った。

「やあ、ミス・ラディック」バリトンの響きがエヴリンの背筋をくすぐった。「本当に来たんだね」

「ベッドの下に隠れて出てこないとでも思っていらした？」エヴリンは落ち着き払った声で応えた。声が震えていないのがありがたい。

「ベッドの下ではなく、上に横たわるきみを想像していたんだがね」

まあ、なんてことを。舞踏室の中央にたたずむふたりの会話は、まわりの客たちの耳に筒抜けに違いない。そのときになって、エヴリンはみだらな行為を示唆するかのような自分の言葉に気づいた。セイントはそのことを意識して応じたのだろう。なにを言っても墓穴を掘るだけ。本当にベッドの下に隠れて、出てこなければよかったんだわ。

ともかく、さっさと用件をすませてしまわなければ。「ハンソン家のパーティーであなたがネックレスを拾われたとデア卿にお聞きしたんですが、もしかするとわたしがなくしたものかもしれません。今お持ちでしたら、見せていただけませんか？」

彼の唇がかすかに動いた。「ああ、パンチボウルの中から見つけたんだ」よどみなく言い、ポケットに手を伸ばす。「これのことかな？」

エヴリンは安堵のため息をもらした。「ええ、そうです。ありがとうございます、セイント・オーバン卿。お気に入りのネックレスだったんです。もう見つからないものとあきらめかけていたところでした」彼女はセイントがネックレスを差し出す前にまくしたて、手を出した。

彼がエヴリンの背後にまわった。「つけてやろう」

彼女が息をのみ、頰を赤く染めるあいだに、セイントはネックレスを首にまわした。前かがみになった彼の指がうなじに触れる。「きみはたいしたものだな、エヴリン・マリー」彼が耳もとでささやいた。「さあ、にっこり笑って〝ありがとう、セイント〟と言ってごらん。言わなければ耳にキスをする」

心臓が喉から飛び出しそうなほど激しく打ったが、エヴリンはにこやかにほほえんでみせた。「本当にありがとうございます、セイント。とても助かりました」

「きみには欲望をかきたてられる。この借りをいずれ返してもらうよ」彼はエヴリンから離れて一歩うしろに下がった。

〝恋のレッスン〟のチャンスだわ。エヴリンは自分に言い聞かせ、目を閉じて気を静めた。「セイント・オーバン卿、わたしの母に会ったことはおありですか？」うしろを振り返って尋ねる。「母もきっとお礼を言いたがっていると思いますの」

セイントは一瞬表情をこわばらせ、彼女に向き合った。「きみの母上に会えというのか？」目に驚きの色が浮かんでいる。

彼がたじろいだ様子を見せたのは初めてのことだった。「ええ、お気の進まない理由でも？」

「気が進まない理由は山ほどあるが、まあ、いいだろう。どうせ退屈なパーティーだ」

そんなことはないわ。家庭の崩壊と心臓発作を目の当たりにできるかもしれないのよ。

「じゃあ、一緒に来てくださいます、セイント・オーバン卿？」

「セイントだ」小声で訂正し、彼はエヴリンの横に並んだ。不意に腕を差し出す。彼女は慄《りつ》然《ぜん》とした。

「そんな――」

「わたしに礼儀正しく振る舞ってほしいなら、きみもそうすべきだろう」セイントはエヴリンの返事も待たずに彼女の手を取り、黒い上着の腕にのせた。

ふたりは舞踏室を出て、サロンへと向かった。婦人たちがケーキやクッキーを食べながら噂話に興じているのを目にしたとき、エヴリンはとんでもない間違いをしでかしたことに気づいた。母親の姿を横目で見て、彼女はささやいた。「母はわたしが孤児院に出入りしていることを知らないんです。ですから、そのことは秘密にしていてください」

エヴリンの言葉が聞こえなかったかのように、セイントはサロンを見渡している。婦人たちはだれが入ってきたかに気づいて息をのみ、驚愕《きようがく》を隠しきれない表情をした。彼はグリーンの目にからかうような光をたたえ、冷ややかにエヴリンを見つめた。「キスをさせてくれるなら」

「な……なんですって？」

「聞こえたろう？　答えは？」

婦人たちがそそくさと身をかわす中から、ジェネヴィーヴ・ラディックが細い顔に作り笑いを浮かべて歩み出た。「エヴィ！　あなたはいったい――」

「お母様、セイント・オーバン卿をご紹介します。わたしのネックレスを見つけてくださったのよ。ハンソン家のパーティーのパンチボウルの中にあったんですって。セイント・オーバン卿、わたしの母です」

「ミセス・ラディック」セイントは穏やかに言い、ジェネヴィーヴの手を取った。「先日お見かけしたときにご挨拶をするべきでした。お嬢さんとわたしが――」

ああ、だめよ。「ええ、そうなの」エヴリンは割って入った。

「――ハンソン家のパーティーでワルツを踊ったのを覚えておいででしょう」彼はよどみなく言葉を続けた。「勇敢なお嬢さんです」

ジェネヴィーヴが顔をしかめた。いつも無表情な彼女の顔は、しかめっ面でもしたほうがかえって自然に見える。「魔が差したに違いありませんわ」

エヴリンは息を止めて身構えた。セイントのことだから、露骨な応酬をするはずだ。だが彼は謎めいた笑みを浮かべ、こう応えただけだった。「そうでしょうね」

なんとか切り抜けられそうだ。こんなことは彼にとって初めてなのではないかと思えたが、すでに三分間も慇懃な態度を保っている。今夜はこれ以上の幸運は望まないほうがいいだろう。「あら、カドリールが始まったのかしら？」エヴリンは明るい声で言った。「フランシス・ヘニングと踊る約束をしていたんだったわ。それじゃあ、失礼しますわ、お母様。セイント・オーバン卿、エスコートしてくださいます？」

セイントはなにも答えなかったが、急いで立ち去るほうが賢明だった。彼も追ってくるはずだ。戸口まで来たとき、エヴリンはうしろから肩をつかまれ、近くのアルコーヴに引きずり込まれた。

「なんの真似だ？」セイントが彼女を見据えて詰め寄った。

「別になんでもありません。あなたがどうするのか見たかっただけです。失礼しますわ。ダンスの約束が――」

セイントは腕を伸ばしてエヴリンの行く手を阻んだ。廊下とその先の舞踏室からふたりの姿を隠すものは一枚のカーテンだけだ。彼女は息を殺した。セイントを生徒に選ぶのは危険だと友人たちには猛烈に反対されていたし、エヴリン自身もそのリスクは充分わかっていた。けれども妙な理屈ではあったが、彼が無謀な振る舞いをするからこそ、改善する価値があると思わずにはいられなかった。

「通してください」

「キスしてくれ」

「ここで？」

セイントが一歩前に進み出た。ふたりのあいだのわずかな距離がさらに縮まり、エヴリンは顎を上げて彼と視線を合わせた。「そうだ。ここで」

激しい鼓動を隠すように、彼女はため息をついた。「わかりました」

セイントはエヴリンに目を据えたまま動かない。どうしてこんなにまでからかわれるのかしら？　小柄な体形と、赤褐色の髪と、グレーの目と、すぐに赤くなる頬のせい？　ほかには？　彼からも世間知らずの役立たずと思われているの？

「どうなさったの？」いつまでも動こうとしないセイントに彼女は言った。

「早くしてください」

セイントが首を横に振った。「きみがわたしにキスをするんだ」彼は目を細め、大きく開いたドレスの胸もとに指を走らせた。「キスをしてくれ、エヴリン。あるいは、きみをもっと辱める方法を考えてもいいが」

彼の指に触れられた肌が燃えるように熱い。不意にエヴリンは本当の問題がなにかに気づいた。わたしはキスを望んでいる。孤児院でキスされたときの衝撃を、もう一度味わいたがっている。

セイントはあたたかい指をドレスの中にゆっくりと滑らせ、肩をあらわにした。「キスしてくれ、エヴリン・マリー」声をひそめて繰り返す。

かろうじて息をしながら、彼女は震える体で爪先立ちになると、セイントの唇に唇を重ねた。軽く触れただけの唇に彼が激しく応じたとき、エヴリンの中で熱い火花が散った。体の奥から疼きと震えがわきおこる。こんなキスは初めてだ。

「わたしが彼女の行動をいちいち監視していなければならないんですか？」ヴィクターの怒声がすぐそばから聞こえた。

エヴリンは息を詰まらせた。セイントが身を起こし、呆然と立ちすくむ彼女の背中を壁に押しつける。ふたりの姿を覆っているのは一枚の薄いカーテンだけだった。セイント・オーバンとふたりでこんな場所にいるのをだれかに見られたら、いったいどうなるだろう？

「見張っていろとは言ってませんよ」ジェネヴィーヴの恨みがましい声があとに続いた。

「でも、あの子をここに連れてきたのはあなたですからね、ヴィクター。まったく正気の沙《さ》汰《た》とは思えないわ。セイント・オーバンをわたしに紹介するなんて」

「ひょっとすると、エヴリンはわたしが選挙戦に破れればインドに戻ると思って、活動の妨害をしているのかもしれない。おや、レディー・デアがいる。エヴリンを見かけなかったか、彼女に尋ねてみてください。わたしはセイント・オーバンを探してきます」

　声が遠ざかったが、エヴリンは息をひそめたまま身動きできずにいた。セイントがたくましい体を押しつけてきた。彼にアルコーヴから追い出されなかっただけでも幸運だったのかもしれない。でもこれ以上ここにとどまれば、その幸運にも見放されるだろう。

「セイント――」

　彼は壁にもたれたエヴリンの顔の両脇に手をつき、ふたたび唇を寄せた。狂おしい情熱に翻弄されながら、セイントが唇をむさぼる。エヴリンはこらえきれずに悩ましげなうめき声をもらし、彼のウエストに腕をまわした。

　彼女の手に思わず力がこもったとき、セイントが不意に顔を上げ、アルコーヴの反対側へと離れた。「とろけそうな味だ」低い声でささやき、てのひらで唇を拭《ぬぐ》う。「これ以上、わたしに近づかないほうがいい。おやすみ、エヴリン・マリー」

　エヴリンは壁にもたれたまま呼吸を整え、気持ちを静めた。母の言葉は正しかったのかもしれない。まったく正気の沙汰とは思えない。セイント・オーバン自身さえ警告を発しているというのに、明日また会えるという思いで彼女の頭はいっぱいだった。

もう一度大きく息を吸い込み、ドレスの袖《そで》を引っぱりあげると、エヴリンは背筋を伸ばして廊下に出た。舞踏室のドアの外にかけられた鏡の前で立ち止まる。髪を直し、ドレスの飾りやネックレスをセイントに取られていないことを確かめた。

胸もとに目を向けたとき、エヴリンは凍りついた。銀のハート形をしたペンダントの真ん中で、ダイヤモンドがまばゆい光を放っている。彼女は震える手でゆっくりと胸もとに触れた。幻影ではなかった。今日の午後、セイントに奪いとられた真珠のネックレスが、今夜ダイヤモンドのペンダントになって戻ってきたのだ。みごとなダイヤモンドだった。「どうしましょう」彼女はつぶやいた。

無償ではなにもしないというセイントは、この見返りになにを求めているのだろう。キスの余韻も冷めやらぬ体が、その答えを知りたがっていた。


「セイント・オーバン卿」

セイントは手にしたカードに視線を向けたまま、顔を上げようともしなかった。裏階段を通り、ダンドリッジ邸の娯楽室に紛れ込んだ彼は、追ってきたヴィクター・ラディックの相手をするつもりはなかった。カードテーブルの面々はセイントに挑戦するのをやめていた。正当な理由があろうとなかろうと、彼に挑むことの危険性はだれもが知っている。

エヴリン・マリーは数少ない例外だ。その意外性に好奇心をそそられ、セイントはおとなしく彼女の要求に従っている。どのみちエヴリンを追い込めば、彼女を手に入れるチャンスを失うことになるのだ。良家の令嬢、しかも処女に手を出すと厄介なことになるという教訓には違いないのだが、だからといってエヴリンへの執着の前にはなんの抑止力もなかった。

「セイント・オーバン卿」

彼はため息をつくと顔を上げ、肩越しに声のするほうを見た。「なにか用か?」

ヴィクターは奥歯を嚙みしめ、混雑した部屋の中を見まわして低い声で尋ねた。「妹を見なかったかね?」

「まず」セイントはカードゲームの手を休めずに言った。「あんたはどこのだれだ?」

ヴィクターがセイントの椅子の背をつかんで身を乗り出した。「わたしがどこのだれか、きみが知らないはずはない。ついでに、わたしの妹のことも。妹は少し頭が弱いが、根はいい娘だ。彼女に近づくのはやめてくれないか?」

真っ向から挑んできたラディックに対する評価がいくぶん上がった。よほどの勇気が必要だったに違いない。ましてや相手がセイントならなおさらだ。「わたしは抜けるよ」彼はほかのメンバーに告げ、手にしていたカードをテーブルに置いた。

しかし一方で、セイントはヴィクターに賛同しかねていた。エヴリンのことはなにも知らないに等しいが、頭が弱いとはけっして思えない。セイントは椅子をずらして立ちあがった。ヴィクターが身をかわして脇へよける。ひそひそと言葉を交わす客たちの声以外、なにも聞こえなくなった。先週エヴリンがセイントとワルツを踊ったことを、だれもが知っている様子だ。

「外に出よう」セイントはドアのほうを手で示した。

「きみと話しているところを人に見られたくない。きみはだれにとっても有害だからね。わたしの家族に今後いっさいかかわらないでもらいたい」ヴィクターは眉をひそめて言った。

「だったら、彼女を見張っているんだな。だが、それよりも自分の心配をしたらどうだい、ラディック?」

セイントはヴィクターに背を向けて部屋を出ると、舞踏室へ向かった。兄弟、夫、父親。なんと厄介な連中だろう。せっかく楽しい夜を過ごしていたというのに、ヴィクター・ラディックのせいで台なしではないか。どうやらエヴリンは〈希望の家〉でのボランティアを家族に知られまいと苦心しているらしい。その事実をせいぜい有効活用させてもらおう。

彼は暗い笑みを浮かべた。切り札はこちらの手にある。エヴリンがなにをしようと、その中心にあるのは〈希望の家〉なのだから、わたしにかかわらないわけにはいかないのだ。明日になったら少しプレッシャーをかけて彼女の反応を確かめよう。そう考えて、セイントは期待に胸を躍らせた。

8

セイントははっと目を覚まし、手近にあったブーツをつかむとベッドの足もとに立つ人影に投げつけた。

「旦那様、わたしです！　ペンバーリーです！」

「わかっている」セイントはふたたびベッドに体を横たえ、毛布を頭からかぶった。「向こうに行ってくれ」

「七時半にお起こしするように言われましたので。今、ちょうど――」

「ペンバーリー」セイントはうめいた。すっかり目は覚めていたが、頭が割れるように痛い。「飲み物を持ってきてくれ。今すぐにだ」

ペンバーリーがあわてて戸口に向かった。大きな音をたててドアが閉まり、セイントはため息をついてこめかみを押さえた。

なんと罪深いことか。まともな人間の起床時間が七時半なのだとしたら、まともな人間に生まれなかったことを感謝すべきだ。彼はベッドの上でゆっくりと体を起こし、ペンバーリーがナイトテーブルに置いていったランプに火をともした。

家に帰ったのは三時間前のことで、ベッドでひとり眠りについた。この二週間というもの、同じ状態が続いている。癇癪《かんしゃく》を起こしたくなるのも当然だ。もうじき三三歳になるセイントの生活パターンは退廃的で罪深いと周囲から忌み嫌われているものの、ひそかに妬《ねた》まれてもいるに違いない。彼はそんな生活を謳歌《おうか》していたが、もちろんすべてに満足していたわけではなかった。

セイントは顔をしかめて毛布をはねのけ、ベッドの端に腰かけた。孤児院の家政婦の名前は思い出せないが、彼女に見せられたエヴリンの一週間の予定表は覚えている。今日はたしか壁の塗りかえ作業が午前九時から始まることになっていたはずだ。

彼が壁のペンキ塗りに立ち会う必要はないが、エヴリンが来るなら行かなければならない。乱れた髪をかきあげ、あくびをしながら体を伸ばす。ベッドや掃除用具置き場で体を重ねた女は数知れないが、セイントをこれほどまでに奮闘させた女はいない。

エヴリンにさっさと見切りをつけようと思いはしても、それは無理な相談だった。とはいえ、このままの状態が続けば自分自身が手に負えなくなる。少なくとも肉体的にぎりぎりの飢餓状態に追い込まれているのだ。彼は下腹部に目を向けてつぶやいた。「つらいだろうが我慢しろ」

ベッドから立ちあがり、ズボンをはいていると、ドアのきしむ音とともにペンバーリーが顔をのぞかせた。「旦那様、ウイスキー入りのコーヒーをお持ちしました」

「ここに置いてくれ。それから今日の『タイムズ』を持ってきてくれないか？　今週は社交界でどんなつまらない催しがあるのか、知っておきたい」

この二週間で、昨年一年間に出席した以上のパーティーに顔を出していた。好きでもない社交界の集まりで偽りの自分を演じているのも、すべてはエヴリンのせいだ。

セイントは目を閉じて彼女の髪のレモンの香りを思い浮かべ、なめらかな肌の感触を想像した。名前さえ思い出せないほど多くの女とかかわったというのに、暇つぶしの相手以上の女には出会えなかった。だが今はエヴリンを目にするだけで、激しい感情の高まりを抑えることができなくなる。あまりに無垢な彼女に大人の男女のゲームを手ほどきするには時間がかかりすぎる。エヴリンのスカートを持ちあげ、壁に背中を押しつけるだけでは静まりそうにない欲求を満たすには、彼女の取り澄ました仮面をはぎとり、官能の淵《ふち》へと導くしかないのだ。

鏡に向かって髭を剃りながら、エヴリンの心をとらえるには、まず充分な睡眠が必要だとセイントは思った。赤く充血した目と伸び放題のむさくるしい髪では彼女を魅了するどころか、怯えさせるだけだ。「ひどい顔だな」彼は鏡に映った自分の姿につぶやいた。ペンバーリーの運んできたウイスキー入りの濃いコーヒーで、頭がすっきりし始めている。

朝刊と昨日の郵便物を手にペンバーリーが戻ってきた。セイントは封書の束の中からパーティーの招待状を抜き出して脇によけた。少し前まではごみ箱に放り込んでいたものだ。

「おや?」プリンス・オブ・ウェールズの封蠟《ふうろう》が押された書状を手にして、セイントは目をみはった。なにを決断するにも数週間かかる皇太子が三日で返事をよこすとは異例の速さだ。

彼は書面を開き、びっしりと文字で埋まった便箋《びんせん》に目を走らせた。皇太子はまたもやセイントをブライトンの城に招待している。彼のような人物とかかわることで、シャーロット王妃の機嫌を損ねて楽しんででもいるかのようだ。

「まずいな」手紙を読み進むセイントの表情が険しくなった。皇太子は公園の拡大計画にあたり、調査を要請している。皇太子が調査委員を任命するということは、議会で取りあげる準備が着々と進んでいるということだ。「まずい。絶対にまずい」

皇太子は日ごろから個人的な財政問題で非難を浴びることが多く、議会で相当弱い立場に立たされている。孤児院の取り壊しに関するマスコミの報道を恐れていたのは、ほかならぬ皇太子自身だったが、今になって議会の手にゆだねようと弱気になったらしい。

セイントは書斎に駆け込むと、皇太子に返事を書き始めた。一刻も無駄にはできなかった。この計画が議会に持ち込まれる前に、あるいは理事会の面々の耳に入る前に手を打たなければならない。そしてだれより、エヴリンの耳にだけは入れてはならないのだ。暗い願望を遂げる前にこの計画が彼女に知れたらと思うと、いたたまれなかった。セイントは孤児院の移転にともなうすべての費用と取り壊しのための費用、さらには公園の植樹にかかる費用をすべて負担することを明記した。

「ジャンセン！」便箋をたたんで封蠟をし、外側に宛名《あてな》をしたためて、セイントは大声で執事を呼んだ。

ジャンセンがすぐさま戸口に現れた。「ご用でしょうか、旦那様？」

「これを今すぐカールトンハウスに届けてくれ。セイント・オーバンからだと告げるのを忘れるな」

「かしこまりました」

セイントは書斎の椅子に座り直し、ペン先についたインクを拭《ふ》きとった。面倒なことになった。すぐにも〈希望の家〉の取り壊しに取りかからなければならない。そう思う一方で、彼は教室の壁の塗りかえ作業に精を出すエヴリンの姿に思いを馳《は》せた。

解決策はひとつしかない。エヴリンに〈希望の家〉での活動をあきらめさせると同時に、彼女を自分のものにすることだ。セイントはかすかな笑みを浮かべ、寝室に戻って着替えをすませた。ひそかな計画が発覚する前にエヴリンの心を魅了することができたら、セイントを癒すことが彼女の次の目標になるかもしれない。たしかに今の彼は、エヴリン以外のだれにも癒せない渇きにあえいでいた。彼女を奪う喜びを想像するだけで、セイントの情熱はかきたてられた。


「学校なんか行きたくない！」

「学校ではないのよ、チャールズ。みんなで勉強をするだけ」エヴリンは穏やかな表情を保って言った。教室の準備を整え、教則本を買いそろえて、教師を雇うところまでは成功したが、生徒がいなければこの計画は頓挫《とんざ》し、彼女も大きな挫折感を味わうことになる。

「なんの勉強？」少年のあいだから声があがる。

「まずは読み書きを覚えて、それから算数を勉強するの」

「じゃあ、学校と同じじゃないか！」

「仕事をするようになったとき、どんな約束で働くのか、いくら賃金をもらえるのか、わからなければ困るでしょう？　新聞が読めるようになれば、求人欄で仕事を探すこともできるわ。海賊やインディアンや勇敢な兵士の物語を読んでみたいと思わない？」

子供たちはしぶしぶながらも納得したようだった。ワイクリフ公爵夫人の助言は役に立っていたものの、彼女が教えた上流階級の令嬢たちは、孤児とはまったく違う世界に住んでいる。社交界デビューのために教養を身につけることが彼女たちの目標なら、食べるものと着るものを手に入れることが孤児たちの目標だ。同じやり方ではうまくいくはずがない。

子供たちには言っていないが、エヴリンは彼らに会うたびに、文字や数字を教えることは彼女の計画のほんの一部でしかないことに気づかされた。それより大切なのは、だれかが彼らを心から大切に思っていると伝えていくことなのだ。そのためにエヴリンは注意深く教師を選び、教室を明るく楽しい場所にしようと心を砕いたのだった。

そんな自分の胸のうちを理事会で語ったが、だれの共感も興味も呼び覚ますことはできなかった。兄や母さえエヴリンに関心を示さないのだから、驚くほどのことでもないが。それでいて、彼女が寄付金の話にほんの少し触れるやいなや、理事たちは従順な下僕のように賛同した。あとは自分の考えに従って、ひとりで突き進むしかないし、だれにも邪魔はされたくなかった。

うしろに人の気配を感じ、エヴリンは振り返った。セイントが戸口にもたれて彼女を見つめている。熱い疼きが背筋を駆け抜け、体の奥が潤うのがわかった。こんなことはけっして口にできない。女たらしのセイントにとって、女たちが彼に心惹かれることと、裸の体の隅々までその指で愛撫してほしいと懇願することとは、なんの変わりもないのだろう。日の光を避けているかのように、セイントにはいつも暗闇《くらやみ》のイメージがつきまとう。夜が似合っているのだ。エヴリンは頭の中から妄想を追い払って立ちあがった。「おはようございます、セイント・オーバン卿」膝を曲げてお辞儀をする。みだらな想像をするまでもなく、彼の存在そのものがすでに大きな問題なのだと彼女は自分に言い聞かせた。

セイントはそっけなくお辞儀を返した。〈希望の家〉の少年たちにはマナーの手本を示してくれる大人の男性が必要だったが、彼の真似だけはしないでほしいとエヴリンは思った。でも、子供たちの身近にセイント以外の成人男性はいない。ほかの理事はみな、子供たちと直接かかわるのを避けているようだ。少女たちの忍び笑いが起こり、エヴリンは表情をかたくした。どうしてよりによってこれほどふしだらなセイントが〈希望の家〉の管理者なのかと苦々しく思ったが、彼女に選択権はない。

「ペンキのにおいがひどいな」セイントが眉をひそめた。「みんな、二階の舞踏室に行きなさい。すぐに窓を開けるんだ」

エヴリンが口を開く前に、子供たちは騒々しい叫び声と足音をたてて階段を駆けあがっていった。「おしゃべりをしていただけなのに」彼女は不服そうに言った。「また子供たちを落ち着かせるのに時間がかかるわ」

セイントが目を見開いた。「それがいやなら、ティーパーティーかコンサートにでも行ったらどうだ?」

彼に言われるまでもない。今日の午後、ヒュートン家のティーパーティーに顔を出さなければ、いよいよ家族に疑われるだろう。「そんなことを言っているのではありません。わたしは子供たちとの信頼関係を築いていこうとしているんです。そこにあなたが踏み込んできて、引っかきまわすのはやめてほしいんです」

「引っかきまわすのはわたしの得意技だ」セイントが笑いながら言った。

一瞬、エヴリンの息が止まった。彼のグリーンの目に明るい光が宿り、いつもは冷たくあざ笑うような口もとに輝くばかりの笑みが浮かんでいる。その引きしまった顔のあまりの美しさに、彼女は魂を奪われた気がした。「ええ、わかっています」

セイントがドアから離れ、エヴリンのほうに近づいてくる。「ネックレスはどうした?」

彼女は喉を手で押さえた。「あなたが持っているんでしょう?」彼が戸口から動かずにいてくれたらよかったのに。「もうひとつのネックレスはお返しします」ポケットからネックレスを取りあげ、セイントに差し出した。「いただくわけにはいきませんので」

セイントはエヴリンの前で立ち止まったが、差し出されたネックレスには目もくれなかった。「持っていたくないのか、いられないのか、どっちだ?」エヴリンの全身を眺めまわす彼の目を見ながら、不意に彼女はまわりにだれもいないことに気づいた。子供たちは階上に行き、作業員たちは階下にいる。「両方です、セイント・オーバン卿――」

「セイントだ。持っていろ」

「いいえ――」

「だったら捨てるなり、売った金で港の労働者に施しをするなりすればいい。好きなようにしてくれ」

彼女は顎を上げた。「できません」

セイントはエヴリンの手からネックレスを取りあげ、彼女のコートのポケットにゆっくりと手を滑らせた。「わたしにとってはどうでもいいことだ」

彼の手がポケットの中で腿に当たった。「だったらなぜ……わたしにくださったの？」

セイントの右手がもう片方のポケットに滑り込み、コートの布地の上からエヴリンの腰を引き寄せた。彼女は咄嗟にセイントの胸を押しやった。「そうしたかったからさ。わたしは自分のしたいことしかしない。ほかに質問は？」

「あの……」エヴリンは言葉を探した。なにか皮肉めいたことを言いたい。「こんなところで無駄話をしていていいんですか？　ほかにご予定があるんじゃありません？　昼間から酒場でお酒を飲むとか、女性を口説くとか」

セイントはさしておかしくもなさそうに笑った。「わたしが今ここでなにをしていると思ってるんだ？」彼は両手をポケットから引き抜いた。

コートとその下のドレスが引きあげられた。セイントの手がエヴリンの腿からウエストへと這いあがり、ドレスの裾が膝の上までめくりあがる。彼は上体をかがめて顔を寄せ、エヴリンの口をもてあそぶように舌と唇を這わせた。

彼女は膝を震わせ、息を切らしてセイントの胸を押しやった。「やめてください！」ドレスの裾を引きさげる。

セイントの目に失望の色が浮かんだ。まるでエヴリンをからかっていたのを忘れたかのようだ。本当にからかわれていただけか定かではないが。「いつかきみはきっと――」彼は低い声でゆっくりと言った。「やめないで、とわたしにすがるようになる」

「それはどうかしら」エヴリンは眉をひそめた。このまま逃げ出すか、この場にとどまって彼が次になにをするかを見きわめるか、選択を迫られている。

「ふむ」セイントはしばらく彼女を見つめていたが、やがて戸口のほうに歩き出した。「まあ、好きにするんだな。わたしは二階に行く」

セイントの姿がドアの向こうに消えた。エヴリンはため息をつき、だれもいなくなった空間と書きかけのノートに目を向けた。彼のやることに取り合わなければいいのだ。あるいはどんな誘惑にも屈しないと毅然とした態度で告げれば、彼も時間の無駄だと気づくだろう。

問題は、エヴリンがセイントの誘惑にほとんど屈しそうになっていることだった。彼に触れられた肌の疼きを静めようと、エヴリンは腕をこすった。セイントと噂になった女性の名前なら何人もあげることができる。それなのに彼に見つめられると、あの魅惑的なキスの甘い興奮がよみがえり、ほかのことはなにも考えられなくなる。

エヴリンはのろのろと本とノートを集めて腕に抱えた。昨夜、セイントがヴィクターに詰め寄られたことは彼女の耳にも伝わっていた。セイントは〈オールマックス〉を始めとする一流社交場や、規律の厳しい舞踏会から次々と出入りを禁止されているらしい。彼は意に介さないふりをしているが、自業自得とはいえ不愉快な仕打ちには違いない。今の孤立した立場をたとえ彼が楽しんでいたとしても、けっして人々の輪に入っていくことができないのは悲しいだろう。人はだれも、のけ者になどされたくないはずだ。

考えたくもないことだったが、いつかセイントがひとりの女性を心から愛し、結婚を望む日が来るかもしれないとエヴリンは思った。だがまともな家柄の女性なら、彼ほど醜聞の絶えない男性を伴侶《はんりょ》として選ぶどころか、言い寄られることさえ体面を汚されると感じるだろう。彼の気まぐれな誘惑すら危険きわまりないことは、だれよりもエヴリン自身が実感していた。

廊下に出ると、階段の手前で待っているセイントの姿が見えた。落ち着き払った表情だ。少し前までエヴリンのスカートをめくりあげ、喉もとに唇を這わせていたとは思えない。おそらく彼にとって、そんなことは日常茶飯事なのだろう。礼儀作法を学ぶべきなのは孤児たちよりもセイントかもしれない。成功する確率がどれほど低かろうと、ルシンダやジョージアナがなんと言おうと、セイントはレッスンの生徒としてうってつけだとエヴリンは改めて思った。そしてそのことと、彼のキスに胸をときめかせることとはまったく別だと自分に言い聞かせた。

「お先にどうぞ、エヴリン」セイントは手を差しのべて、彼女を先に行かせた。セイントには背中を見せるな、とデア卿に言われたことを思い出す。けれど、面と向かっていても危険なのは実証ずみだ。それに彼に礼儀作法を学ばせようとするなら、だれかが模範を示すべきなのだ。

階段をのぼるエヴリンの靴と足首がドレスの下からのぞくたびに、セイントは彼女の脚に見入った。

どうかしてしまったとしか思えない。それ以外に説明がつかない。女の脚など、数えきれないほど見てきているというのに、小柄で華奢な処女の足首がこれほど新鮮に思えるのは、女の体の奥をあまりによく知りすぎたせいかもしれない。

狂おしい思いで上を見あげたセイントの目の前で、エヴリンのヒップが揺れている。欲望が膨れあがるのを抑えられない。こんなことがあるのだろうか。男を歓《よろこ》ばせる方法を心得た愛人たちでさえ、こんな興奮は与えてくれなかった。これほど欲情させられたのは久しぶりだ。

「窓を開けたよ！」階段の上から少年が大声で叫んだ。「この人たち、なんのために来たの？」

エヴリンは肩越しにセイントを一瞥し、眉をつりあげた。「この人たちって？　だれが来ているんですか？」

「すぐにわかる」

「いやな予感がするわ」エヴリンがつぶやき、セイントはにやりとした。どんな方法であれ、彼女の集中力を乱すことができればそれでいい。

階段の上まで来ると、彼はエヴリンの横に並び、古い舞踏室の両開きのドアを開けた。ペンキと壁紙がはがれ、開け放たれた窓のうち二枚が割れているのが目に入ったが、広い舞踏室の木の床にはなんの異状もなく、彼女の予感を裏づけるようなものは見あたらない。そのときエヴリンの視線が、運動場の隅に座るにぎやかな子供たちの輪の中央に引き寄せられた。

彼女はセイントに顔を向けた。「楽団?」

「子供たちが喜ぶと思ったんだ」彼は無邪気に答えた。少なくとも無邪気そうな口調ではあったが、そんな口調を装ったことはめったになかった。

「驚いたわ」エヴリンはしぶしぶ認めた。「でも、これでは子供たちと話すこともできませんね」

「なにか弾いてもらって!」子供たちが叫ぶ。

セイントは笑いをこらえた。エヴリンが苛立てば苛立つほど、彼には好都合だ。「聞いただろう?」子供たちの笑い声にかき消されないよう、大声で楽団に告げる。「ワルツを弾いてくれ」

「ワルツ? まさか……」

華麗な音楽が流れ始めた。子供たちが声を張りあげて駆けまわり、舞踏室は一瞬にして大混乱に陥った。これでいい。セイントは満足げにほほえんだ。

「音楽は獰猛な野獣の魂も静めるはずだが、そうではなさそうだな」表情豊かなエヴリンの顔が怒りと失望でゆがむのを見つめながら、彼はつぶやいた。

「彼らは獰猛ではありません。元気なだけです」

「わたしは自分のことを言っただけだ」セイントは走りまわる子供たちに目を向けた。「だが、きみは本当にそう思っているのか？」

「ええ、もちろんです。音楽をやめさせてください。あなたが止めないなら、わたしが止めます」

セイントは肩をすくめた。「好きなようにすればいい。でも、その前にひとつだけ言っておく。きみは自分が思っているほど子供たちに慕われているわけではないぞ」

エヴリンの目に涙があふれ、彼はたじろいだ。「わかりました」彼女が小さく洟《はな》をすすった。「あなたの言うとおりかもしれません。はめを外す時間は子供たちにも必要ですもの。たしかに算数の勉強よりも、こうして駆けまわるほうが楽しいはずだわ」

くそっ。女というのはいつもこれだ。涙で同情を買おうという魂胆が許せない。だが少なくともエヴリンは、セイントや子供たちに背を向けて涙をこらえている。

「子供たちに数の数え方を教えるんだ」彼はエヴリンの肩をつかんで振り向かせ、彼女と向き合った。「踊ろう」

「えっ？　嘘でしょう――」

「いいから来てくれ、エヴリン・マリー。数を数える楽しい方法を子供たちに見せてやろう」

反論する暇も与えずに、セイントはエヴリンの細いウエストに腕をまわし、手を取ってワルツのステップを踏み始めた。彼女が身を引いた隙に大声で数を数え、子供たちの中に分け入る。

エヴリンは優雅に踊った。腑《ふ》に落ちない思いと人前でセイントと踊ることの危険性に気を取られながらも、生き生きとしたワルツのリズムに身を任せる彼女を、セイントは称賛の思いで見つめた。

「一、二、三」エヴリンは彼と声を合わせた。「一、二、三。さあ、みんな、一緒に踊りましょう！」彼女がセイントに笑いかける。不覚にも彼の胸が高鳴った。「女の子をつかまえて、ステップを教えてあげて」そう言い残し、エヴリンは彼の腕をすり抜けた。

セイントはエヴリン以外のパートナーと踊るつもりはないと言おうとしたが、彼女はすでに少年のひとりをつかまえ、足を踏まれて愉快そうに笑っていた。

こんなはずではなかった。楽団を呼んだのはエヴリンの計画を妨害するためだった。あわよくば、ふたりだけの時間を持てるはずだったのだ。それなのに、あろうことか彼女の涙にほだされ、楽譜さえ目にしたことのない五〇人もの孤児たちにワルツを教えるはめになってしまった。

エヴリンがステップを踏みながらセイントのかたわらに近づいた。少年ふたりを相手に踊っている。「どうなさったの、セイント・オーバン卿？　恥ずかしがらずに踊りましょうよ。

早くパートナーを見つけて」彼女はからかうように笑った。

「わかっている」セイントは口の中でつぶやいた。このわたしがこんな小娘にからかわれるとは。ため息をつきながら、彼は手近な少女の手を取り、ワルツのステップを教え始めた。

「それはいかがなものでしょう、ドナルド。その手の立法を提案しても、議会での票数が足りなければ可決される見込みは少ないのではありませんか？」

ヴィクターは混雑した馬車の座席にもたれ、熱意のこもった穏やかな表情を浮かべた。この数週間、鏡を見ながら練習してきた表情だ。インドから帰国して以来、ジョージ皇太子との謁見を待ち望んでいたが、下院議員五名とともに皇太子のご遊興につき合わされるとは思ってもみなかったものの、今日は馬車に腐った野菜を投げつけられないだけましだった。

「しかし、ヴィクター」ドナルド・トレメインが額を汗で光らせて言った。「我々が立法を提案することになったら、少なくとも法案を可決させる決意は表明するつもりですよ」

ただでさえ蒸し暑いところに、太りすぎの皇太子と側近たちに囲まれて馬車に詰め込まれている。トレメインは汗を拭おうともせずに言った。「そして、むざむざと惨敗するつもりがないことも」

「その心意気だ」皇太子が褒めたたえた。「あのうるさいピットさえいなければ、うまくいくのだがな」

皇太子の発言に影響力がありさえすればうまくいくのだ、とヴィクターは心の中で言い直した。いかにヴィクターが有望でも、まずは皇太子に取り入らなければ議員に当選する見込みはなかったが、実際には彼の将来は閣僚たちの手にゆだねられていると言ったほうが正確だった。

けたたましい叫び声と音楽が馬車の窓から流れ込んできた。「止まれ！」皇太子が命じ、杖《つえ》の先で天井を叩いた。「なんの騒ぎだ？」

「わかりません、陛下」外からくぐもった声が答えた。

皇太子の命令でトレメインが馬車の扉を開け、顔を突き出して音の出所を探った。「暴動ではないだろうな」皇太子が不安そうな面持ちで尋ねる。

「その心配はないと思います、陛下」ヴィクターは穏やかに言った。「このところ、庶民のあいだに不穏な動きはまったくありません」ロンドンでは。ヴィクターはそのひと言をつけ加えようとしたが、やめておいた。皇太子に脳卒中でも起こされたら致命的だ。

「騒ぎが起こっているのはあの建物のようです」トレメインが指差す。「〈希望の家〉です。パーティーでも開いているのでしょうか。二階の窓をすべて開け放して、子供たちが駆けまわっているのが見えます」

皇太子が安堵のため息をついた。「それなら心配はいらない。建物を取り壊す前に、セイント・オーバンが家具を競売にでもかけているのだろう」

ヴィクターは耳をそばだてた。またあの男か。「お尋ねいたします、陛下。セイント・オーバンがなぜ孤児院を取り壊すのですか？」

「彼はあの孤児院の理事長なのだ。わたしが孤児院を閉鎖することに同意すれば、その土地を譲ると言っておる。あの男がなにを企んでいるかは知らんが、そのうちわかるだろう。わたしの裏をかこうとしても、そうはさせないぞ。たとえセイント・オーバンでもな」皇太子は忍び笑いをもらした。「さあ、行こう」

ヴィクターはふたたび動き始めた馬車の座席に身を沈めた。今の話は取り立てて驚くには当たらないとはいえ、彼にとってはありがたい情報だった。エヴリンがなにに夢中になっているかは知らないが、どうやらセイント・オーバンにそそのかされて兄に報復を企てているらしい。その侯爵が孤児院を閉鎖して子供たちを追い出そうとしていることを知れば、情にもろいエヴリンのことだ、二度と侯爵に近づこうとはしないだろう。ヴィクターにとっては好都合だった。好都合どころか完璧《かんぺき》ではないか。

9

即興のダンスパーティーで予定の変更を強いられはしたものの、エヴリンは大きく前進したような気がしていた。予想外の展開となったセイント・オーバンの思いつきは、彼女にとっても喜ばしい結果をもたらしていた。何人もの少女たちがワルツを教えてほしいと言ってきている。

エヴリンはためらった。彼女たちが現実のパーティーに招待されてワルツを踊ることを夢見たとしても、そのチャンスは皆無に等しいことに思いあたったのだ。セイントが舞踏室の隅にたたずみ、冷ややかなまなざしでエヴリンを見つめている。ふと彼女は、ダンスのレッスン自体がたいした重要性を持つわけではないことに気づいた。子供たちが求めているのはエヴリンとのかかわりなのだ。それならば計画を実行しながら、いくらでも彼女たちの期待に応えてやることができる。

「それじゃあ、クラスで教えるわ。明日から始めましょう。女子も男子も、ダンスに興味がある人はみんないらっしゃい」

「今日はもうおしまいなの？」ローズががっかりした表情で言った。

ここを出るはずの時間はとうに過ぎていた。おばのヒュートン侯爵夫人のことは心から慕っていたが、ヴィクターやヒュートン侯爵に告げ口されるのは、ヴィクターとでくわすのと同じくらい避けたかった。「ほんの数時間で、もう明日よ」

「ミス・ラディックは大事な用があるそうだ」セイントが低い声でゆっくりと言った。

「ぼくたちは大事じゃないそうだ」年長の少年がセイントの冷笑的な口調を真似て言った。

たしかマシューという名の子だ、とエヴリンは思った。

なんとしてもセイントの態度を変えなければならない。子供たちにとって手本となるのは彼だけなのだから。「言うまでもなく、あなたたちはとても大事よ。今日の約束は前から決まっていたことなの。約束を破るのはいけないことでしょう? ローズ、明日のダンスレッスンでは、あなたがわたしの最初のパートナーよ。マシュー、あなたは次ね」

とりあえず子供たちを納得させることができたようだ。ローズが誇らしげに飛び跳ねながら、エヴリンの脚に絡みついた。「ありがとう、ミス・エヴィ」

「どういたしまして」エヴリンはほほえんだ。満足のいく一日だった。ふとセイントの暗い表情に目を向ける。楽団を呼んだ彼の意図はまったくわからないが、その意図がどうであれ、エヴリンに協力してくれたのは願ってもない展開だった。「今日のことはセイント・オーバン卿のおかげよ。みんなでお礼を言いましょう」

セイントはうなずいて感謝の言葉を受け入れた。それが合図だったかのように、子供たちは階下の寮へ、あるいは中庭へと散っていった。エヴリンはセイントへのレッスンも忘れてはいなかった。たとえ下心があろうと、女性は親切にされれば喜ぶものなのだと彼に教えたい。

「今日のあなたはとても親切だったわ」エヴリンは床に置いた本とノートを拾いあげた。

「だれかがきみのブローチを盗んでいった」ドアに向かう彼女の横で、セイントが言った。

襟もとに手を這わせ、エヴリンは声をあげた。「まあ、気がつかなかったわ！　見ていたの？」

「赤いスカーフをした背の高い少年が犯人だ」

「名前を知らないの？」

「きみは知っているのか？」

「ランドール・ベイカーよ。どうして止めてくださらなかったの？」

セイントは肩をすくめた。「これはきみのお遊びだ。わたしには関係ない。だが、取り戻してきてやろう」

「ランドールが盗んだのなら、彼はわたし以上にあのブローチが必要だったんだわ」

セイントが眉をつりあげた。「まるで殉教者気取りだな」

「いいえ、違います。わたしには必要ないものです」

「ネックレスは取り戻そうとしたろう？」

「あなたにあのネックレスは必要ないからよ。言っておきますけど、これはお遊びではありません。まだおわかりにならないの？　悪意だけでは生きていけないのよ。たとえセイント・オーバンといえども」

「きみは子供たちにグリーンのドレスに身を包んだ救済者扱いされて、喜んでいるのだろう、エヴリン。だが、きみのやっていることは珍しくもなんともないよ」

「なにをおっしゃりたいの？」

セイントは階段を下りながら、肩越しに彼女を見た。「崇拝されることに飽きたら、きみも興味をなくすに決まっている」

「崇拝してもらうためにここに来ているのではありません」

彼はエヴリンの言葉を無視して続けた。「わたしの母親はかつて、毎月第一火曜日に欠かさずここを訪れていた」

「そうでしたの？　じゃあ、お母様は良識ある方だったのね。恵まれない人たちを支援なさっていたのでしょう？　あなたは誇りに思うべきだわ。お母様はどんなことを――」

セイントは鼻先で笑った。「母と裁縫グループの仲間は、クリスマスの晩餐用のテーブルクロスに刺繍をしていた」

「少なくとも、なにかの形で関与なさっていたわけでしょう？」エヴリンはセイントに続いて階段を下りた。彼女の行為は母親のしていたことと同じだと、非難されるに違いない。

「たしかに関与はしていた。噂によると、母の夫、つまりわたしの父親の子供が二、三人、以前ここに預けられていたという話だ。それで母はこの孤児院に興味を持ったのかもしれない。だからわたしの父親も、ここには深いつながりがある」

エヴリンの頬が熱くなった。こんな話題を持ち出されること自体、侮辱されている気がした。「あなたのお子さんもここにいるの?」そう言ってから、自分の言葉の大胆さに狼狽《ろうばい》する。

セイントもはっとしたように振り向き、エヴリンを見あげた。「わたしの知る限りではいない。そもそも、わたしはこの孤児院とかかわりたくないんだ」

「だったら、どうしてここにいらっしゃるの?」

「今日はそうしたかったからさ」

やれやれ。「なぜ理事長を務めているかを訊いているんです」

「そのことなら前にも言ったはずだ。年間二〇〇〇ポンドを市におさめ、ハールボロー家の人間が〈希望の家〉の管理運営を行うというのは、母親の遺言だったんだ」

「でも――」

「ほかの理事たちがハールボロー家の収益で馬車を買い、酒色にふけるのをなんとかしなければならなかった」

「それはそうでしょうね」

「もっとも、みんながなにかしらいい思いをしている」口もとに皮肉めいた笑みを浮かべ、セイントは言葉を続けた。「父親がよそで子供を作り、母親は悲嘆に暮れて慈善活動に精を出す。理事会は資金を搾取して自分のふところに入れ、毎年ロンドン市長から感謝されている」

「それであなたにはどんな利益が？」

「贖罪《しょくざい》のつもりさ。わたしは孤児たちの世話をしている。それで罪をあがなうことにはならないか？　それより、きみはどうなんだ、ミス・ラディック？」

本当のことを話しても、笑われるだけだろう。「満足感……のようなものを、あなたは感じませんか？」エヴリンはゆっくりと言った。「あなたは子供たちの空腹を満たし、着るものを与えているんです。あなたが孤児院の管理をしていなければ、子供たちは今ごろ路頭に迷っていたかもしれません」

「わたしが満足感を味わうのは、ティモシー・ラトリッジのような強欲なやつらが、わたしから金を巻きあげようと苦心惨憺《さんたん》するのを阻止するときだな」セイントは階段を数段のぼり、彼女に歩み寄った。「きみはわたしをもっと好意的に評価すべきじゃないか？　少なくともわたしは子供たちのための予算を使い込んだりはしない」

「あなたの言葉は信じられないわ」エヴリンは断固とした口調で言った。「あなたはわたしを動揺させて、この計画をあきらめるように仕向けているのでしょう？」

「いや、それは違う。きみの求めているものがその手の満足感だとしたら、もっといい方法はほかにいくらでもあるということをわからせたいだけだ。きみがここでなにをしようと、なにも変わらない。無駄なだけだ。だが少なくとも、きみが役に立つことができる場所はほかにたくさんある」

「ここでなくてはいけないんです！」

セイントは手を伸ばし、愛撫するような指使いでエヴリンの頬に触れた。「それよりも、わたしを救済する気はないか？」

わたしがそのつもりなのを、あなたが知らないだけよ。「あなたを救済することと、あなたの欲望を満たすこととは違います」セイントのゆがんだものの考え方に激しい怒りと失望感がこみあげ、彼女の声が震えた。「わたしはいくらでもあなたの役に立とうと思っているわ」そう言い残し、エヴリンは彼のかたわらをすり抜けた。「それではごきげんよう」

低い、自信に満ちた彼の笑い声に、エヴリンは背筋を震わせた。「わたしはきみにキスをした。きみもそれに応じた。きみは自分が思っているほど慎み深くはないんだよ」

彼女は階段を下りきったところで立ち止まった。「どれほどこの場所を嫌悪していようと、あなたは子供たちの世話をしているのよ、マイケル。あなたこそ、自分で思っているほど悪人ではないのかもしれないわ」

廊下の先に消えていくエヴリンのうしろ姿を見つめながら、セイントはつぶやいた。「きみの言うとおりだ。わたしはもっと悪辣なのさ」

エヴリンが家の玄関に駆け込んだとき、時計が一時を打った。荒い息をつきながら、ラングレーに朝用の帽子を手渡し、昼用の帽子とパラソルを受けとって階段に向かう。

「ご機嫌いかが、お母様？」ジェネヴィーヴが階段を下りてくるところだった。「お出かけの準備はできた？」

「あなた、ルシンダ・バレットに会うのを少し控えたほうがいいわ」ジェネヴィーヴは指先を舐めて額に這わせ、流行の髪型にセットしたブロンドを撫でつけた。

「わかっているわ、お母様。おしゃべりにすっかり夢中になってしまったの。ごめんなさい」エヴリンは明るい笑顔で言った。

「ともかく、ヴィクターがいなくてよかったわ。あなたが今日もティーパーティーに出席しなかったらどんなことになるかと、はらはらしていたのよ」

「大丈夫よ。もう約束をすっぽかしたりしないわ。さあ、行きましょう」

ジェネヴィーヴが玄関口で立ち止まり、怪訝そうな目をエヴリンに向けた。「顔が赤いみたいね。具合でも悪いのではなくて？」

「急いで帰ってきたから息が切れただけよ」セイントとの別れ際の会話で、動揺もしているけれど。

「それならいいけど。倒れたりされたらみっともないわ」

エヴリンは母親の手を取って馬車に向かった。「心配ないわ。本当に」

「今日はわたしたち、ヴィクターのために最高の振る舞いをしなければいけないんですからね。ヒュートン家のティーパーティーは、今では政治家のあいだで有名な集まりなの。紅茶とビスケットを前にして、どれほどの政治家が生まれたり失脚したりしていったことでしょう。それから、貧しい人たちに教育を施すというあなたの持論はいっさい口にしないでちょうだい。あなたの意見を発表するための集まりではないんだから」

「はい、お母様」その言いつけを守るのは簡単だ。エヴリンは意見を発表するまでもなく、実行しているのだから。「お兄様の得になりそうもないことはいっさい言わないわ」

「忘れないでちょうだい」

ひそかな自信に支えられたエヴリンではあったが、ヒュートン家のティーパーティーは苦痛だった。参加した女性たちは慈悲深く良識ある婦人ばかりで、なんの無理もなく自然な物腰で善行を積んでいるように見える。エヴリンはセイントが語った母親の話を思い出していた。新たな疑問が胸にわきあがってくる。善良であるのは珍しいことでもないのに、なにごとにも無関心なはずの彼が、どうしてあれほど抵抗を示すのだろう？

「今日はおとなしいのね」ヒュートン侯爵夫人のリディア・バーンスビーが優雅にスカートの裾をひるがえし、エヴリンの横に腰を下ろした。「こういった集まりではあなたはいつもおとなしいけれど、それでも熱くなって口論を仕掛けてくるでしょう？」

「口ごもりながら？」エヴリンは弱々しい笑みを浮かべた。「いつも緊張してしまうの。わたしがまずいことを言って、兄の足を引っぱるのではないかと心配なんですもの」

「まあ、そんな心配をする必要はないのよ。あなたのひと言でヴィクターが失脚するものですか。少なくともここでそんなことは起きないわ」

「それを聞いて安心したわ。わたしは兄の支持者たちに愛敬を振りまくしか能がないの。わたしの存在なんて無意味な気がして……ここでもわたしのことなど、だれひとり気づきもしない」エヴリンは声の調子を落とした。

おばが彼女に顔を寄せた。「そんなことが理由で黙り込んでいるのではないことはわかっているわ。あなたに言うのを忘れていたけれど、スカートが汚れているわよ。小さな手の跡がついているんじゃないかしら」

エヴリンの顔が青ざめた。「まあ、いやだ。ルシンダと今朝散歩に出たときに、小さな子供たちと――」

「あの孤児院にまだ行っているのね」おばは声をひそめた。「あの場所は危険だと言ったはずよ。子供たちはどんな病気を持っているかわからないし、ヴィクターの話では犯罪歴のある子供もたくさんいるんですって」

「危険……なことなんて、なにひとつないわ」セイントが口をはさんでこなければの話だけれど。

「あなたが結婚していれば、そういった施設にお金を寄付することもできるでしょうけど、うら若き独身のあなたが、しかも名門の出でありながら、メイフェアの外で下層階級の施設に出入りするなんてもってのほかですよ、エヴィ」

煩わしいだけの助言だったが、エヴリンは困惑の表情を装った。「わかっているわ」

「もう孤児院には近づかないと約束してちょうだい」

ああ、まったくもう。「約束します」エヴリンはティーカップの下でこっそりと指を交差させた。

セイントが上院本会議室に足を踏み入れると、議員たちのひそひそ声がしだいに大きなざわめきとなって室内に広がった。たしかに一カ月近くも顔を出していない。だが、気まぐれな彼がひょっこり議会に姿を現すのはいつものことだ。さもなければセイントは死亡したか病に倒れたと公表して、だれかが多額の資産を王室に押収させようとするだろう。

いつもなら比較的親しいデアとワイクリフの横の席に座るのだが、今日のセイントは立ち止まって考えた。ふたりともエヴリンの知り合いだ。ことにデアは彼女から相談を持ちかけられているらしい。セイントはためらった。けれども一方で、ふたりともエヴリンを知っているという事実に好奇心をそそられた。

「話はどうなっている？」セイントはデアの隣に腰を下ろし、小声で尋ねた。

「今日の話か、それとも先月の話か？」

「静かにしろ、このろくでなしども」高齢のハスケル伯爵が振り向き、セイントとデアを一瞥した。

「顎によだれが垂れているぞ、ハスケル。もう歯が全部、抜けてしまったんじゃないか？」セイントはゆっくりと言い返した。

伯爵の顔が怒りで真っ赤になった。「なんだと？」こぶしを握りしめて立ちあがる。ほかの議員に両脇から肩を押さえられ、伯爵はふたたび椅子に腰を落とした。

「皇太子の借金について話し合っていたところだ」ワイクリフが小声で説明した。

まずいな。だとしたら来るべきではなかった。皇太子か彼の側近が例の話をもらしていたとしたら、面倒なことになる。「またその話か」セイントはデアからメモ用紙を取りあげ、その裏にいたずら書きを始めた。

「ああ、そうだ。よだれの話がなければ、わたしは居眠りしていたよ」口もとにかすかな笑みを浮かべて、デアが前かがみになった。「実のところ、きみが来てよかった。探す手間がはぶけたよ」

「わたしに用があるとは意外だな」メモ用紙の裏に描《か》き始めた絵が見覚えのある顔になっていることに気づき、セイントはあわてて髭とビーバーハットを描き足した。どうやら頭の中はエヴリン・ラディックのことでいっぱいらしい。「結婚したとたん、きみはつき合いが悪くなったから」

デアは目尻を下げるばかりだ。「飼い慣らされるのも悪くないものだ」顔を寄せて声をひそめる。「だからこそ、きみを探していたんだよ。エヴリンをこれ以上からかうのはやめてくれ」

女性とのことで手を引いてくれと迫られたことは数えきれないが、いつもはさんざん楽しんだあとで厄介な事態へ発展してからのことだった。だが今回は楽しむどころではなく、いまだに思いを遂げられずに手こずっている最中だ。「ひょっとして、去年きみのズボンの中に手を突っ込んでいた例の女性からの警告かい？　まだ同じ女と一緒にいるわけか」

デアが眉をひそめた。その表情から、もはや笑いは消えている。「わたしに喧嘩を売るつもりか？」

セイントは肩をすくめた。「気に入らないかい？　わたしはだれにでも喧嘩を売るのさ」

「きみはわたしの妻を侮辱したんだ、セイント・オーバン」

「そしてわたしのいとこを」巨漢のワイクリフ公爵が不快そうな表情でつぶやいた。

「そうか」無頓着《むとんちゃく》な風を装い、セイントは立ちあがった。デアとワイクリフを相手に、ほかの場所ならともかく、上院の本会議室で喧嘩をするのはあまりにも無謀だ。「ミス・ラディック自身が近づくなとわたしに言うなら納得もするが、そうでないなら放っておいてもらおう」

通路の向こうで、グラッドストーン子爵がセイントを睨みつけている。見渡せば苦々しい表情を向けてくる夫たちが少なからずいた。会議室を出たセイントの頭にレディー・グラッドストーンのことが浮かんだ。今訪ねていけば、彼女は喜んで迎え入れてくれるだろう。鬱積した欲望を発散させるのはいともたやすい。

だが、セイントは手っ取り早いはけ口を求めているのではなかった。簡単には手に入らない獲物を狙っているのだ。雉《きじ》を追うものは鶏に甘んじたりしない。

彼の追う雉は今ごろティーパーティーにでも参加しているのだろう。先ほどのエヴリンの様子から、セイントはそう思った。政治関係者を身内に持つ女性ばかりの集まりについては耳にはさんだことがある。参加者のほとんどは年配の婦人らしい。若い娘はほかのことで忙しく、その手の会合になど顔を出さないのだろう。

セイントは手持ち無沙汰な様子で家に帰った。上着を脱ぎながら執事に声をかける。「ジャンセン、なにか暇つぶしはないか？」

「というとつまり……女性をお探しですか？　あいにく今日はどなたからもお誘いはありません」

「いや、女はどうでもいい」セイントは顔をしかめて答えた。「女をベッドに連れ込む以外に、男はどうやって時間を過ごすのだろう？」

「はあ」執事はほかの使用人が立ち聞きしていないかとうしろを振り返ったが、人の気配はなかった。「二階に図書室がございますので——」

「本当か？」

「本当でございます、旦那様」

「本があるのか？」

ジャンセンはからかわれているのかと思ったが、いつもどおりの落ち着き払った態度を崩さなかった。大声で罵倒され、物をぶつけられるより、はるかにましではないか。「さようでございます、旦那様」

「ふむ。読書という気分ではないな。ほかになにかないか？」

「ビリヤードはいかがでしょう？」

「ビリヤードか。きみはできるのか？」

「わたくしは……さあ、わかりません」

「それでは教えてやろう。一緒に来い」

「でも――」

「ここはほかの使用人に任せればいい。ギボンズがいるだろう?」

「ギボンズという名前の使用人はおりません、旦那様」

セイントは階段の途中で立ち止まり、またもや顔をしかめてみせた。「それなら次はギボンズという名の使用人を雇うんだな。覚えておいてくれ」

「かしこまりました、旦那様」

「話をそらして逃げようとしても、そうはさせないぞ。早く来い」

主人の暇つぶしにつき合わされた執事は拷問のような数時間を過ごしたが、セイントのほうは退屈し始めると同時に、執事に対していつしか同情心を抱き始めたことが自分でも意外だった。エヴリンの影響だ。間違いない。彼女は銅像にさえもあたたかい心を通わせることができる特異な能力の持ち主なのではないか。とはいえ、セイントは銅像ではない。ましてや一度や二度のキスで、デアやワイクリフのような変貌《へんぼう》を遂げられるはずもない。それはさておき、まったくどうしてくれよう。夜の七時に家で執事とビリヤードをしているとは。

「ウォレスに馬の準備をさせてくれ」セイントは突き棒《キュー》をテーブルに投げ出して言った。

ジャンセンはほっとしたように肩を落とした。「それでは、ご夕食はいかがいたしましょう、旦那様?」

「今夜はたぶん戻らない」

セイントは社交クラブで夕食をすませ、ウェストグローヴ卿と初対面の紳士ふたりを相手にカードゲームに興じた。初対面の人間がいるのは好都合だった。顔見知りはだれひとり、セイントを相手に賭けごとをしようとはしない。

「ところで」初対面のふたりのうち、若くて小太りの男が言った。「社交クラブは貴族と有名人でいつも込み合っているとおじのフェンストンに聞きましたが、今夜は……やけに静かなようですね」

ウェストグローヴがまた一〇ポンドを巻きあげられて、うなり声をあげた。「今夜は〈オールマックス〉で社交界デビューのお披露目があるらしい。みんなそっちに行っているんだろう」

年上の痩せた男がぽつりと言った。「〈オールマックス〉はあこがれの場所ですよ」

「あこがれの場所だって?」セイントは鼻で笑い、賭け金を目の前に積みあげた。今日が水曜日だったのを忘れていた。〈オールマックス〉の舞踏会の日だ。彼が追う獲物は今ごろにこやかに愛敬を振りまき、セイントを言いくるめて〈希望の家〉の世話を焼いている話を吹聴しているかもしれない。もっとも、彼女は孤児院とのかかわりをまわりに隠したがっていたが。

「〈オールマックス〉の話を聞かせてください」

「生ぬるいレモネード以外は酒もなく、娯楽室もない。目をぎらつかせた年寄りばかりがうろつき、ワルツもめったに踊れない。それが〈オールマックス〉だ。つまらない場所さ」

ウェストグローヴが苦笑し、咳《せ》き込みながら言った。「気にするな。この男は〈オールマックス〉から出入り禁止を食らった腹いせに、そんなことを言ってるだけだ」

「出入り禁止？　本当ですか？　なにがあったんです？」

「いたずらがすぎたのさ」セイントはつぶやいた。ウェストグローヴを先に黙らせるべきだった。見も知らぬ田舎者たちを楽しませるためにここへ来たのではない。

「ストレージにイザベル・ライゲルを連れ込んで、セックスをしたそうだ」ウェストグローヴがすかさず答える。

「まさか。本当ですか？」

「いや、違う」セイントは顔を上げ、次の賭け金をテーブルに置いた。「あのときは口でさせただけだ。セックスはしていない」

「やめてください！」若いほうの男がいきり立った。「あなたの名前はなんといいました？」

「名前など言ってないぞ」

「まあ、落ち着けよ。この男がかの有名なセイント・オーバン侯爵さ」ウェストグローヴがかわりに答えた。

「あなたがセイントですか。決闘で相手を殺したというのは本当ですか？」

「たぶんね」セイントはディーラーに目配せして席を立った。「その男は殺されても当然だったんだろう。それでは失礼」

「しかし――」

セイントは愛馬カシアスにまたがって通りに出た。夜風が心地よく頬を撫でる。〈オールマックス〉は今ごろ、宴もたけなわだろう。男たちが列をなして、エヴリン・マリー・ラディックに声をかけてもらうのを待っているに違いない。

セイントはさしたる目的もなくカシアスを北へ向けて走らせ、数ブロック先で止まった。煉瓦《れんが》造りの地味な建物の前で、明かりに照らされた窓を見つめる。冷たい風に運ばれるように音楽が外の通りに流れ、その合間から人々のざわめきが聞こえてきた。

彼女がこの中にいる。それがわかっているからこそ、セイントはもどかしくてならなかった。彼の立ち入れない場所にエヴリンが出入りしている。堅苦しく取り澄ました退屈な場所。ただの一度も、そんな場所が好きだと思ったことはない。〈オールマックス〉から五年間の出入り禁止を申し渡されて以来、今夜までなんら不都合を感じたことがなかった。今夜までは。

エヴリンは外の冷たい空気を吸おうと、カーテンを脇へ押しやった。外の気温がどうであれ、〈オールマックス〉はいつも息が詰まるほど蒸し暑い。通りの向こうの暗がりに、馬にまたがった人影が見えた。その姿に見覚えがあると彼女が気づいたときには、すでにその人影は走り去っていた。まさか……。エヴリンは首を振った。この規律正しい〈オールマックス〉の近辺にセイントが近寄るはずがない。こんな夜ふけに彼が外をうろついているなんて、どう考えてもありえない。

「エヴィ、聞いてるの？」

エヴリンはまばたきをして、カーテンを押さえていた指を離した。「ごめんなさい、ジョージアナ。なんて言ったの？」

「セイント・オーバンが上院の議会で暴言を吐いたらしいって言ったのよ。トリスタンから聞いた話だけど」

「ああ、やめてよ、ジョージアナ。セイントにとってはいつものことでしょう？　わたしが気にすることじゃないわ」

「わたしはきみのために、あえてこの身を危険にさらしたんだ、エヴリン」デアの低い声が背後から聞こえた。

ジョージアナが表情をかたくした。「いいえ、それは違うわ。向こうへ行っていて」

「はいはい、きみの言うとおりだ」デアは愛想よく言うと、エヴリンを見てうなずいた。

「それじゃあ」

「待って！」エヴリンは彼の腕をつかんだ。「わたしのためって、どういうこと？」

「いや……その……」デアはエヴリンの頭越しに妻の顔を盗み見た。「なんでもないよ。記憶違いだったようだ」

「お願い、デア。なにがあったのか話して。わたしが彼の孤児院でボランティアをしていることを知っているでしょう？　彼にはただでさえ手こずっているというのに、これ以上面倒な思いをしたくないの」

デアがため息まじりに言った。「わたしはただ、きみにつきまとわないでくれとセイント

に忠告しただけさ。きみは彼のまわりにいる女性たちとは違う。セイントがきみにとってい
い影響をもたらすとは思えないからな」
「彼はだれにとってもいい影響をもたらすとは思えないわ。お気づかいはありがたいけど、
前にも言ったとおり、わたしは自分の目標を達成するために彼の協力を必要としているの。
わたしのためを思ってくれるなら、彼にはもうなにも言わないで」
デアがうなずいた。「これだけは覚えておいてくれ、エヴリン。セイントのしてきたこと
の悪質さを知ったら、きっとわたしが天使に思えるはずだ」
「信じられないかもしれないけれど、本当よ」ジョージアナがつけ加え、デアの腕に腕を絡
めた。「それから、これはわたしのせいなの。わたしがトリスタンをそそのかして、セイン
ト・オーバンに警告してもらったのよ。あなたのことが心配でたまらなかったんだもの」
「わたしのことなら大丈夫。自分でなんとかするわ」
デアもジョージアナも、エヴリンの言葉を信じていないのは明らかだった。だれよりも親
しい友人の目にさえ、彼女はにこやかに愛敬を振りまくしか能のない存在なのだ。セイント
にも同じように思われているのは明らかだが、彼にそう思われるのはしかたがない。なにし
ろキスを奪われてしまったのだから。だが、そのキスは孤児院でのボランティア活動を承認
してくれたことへの代償として、支払う価値は充分にあるとエヴリンは思っていた。そして
彼が社交辞令のひとつでも言うようになったなら、この取引は成功と言えるだろう。
楽団がめったに演奏しないワルツを奏で始めると、ジョージアナとデアはそそくさとダン

スフロアへ向かった。今夜はルシンダは来ていない。エヴリンは珍しくひとり取り残されたことに気づいた。

ありがたいことに、ひとりぼっちの時間は長くは続かなかった。「エヴィ」ヴィクターが年配の紳士をともなって近づいてくる。「モンマス公爵にお目にかかったことはあったかな？　モンマス卿、妹のエヴリンです」

「これはお美しい」公爵がつぶやき、彼女はお辞儀をした。

「今、おまえがチェスに夢中だという話をしていたのだよ、エヴィ」

チェスですって？　チェスなんてやったこともないわ。「ええ、そうなんですの。でも、下手の横好きですわ」

心得顔でうなずくモンマスの頭のてっぺんで、白髪が逆立っている。「チェスは女性の頭脳の限界を超えたゲームだと、わしはいつも言っておるんだがね。それに気づいた女性がひとりでもいるとは喜ばしいことだ」

エヴリンは奥歯を嚙みしめてほほえんだ。「それはよろしゅうございました。公爵様はよほどお強いのでしょうね？」

「わしはドーセットシャーのチャンピオンだよ」

「まあ、すばらしい！」ヴィクターが選挙活動のためにモンマス公爵からなにを期待しているにしろ、お世辞に見合う分だけの貢献をしてもらわなければ。それにしても、うんざりだわ。異様な髪型をした、チェスの年老いたチャンピオンのご機嫌取りなんて。

「モンマス卿はご親切にも、おまえにチェスの話をお聞かせくださるそうだよ」ヴィクターがにこやかに言った。「モンマス卿もおまえ同様、ワルツがお好きではないそうだから、散歩をご一緒させていただきなさい」

エヴリンは大きなため息をつきそうになって、途中でのみ込んだ。チェスが好きでワルツが嫌いですって？　ずいぶんつまらない女を演じるはめになったものね。「喜んでおともさせていただきますわ、公爵様」

とはいえ少なくともエヴリンは、会話を盛りあげるための努力をせずにすんだことに感謝した。公爵の話題はチェスゲームについてのみならず、チェス盤の素材やチェスの起源に関する知識にまで及び、そのあとは世界一高価なチェスセットを所有しているという自慢話に終始した。

エヴリンは公爵の話に感心した様子でうなずき、にこやかな笑みを浮かべながら、恨みのこもったまなざしを兄に送り続けた。今に始まったことではない。選挙活動を支援してくれそうな人物を見つけるたびに、ヴィクターは彼らの趣味や道楽を調べ出し、エヴリンが同じことに興味を持っているという筋書きを勝手に作りあげるのだ。彼女はそれが不服でならなかった。そして自分自身が達成すべき新たな目標を見つけた今、そんな兄のやり方にますます憤りを感じていた。

うわの空で相槌《あいづち》を打ち、愛想笑いをしていたエヴリンは、モンマス公爵が別れの挨拶を告げていることにようやく気づいた。「興味深いお話をありがとうございました」彼女はもう一度にっこり笑い、お辞儀をした。公爵の逆立った白髪が人込みの中に消えるやいなや、兄の姿を探す。

「よくやった、エヴィ」ヴィクターがレモネードのグラスを差し出した。

彼女はレモネードには目もくれず、眉をひそめて兄に詰め寄った。「どうして先に言ってくれなかったの？　わたしはチェスのチェの字も知らないのよ」

「わたしの言うことに少しでも注意を払っていればわかったはずだ」

エヴリンは咳払いをした。おとなしく協力したのにはわけがある。もしも兄に見直してもらえれば……。「わたしは今、調べていることがあるの。身寄りのない子供がロンドンにどれくらいいるか知ってる？　もしもその子たちが——」

「黙りなさい。わたしがやっているのは選挙活動だ。改革ではないぞ。おまえは素直にわたしに協力していればいいんだ」

「しているじゃない」

「だったら、セイント・オーバンに近づくのはやめるんだな。それにおまえのくだらない計画とやらもあきらめろ。そんなに子供に興味があるなら、さっさと結婚して自分の子供を持ったらどうだ？」

「ひどいわ」

「ともかく、ここでおまえと無駄話をするつもりはない。壁の花を気取って突っ立っていないで、だれかと踊ってきてくれ。体裁の悪い態度を取られると選挙活動に影響する」

「わたしはワルツが嫌いだったんじゃなかった?」エヴリンは先ほどのレモネードを受けとっておけばよかったと悔やんだ。生ぬるいレモネードでもいいと思えるほど、舞踏室は窮屈で暑苦しかった。

「モンマスの前では、おまえはワルツが嫌いになる」ヴィクターがレモネードをすすって言った。「セイント・オーバンの前でもだ」

「少なくとも、セイントは人を利用するために嘘をついたりしないわ」

失言だったことに気づいたときには手遅れだった。ヴィクターはレモネードのグラスを置き、エヴリンの肘を強くつかんで部屋の片隅へと移動した。

「おまえとセイント・オーバンのことで、わたしは大変な我慢を強いられた」ヴィクターが低い声で話し始めた。「おまえは一人前の賢い大人のつもりでいるらしいが、兄の立場から言わせてもらえば、ただの愚か者だ。しかも偽善者ときている」

悔し涙がこみあげたが、彼女はまばたきをしてこらえた。涙を見せれば、兄に優越感を与えるだけだ。「いつも侮辱ばかりされてきたけれど、わたしはそこまで愚かじゃないし、偽善者でもないわ」

「では、ロンドンの貧民と孤児を救済する計画はあきらめたんだな?」

なにも知らないのはどっちよ。「いいえ、あきらめるつもりなどないわ」

ヴィクターの顔にぞっとするような笑みが浮かんだ。「それなら教えてやろう。おまえがわたしの目の前で恥ずかしげもなく戯れていたあのろくでなしが、今なにをしているか。やつは孤児院を取り壊し、その場所に公園を造る計画をジョージ皇太子と相談している最中だ。愚か者で偽善者でなければ、そんな場所でボランティアなどするものか」

息もできずにエヴリンはヴィクターを凝視した。兄は嘘をついている。そうとしか考えられない。「そんなこと信じないわ」

「本当の話さ。皇太子本人から聞いた、希望のなんとかという孤児院の話だ。その取引でセイント・オーバンのふところに大金が転がり込むに違いない。彼が博愛主義者だという話は聞いたことがないからな」

エヴリンはヴィクターの手を振りほどいた。肘に残った痛みは、兄の言葉でぽっかりと穴が開いた胸の痛みとは比べようもない。なぜセイントはそんな計画を？　ときおり彼は意外な一面を……親切な振る舞いを見せてくれたし、孤児たちが彼の庇護《ひご》のもとで暮らしているのは変えようのない事実だ。それにあの建物を取り壊すつもりなら、どうしてわたしにストレージの整理なんて……。

エヴリンの顔がゆがんだ。セイントがストレージの整理を許可したのは当然だったのだ。建物を取り壊す際には、いずれにしろ手配しなければならないことなのだから。無駄になるのは壁の塗りかえくらいのものだが、それとて彼の出費ではないし、エヴリンや子供たちの注意をそらすにはうってつけだった。

「今後はわたしの忠告に耳を傾けることだな。わたしがいつもおまえのためを思っているのはわかっているはずだ」ヴィクターが顔を寄せてささやいた。「さあ、口を開けたまま突っ立ってないで、だれかと踊ってきなさい。今日はよくやってくれたから、少し息抜きをさせてやろう」

エヴリンは我に返って口を閉じた。やっと生きがいを見つけたというのに、セイント・オーバン、あなたはそれを壊すつもり？　そんなこと、けっしてさせるものですか。

10

エヴリンはいつもより早い時間に孤児院に着いた。食堂に入っていくと、子供たちは朝食を終えたところだった。昨夜の話を聞いたあとだ。質素で手のかからないものとはいえ、子供たちがまともな食事を与えられているのを目にして安心せずにはいられなかった。

壁も天井も、なにもかもがジグソーパズルのピースのようだ。ひとつひとつが昨夜のヴィクターの言葉にぴたりと当てはまる。まったく、なんてことかしら。なにも見えていなかったとは。セイント・オーバンには気をつけろと再三言われていたにもかかわらず、だれの助言にも耳を貸そうとしなかったのは、自分の名誉は自分で守れると思っていたからだ。だが、セイントが無償ではなにもしない計算高い男だとだれもが口をそろえて言っていたことを、エヴリンは今になって思い出していた。

「ミス・エヴィ！」かん高い声が聞こえたかと思うと、ローズとペニーが駆け寄ってきた。エヴリンのウエストに抱きつきながら、ローズが言った。「ミス・エヴィのために絵を描いたんだよ」

「まあ、本当？　早く見たいわ」

「みんなでダンスをしてる絵だよ。わたしはグリーンのドレスを着てるの。グリーンが一番好きな色なんだ」

ローズにはグリーンのドレスを、とエヴリンは頭に刻み込んだ。子供たちは着古した粗末な服以外に、新しい衣類を必要としている。あいにくエヴリンは壁の塗りかえと教師を雇い入れるための費用で、今月は余裕がなかった。ヴィクターの選挙活動のために新しいドレスが必要だとでも言えば、多少は融通してもらえるかもしれない。

「今日もワルツを踊れるの？」ペニーが尋ねた。

いつもはひねくれ屋のモリーでさえ、興奮を隠しきれない表情だ。思わず涙があふれそうになるのをこらえ、エヴリンはほほえんだ。子供たちは彼女を信頼し始めている。それなのに、セイント・オーバンがすべてを踏みにじろうとしている。少なくとも、それが彼の望みなのだ。

「今日は音楽はないけれど、ステップを教えてあげるわ。ワルツを習いたい人は運動場に集合よ」

「わたしも参加できるかな？」セイントの低い声が戸口から聞こえた。

エヴリンは身をこわばらせた。昨日の朝は彼の不可思議な魅力に引き込まれそうになったというのに、今朝は出会ったことさえ疎ましく思える。「おはようございます」エヴリンは歯を嚙みしめながら言った。どんな態度で彼に接すればいいのかわからなかった。「みんな、セイント・オーバン卿に挨拶をしましょう」

「おはようございます、セイント・オーバン卿」子供たちが声をそろえた。

「おはよう。みんな先に運動場へ行っていなさい。ミス・ラディックとわたしもすぐに行く」

「あら、なんのためですの？」エヴリンは無理やり笑顔を作った。「みんなで一緒に行きましょう」

セイントに妨害されないように、エヴリンはローズとペニーの手を握った。彼の不誠実な魂胆を真っ向から暴きたて、問いつめたかったが、なにを言うべきか考えがまとまらなかった。口を開けば泣き出してしまい、セイントを喜ばせることになりかねないし、はたまたいきなり彼を殴りつけてしまうかもしれない。


子供たちがエヴリンを取り囲み、にぎやかに階段をのぼっていく。セイントもあとに続いた。どうやら子供たちは全員、ワルツの練習に参加するようだ。

今朝のセイントはうしろで見ているのが精いっぱいだった。昨夜は熱い妄想に悩まされ、数時間しか眠っていない。しかも今朝のエヴリンの態度で、バケツ一杯の冷たい水を頭から浴びせられた気分だった。

セイントが議会でデアとワイクリフに喧嘩を売ったという一件を耳にして、エヴリンは彼を懲らしめようとしているに違いない。だが、だれかが傷ついたわけでもないし、セイントには罪悪感のかけらもなかった。

エヴリンが目の前に来て立ち止まった。セイントはまばたきをした。今日のドレスは淡いピンク色のモスリンで、グレーの瞳に深い陰影を投げかけている。背中に翼をつければ、まさに完璧な天使だ。天使にみだらな情欲を抱いている彼を、神も悪魔もあざ笑っていることだろう。

「モリーと踊っていただけませんか？」エヴリンがセイントの肩の向こうに視線を漂わせて言った。

「どれがモリーだ？」

グレーのまなざしが一瞬彼の視線とぶつかったが、すぐに別の方向へそれた。「子供たちの名前をご存じないのですか？」

これまでの数年間、孤児院にはほとんど顔を出さず、この二週間のあいだにここで過ごした時間のほうがよほど長かった。しかし今朝のエヴリンの機嫌の悪さを考えると、そのことを告白するのは得策ではなさそうだ。「きみの名前なら知っている」

「わたしはこの施設に住んでいるわけではありません。モリーはグリーンの目をした短い赤毛の少女です。彼女は男性を怖がっているようですから、態度に気をつけてください」

立ち去ろうとした彼女の腕をセイントはつかんだ。「わたしに命令するのか、エヴリン？」

低い声でささやく。「わたしは自分の意志でここにいるんだ」

エヴリンが彼の手を振り払った。「ええ、あなたはそうでしょうけど、子供たちは違います」

軽口を叩いてこの場を切り抜けるには、セイントは睡眠不足のうえにジンを飲みすぎていた。「だからといって、ワルツを一度や二度教えたくらいで、彼らの人生が変わるとでも思っているのか？」

涙がこぼれ落ち、彼女は乱暴に頰を拭った。「だったら、子供たちの家を取り壊せば、彼らの人生が変わるというの？　ありもしない倫理観を押しつけるのはもうやめて」

くそっ。「だれから聞いた？」

「だれから聞こうと、どうでもいいことよ」エヴリンが青ざめた顔で言う。「卑劣な人ね。あなたの顔を見ただけで気分が悪くなるわ」

セイントは呆然とエヴリンを見つめた。怒りが、そして絶望感が全身に広がっていく。これで彼女を手に入れることは二度とかなわない。だが彼の夢が破れるということは、同時にエヴリンの夢も破れるのだ。「出ていけ」彼は吐き捨てるように言った。

「な……なんですって？」

「聞こえたはずだ。もうここには来るな。出ていってくれ」

涙がふたたびあふれ出した。「子供たちにお別れの挨拶をさせて」

エヴリンの涙は苦手だ。ここ最近、彼女のせいで情緒不安定になっているというのに、彼女の涙を目にするとなにかせずにいられなくなる。どんなに怒り狂っているときでさえ、いたたまれなくなるのだ。セイントは険しい表情でうなずいた。「一五分だけやろう。わたしは階下《した》にいる」

「わかりました」

セイントは彼女に詰め寄った。「子供たちになにを話そうと、きみにはなにひとつ変えられないことを忘れるな。子供たちの気持ちを考えるなら、よけいなことはいっさい言うな」

「ろくでなし」エヴリンが彼の背中に向かってつぶやいた。


セイントはエヴリンに一瞥もくれずに階段を下りていった。彼女がうしろを振り返ると、子供たちが首をそろえてこちらを見つめていた。子供たちがなにを知っているにしろ、彼らにはなにも変えられない。そして、今の状況を手をこまねいて見ているしかないエヴリンも同じく無力だった。彼女がここに出入りしていることを知っている者は孤児院の関係者以外、ほとんどいない。世の中の役に立ちたいという望みも、だれに知られることもないまま断ち切られてしまうのだろうか。

「どうしたの、ミス・エヴィ?」

エヴリンはあわてて涙を拭いた。「ごめんなさい。もう……行かなければならないの」これほどつらい言葉を口にしたことはなかった。

「気にしないで」ペニーが前に躍り出て、エヴリンの手を取った。「ワルツは明日、教えてくれればいいから」

ああ、どうすればいいの? 「ペニー、それがね……わたしはもう……ここに来られないの」

「セイント・オーバンが来るなと言ったんだろう?」ランドール・ベイカーが怒りをあらわにして言った。

「ええ、でも……」エヴリンは口ごもった。いつもだれかをかばい、弁護してきたが、その価値もない相手の味方をするのはもううんざりだ。この子たちに嘘はつきたくない。ましてやセイント・オーバンをかばうために嘘をつくのは耐えられない。「ええ、セイント・オーバンにそう言われたの」

「どうして?」ローズが大きな目に涙をためて、エヴリンのもう片方の手にすがりついた。

「あいつはミス・エヴィのスカートの中を自由にできなかったから、怒ってるのさ。賭けてもいいよ」マシュー・ラドリーがポケットの中から葉巻を取り出しながら言った。

エヴリンの頬が赤くなった。「そんなことを言うものじゃないわ、マシュー」

「わたしたち、ちゃんと知ってるんだよ」今度はモリーが歩み出た。「あいつ、前はここに来たことなんかなかったくせに、自分が嫌われてるのを知って、ミス・エヴィを追い出そうとしてるんだ」唇を震わせて訴える。

「セイント・オーバンなんか地下牢《ろう》に閉じ込めて、鼠《ねずみ》に食わせちまえばいいんだ」

マシューの言葉に子供たちは大喜びした。エヴィにも彼らの思いは手に取るようにわかったが、ばかげた復讐《ふくしゅう》計画のために残された時間を無駄にしたくなかった。一五分経っても彼女が立ち去ろうとしなければ、セイントに無理やりつまみ出されるだろう。

「残念だけど、マシュー、あなたたちは子供だし、わたしは女性で、彼にはかなわないわ。

ここには地下牢もないし、あきらめるしかないわね。さあ、ペニー、最後に本を読んであげるから、持っていらっしゃい」

「地下牢ならあるよ」トーマス・キーネットが言った。「鎖もあるし、鼠もいる」

「なにを言ってるの？」

ペニーがエヴリンを裏階段のほうへと押した。「一緒に来て。見せてあげるよ」

子供たちが意味するものがなにかはわからないが、彼らにとって重要なことに違いない。もしもセイントや理事たちが折檻部屋のようなもので子供たちに罰を与えているのだとしたら、警察に通報し、取り壊し計画をやめさせることも可能だ。もっとも、セイントは不可解な人物だが、地下牢で子供たちを折檻するというのは彼のイメージではない。しかし行き場のない怒りに駆られたエヴリンは、ここで行われていることをなにひとつ見過ごすものかと気色ばんだ。

先を歩く子供たちはいつになく静かだった。エヴリンを建物の裏手へと案内し、老朽化した階段を下りていく。地階は大きな食料貯蔵室だった。部屋の中は箱や寝具、小麦粉やりんごなど、ありとあらゆる雑多なものであふれ返っている。窓のない薄暗い室内はかび臭く、まさに地下牢のようだったが、法律に触れる行為や拷問を連想させるものはなにも見あたらなかった。

「本当に気味の悪い場所だわ」子供たちを落胆させまいと、エヴリンはしぶしぶ同意した。「でもここに侯爵を連れてきても、りんごを投げつけるくらいしか懲らしめる方法はなさそうね」

「ここじゃないよ」ランドールが落ち着き払った表情に笑みを浮かべて言った。「地下牢はあっちだ」

マシューとアダム・ヘンソンがランドールに加わり、古いベッドを脇によけた。埃で前が見えなくなったが、やがてエヴリンはマットレスの立てかけてあった壁にドアがあることに気づいた。モリーが蠟燭《ろうそく》であたりを照らし、ランドールが肘でドアを押し開ける。

ドアの向こうには狭い階段があり、その先にもうひとつドアがあった。薄く開いたドアの上部に格子のついた小さな窓が見える。「ランドール、わたしが先に入るわ」エヴリンは蠟燭を手にして言った。

「だけど蜘蛛がいるよ」ローズがうしろでささやく。

蜘蛛？「大丈夫よ。でも、気をつけましょう」エヴリンの声が震えた。背の高い年長の少年が前に進み出る。

少年はにこりと笑い、重そうなドアを大きく開いた。

狭い室内に一歩足を踏み入れると、エヴリンはすぐにここがなんのための部屋か悟った。

「ここは営倉だったのね。罪を犯した兵士を閉じ込めておく場所だったんだわ」声をひそめて言う。

拘束道具《シャックル》の手枷《てかせ》と足枷が一対ずつ、天井からぶらさがっている。小さなスツールとバケツが唯一の家具で、あとはドアの両側に燭台《しょくだい》があるだけだ。

「ここだよ」トーマスはシャックルの片方を手に取って引きずった。部屋の中ほどまで行くと、鎖はぴんと張りつめた。「ここにセイント・オーバンを閉じ込めれば、だれにも知られずにすむ」

「たしかにいい考えだとは思うけど、侯爵の身分を持った人を誘拐するというのは問題よ」

「だけどセイントをここに閉じ込めれば、ミス・エヴィに毎日会えるんだよ」ペニーの頰を涙が伝った。

ペニーの兄、ウィリアムが細い腕を彼女の肩にまわした。「泣くなよ、ペニー」

「でも、字が読めるようになりたかった」

「ぼくもだよ」ランドールが険しい表情で言った。「それにセイントがミセス・ネイザンに、ここを取り壊して厄介払いをしようと言ってたことがあるんだ」

「まあ、ランドール、そんなこと――」

マシューが火のついていない葉巻を口にくわえて笑った。「地下牢に閉じ込められたら、ここを取り壊すことなんかできないだろ？」

エヴリンは薄茶色の髪をした少年を見つめた。子供たちは冗談を言い合っているだけだ。セイントが本気で孤児院を閉鎖するつもりでいるとは考えていない。ましてや、彼らにとってただひとつのよりどころであるこの建物が瓦礫《がれき》の山と化す日が来るとは、夢にも思っていないはずだ。

「悪い話じゃないでしょう、ミス・エヴィ？」ランドールが低い声で言った。「あなたがまいようにしてやるよ」

エヴリンの鼓動が速くなった。ここには犯罪歴のある子供も何人かいると、いつかセイントが言っていたことを思い出す。彼らがいったいどの程度の罪を犯したのか、セイントは知っているのだろうか。たとえエヴリンが止めたとしても、彼女がいなくなったとたん、彼らがセイントをここに閉じ込めることは充分に考えられる。そうなればだれかが怪我《けが》をするか、最悪の場合はもっと悲惨な事態に発展する恐れもある。惨事にならないとしても、彼らがセイントをここに閉じ込めれば犯罪だ。たとえセイントのような悪名高い人物でも、貴族を誘拐すれば絞首刑はまぬがれない。

だがセイントが子供たちとかかわらなければならない状況に追い込まれたら、子供たちがどれほど人のぬくもりを必要としているかわかるのではないだろうか。そして孤児たちのひとりひとりが互いにかけがえのない家族であることを知れば、彼は考えを改めるのでは？

エヴリンは目をしばたたいた。もしかしたらセイントは、男性としての自分の振る舞いを反省し、本当の意味での紳士のたしなみを身につけるようになるかもしれない。

ああ、そんなはずないわ。でもわたしがこのまま立ち去ったら、あるいはセイントにひと言でも子供たちの動向を警告したら、子供たちはさらに苦しい立場に追い込まれる。わたしが孤児院の改善に首を突っ込んだばかりに、彼らの生活を向上させるどころか悪化させることになるのだ。けれど、わたしが主導権を握り、ルールと約束ごとを明確にしたうえで子供たちを統制することができたなら、もしかしたらすべてがうまくいくかもしれない。そしてひょっとしたら、なにかを変えることができるかもしれない。

「わかったわ」エヴリンはスツールに腰を下ろし、ゆっくりと言った。「まず、わたしたち全員がこの案に賛同していること。それから、わたしがすべての責任者だということにあなたたちが同意すること。このふたつに賛成できるならやりましょう。どう、みんな？」

マシューが口から葉巻を抜きとって敬礼した。「了解、キャプテン」

「じゃあ、わたしが今から言うことをよく聞いて、すばやく行動するのよ」

11

セイントは玄関広間をうろうろと歩きまわっていた。五分で荷物をまとめ、立ち去る準備をさせればよかった。それ以上は認めなければよかったのだ。どうやらエヴリンの涙は彼のアキレス腱《けん》らしい。先ほどから二分おきに懐中時計を取り出しては舌打ちする以外、セイントにはなすすべがなかった。

「あの女はわたしのことを卑劣だと言った」彼はひとりつぶやき、エヴリンの憤然とした声の調子を真似た。「顔を見ただけで気分が悪くなる、だって？」

かつてだれひとり、そんな言葉をセイントに向かって言い放ち、無事でいられた者はいない。ましてやエヴリンは、彼が多少なりとも興味を引かれた女性だ。セイントは彼女の魅力に対してよりも、これまでかかわったことがないほどの純粋さに興味をそそられていた。

あまりに潔癖なエヴリンは、性の快楽に目覚めることに罪悪感を覚えるのだろう。だが、いずれ存分に目覚めさせてやる。そしてそのあげくに、物乞《ものご》いをするようにすがりつく彼女をあっさりと捨ててやる。高貴な天使がぼろきれのように堕落した姿は、さぞかし見ものだろう。

セイントはふたたび懐中時計の蓋を開けた。あと二分で約束の時間だ。もしも彼女が下りてこなければ、迎えに行くまでだ。彼は懐中時計の蓋を閉めた。いや、待っている必要などないのかもしれない。

「セイント?」

振り向くと、エヴリンが階段のところに立っていた。頬を赤く染め、息をあえがせている。

「準備はいいか? もう時間だ」彼はにべもなく言った。

エヴリンはその場から動かずに言った。「お話があります」

セイントの胸に疑念がわきおこった。エヴリンは子供たちとの別れを惜しんで悲嘆に暮れている様子もなく、ここでのボランティアを続けさせてほしいと懇願するわけでもなければ、孤児院閉鎖の計画を中止するよう促すわけでもなかった。期待を裏切られたような気分で、彼は尋ねた。「どんな話だ?」

「あなたは……無償ではなにもしないとおっしゃったでしょう?」

セイントはエヴリンが緊張していることに気づいた。そればかりか、彼女のまわりには熱を帯びた空気が漂っている。「それで?」彼は促した。全身の神経を集中させて、エヴリンの答えを待つ。

彼女は咳払いをしてから、セイントが聞き耳を立てなければならないほど静かな声で言った。「孤児院を閉鎖しないでくださいとお願いしたら、あなたはなにを要求なさるのかと考えていたんです」

セイントも無駄に年を重ねてきたわけではなく、エヴリンがなにか企んでいるらしいことは承知のうえだった。もっとも、彼女がなにやら秘密めいたことを考えているのなら、それはそれで大歓迎だ。しかし、彼女がそんな大胆なことを企むはずはない。「わたしの顔を見るだけで気分が悪くなるんだろう？」

「腹が立っていたんです」

「それなら今はもう、わたしの顔を見ても気分は悪くならないのか？」セイントは猜疑心《さいぎ》を隠そうともせずに言った。

「あなたがなぜこの孤児院を取り壊すつもりなのか、わたしには理解できません」エヴリンはゆっくりと言った。「しかも、あなたのお母様が――」

「やめてくれ」セイントはさえぎった。「わたしに抱かれたいという話なら、母親の話は関係ないはずだ」

「ごめんなさい。こんなことには慣れていないんです」彼女は怯えたように顔をゆがめた。

「こんなこととは？」

「わたしに……言わせるのですか？」

セイントはエヴリンに歩み寄った。あわてて彼女を追い出すこともない。「そうだ」彼はエヴリンの唇にキスをした。

なにかを約束させられるのだろう。そうに違いない。タイミングしだいではエヴリンの望みどおりのことに同意させられ、思う壺《つぼ》にはまるだろう。なにしろこんな話をするだけで、狂おしいほどの欲情に襲われているのだ。彼女がどんな言葉で要求を伝えてくるかに、せいぜい気をつけることにしよう。豊富な人生経験によって、セイントは女性をベッドに誘う方法はひとつではないことを心得ていた。そして孤児院を閉鎖し、厄介払いをする方法がひとつではないことも。

セイントは顔を離したが、エヴリンはさらに唇を求め、爪先立ちになって細い指を彼の髪に絡ませた。彼の顔を引き寄せ、もう一度キスをねだる。セイントの手が独自の意志を持ったかのようにしなやかなウエストを包み込み、彼はエヴリンの体を強く抱きしめた。

「きみの答えを聞いていない、エヴリン・マリー」セイントはささやき、ここから一番近い個室は教室だろうかと考えた。ドアに鍵はかからないが、子供たちは彼女がもう帰ったと思っているはずだから、だれも立ち寄りはしない。「言うんだ」

「わたし……」エヴリンはあえぎ、彼の唇を見つめている。「孤児院を取り壊す計画を中止してくださるなら、わたし……」

小悪魔よ。天使と呼ぶにはあまりにも悩ましく切ない。「わたしのものになるのか?」彼はささやき、エヴリンの髪からピンを外した。ウエーブのかかった赤毛が、セイントの手の中でレモンの香りを放った。

「ええ」

彼は首を振り、ふたつ目のピンを抜きとった。「きみの口から聞きたい」

エヴリンの頬が染まり、唇がセイントの視線を感じて熱く震えている。清廉な天使は高鳴る胸を彼に押しつけて、あえぐようにささやいた。「あなたのものになります」

冷静な思考力はなくしていたものの、孤児院に関する彼女の要求はなんとでも言いくるめられるとセイントは思った。「いいだろう、エヴリン」

「でも、ここではいや」彼の親指がドレスの上から胸をまさぐる。エヴリンがあえいだ。

「子供たちが――」

「教室に行こう」セイントはふたたび彼女の唇にキスをした。体がこれほど切迫した反応を示すとは常軌を逸している。三週間近くも飢餓状態に苦しんだのだから当然とはいえ、これほどの欲望と渇きは味わったことがない。だが、この飢餓感を癒すことができるのはエヴリンだけなのだ。名前も顔も定かではない欲望のはけ口のような女たちではない。

「ここはだめ、セイント。だれにも邪魔されないところで。お願い」

彼女のたどたどしい口調がセイントの興奮をあおった。「会議室はどうだ?」

「地下室に行きましょう。朝食はもうすんでいるから――」

「よし、地下室だ」セイントはエヴリンの手を取り、階段に向かった。埃まみれの場所だろうと、この際かまってはいられない。

「待って。髪が――」

「裏の階段を使えば、だれにも見られる心配はない」

かつては兵舎だったこの建物には、地下室に続く階段がふたつあった。ひとつは炊事場から、もうひとつはかつての司令室からで、物資の管理と保管目的のために必要だったのだろう。

セイントは廊下のランプを手に取り、会議室のドアを開けた。「ここでは本当にいやなのか？」彼はエヴリンを引き寄せて尋ねると、ふたたび唇を重ねた。ついに彼女が体を許す気になったのは神の恩寵《おんちょう》か。このままでは正気を保てる自信がなかった。

「窓があるわ」彼女はセイントの上着の襟にしがみついた。

「そうだな。きみが嬌声《きょうせい》をあげるのを聞かれたくない」彼はエヴリンの口もとでささやいた。

これ以上ここにいたら、どれほど自制心があったとしても、立っていられなくなる。セイントはエヴリンの手を握り直し、会議室の奥のドアを抜けて階段を下りた。

地下に着いたところで、彼はエヴリンの背中を石の壁に押しつけて、激しく唇をむさぼった。ここならだれにも邪魔されない。昼食の準備に炊事係が下りてくるまで、たっぷり一時間はある。

「エヴリン」セイントはうめき声をもらして彼女の喉に唇を這わせ、ドレスの襟をうしろから引きおろすと、むき出しになった肩にキスを浴びせた。

「ごめんなさい、セイント」エヴリンがつぶやいた。息づかいがすでに荒い。

片方の腕をウエストにまわして彼女を抱き寄せながら、セイントは尋ねた。「なにを謝っているんだ？」熱い吐息がふたたび彼女の唇をかすめる。

「すべてあなたのためよ」

「なにを――」

背後で足音がした。振り向いたセイントの頭を鈍く重い一撃が襲った。彼は口を開き、なにかを言いかけたまま、崩れるように床に倒れた。

エヴリンは足もとに横たわるセイントを見おろした。身動きもできず、声も出ない。なにも考えられなかった。もうあと戻りはできないのだ。それなのに、彼によってかきたてられたみだらな欲望が、体の芯《しん》で甘く疼いている。この地下牢でだれにも邪魔されずに彼に抱かれ、歓喜にむせぶ自分の姿を想像し、エヴリンは身を火照らせた。

ランドールがオーク材のベッドの支柱を床に置いた。「いつかこうしてやりたかったんだ」

興奮とショックで朦朧《もうろう》とした意識を振り払うように、エヴリンは床に座り込んだ。「息をしてるわ」彼女は大声で言うと、ほっとして肩を落とした。

セイントにどれほど腹を立てていたとしても、死なせるわけにはいかない。想像するだけで、エヴリンは耐えがたいほどのむなしさに襲われた。

「息をしてるのは当たり前さ」ランドールが不満げに言った。頭を殴って気絶させることにかけてはだれにも引けを取らないと自負していた彼は、エヴリンに腕前を疑われたような気がしたのだろう。「さっさとセイントを地下牢に運ばないと、出しゃばりネリーがりんごを盗みに来る時間になっちまう」

「出しゃばりネリー?」エヴリンは尋ねた。地下室には、どこからともなく子供たちが大勢集まってきていた。彼女はセイントの額にかかった前髪をうしろに撫でつけた。耳の横を血が伝っている。エヴリンはもう一度、彼が息をしていることを確かめた。力の抜けたセイントは別人のようにあどけなく見える。いつもの冷ややかな表情も消えて、端整な顔立ちは無邪気で美しい。これほど美しい男性を、彼女は見たことがなかった。

「炊事係の助手だよ。さあ、みんな、手伝ってくれ。さっさと運んでしまおう」ランドールは誘拐の手際を心得ているようだった。エヴリンが立ちあがってうしろに下がると年長の少年六人が進み出て、セイントの体を持ちあげた。

「乱暴にしないで」エヴリンは注意を促し、蠟燭を手に取って狭い隠しドアのほうを照らした。

マシューが不機嫌そうに言った。「今になってそんなことは言いっこなしだよ。やつが起きていたとしたら、ぼくたちはとんでもない目に遭ってるはずだ」

エヴリンは身震いした。セイントに誘惑されることはもうないはずだとわかっていても、彼が目を覚ましたときのことを考えると、今も自分の決断に困惑と怒りを感じた。噂によると、セイントは自分の名誉を守るために決闘で相手を殺したことがあるらしいが、この一件がもたらす彼の憤怒は想像をはるかに超えているだろう。

蜘蛛の巣が取り払われた地下牢は、壁の燭台に蠟燭がともされ、どうにか使えそうなマットレスと毛布が片隅の床に敷かれてあった。わずか一五分のあいだに、子供たちはすっかり部屋の準備を整えていた。

少年たちはエヴリンの忠告をよそに、セイントの体を乱暴にマットレスの上に横たえた。

彼がうめき声をあげる。

「おい、早く足枷をつけろ！」アダム・ヘンソンがうしろに飛びのいた。

「待って！」エヴリンは割って入った。意識が靄《もや》に包まれたように朦朧としている。「手荒な真似はしないで」

「もう遅いよ。セイントを逃がしたら、ぼくたちはみんな刑務所行きか島流しだ」

「絞首刑かもな」ランドールがつけ加え、しゃがみ込んで足枷をつけた。

「足枷の鍵は？」めまいをこらえてエヴリンは尋ねた。

「持ってるよ。ドアの鍵もある」

「わたしが預かっておくわ」

マシューは素直にその言葉に従い、真鍮《しんちゅう》の鍵を差し出した。エヴリンは鍵をポケットに入れ、スツールに腰を下ろした。なんてことをしているのだろう？ 爵位を持つ人物の誘拐に加担するなんて狂気の沙汰だ。だが彼女がかかわっていなければ、ランドールたちは取り返しのつかない致命的な方法でセイントに手を下していたかもしれない。エヴリンが鍵を持っていることで、彼をある程度までは保護できるような気がした。

「目を覚ましたぞ」アダムが言った。

「さあ、みんな、出ていってちょうだい。彼を殴ったのがだれなのか知られたくないの。階段に蠟燭を置いたら、ドアを閉めて。よけいなことはしちゃだめよ」

ランドールがにやりとした。「ミス・エヴィはまだなにも悪いことはしてないよ」

そんな言葉も気休めにはならなかった。「さあ、早く行って」

鉄格子の窓がついたドアが閉まる音で目を覚ましたセイントが、突然体を動かした。エヴリンは飛びあがりそうになった。低いうめき声をもらしながら、彼は四つん這いになった。

「大丈夫？」エヴリンの声が震え、手も同じように震え始めた。

「なにが起きたんだ？」こめかみを押さえたセイントの手が血に染まった。

「話せば長くなるわ。それより傷の手当ては必要かしら？」怪我が命にかかわるほどの重傷でもない限り、ここに医者を呼ぶわけにはいかない。やむをえない場合はエヴリンが傷を縫合するしかないが、考えただけで気分が悪くなりそうだった。

「いや。必要なのは拳銃《けんじゅう》だ。わたしを殴ったのはどいつだ？」セイントはゆっくりと上体を起こし、スツールに腰かけたエヴリンに目を向けた。

「それは言えないわ」

彼は鋭く視線を凝らし、まわりの光景を見まわした。「ここはどこだ？　きみは怪我はないか？」

「わたし？　わたしは大丈夫よ」

セイントはよろめきながら壁に手をついて立ちあがった。「心配するな、エヴリン。わたしがここから出してやる」

まあ、今ごろになって、騎士道精神が呼び覚まされたというの？「セイント、まだわからないようね。とらわれの身になっているのはわたしではなくて、あなただけなのよ」

その言葉の意味を、セイントがゆっくりと反芻《はんすう》している。大きく息を吸い込み、説明の言葉を口にしかけたとき、彼がエヴリンに襲いかかった。「ちくしょう」

鎖が張りつめ、セイントの手がエヴリンの足の手前で止まった。彼女は叫び声をあげ、スツールのうしろに転がり落ちた。セイントが手を伸ばす。危うく足首をつかまれそうになったが、エヴリンは咄嗟に膝を抱きかかえた。

「やめて！　もっとひどい怪我をするわ！」彼女は息をのみ、床を這って部屋の隅に逃げた。ドレスは台なしだ。だがセイントの手にとらえられたら、ドレスどころではなくなる。

ポケットから鍵の落ちる音がして、エヴリンは身をよじった。セイントが鍵めがけて突進する。鎖に引っぱられ、彼の手は鍵の手前で止まった。セイントはもどかしげに爪を立て、床を引っかいて手を伸ばしたが、彼女はさっと鍵をつかみとり、ふたたびうしろに身を引いた。

「鍵をよこせ」殺気立った声で、セイントがうなるように言った。

これこそ、だれもが恐れるセイント・オーバンの真の姿なのだ。先ほどの騎士道精神など見せかけにすぎない。エヴリンはこの地下牢に彼をひとり置き去りにし、目覚めさせようとしていた。声の届くところにはだれもいない。彼女もあえてセイントを助けるつもりはなかった。

「落ち着いて」エヴリンは言った。彼の手がもう届かないことはわかっていたが、あとずさりを続けた。

セイントが体を起こしてしゃがみ込んだ。グリーンの目が怒りに燃えて、ぞっとするような光を放っている。「落ち着けだと？」彼はうなり、土まみれの指で頬を流れる血を拭った。「わたしは鎖で壁につながれている。ここはいったいどこなんだ？」

「ここは孤児院の地下室、兵舎の営倉だったらしい場所よ」エヴリンは背筋を伸ばして座り直し、鍵をポケットにしまい込んだ。

セイントの視線が彼女の動きを追っている。「なぜわたしが孤児院の地下牢で、鎖で壁につながれているんだ？」彼は低い声で吠《ほ》えるように言った。「わたしを殴ったのはだれだ？」

今のセイントに理由を説明しても、聞き入れようとはしないだろう。筋の通った方法で説得しようとすれば、よけいに怒りを買うことになりそうだ。エヴリンはうしろの壁まで来ると立ちあがった。「少し頭を冷やしたほうがいいわ、セイント」声が震えるのをどうすることもできない。「水を持ってきます。傷の手当てもしないと」彼女はそろそろと壁伝いにドアへ近づいた。

セイントは鎖につながれたまま、エヴリンを追うように立ちあがった。「わたしを置き去りにするつもりか？　エヴリン、きみはとんでもないことをしているんだぞ。早く鍵をよこすんだ」

「鍵は渡せないわ。でも、すぐに戻ってきます」

セイントはエヴリンを睨みつけ、苦しげな低い声で言った。「それなら、わたしが一生ここから出られないことを祈るんだな。無事にここから出られたら、きみのことはただではすまさない」

そして間違いなく逮捕されるのだ。エヴリンは唾をのみ込んだ。「ここから出たいなら、そんなことは言わないほうがいいわ」冷たく言い放ち、彼女はドアの外に出た。

12

エヴリンがドアを閉めるのを、セイントは凍りついたように見つめた。かちゃりと鍵のかかる音がした。鉄格子の細い隙間から彼女の靴音が聞こえる。六、七、八、と階段をのぼりきったところで、ドアがきしみながら開閉する音がして、完全な静寂があとに続いた。

セイントはその場に立ちつくし、耳を澄ました。なにも聞こえない。上着もズボンもベストも埃にまみれ、口の中と爪のあいだは土だらけのような気がした。彼は地面に唾を吐き、鎖を引きずりながらマットレスに腰を下ろした。

エヴリンがなんと言おうと、彼女がだれの助けも借りずに、こんな大それたことができるはずもないことはわかっている。ブーツの足首に足枷がはめられているのも、子供たちの仕業に違いない。錆《さ》びついた鉄が足にしっかりと絡みつき、高価な革製のヘシアンブーツはもう二度と使いものにならないだろう。

セイントは足枷の留め金と、鎖に連結しているリングを引っぱってみたが、びくともしなかった。鉄の鎖は足もとから床を這い、壁に埋め込まれている。鎖のひとつひとつを丹念に探ったが、まるで一世紀前ではなく一週間前に取りつけられたと思えるほど、すべてが頑丈そのものだ。

彼はマットレスに座り直し、自由を奪われた脚をどうにか交差させた。ポケットの中を探ってみる。紙幣とハンカチ、懐中時計、ファティマのドレスから落ちたと思われるボタンが出てきたが、逃亡に役立ちそうなものはなにもない。

こめかみの傷にふたたび手を当てる。愚かだった。なぜエヴリンがセイントに体を許すなどと思えたのか。そう思いたがっていた潜在意識のなせるわざだろう。今朝の彼女の様子は不可解でよそよそしかったばかりか、彼に痛烈な非難の言葉を浴びせている。それなのに、二〇分後には体を許すと言ったエヴリンの甘言に、まんまと乗せられたのだ。セイントの願望は見透かされ、それを餌に手玉に取られただけだった。

セイントはエヴリンを見くびっていたことに気づいたが、なぜか奇妙な満足感を覚えてもいた。危険な遊びはさんざん経験してきたが、怒り狂った夫も、嫉妬《しっと》に駆られた恋人も、彼を地下牢に閉じ込めはしなかった。

「ちくしょう」セイントは足枷を思いきり引っぱったが、鋭くとがった鎖の端で指を切っただけだった。

エヴリンはなにかを教えてくれるつもりらしいが、冗談じゃない。あんな小娘から学ぶことなどあるものか。知りたいことがあるとしたら、彼女の目的だけだ。それさえわかれば、その目的を餌にここから逃れることができるかもしれない。そしてエヴリンにはたっぷりと時間をかけて、この借りを返してもらうのだ。彼女への復讐を思うと、セイントの胸は暗い興奮に躍った。

階上のドアがふたたびきしんだ音をたてて開いたのは三七分後のことだったが、懐中時計で時間を計っていなければ、もっと長い時間が過ぎたように感じただろう。ふらつく足で立ちあがったセイントは激しいめまいに襲われ、頭を抱え込んだ。

ドアの鍵が開いた。セイントは壁にもたれて腕を組んだ。エヴリンは鎖の長さを覚えていないかもしれない。ひょっとしたら、手の届く距離にまで近づいてこないだろうか。

「セイント?」彼女が低い声で呼びかけ、ドアの隙間から顔をのぞかせた。

彼は答えなかった。鎖がいっぱいに伸びたところからドアまでの距離を目で測る。二メートルはゆうにある。この地下牢は、囚人の脱走を防ぐためによほど慎重に設計されたに違いない。

「少しは落ち着きを取り戻したようね。よかったわ」頬をピンク色に上気させたまま、エヴリンはかたい表情で言った。ドレスの埃を払い、髪も結い直していたが、服装は乱れていた。

「じゃあ、わたしの話を聞いてくださるかしら?」

「わたしの頭を殴りつけて拉致《らち》しておいて、きみはこれもわたしのためだと言った。そのわけを聞かせてもらおう」

エヴリンが顔をしかめた。「レディー・グラッドストーンが、あなたは品行方正に振る舞う必要がないほどのワルだと、いつか言っていたわ」

ファティマも思っていたほどのばかではないということらしい。「それで、きみはその意見に反対なわけか?」

「ええ、反対よ」エヴリンは一歩下がって廊下に姿を消すと、トレーを持ってすぐにまた現れた。「お水と傷を拭くための布を持ってきたわ」

セイントの手の届く距離に近づかずにどうやってトレーを渡すつもりなのかと、彼はいぶかしげにエヴリンを見つめた。ほんの一瞬でも彼女が隙を見せたら飛びかかってやろうと身構える。

だがエヴリンはセイントの手の届かないところにトレーを置き、ドアの隙間に手を伸ばした。廊下に隠れた見えざる助手から箒《ほうき》を受けとった彼女は、床に置いたトレーを箒の柄でセイントのほうに押しやった。

「前にもこんなことをやったことがあるのか?」

「まさか」

「つまり、わたしが初めてということか。わたしは別のことできみの初めての相手になりたかったんだが」

エヴリンは頬を赤らめ、あわてて廊下の助手になにかをささやくと、そそくさとドアを閉めた。「あなたが腹を立てているのは当然よ」彼女はスツールを引き寄せて腰を下ろした。

「怪我をさせられたうえに、だれかがあなたの意志に逆らって自由を奪ったんですもの」

「だれかが、ではない。きみだ」

「ええ。だれかがしなければいけないことだったの」

セイントはエヴリンを凝視した。通常は言葉のやりとりを楽しむセイントだが、それは鎖で壁につながれる仕打ちに耐えなくてもすむときの話だ。「それでなんだというんだ、エヴリン？」

「たしかにわたしはあなたの自由を奪ったけれど、そうしなければわたしの大切なものをあなたに奪われることになっていたわ」

「きみの処女を奪う話かい？」セイントは冷ややかに言った。「わたしに奪ってほしいと言ったんじゃなかったのか？」

「いいえ、違うわ。あなたを騙したのよ」

「この売女《ばいた》め」

「あなたは子供たちのたったひとつの家を取りあげようとしているのよ。そして、わたしがやっと見つけた生きがいを奪おうとしている。せっかく世の中の役に立てるチャンスだったのに。あなたもほかの男たちと同じね」

エヴリンの言葉がなにを意味するのかはわからなかったが、セイントには侮蔑の言葉にしか聞こえなかった。「そんなことはない」

「いいえ、同じよ。兄はわたしに醜悪な年寄りたちの相手をさせて、愛敬を振りまくことを強要するの。退屈な話を聞いて、嘘とお世辞で応じなければならないわたしの気持ちなど、兄にとってはどうでもいいことなのよ。つまらないパーティーに出席させられて、わたしがただびくびくしていることなんて、兄は気にもかけない。けれど、あなたはもっと冷酷な人だわ」

「話を続けろ」

「あなたがわたしに孤児院のボランティアを許可してくれたのは、わたしのスカートの中身に興味があったからよ。あなたはハンサムで、刺激的で、それに……魅力的だわ。でも、わたしにも意思があるの。あなたはなにも知ろうとしない。わたしの気持ちも、あなたしか頼る相手のない子供たちの気持ちも。あなたにとって大切なのは自分の都合だけなのよ」

天使のような顔をして、よくもこれほど辛辣なことを言うものだ。まったく予想もしていなかったことだが、今はもうこれ以上聞きたくなかった。「話はそれだけか？」

「まだよ。ここにいる限りは、あなたの都合も不都合もないはずだわ。今後あなたがどうすべきか、考える時間はたっぷりあるわね。でも、あなたがもう一度外の社会とかかわりを持つべきかどうかは、わたしたちが決めるわ」エヴリンが立ちあがった。「よく考えてみて、セイント・オーバン卿。あなたがいなくなって心配する人はいるかしら？」

セイントの背筋を冷たいものが走った。「エヴリン、きみこそ自分のやっていることを考えてみろ」彼は言い返したが、もしかするとこれまで自分で自分の心に深い穴を掘ってきたのではないかという思いが脳裏をかすめた。「今わたしを逃がさなければ、二度とそのチャンスは訪れないかもしれないぞ」

エヴリンは片手をドアの取っ手にかけて振り向いた。「いいえ、そうは思わないわ。あなたは頭のいい人ですもの。それに本当は心のやさしい人だと思う。人間として大切なことを学ぶいい機会よ」

ドアを閉めて鍵をかけると、エヴリンはがっくりと肩を落として地下牢の重いドアにもたれた。あんなふうに話したことはいまだかつてなかった。初めて心の中を洗いざらいぶちまけて、気分はむしろせいせいしていた。

だがその一方で、エヴリンはこの状況に怯えていた。これ以上セイントに危害を加えてはならないと同時に、子供たちが逮捕されるようなことはなんとしても阻止しなければならなかった。「わかってちょうだい」小さくつぶやいた彼女の頬に涙がこぼれ落ちた。

セイントと対峙してどんな話になるのか、口を開くまでわからなかったが、予想していたよりは思っていることをうまく伝えられた気がした。彼の暗いまなざしに獰猛な光が宿り、エヴリンは動揺したが、罵倒されるより、あるいは襲いかかられるよりは、はるかにましだった。

いずれセイントが紳士としてのたしなみを身につけたなら、きっとエヴリンの労に感謝するに違いない。彼女は洟をすすり、頬の涙を拭った。ルシンダやジョージアナと計画したレッスンに拉致や監禁は含まれていない。エヴリンは背筋を伸ばして、こわばった顔に笑みを浮かべた。ルシンダとエヴリンがジョージアナのレッスンの過激さを案じたのは去年のことだ。デア卿は結局ジョージアナの手に落ち、ふたりは幸せに暮らしている。

エヴリンは子供たちにワルツの手ほどきをしてから、昼食に下りてきた年長の子供たちと注意事項を確認し合った。

「あいつに食事をさせるの？」モリーが不機嫌そうな顔で尋ねた。

「もちろんよ。やさしくしてあげてちょうだい。セイントはあの中にいるだけでつらいはずよ。自分ではなく他人のことを思いやるというのがどういうことなのか、彼に教えてあげましょう」

「それでもあいつが変わらなかったら？」ランドールが片目をつぶってみせた。

「変わるわ」自信に満ちたふりをして、エヴリンは答えた。危険きわまりないこの作戦は、セイントと孤児たちとの心の交流なくしては成功しない。「最初は彼も心を閉ざしているでしょうけれど、わたしたちは礼儀正しく振る舞うことを忘れてはだめよ」

「わたしがマナーを教えてあげる」アリス・スミスが小さな声でつぶやいた。

　これはエヴリンが危惧していたことでもあった。セイントがいかに魅力的でも、エヴリンはもう二度と彼のキスにのぼせあがったりしない。けれどもこの子たちは、いや、この若い娘たちは、彼に簡単に惑わされるだろう。「大事なことを話すから、よく聞いて。セイントはひねくれた変わり者よ。だから絶対にひとりで地下牢に行ってはだめ。足枷の鍵はわたしが持っているわ。あなたたちが鍵を持っていないことがわかれば、彼もおとなしくするはずよ」

「あいつをおとなしくさせるには、こっちのほうが簡単だぜ」ランドールがポケットから小さなナイフを取り出した。

まあ、どうしましょう。「だめよ。彼には危害を加えるより、味方になってもらいましょう。いいわね？　手荒な真似はしないと約束してちょうだい」

「約束って、ぼくたちと？」

「ええ、そうよ。絶対に守ってもらうわ」

ランドールはベッドの支柱をナイフで切りつけながら言った。「わかった。約束するよ」

ほかの子供たちも声をそろえた。エヴリンはようやく安堵のため息をついた。この子供たちにはセイント同様、学ぶべきことがたくさんある。そして彼らに教育を施すことこそ自分に与えられた使命だと彼女は思った。「じゃあ、明日、目が覚めたら真っ先にあなたたちに会いに来るわ。よろしく頼んだわよ」

バレット邸には二〇分しか遅れずに着いたというのに、エヴリンはもっと時間が過ぎている気がしていた。さらには友人たちにすべてを見抜かれ、セイント・オーバンを拉致して〈希望の家〉の地下室に閉じ込めたことを知られているような錯覚に襲われていた。

「エヴィ」ルシンダが両手を差し出す。「心配していたところよ」

エヴリンは気楽な笑顔を装い、ソファに座っているジョージアナの頬にキスをした。「そんなに遅れなかったわよね？」

「ええ。でもあなたはいつも時間に遅れないから、どうしたのかと思って」

「子供たちと遊んでいたのよ」

「そのドレスでなにをしていたの？」ルシンダが尋ねた。

エヴリンはドレスを見おろした。汚れを落としたつもりだったが、地下牢の床に転がったときについた泥がまだこびりついていた。「まあ。すっかり夢中になっていたんだわ」彼女は苦笑してみせた。

「髪も乱れているわよ」ジョージアナが、いかにもあわてて束ねたようなエヴリンの髪に手を当て、ほつれ毛をつまんだ。

まずいわ。「女の子たちが結ってくれたんだけど、みっともないかしら？」

ルシンダが笑って言った。「あとでヘレナに結い直してもらうといいわ」

三人はいつものようにその週のできごとを報告し合い、ジョージアナが語る最年少の義弟、エドワードの話で笑い転げた。エヴリンは徐々に気分がなごんでいくのを感じたが、友人たちとケーキをつまんで談笑しているこの瞬間にも、地下牢で鎖につながれているはずのセイントの姿を頭から追い払うことができずにいた。

「もうひとつのレッスンのほうは、どんな具合？」ルシンダが紅茶をすすりながら尋ねた。

「もうひとつのレッスンって？」

「ほら、セイント・オーバンのことよ。それともわたしたちの忠告を聞き入れて、もっと扱いやすい生徒を見つけたとか？」

「セイントには会っていないわ」思わず言葉が口をついて出た。ああ、わたしったら、なにを言っているの？「あのね……白状するわ」ルシンダとジョージアナが目を見交わす。エヴリンは気づかないふりをして続けた。「彼は予想していた以上に厄介なの」

「じゃあ、彼を生徒にするのはやめるの?」ジョージアナがエヴリンの手を取った。「あなたには無理だと言ってるわけじゃないのよ、エヴィ。ただ彼はあまりにも……」

「でも不まじめで危険きわまりないわ」ルシンダが口をはさんだ。

「不まじめな男性だからこそ、レッスンの意味があるんじゃないかしら?」エヴリンは反論した。「あなたはデアのことを最低の男だって、さんざん言っていたのよ、ジョージアナ。だからこそ、あなたはデアを生徒に選んだのだと思っていたわ」

「そうね」ジョージアナは弱々しく笑った。「わたしの場合は、どうしても彼の態度を改めさせなければならない個人的な理由があったからよ。それはあなたたちも知っているでしょう? でも、あなたはセイント・オーバンとなんの関係もないのよ」

それがあるのよ。「やっぱりわたし、彼を本当の紳士にしてみせるわ。そうすれば、どれほど多くの女性を救えるかしら」

ルシンダがエヴリンの肩に手を置いた。「ほかの女性のことより、自分のことをまず先に心配すべきよ。とにかく気をつけて。約束よ」

「約束するわ」エヴリンは素直に応えながら、セイントと自分の影響力はどちらが強いのだろうと考えていた。これまで彼女の嘘が発覚しなかったためしはない。「気をつけるから、心配しないで」

「今夜もし助けが必要なら、なんでもするわよ」ルシンダがにやりとした。「なんなら、あなたのお兄様とダンスをしてもいいわ」

エヴリンは眉間に皺を寄せた。「今夜って？」

「スウィーニーの舞踏会よ。忘れたの？　セイント・オーバンも招待されているらしいわ」

エヴリンの全身が凍りついた。


舞踏会に出かける前にセイントの様子を見に行きたかったが、家に帰って着替えをすませたエヴリンを、ヴィクターが玄関広間で待ち受けていた。

「あら、お兄様」彼女はラングレーから受けとったショールを羽織りつつ、手を貸そうともしない兄に声をかけた。「まだ時間が早すぎるんじゃないかしら？」

「そんなことはない」ヴィクターは母親の手を取り、正面玄関の階段を下りながら言った。「スウィーニー卿と話す機会を狙っていたんだ。彼もインドから帰ってきたばかりらしいし、今夜は親しくなるまたとないチャンスだ。ウェリントン公に謁見させてもらえるかもしれないぞ」

エヴリンはため息をのみ込んだ。「お兄様がスウィーニー卿と話しているあいだ、お母様とわたしはどうしていればいいの？」

ヴィクターがぎょっとしたようにエヴリンを見つめた。置物の人形がいつのまにか言葉をしゃべり出したとでも言いたげな表情だ。「レディー・スウィーニーの相手をしていればいいに決まってるじゃないか」

がんばるわ」
エヴリンは一瞬、極悪非道の侯爵に続いて悪党をもうひとり、地下牢に監禁する心づもりがあることを兄に告げたい衝動に駆られたが、にっこりして言った。「気に入られるように

暗闇の中で懐中時計が見えず、正確な時間はわからなかったが、空腹感と髭の伸び具合から察するに、早朝だろうとセイントは思った。

目覚めてからどれくらい時間が経ったのかも定かではない。エヴリンへの復讐を遂げる悩ましい夢に浅い眠りを妨げられてから、何時間も過ぎたような気がする。夢の中でセイントは一糸まとわぬ姿の彼女を何度も抱き、狂おしいほどの高ぶりを感じながら目覚めたのだった。

「ちくしょう」地下牢の暗闇にセイントの声がむなしく響いた。エヴリンが仕組んだ罠《わな》にまんまとはまったあげく監禁されているというのに、なおも彼女を渇望している。エヴリンにどんな教訓を与えられようと、ひと筋縄ではいかない彼女への欲望は募るばかりだ。

〝あなたがいなくなって心配する人はいるかしら?〟エヴリンの言葉をセイントは思い出していた。使用人たちは、彼が連絡もなしに何日間も家をあけることには慣れている。議会には顔を出したばかりだ。しばらく姿を見せなくても、だれひとり気にしないだろう。エヴリンにかまけていたせいで、女たちともすっかりご無沙汰だった。寂しがって嘆く女などいない。

セイントには友達さえもいなかった。古い友人たちは次々に離れていき、結婚した者もいれば、悪行の果てに死亡した者もいるが、いずれにしろ彼はロンドンの真ん中の、真っ暗な穴の中にひとり置き去りにされて生きてきたのだ。だがそんな生活とて、この地下牢の最後の蠟燭が消えたあとの闇ほど暗くはなかった。要するにそういうことだ。わたしがいなくなろうと、だれひとり気にも留めない。

セイントは身震いした。死ぬのは怖くない。むしろ長く生きすぎているとさえ思う。それよりも、だれからも忘れられた存在であるということが我慢ならなかった。だれからも惜しまれず、だれにも悲しんでもらえず、彼がなし遂げた業績を讃《たた》えられることもない。

ドアのきしむ音が聞こえ、セイントは上体を起こした。ドアの上部に取りつけられた鉄格子の隙間越しに、淡い光が彼の頭上を照らし出した。

錠前に鍵が差し込まれる音がして、ドアがゆっくりと開いた。蠟燭の明かりが地下牢に浮かびあがり、まぶしくて目をそむける。まもなくセイントは、蠟燭の光の向こうにエヴリンの姿を認めた。

「まあ、真っ暗だったのね。ごめんなさい」彼女が叫んだ。

「宿泊施設としては失格だな。コーヒーも新聞も期待できそうにない」

ドアの外から少年の歓声が聞こえてきた。少なくとも、人生でだれかひとりの歓心を買うことはできたようだ。セイントは眉をつりあげて意外そうな顔をした。

「コーヒーなら持ってきたわ」エヴリンは燭台に蠟燭を取りつけながら言った。「それにパンとオレンジも」

「どうやら食事だけは金に糸目をつけず、豪勢なものを出してくれるようだな」セイントは皮肉を言った。

エヴリンはドアの外からトレーを運び入れて床に置くと、箒の柄で彼のほうに押しやった。セイントは空腹に耐えられず、意地を張ることも忘れてトレーを手もとに引き寄せた。

「ゆうべはだれも食事を運んでこなかったの？」エヴリンはスツールを離れたところに置いて腰を下ろした。

「だれかがドアを開けて、生のじゃがいもをわたしの頭に投げてよこしたが、それが食事だったのか？」セイントは質素な朝食にかぶりつきながら答えた。「あとでじっくり味わって食べるつもりだ」

「ごめんなさい」エヴリンがもう一度謝った。

「謝るくらいならここから出してくれ。その気がないなら、謝るのはやめろ」

「そうね。そのとおりだわ。ただわたしは、礼儀正しさのお手本を示したかっただけよ」

「わたしに？」セイントはパンを頬ばったまま目を丸くした。「手本を示すにしては、ずいぶん変わった方法だな」

「そうでもしなければ、あなたの関心を得られないもの」

「関心は前からあったさ」

「わたしの外見にでしょう？　でも、今度はちゃんとわたしの話を聞いてもらうわ」エヴリンはおもむろに言うと、取り澄ました顔を装い、膝の上で手を組んだ。まるで石の壁に囲まれた薄汚い地下牢ではなく、優雅な居間に座っているかのような態度だ。「さあ、なんのおしゃべりをしましょうか?」

「きみの刑期について」

エヴリンが今にも気絶するのではないかと思うほど蒼白《そうはく》になった。セイントは前言を撤回しそうになって、あわてて口をつぐんだ。彼女はこの状況を完全に牛耳っているつもりだろうが、そうはさせるものか。今に目にもの見せてやる。

「どこかで妥協点を見つけて合意できればいいと思うわ」しばらくしてから、エヴリンはようやく言った。「どちらにしろ、あなたを説得する時間はたっぷりあるのだから」

ものわかりよく振る舞っていればいいのだ。「それで、ゆうべはなにをしていた?」

「スウィーニーの舞踏会に行ったの。そうそう、兄の言葉を聞かせたかったわ。あなたが来ていないのは、妹に近寄るなという自分の忠告を聞き入れたからだと言ったのよ」

セイントは鼻先で笑った。「彼の言うことを聞いておけばよかったとつくづく思うよ」

彼女は応えなかった。やがてセイントの視線が、彼を凝視するエヴリンのまなざしをとらえた。彼女は頬を染め、とってつけたようにスカートの皺を伸ばした。「取引の提案があるの」

「どんな?」

「子供たちに本を読んでくれるなら、椅子を持ってきてあげるわ」

断りたいのはやまやまだったが、かたい床に横たわっていたために、背中がすでに耐えがたいほど痛かった。「座り心地のいい、クッションのきいた椅子を持ってきてくれるなら」

エヴリンはうなずいた。「座り心地のいいクッションのきいた椅子を持ってくるかわりに、子供たちに読み書きも教えてほしいの」

「地面に字を書くのか？」

「黒板と教則本を持ってくるわ」

セイントはコーヒーカップを脇に置くと、トレーを持って立ちあがった。鎖がぴんと張るところまで歩く。エヴリンはスツールから腰を上げ、怖々と彼の動作を見守った。「それから蠟燭をもっと持ってきてくれ」けたたましい音とともに、セイントはトレーを足もとに叩きつけた。

エヴリンはたじろいだが、彼の目を見つめてうなずいた。「わかったわ」

「きみがわたしを嫌っているのは実に残念だ」ドアの外で子供たちが待っているのを意識して、セイントは声をひそめた。「ひとりでここにいるのは退屈だからな」

弱々しい笑みがエヴリンの口もとに浮かぶ。「なにか方法を考えてみるわ」

彼女は背を向けてドアに向かった。「帰る前にもう一度様子を見に来ます。子供たちにやさしくしてあげてね」

「子供たちのこと以外はどうでもいいのか？」セイントはエヴリンを見据え、足もとのトレーを蹴った。

非難めいた言葉を浴びせられはしたが、エヴリンがセイントに惹かれていることを彼は感づいていた。そして今、暗い地下牢にひとり置き去りにされずにすんだことのありがたさを、いつになく身にしみて感じていた。それでもなお、セイントは彼女の不注意を期待していた。彼がほんの一瞬のチャンスにつけ入るはずがないと、エヴリンはたかをくくっているに違いない。

13

「きみたちの名前は？」

幼い少女が大きな目を見開いて答えた。「わたしはローズ。それからこの子がピーター。そっちがトーマス。言っておくけど、わたしたちは鍵を持ってないよ」

セイントは口をすぼめた。どうやらエヴリンは年少の子供にならい、彼が手荒な真似をしないだろうと考えたらしい。「椅子も持ってきていないようだな」

「あなたがミス・エヴィの言い訳を守ったら椅子を持ってきてくれるって」

「言い訳じゃなくて、言いつけじゃないのか？」セイントは言った。

「わかんない。わたし、まだ七歳だもん。ねえ、本を読んでくれるんでしょう？」

ピーターがセイントのほうに本を押しやった。ピーターはトーマスよりもいくつか年上に見える。子供たちは三人ともドアの脇に身を寄せてうずくまっていた。セイントに近づかないようにとエヴリンに言い含められてきたのだろう。

セイントは床から拾いあげた本を開き、ページをめくった。「なぜわたしがきみたちに本を読まなくてはいけないのか、ミス・エヴィは理由を話してくれたか？」

「椅子を持ってきてもらうためでしょ？」トーマスが言った。

「それと、ぼくたちと仲よくなるためだよ」ピーターがつけ加える。

「きみたちと仲よくなる？」セイントは同じ言葉を繰り返した。なるほど。彼と孤児たちとの親交を深めることによって、孤児院閉鎖の計画を思いとどまらせようという魂胆か。エヴリンはセイントの心をやわらげようとしているのだろうが、とんだ見込み違いだ。彼には人間らしい心などないのだから。「では、始めよう」

子供たちに取り囲まれるのは居心地が悪かったものの、セイントは彼らに絵本を読み聞かせながら、地下牢にひとり置き去りにされる孤独が癒されていくのを感じていた。少なくともひとりぼっちよりは、はるかにましだった。

「楽しそうね」エヴリンの声が戸口から聞こえた。「セイント・オーバン卿のお話はおもしろかった？」

ローズがうなずいた。「ものすごく怖いお話だったよ」

「それはよかったわ」エヴリンは地下牢に入ると子供たちに言った。「さあ、食堂に行って昼食を食べていらっしゃい。裏の階段を使って、寮からまわっていくのを忘れないで」

「わかってる。それから侯爵のことはだれにも言わないよ」

「ええ、お願いね」

子供たちがドアから走り出ていった。

「恐れ入ったよ。幼少のうちから犯罪の手ほどきとはね。先が思いやられる」

「口止めをしたのは子供たちの身の安全を守るためよ」

セイントは本を閉じて脇に置いた。「時間稼ぎはいいかげんにやめて、さっさとわたしを殺したらどうだ、エヴリン・マリー?」

彼女が息をのんだ。「どんな理由があったとしても、わたしはあなたに危害を加えるつもりはないわ」

セイントは意外そうな表情で言った。「わたしを殺さない限り、孤児院は取り壊されて、皇太子が造ろうとしている公園の一部になる」

「あなたが考えを変えてくれさえすればすむことでしょう」

「わたしの考えは変わらない。さて、次の生徒たちはどこだ?」

「次の生徒はわたしよ」エヴリンはちらりとうしろを振り返った。「でも、先に約束の椅子を運ばせるわ」

彼女が脇によけると、ランドールとマシューがクッション付きの重そうな椅子を戸口から運び入れた。会議室にあった椅子を勝手に失敬してきたらしい。ふたりは用心深そうな目を向けながら、セイントのほうに椅子を押しやった。

「そのへんでいいわ。少し斜めに置いてくれれば、あとは彼が自分で引き寄せられるでしょう」

「了解、キャプテン」マシューは大きな笑みを浮かべ、椅子の背を蹴った。

エヴリンは少年たちがはしゃぎすぎないようにと祈るしかなかった。セイントの前ではことさら、騒ぎ立てないでほしい。彼の表情にはなんの変化も見られなかったが、少年たちがドアを閉めて出ていくまで、視線はふたりの姿を凝視していた。「理事の中には、ここがそのうち窃盗団の巣窟になると警告を発している者もいる」セイントがいつもの低い声でゆっくりと言った。「きみは子供たちを扇動しているんだぞ」

「自己防衛のための行動と窃盗はまったく別のことでしょう。それに、その椅子はもともと孤児院のものよ。単にほかの場所に移しただけにすぎないわ」

セイントは立ったまま大きく息をついた。「背中が痛むんだ。きみと言葉の意味を論じるつもりはない」彼は椅子を軽々と引っぱり、マットレスの横に置いた。

セイントはやつれてむさくるしく見えた。髭も伸びている。高級そうな服も土埃にまみれ、黒く煤《すす》けた頬には血がこびりついていた。奇妙なことに、エヴリンの目にはそんな彼がいつも以上に魅力的に映った。うわべの華麗さを取り払ってなお、セイントの美しさは彼女の心を惹きつけた。

「次はどんな責め苦を味わえというんだ？」セイントは椅子に体を沈めると、よほどつらかったのか、ほっとしたようにため息をもらした。

「髭を剃ったほうがいいわね」エヴリンは頬が熱くなるのを感じた。

「わたしが今持っているものといえば懐中時計くらいだが、髭を剃れるほど鋭利ではないな」

「なんとかしてみるわ」彼女はスツールに腰を下ろした。「それより、そろそろわたしの目的を説明したほうがよさそうね」

セイントは背もたれに体を預け、目を閉じた。「その話ならもう聞いた。わたしはきみの夢をぶち壊し、世の中の役に立てるチャンスを奪ったんだろう?」

「ローズは二歳のときからここに預けられている。マシューもそうよ。モリーは三歳半のとき。ここはあの子たちの家なの」

「彼らを引きとってくれる孤児院ならいくらでもあるさ。わたしのような理事もいないだろう。きみもそこでボランティアをすればいい」

「そんなことはどうでもいいわ。きょうだいのように暮らしてきた子供たちを、あなたは自分の都合で無理やり引き離そうとしているのよ」

セイントはグリーンの目を見開き、エヴリンを見つめた。「わたしの都合でこうなったとでも思っているのか、エヴリン? わたしのほうこそ、母親と孤児たちの都合でこんなことに巻き込まれているんだ。母は孤児たちが病気を持ち込むことを危惧して、毎月子供たちに定期健診を受けさせるほど、この孤児院の運営に熱を上げていた」

「ええ、そうですってね」

彼はうなずいた。「ところが母自身が麻疹《はしか》に感染して、孤児たちを呪《のろ》いながら死んだのさ。母は遺言を変更する暇もなく、わたしは〈希望の家〉の管理運営をさせられるはめになった」冷ややかに笑う。「母は自分を殺したあの悪魔たちを、結局わたしに押しつけていったんだ」

セイントの孤児たちへの憎しみの根底には、エヴリンの想像の及ばない事情があったのだ。彼女はセイントを見つめ、おもむろに口を開いた。「彼らは悪魔ではないわ、セイント。身寄りのないかわいそうな子供たちよ」

彼は鎖の音をたてて脚を組み、目を閉じた。「子供たちはきみを頼っている。それなのに、きみのほうが彼らのことを恥じて、ここに来ていることさえだれにも言えずにいるんだ。そうだろう？」

「恥じてなどいないわ。ただ……兄に反対されるのがわかっているから、隠しているだけよ」

「子供たちにダンスや読み書きを教えてなにになるのか、きみは考えてみたことがあるのか？　一八歳になってここを出ていく娘たちが、売春宿で客待ちをしながらダンスでもすれば硬貨を恵んでもらえるだろうが、それ以外はなんの役にも立たない」

エヴリンは両手を組んでしっかりと握りしめた。セイントの言葉にどれほど動揺しているか、知られたくなかった。「ダンスや読み書きは大きな目的のための手段でしかないわ」かたい表情で言う。「わたしがここへ来たのは、彼らに人間のあたたかさを伝えるためよ。そして世の中の大人たちはみんながみんな、あなたみたいに冷酷で自己中心的で傲慢な人間ばかりではないことを教えるため」

「わたしが鎖につながれているのをいいことに、ずいぶん強気な発言をするものだな」薄く開いたまぶたのあいだから、セイントの目が冷たい光を放った。「だったらわたしに対しても、人間のあたたかさとやらを発揮して、昼食を持ってきてくれないか」

質素な朝食を少し食べただけの彼は空腹に違いない。「子供たちが午後の読み書きのレッスンに戻ってくるときに、なにか持ってきてくれることになっているわ」エヴリンはスカートの埃を払って立ちあがり、セイントに視線を向けて尋ねた。「あなたには人間らしい心が本当にないの？」

「おそらくないだろうね」彼は背筋を伸ばして続けた。「子供たちに読み書きを教えてほしいなら、紙と鉛筆を持ってきてくれ」

「ええ、すぐに持ってこさせるわ。帰る前にもう一度様子を見に来るから」

椅子に座ったセイントを残し、エヴリンは地下牢をあとにした。彼に孤児院の閉鎖を思いとどまらせるのが至難の業なのは承知していたが、地下牢に監禁したことで状況はますます複雑化していた。だが、少なくともエヴリンには強い味方がある。時間と忍耐力だ。あとは運の強さを祈るしかない。

帰り際に地下牢に立ち寄ったエヴリンは、セイントが午前中ほど協力的ではなくなっていることを知った。無理もない、と彼女は思った。真っ暗な地下牢にひとり置き去りにされて一夜を明かしたら、怒りを通り越して錯乱状態になっても不思議ではない。彼がふたたび闇の中で夜を明かさなくてもすむように、エヴリンは蠟燭と火打石《フリント》を準備した。それでもなお、彼を残して家に帰ることがいたたまれなかった。自業自得よ。自宅に着いて服を着替え、ディナーのテーブルに着いても、彼女は心の中でその言葉を繰り返した。

「エヴィ、さっきからわたしの話をまるで聞いていないようだが」ヴィクターがマディラワインのグラスを叩きつけるようにテーブルに置いた。緋《ひ》色の液体が飛び散る。召使がすぐに駆け寄り、こぼれた液体を拭きとると、彼のグラスに酒を注ぎ足した。

「頭が痛いと言ったでしょう」エヴリンはまばたきをして言った。明日のセイントの攻略方法で頭がいっぱいになり、料理に手をつけていなかったことにようやく気づいた。彼女は雉肉のローストに意識を戻した。

「たとえそうだとしても、わたしの話に少しは注意を払うべきではないのか？　グラッドストーン卿にディナーに招待されたんだよ。明日の夜だ。おまえと一緒に出席すると返事をしておいた」

エヴリンは雉肉を喉に詰まらせそうになった。「どうして――」

「レディー・グラッドストーンがわたしのことを子爵に話してくれたんだろう。彼女はおまえのことを気に入っているようだ。精いっぱいご機嫌を取ってくれ。プリンプトンがしつこく言い寄っているらしいから、このチャンスを逃すわけにはいかないんだ」

「わたしのかわりにお母様に行っていただいたほうがいいんじゃないかしら？　そのほうが会話も盛りあがるはずだし、それに――」

「いや、おまえに行ってもらう。子爵夫人はおまえに会いたがっているんだからな」ヴィクターは雉肉を嚙みながら続けた。「先日の夜会で、おまえをレディー・グラッドストーンのところに行かせたかいがあった。よほど印象がよかったんだろう。よくやった」

「それはそうと――」テーブルの端からジェネヴィーヴが口をはさんだ。「レディー・グラッドストーンは、例のセイント・オーバンの恋人だったという噂よ」

「その話は関係ない」ヴィクターがきっぱりと言った。「グラッドストーンの家であの男の話は厳禁だ。子爵に脳卒中でも起こされたらえらいことになる」

「それなのに、わたしがレディー・グラッドストーンと仲よくするのはかまわないの？」

ヴィクターは眉をひそめた。「彼女のおかげで、わたしたちは招待されたんだぞ」

「彼女は夫の目を盗んで不倫をするような女性よ。お兄様の政治理念は倫理観に基づいているものとばかり思っていたわ」

「倫理観に基づいているふりをしなければ、人の支持を得られないんだよ。おまえもその手の発言には充分注意してくれ。たしかおまえもセイント・オーバンに追いかけまわされていたはずだ。それとも、わたしの足を引っぱるためにあの男に近づいたのか？」

「どちらでもないわ」エヴリンは険しい表情で答えた。

「あんなろくでなしにわざわざ近づいていく女性はいないわ」ジェネヴィーヴがパンを口に運びながらつぶやいた。

「彼は正直すぎるだけよ。ありのままの自分の姿をさらしているだけだわ」

「そんな贅沢《ぜいたく》が許されるほど世の中は甘くない」ヴィクターがため息をついた。「選挙まであとわずか数週間だ、エヴィ。一緒に来てくれるな？」

彼女はうなずいた。「わかったわ」

早めに食事を終えたエヴリンは書斎に入り、兄が仕事部屋に姿を消すのを待った。ほどなくヴィクターの従僕のヘイスティングズが明日の衣類の準備をするために、使用人用の階段を下りてくる足音が聞こえた。

「落ち着くのよ」エヴリンは自分自身にそう言い聞かせて廊下へ飛び出し、兄の寝室に駆け込んだ。

化粧台にはヴィクターの洗面道具が並んでいる。かみそりも、髭剃り用の石鹸とブラシも、すぐに見つかった。カップも忘れずに持っていかなくては。

用意してきたハンカチに必要なものをくるみ、廊下の様子をうかがう。ひとけがないことを確かめてから、エヴリンは自分の部屋へと一目散に走った。室内に入ってひとりになると、ベッドの上にハンカチを広げた。

セイント・オーバンにかみそりを渡すのは危険すぎる。彼がいったん凶器を手にしたら、二度と近づけなくなってしまう。鎖を外してあげることすらできなくなるのだ。ということは、エヴリンが髭を剃ってやらなければならない。やり方はわかる。といっても、実際には七歳のころに父親の顔に石鹸を塗りつけて、髭剃りの手伝いをしたことがあるだけだ。だが、問題は髭の剃り方ではなかった。

エヴリンは暖炉の前を歩きまわってため息をついた。地下牢には手枷もあるが、彼がおとなしく両手を差し出すとは思えない。なにか方策が必要だった。

セイントを従わせるためのもっとも効果的な手段といえば、エヴリンの体か拳銃だ。手枷をはめるかわりに彼がなにを要求してくるか考えただけで、彼女は体の奥に震えが走るのを感じた。しかしエヴリンの甘言にまんまと乗せられたセイントが、ふたたび彼女の言葉を真に受けるとは思えない。どれほど好色ですさんでいるとしても、彼はそこまで愚かではないだろう。

だが拳銃で脅しても、エヴリンに撃つ気がないことはセイントにはお見通しだ。ランドールかマシューなら役に立ってくれるだろうが、子供たちに拳銃を持たせるのはあまりに罪深い。

彼女はゆっくりとベッドに横たわり、乾いたシェービングブラシを顎に当てた。ふと、少年たちに拳銃を持たせるとしても、弾を装塡《そうてん》する必要はないことに気づいた。

エヴリンは満足げにほほえんだ。ヴィクターの護身用の拳銃をひとつ拝借すればいい。そうすればセイントの髭を剃ってあげられる。そうだわ。料理人のミセス・サッチャーに頼んで、ディナーの残りの雉肉のローストを朝食用に詰めてもらおう。

セイントはまたひとつ、小石をバケツに放った。彼はエヴリンや子供たちの絵を描き続けていた。彼女が用意してくれた紙は、すでに何枚もスケッチで埋めつくされている。エヴリンが置いていった本も幾度となく目を通し、内容をすっかり覚えてしまったほどだ。『ザ・ミラー・オブ・グレイス』と題されたその本は〝ある著名なレディー〟による女性向けのエチケットブックだが、エヴリンや彼女の友人たちが著したと言ってもおかしくないほど稚拙な内容だった。セイントに礼儀作法を学ばせようという彼女の思惑はみごとに外れたが、少なくとも暇つぶしにはなった。

退屈こそ、彼がなにより恐れているものだ。退屈を排除するために生きてきたと言っても過言ではない。

エヴリンに言われるまでもなく、今のセイントには時間以外なにもなかった。そして時間をもてあますと、人はろくなことをしない。その最たるものが〝考える〟ということだ。

セイントはまたひとつ、小石をバケツに投げ入れた。蠟燭の明かりに照らされてはいるものの、静まり返った孤独な夜が永遠に続くような気がした。ふた晩帰らない主人の行方を使用人たちは追いもせず、この広いロンドンに彼の身を案じてくれる者はだれひとりいない。その事実を認めることに比べたら、肉体的な苦痛に耐えるほうがどれほど楽だろう。

とはいえ、肉体的な苦痛も時間とともに増すばかりだ。服も皮膚も垢《あか》にまみれ、左足には激しい痛みとしびれが交互に走り、顔はむずがゆい。だがそれよりも彼を苛《さいな》んでいるのは、かつて味わったことのない感情だった。寂しさ……。セイント・オーバン侯爵ともあろうものが寂しさに苛まれているとは。

ぼんやりと顎を掻き、また小石に手を伸ばしたとき、階上でドアのきしむ音がした。あわてて上着を羽織ろうとしたが、そんな必要はないことに気づく。ここで外見を取り繕ったところで意味はないのだから。

セイントはマットレスの下に鎖を隠した。エヴリンが鎖の長さを忘れて近づいてきてくれれば、足枷の鍵を奪うのも不可能ではない。

ドアが開くと同時にレモンの香りが鼻をかすめ、セイントは姿を目にする前に彼女が来たことを知った。エヴリンの企んだ筋書きは常軌を逸しているが、彼女がセイントの様子を心から気にかけていることだけは疑いようがない。彼にはそんな知り合いがただのひとりもいなかった。

「おはよう」エヴリンが不安そうな目をセイントに向けた。昨日の彼の態度を思えば、警戒するのも無理はない。

「パンと水くらいは持ってきてくれただろうな？」

「雉肉のサンドイッチと紅茶を持ってきたわ」

セイントは生唾をのみ込んだ。「そいつは豪勢だ。それで、その食事にありつくための交換条件は？」

「なにもないわ」

少年がトレーを運んできて床に置き、箒の柄でセイントのほうに押しやった。マシューとかいう名だったな、と彼は思った。

かぶりつきたいほど空腹なのを悟られないように、セイントは落ち着き払った態度で立ちあがると、トレーを取りあげて椅子に腰を下ろした。別の少年がふたり、壁の蠟燭を取りかえるために入ってきた。セイントは親指と人差し指を舐めて、手もとの読書用の蠟燭を消した。明かりを無駄にしたくない。

やがてエヴリンの咳払いで、彼は我に返った。いつのまにか無我夢中でがつがつとサンドイッチを頬ばっていた。「きみの料理人に心から賛辞を送るよ」紅茶をひと口する。砂糖が足りないと思ったが、不平を言うつもりはなかった。おとといは生のじゃがいもを投げつけられたのだ。それを思えば、今朝ははるかにましだろう。

「ありがとう」エヴリンがほほえんだ。

セイントは彼女のやわらかな口もとを見つめ、心の動きを隠すように眉をつりあげた。孤独はたしかに彼を弱気にさせている。「きみが作った朝食なのか？」

「ええ、サンドイッチはわたしが作ったの。本当はわたしの昼食だったのだけれど、あなたに食べてもらいたくて」

「それではきみに礼を言う」引きつった笑みを浮かべてセイントは言った。病院から抜け出してきた人間が飢餓状態に陥っていると言ってもおかしくない形相の彼を前にして、エヴリンは恐れもせず、逃げ出そうともしない。ひょっとすると彼女の度胸を見くびっていたのかもしれない、とセイントは思い始めていた。

「喜んでもらえて嬉しいわ」エヴリンが背を向けてドアのほうに移動した。セイントはつられて立ちあがり、危うくトレーを落としそうになった。

「もう行くのか？」床に落ちる寸前でサンドイッチの残りをつかんだとき、思わず言葉が口をついて出た。

エヴリンが立ち止まり、肩越しに彼を見た。「いいえ、まだよ。今日はあなたにプレゼントを持ってきたの。ふたつよ」

「そのうちのひとつが鍵だといいんだが。あるいはきみが服を脱いでくれるとか？」

頬を染めた彼女の表情がセイントの欲望をそそった。「ふざけている場合ではないと思うわ」

「わたしは鎖につながれているだけで、去勢されたわけじゃない。知らなかったのか？」

エヴリンは口をゆがめてドアの外に出たが、ほどなく小さなテーブルとランドールをともなって戻ってきた。セイントはいぶかしげな視線で少年を見据えた。立証はできないが、自分の頭を殴りつけたのはランドールに違いないと確信していた。

「まず――」エヴリンは運び込んだテーブルを床に置いた。「あなたに協力してもらわなければならないわ」

どうやら期待の持てる話ではなさそうだ。セイントはサンドイッチの最後のひと口をのみ込み、ゆっくりと尋ねた。「なにに協力しろというんだ？」トレーは武器にはならないが、攻撃をかわす道具にはなるかもしれない。彼は薄く頼りないトレーの端をしっかりと握った。

エヴリンは緊張していた。「立ちあがって……右手に手枷をはめさせてほしいの」

セイントは呆然として彼女を見つめた。

「さあ、お願い」

反撃作戦がいくつか頭に浮かんだが、どれも中途半端で成功率は低そうだった。彼はようやく口を開いた。「まだ寝ぼけてると思っているかもしれないが、エヴリン、これだけは言わせてもらう。たとえ自分の足を食いちぎったとしても、そんな真似はさせないぞ」

エヴリンが顔色を変えた。「誤解しないで。ほんの数分だけよ。そのあいだに……髭を剃ってあげようと思ったの」

いやはや。そんなこととは夢にも思わなかった。怒りがたちまち消え去り、かわりにあたたかい思いが心を満たしたが、プライドの高いセイントはなおも怒りに駆られた顔つきをしてみせた。「自分で剃らせてくれ」

「かみそりを使わせるわけにはいかないのよ、セイント」

「なるほどな。それにしても、わたしがまともな人間でないのはたしかだが、髭を剃ったくらいで気分が変わると思っているきみも相当いかれてるぞ」

「そんなつもりではないの。わたしはあなたのよさを引き出したいと思っているだけ。紳士らしい振る舞いは、紳士らしい装いから生まれるんですって」

セイントは腕を組んだ。「わたしは紳士ではない」

「それならそれでいいけれど、協力はしてもらうわ」

「そうだよ」ランドールが背中から拳銃を抜き出して言った。「ミス・エヴィの言うとおりにするんだ、侯爵」

「やれやれ」セイントはため息をついてトレーを脇に置き、身構えながらゆっくりと立ちあがった。「拳銃を突きつけられたら、悪魔だって紳士のふりをするだろうな」

エヴリンは驚いた様子もない。ということは、拳銃を用意したのは彼女なのだろう。この筋書きの中でいったいいくつの法律を犯しているか、わかっているのだろうか。

「これは万が一の用心のためよ、セイント」エヴリンは穏やかな声で言った。「さあ、言うとおりにして」

セイントがのろのろと壁のほうに移動する。エヴリンはようやく止めていた息を吐いた。彼が抵抗を示すことはわかっていたが、できれば拳銃をちらつかせずにすませたかった。だが、ランドールがのんびりとセイントに選択の時間を与えるはずもない。

セイントは口をかたく閉じ、険しいまなざしをエヴリンに向けて、壁に埋め込まれた右手用の鎖をつかみあげた。この借りは返してもらうぞ、と言わんばかりの鋭い目に射すくめられながら、これほど過激なことをしたあとで、エヴリンは今さら恐怖もなにも感じなかった。

彼は深いため息をもらして右手に手枷をはめ、左手で留め金を閉じた。

ランドールは慣れた手つきで拳銃を握りしめている。弾が装塡されていないことがありがたかった。エヴリンは乱れる呼吸を抑え、セイントの領域に足を踏み入れた。

セイントの右手は肩の高さに固定されたが、左手はまだ自由だ。彼が拳銃の脅しに屈せず、つかみかかってきたらどうなるのだろう。髭が膝まで伸びようと、放っておけばいいだけの話だ。さまざまな思いがエヴリンの脳裏をよぎったが、方針は変わらなかった。セイントを紳士らしく教育し直すためには、それにふさわしい身だしなみが不可欠なのだ。そもそも今さら髭剃りを中止したとしても、手枷を外すために彼に近づかなければならない。

「わたしが怖いのか、エヴリン？」彼女の胸のうちを見透かしたように、セイントがささやいた。

「わたしは用心深いの」エヴリンは彼との距離を縮めた。

上着を脱ぎ、シャツの袖をまくりあげ、汚れたクラヴァットをゆるめたセイントは、なぜかいっそう精悍で男性的に見えた。ふとエヴリンはこの二日間、何度も顔を合わせながら彼に指一本触れられていないことに思い至った。最後に触れられたのは、ドレスを脱がされそうになりながら熱い舌を絡め合ったときだ。

「指が震えているぞ」セイントが言い、左手を下げた。

「動くな」ランドールが警告する。

「これ以上抵抗しても意味がないわ」エヴリンはセイントの目の前に立ち、息を止めた。手を伸ばして彼の左手を握る。

「意味はあるさ」セイントは声をひそめ、吐息のように低くささやいた。「きみの欲しいものはわかっている」

エヴリンはセイントの腕を持ちあげ、左の手首に手枷をはめた。彼は逆らわなかった。

「わたしがなにを欲しがっているというの？」セイントの両手の自由を奪ったことで、彼女は強気になっていた。

三日のあいだに伸びた髭の隙間から、セイントは暗く翳った笑みを浮かべた。「わたしを紳士に仕立てあげようというのは、わたしのためではなくきみ自身のためなんだろう、エヴリン・マリー？」彼女の背後に視線を向ける。「彼を出ていかせろ。もう助っ人《すけと》は必要ないはずだ」

エヴリンにまともな判断力があれば、そんな要求には耳を貸さなかったに違いない。だがランドールがいては、セイントはけっして心のうちを明かさないだろう。さらにエヴリンは、髭を剃るという行為が彼に触れるための口実でしかないことに気づいていた。体の奥深くではセイントの要求を受け入れたがっていた。

彼女は肩越しにランドールに告げた。「拳銃をほかの子供たちに見つからないところに隠しておいて、ランドール。そろそろミセス・オーブリーの授業が始まる時間よ」

ランドールはブロンドの髪を揺らしてうなずいた。「了解。ぼくのいないあいだに逃がしちゃだめだよ」

「わかってるわ。三〇分後に戻ってきてくれる？」

「本当にひとりでできるの？」

「ええ、心配ないわ」

「了解、キャプテン。やつがさっさと態度を改めるといいね」

「きっとそうなるわよ」

ランドールが出ていき、ドアが閉まった。

「あいつには気をつけたほうがいい」セイントは低い声で言うと、聞き耳を立てるようにドアへ顔を向けた。

「ランドールのこと?」

エヴリンに視線を戻し、セイントは言った。「あいつは自分の思いどおりにならなければ、きみだってここに閉じ込めるかもしれない」

彼女はセイントを見あげた。かすかな不安が胸をよぎる。「わたしのことを心配してくれているの?」

「きみの引き起こしたトラブルは思っている以上に厄介だ。しかもきみが読みを誤れば、わたしが殺されるはめになりかねない」

この期に及んで、セイントはまだ自分のことしか考えていない。「あなたは彼から家を取りあげようとしているのよ。彼にどんな反応をしろというの? どんな態度を取れば、あなたのお気に召すの?」

彼は顔をしかめた。「とにかく、やつは胡散臭《うさんくさ》い。エヴリン、今はきみだけが頼りなんだ」彼は手首に垂れさがった鎖を揺らし、けたたましい音をたてた。「気をつけてくれ。この地下牢で白骨死体になるのはごめんだからな」

「そんなことにはならないわ」なんと滑稽なのだろう。自分の身だけを案じた露骨な言葉に震撼《しんかん》しながらも、きみだけが頼りと言われて胸をときめかせるなんて。他人のことなど眼中にないセイントが、たとえ無意識にせよ口にしたその言葉は、闇に光る稲妻のごとくエヴリンの心を鮮やかに貫いた。

「エヴリン?」

はっと顔を上げた彼女の視線が、セイントの謎めいたグリーンの目をとらえた。気持ちを見透かされている気がしたが、彼はなにも言わない。それなのにエヴリンは頬を染めた。ほかの人の前では赤面などめったにしないのに、セイントといるといつも頬が赤くなるのはなぜだろう。彼だけが本当の自分に気づかせてくれたから。彼だけが品行方正な淑女の仮面を取り払ってくれたから。「ごめんなさい。あなたの言葉を考えていたの。これからは気をつけるわ」

「そうしてくれ」

「さあ、髭を剃りましょう」

「正直なところ、顔中がむずがゆくてたまらなかったんだ」セイントの表情がやわらいだ。怒ったままでいてほしいとエヴリンは思った。彼が穏やかな表情を見せただけで、冷たい魅力に心をかき乱され、どうしていいかわからなくなる。

もう一度大きく息を吸い込み、エヴリンは背後の小さなテーブルに手を伸ばした。今ごろ家では髭剃り道具が紛失していることに気づき、ヴィクターが大騒ぎをしているはずだ。彼女は兄が目を覚ます前に家を抜け出したが、今夜のグラッドストーン夫妻とのディナーで、その話をさんざん聞かされるに違いない。「ああ、いやだわ」エヴリンは石鹸を泡立てながら、思わずつぶやいた。

「自分でできると言っただろう?」

彼女はブラシを石鹸水に浸し、顔をしかめてみせた。「いやなのは今夜のディナーよ」

「なにがそんなにいやなんだ？」

ブラシを持ちあげた手を止めて、エヴリンは尋ねた。「どうしてそんなことを知りたいの？」

「知られてはまずいのか？　きみの話を聞いたからといって、わたしがなにか悪さをするわけでもない」

「たいした話ではないわ。兄とわたしがグラッドストーン子爵夫妻のディナーに招待されているというだけよ」

セイントと子爵夫人の関係は周知の事実だ。彼は顔色ひとつ変えずに言った。「ファティマによろしく伝えてくれと、きみに頼むわけにはいかないだろうな」

「冗談じゃないわ」エヴリンはブラシを彼の顎にこすりつけた。石鹼の泡が、顔と首と汚れたクラヴァットに勢いよく飛び散る。「ごめんなさい」

「謝らなくていいから教えてくれ。なぜファティマを嫌っているんだ？」

「じゃあ、あなたは彼女のどこがそんなに好きなの？」

「やわらかい胸と、長くてしなやかな脚、いつも熱く潤っている――」

「やめて！　彼女は人妻よ！」

セイントは肩をすくめた。シャックルが石の壁に当たって音をたてる。「彼女に貞操観念などありはしない。そんなものはだれにだってないさ。きみの無邪気さには驚かされるね」

「わたしは無邪気だとは思わないわ。貞節を尽くすのは高潔ですばらしいことよ」

彼は冷ややかな笑いをもらした。「きみは変わっているな、エヴリン。きみのような女はめったにいない。さて、髭は剃ってくれるのか？　それとも石鹸を塗りたくるだけかい？」

「あなたはろくでなしよ」彼女はブラシを持った手を下ろし、セイントを見据えた。どうしてこんな男にこれほど……惹かれるの？

「ろくでなしなのはわかっていたはずだ。きみが勝手にわたしをどんな男と思い込もうが、知ったことではない」

長い沈黙のあと、エヴリンはようやく口を開いた。「わたしが勝手に思い描いたあなたを、わたしは信じたいの」ゆっくりとブラシを持ちあげ、セイントの頬をなぞる。「分厚い殻の内側に、わたしはその人を見つけるつもりよ」

「彼はとっくに死んだのさ。でもだれひとり、わたし自身さえも、彼の死を悲しみはしなかった」

「黙って。口を閉じていてくれないと髭を剃れないわ」ブラシをもう一度石鹸水に浸し、反対側の頬に泡を塗る。なにも手出しのできないセイントに触れ、思いどおりに操るのは快感だった。

「ところで、わたしの刑期はいつまでなんだ？」カップを脇に置き、かみそりを取りあげたエヴリンに彼が訊いた。

「刑期ではなく教育期間と思ってちょうだい」

「立場が逆なら、きみに教育したいことはたくさんある」セイントは口もとにかすかな笑みを浮かべた。「わたしは今、きみのなすがままだ。髭を剃る以外に、もっと大胆で興味深いことを思いつかなかったのか？」

彼の低い声がゆっくりと官能的に響き、エヴリンは息をのんだ。指が震えている。落ち着きを取り戻そうと、一歩うしろに下がった。「いいかげんにしてちょうだい」

セイントは彼女の顔とかみそりを見比べた。「わたしの喉を掻っ切って殺すつもりなら、せめて最後にキスしてくれ」

「しいっ」片手で彼の顎を押さえ、エヴリンは慎重にかみそりの刃を頬に当てた。「あなたがこんなに背が高くなければ、もっと簡単にできるんだけど」そうつぶやいて、ため息をつく。

「スツールを使えばいい」セイントは鎖を揺らし、部屋の隅のスツールを指差した。

彼が突然、協力的になったような気がした。エヴリンはスツールを取ってきて上にのった。そうして正面を向くと、セイントの顔が目の前にあった。わずか数センチのところに。

「あっ――」

両手を鎖につながれたまま、彼が身を乗り出し、泡だらけの唇をエヴリンの唇に重ねた。甘い衝撃が爪先にまで広がった。たった一歩うしろに下がりさえすれば、セイントにはもはや手出しができない。その事実はエヴリンを勇気づけた。激しいキスに息をあえがせ、言葉にできない淫靡な欲望に身を火照らせながらも、この場の主導権を握っているという思いが彼女を大胆にした。

エヴリンはセイントの乱れた黒髪に指を絡め、歯に舌を這わせて、熱いキスを返した。彼がうめき声をもらす。疼きが背筋を駆け抜け、腿のあいだがあたたかく潤うのを感じた。

ああ、セイントの言ったとおりよ。髭を剃るよりも興味深いことがたくさんあったんだわ。エヴリンは濡《ぬ》れた唇を開き、もう一度むさぼるようなキスを彼に浴びせた。セイントが彼女を抱きしめようと、壁につながれた両手をもどかしげに動かすたびに、鎖が耳障りな音をたてる。彼はわたしのものよ。今なら彼を自由にできる。わたしの欲望のままに。

「いけないわ」エヴリンは小さく叫んだ。セイントにではなく、自分自身に向けた言葉だった。

「なぜだ、エヴリン？」悪魔のようなささやきが彼女を惑わす。「触れてくれ。わたしの体をきみの手で静めてくれ」

触れたかった。セイントの体を自由にもてあそびたかった。だが、エヴリンは身を切られる思いでスツールから下りた。「だめよ」

半分しか髭剃りのすんでいない泡だらけの顔をしかめ、彼が言った。「きみはわたしが欲しいんだろう？　わたしもきみが欲しい。そばに来てくれ」

彼女はセイントがまき散らすみだらな空気を払いのけるように首を振った。「わたしたちがなにを欲しがっているかより、子供たちにとってなにが必要かを考えましょう」

「善人ぶるのはやめるんだ」彼はふたたび手を伸ばそうともがいてから、壁に背中を投げ出した。「わたしを理想の紳士に変身させるために、髭を剃りに来たわけではないだろう？

きみはわたしに触れたかった。そして今も触れたがっている。震えるほどわたしの体を欲しがっている」

「いいえ、違うわ」エヴリンは両手を背中で組んだ。

「鎖を外してくれ、エヴリン。こんなばかげたことはもうやめよう。サテンのシーツと薔薇《ばら》の花びらに覆われたベッドの上で、きみと愛し合いたいんだ」セイントが狂おしげな吐息とともに低くささやき、彼女の鼓動が激しくなった。「きみの中に入りたい。きみも中に入ってほしいんだろう？」

「ふざけるのはやめて」エヴリンはドアの前を歩きまわりながら声を荒らげた。「あなたはたしかにハンサムで魅力的よ。ベッドではきっとみごとなテクニックで女性を歓ばせるのでしょうね」ああ、わたしはきっと彼の怒りや侮辱の言葉がもたらすイメージに、欲望をかきたてられていただけよ。「けれど、どれほど魅力的でも、あなたの悪行が許されるわけではないことに早く気づいて。そのためにこうして鎖につながれているのよ」

セイントは眉をつりあげた。「それで？」

「だからもうわたしをそそのかすのはやめて。わたしの言うことを、もっと真剣に聞いてほしいの」エヴリンはスツールをセイントに近づけ、ふたたび上にのった。「さあ、じっとしていて」

「喉にかみそりを当てられているあいだは言うとおりにするしかなさそうだな。だが、わたしはなにかを学ぶつもりでここにいるのではない。きみに騙されて閉じ込められたからというだけだ。自分の悪行を心配すべきなのはきみのほうじゃないのか？　わたしはここに長居するつもりはない。きみこそ、よく考えてみるんだな」

エヴリンの胸に怒りがこみあげ、セイントにキスをしたいという気持ちが失《う》せた。かみそりを手にした彼女に対してすら、セイントは平気で挑発してくる。彼の態度を改善させようとするなら、まずは模範を示すべきだ。

エヴリンは深く息を吸い込んだ。「あなたは自衛本能の強い人だから、どうにかしてここから逃げ出そうとするでしょう」彼女の手の動きを追う鋭いグリーンの目に気づかないふりをして、髭剃りの終わっていない頬にかみそりを当てる。「同じ理由で、あなたはわたしの言うことを聞くべきなのよ」

セイントは唇の端にゆっくりと冷笑を浮かべた。「これ以上わたしに言うことがあるなら、きみの顎についた泡を拭いてからにしたほうがいい」

14

愛馬の様子が気になっていたセイントは、カシアスが馬小屋に移されていることをエヴリンから聞いた。使用人たちが主人の行方を案じているかどうかはともかく、鹿毛《かげ》のアラブ種で数々のレースで優勝歴もあるカシアスが〈希望の家〉の外に一週間もつながれたままだったのだから、だれかが馬小屋に移動させたのだろう。だが、餌を与えてくれているかどうかはわからない。孤児たちにあれほど情熱を注ぐエヴリンになら、動物の世話も頼めるかもしれない。

忌まわしい一週間だった。彼女が持ってきた昨日付けの『タイムズ』を見ても、行方不明の侯爵の記事など一行も見あたらなかった。セイントは鎖につながれたまま地下牢の中を歩きまわっていた。思いきり脚を伸ばすことはできなかったが、せめて運動は必要だった。

エヴリンに言われたとおり孤児たちの名前を覚え、年少の子供たちに文字と数字を教えたが、それでも一日は長かった。エヴリンがなにを求めているかはわかっている。彼が良心に目覚め、子供たちと心を通わせる日を待ち望んでいるのだ。セイントの頑固さと自尊心の強さがそのシナリオをかたくなに拒み、彼は心を軟化させるそぶりさえ見せようとはしなかった。孤児たちは予想以上に賢かったし、中にはユーモアを解する子供もいた。たしかに子供たちと過ごす時間は、ひとりで地下牢を歩きまわる時間とは比べものにならないほど心を癒してくれた。

ただ年長の少年数人が、妙にセイントの気に障った。彼らのセイントを見る目つきの険悪さはさほど気にならなかったが、それよりも命じられるままエヴリンの片棒を担ぐ少年たちの態度になにやら胡散臭いものを感じていた。中には地元の窃盗団の一員もいる。彼らが孤児院に盗品を隠し、窃盗仲間をかくまっているらしいことを、セイントは薄々感づいていた。エヴリンがそのことを知ったら、あるいはそんな場面にでくわしたとしたら、彼女の正義感や志の高さはなんの役にも立たず、むしろ命取りになるだろう。

昨日は理事会が開かれたはずだ。孤児院閉鎖の計画に気づいていない理事たちは、今月もあの手この手で会計をごまかそうとしているに違いない。セイントが姿を見せないのをいいことに、男どもがしたり顔でエヴリンに近づき、計画の援助を申し出ているのではないかと思うと無性に腹が立った。できそこないのごくつぶしどもめ。彼女を無知で無邪気な小娘とばかにしながら、ご機嫌取りをしているやつらの姿が目に浮かぶようだ。

不意にドアが音をたてて開いた。セイントは立ち止まり、目を見開いた。子供たちが来るにはまだ早い。エヴリンが来るときは階段の上でドアのきしむ音がしてから地下牢のドアが開くが、その音も聞こえなかった。彼女が来たのではないと思うと気持ちが沈んだ。

「だれかいるの?」女性の声がしたかと思うと、家政婦がドアの隙間から顔をのぞかせた。

「あら、まあ」

助かった。「おい、きみ」セイントは声を張りあげ、鎖を引きずって大股でドアのほうに移動した。「斧《おの》を持ってきてくれ。金属用の鋸《のこぎり》でもいい。急いで」足枷の鍵はエヴリンが持っている。子供たちに気づかれる前に逃げ出さなければ、すぐ彼女に伝わるだろう。おそらく、彼女が拳銃を預けた少年にも。

「こんなところでなにをなさっているんです?」家政婦は殺風景な地下牢の壁際のマットレスと本に目を向けた。

「ここに閉じ込められている」やれやれ。よりによって愚鈍で気がきかない家政婦に助けられるとは。「足枷の鍵を持っていないんだ。だから大急ぎで斧を持ってきてくれないか?」

「このところ、子供たちが地下室にしょっちゅう下りていたから、野良犬でも拾ってきたんだと思っていたら、なんと侯爵様をつかまえたとはねえ」

「頼む、きみ。ミセス……なんといったかな」

「ネイザンです。四年前からずっとネイザンですよ。ついに覚えてもらえませんでしたけど。ところで、あなたはこの孤児院を売り渡すつもりなんですってね。おかげでわたしは失業ですよ」

「きみの次の就職先については、わたしがここから出たら真っ先に考えよう。というより、ここから出してくれたら、礼はたっぷりさせてもらう。だから――」

「その前にミス・ラディックに話したほうがよさそうですね。彼女もここに下りてきているようでしたから。この数日間、平和そのものでしたよ。それにミス・ラディックのおかげで給料も上がったんです。彼女はすばらしい女性ですね」

「ああ、彼女はすばらしい。さあ、早く――」

「それではごきげんよう、侯爵様」家政婦が顔を引っ込めた。ドアが閉まり、鍵のまわる音がして、短い階段をのぼる足音とともに笑い声が聞こえた気がした。

セイントはがっくりと椅子に腰を落とし、うめき声をあげた。エヴリンの差し金に違いない。だれひとり助けてくれる者はないことを証明するために、わざわざ家政婦を階下に送ってよこしたのだ。

だれに言われるまでもない。そのことを身をもって知ったのは七歳のときだった。ある日、家に弁護士が訪れ、セイントは父親がロンドンで死んだこと、彼がその日から侯爵の称号を受け継ぐことを伝えられた。父親は酒色と賭けごとに溺れた男だが、五〇歳で結婚した。ところが跡継ぎの男児が生まれるやいなや、役目は終わったとばかりに以前の生活に戻り、放蕩の限りを尽くしたあげくに死んだのだ。セイントは父親の生き方を真似ている。喪が明けたとたん彼に群がってきた世の偽善者たちに比べたら、そのほうがまだ納得できる生き方に思えた。

母親は葬儀のあと、引きも切らない求婚者たちとの逢瀬《おうせ》にかまけ、半年以上も家を留守にした。屋敷に住む使用人たちは、未亡人がいずれ再婚することになっても解雇されないようにと、女主人が不在の家でセイントに取り入った。母親の再婚とともに寄宿学校へ送られることになった彼は、欲得ずくの薄汚い大人たちからやっと解放されると喜んだものだった。だが寄宿学校もなんら変わりはなく、セイントは教師と生徒たちから下にも置かない扱いを受けた。莫大《ばくだい》な遺産と底なしの財力を持った一二歳の侯爵にとって規則はないに等しく、殺人以外ならなにをしても許されると気づくのに時間はかからなかった。やがてセイントが成人し、それまでは母親が管理していた財産を自分で管理できるようになったとき、だれにも増して彼に媚《こ》びへつらい始めたのは母親だった。

それまでも人を信じたことはなかったが、セイントはますます人間不信に陥った。同時に彼自身も人から信用されない人間になった。そんな彼と友人になろうという人間などいるはずもない。悪評を知りつつセイントに近づいてくるのは、金と権力のにおいに吸い寄せられた強欲な連中ばかりだ。その手の輩《やから》の扱い方は充分に心得ている。

エヴリンの魂胆を知るのには、思いのほか手こずっていた。彼女の目的は子供たちを救い、孤児院を救い、セイントを救うことだという。そのどれもが嘘には聞こえないのが、彼にはなにより不可解だった。それ以外の動機は見つかりそうもなく、エヴリンはセイントのどんな言葉にも、どんな仕打ちにも、動じる気配を見せない。彼女の三つの目的に共通する障害が彼であることを考えれば、それは驚くべきことだった。

そんな人間が存在するなんて……ありえない。そこまで純粋な人間などいない。そこまで気高い志など持ち続けられるわけがない。そうでなくとも、セイントを変えようとした者など、かつてひとりもいなかった。彼を変えるのではなく、セイントの要求に応じて彼ら自身が変わり、その結果欲しいものを手に入れる。それだけだ。もちろん、思いどおりにならないセイントを拉致し、監禁した者もいない。思いどおりにならなければさっさとあきらめて、ほかの金蔓《かねづる》を見つけるまでだ。

セイントは残り少なくなった小石を蹴った。地下牢に閉じ込められて一週間。彼はだれからも忘れられた存在だ。屋敷や別荘の使用人たちへの支払いは、すべて弁護士に任せてある。賃金さえ支払われれば、使用人たちは主人の不在など気にもかけない。それどころか高級なフランスワインやアメリカ製の葉巻をくすねて、よろしくやっているかもしれない。

くそっ。ミセス……ネイザンだったか。セイントは顔をしかめて毒づき、立ちあがって荒々しくシャツを脱いだ。かたわらに脱ぎ捨ててあったベストと上着とクラヴァットの上にシャツを放り投げる。今朝、モリーとジェーンがタオルと水を運んできたが、彼は無理とは知りつつ風呂に入りたくてたまらなかった。

ボウルに張られた水に浸したタオルを、セイントは頭の上で絞った。冷たい水が髪を伝い、肩を濡らす。階上でドアのきしむ音がしたが無視した。言いなりになっている自分が哀れに思え、子供たちを教える約束になっているのに、わざと水浴びを始めたのだ。

孤児たちに礼儀作法を教えてどうなるのかとセイントは思ったが、これもエヴリンが彼に礼儀正しさを身につけさせようと意図したことだ。ふん。礼儀作法の前に体を清めてなにが悪い。

鍵の開く音がして、ドアが開いた。「侯爵」ローズの弱々しい声が言った。「女の子は腰を曲げてお辞儀をしなくていいんでしょ？」

「時と場合による」セイントは上体を濡れたタオルで拭きながら答えた。「男にうしろから抱かれて足を開いたときは――」

「やめて！」エヴリンが大声で制した。

セイントはドアのほうを向いた。エヴリンがこぶしを握りしめ、憤怒の形相でグレーの瞳を光らせている。彼は下腹部の筋肉が収縮するのを感じた。

彼女は裸の上半身に目を奪われているようだったが、次の瞬間、はっとしてセイントの顔に視線を戻した。「みんな、今日のセイント・オーバン卿のレッスンは中止よ。午後は自由時間にしましょう」

年少の子供たちが歓声をあげ、地下牢を飛び出していった。彼はエヴリンに目を据えた。

「わたしを懲らしめたいだけなら、子供たちに八つ当たりするのはやめろ」

「シャツを着て」

「体がまだ濡れている」

「あとで夕食を持ってこさせるわ」エヴリンは踵《きびす》を返して地下牢を出ると、ドアを勢いよく閉めた。

セイントは胸苦しさに襲われ、喉が締めつけられるのを感じた。夕食まで六時間もある。

「エヴリン！」

階段をのぼる彼女の足音は止まる気配もない。セイントは壁に目を向けた。蠟燭は二時間ももたない。

「エヴリン、わたしが悪かった！」

階上でドアのきしむ音がした。

「頼む。わたしをひとりにしないでくれ！　お願いだ！　許してくれ！」

返事はない。

セイントは怒りに任せて、水の入ったボウルをドアに投げつけた。陶器のボウルがけたたましい音をたて、破片と水が飛び散る。「そうやってわたしの態度を戒めるつもりか？　真っ暗な地下牢の地面に座って反省しろというのか？　態度の悪さならもう充分わかっている。今度はわたしがまだわかっていないことを教えてくれ、エヴリン・マリー」

「セイント？」ドアの向こうでエヴリンの声がした。「落ち着いてくれたら、中に入るわ」

荒い息をつきながら、彼は気づいた。パニックを起こしている。このわたしが。冷酷無比で人間の心を失ったセイント・オーバン侯爵が、暗闇に置き去りにされるのを恐れてわめいている。「わたしは落ち着いている」彼は応えた。

まともな判断力があれば今の言葉を信じたりしないはずだが、理性よりも感情に支配されているエヴリンはドアを開けた。

エヴリンの関心を引く言葉を頭の中で準備し、口を開きかけたセイントは、彼女の表情に気づいて口を閉ざした。思わずうめき声をもらし、自分自身の憤りを忘れた。エヴリンはなぜこんなに傷ついているのだろう？　「なにを泣いているんだ？」彼は穏やかな声を装った。

青白い頬を伝う涙を拭い、彼女は洟をすすった。「どうすればいいのかわからなくて」

セイントが目を見開いた。「きみが？　きみはなんでもわかっているはずだ」

エヴリンは彼を見つめた。水滴が裸の肩と胸を伝い、引きしまった腹部へと流れ落ちる。濡れた髪が左目にかかっていて、彼女は思わず指でかきあげたい衝動に駆られた。セイントの表情は無邪気そのものだ。そればかりか、襲いかかりたくなるほどいとおしい。

彼女は涙を拭き、スツールを引き寄せて腰を下ろした。セイントの無邪気な表情は計算ずくよ。女性をその気にさせるのはお手のものなのだから。エヴリンはそう自分に言い聞かせた。彼女を引き止め、同情心をあおり、ことによっては鎖を外させることができるとセイントはもくろんでいるのだ。エヴリンは心を静め、無意味で猥雑《わいざつ》な想像を頭から追い払うと、目の前に立っている彼と視線を合わせた。唾をのみ込み、吐き捨てるように言う。「わたしはあなたに同情などしていないわ」

「いや、しているさ。きみはみんなを哀れんでいる」

身の安全とまともな思考力を保つためには、彼に惑わされてはならない。「わたしはあなたに腹を立てているのよ。哀れんでなどいません」

「きみはわたしに腹を立てている。そのきみがわたしを鎖につないだまま鍵を持っているのだから、わたしも腹が立っているのがわかるだろう？」

「あなたの言うとおりかもしれない」エヴリンはもう一度洟をすすった。「でもわたしが腹を立てているのはあなたではなくて、自分自身なのよ」

「それなら、わたしたちの悩みは共通しているわけだ」セイントが濡れた髪をかきあげた。水滴がエヴリンの腕に飛び散った。全身が総毛立ったのは水滴のせいではなく、半裸の魅力的な男性と密室でふたりきりになっているせいだろうか。

「この一週間、あなたに人間らしい心を取り戻してもらおうと必死だったわ。思いやりが思いやりを生むことを知ってほしかった。でも無駄だったようね」

彼女を見つめるセイントの表情からは、なんの感情も読みとれない。「わたしは救いがたい人間だ」彼はようやく口を開いた。

「いいえ、違うわ」

「なぜそんなことが言える？」セイントは椅子に腰を下ろして手を伸ばした。エヴリンの靴の爪先がすぐそこにある。

ああ、なんてこと。こんなに美しい半裸の男性が、わたしの足にすがりつこうとしている。

「あなたのような人がいるなんて……」

「わたしのような悪人でも生きていられるということさ」

「違うの。わたしが言おうとしたのは……」

セイントが首をかしげ、彼女の顔に目を凝らした。「本当のことを言ってくれ。きみには正直さが似合う」

「それは褒め言葉？」

「話題を変えるなよ。わたしの話をしていたはずだ」

「ええ、そうね。わたしが言いたかったのは、これほどワルなのに、これほど魅力的で刺激的で心惹かれる人はいないということよ」

「そんな話に興味はない」

「嘘をつかないで、マイケル」

セイントはうつむいた。「そう言ってくれるのはありがたいが、わたしは自分のことしか考えない冷酷な快楽主義者だ」

「でも、それだけではないはずよ」

彼の無邪気な表情が一瞬にしていつもの官能的な笑みに変わり、エヴリンはたじろいで息をのんだ。口の中がからからに乾いている。

「きみも興味深い女だ。わたしにもまだ救いがあると思いたがっているようだが、それはだれのためなんだ？」

「あなたとわたし、両方のためよ」

「正直になってくれと言ったはずだ」セイントの指がふと、猫がじゃれるようなしぐさでエヴリンの爪先に触れた。キスも、それ以上の要求もなしに彼に触れられたことはなかった。

彼女は身を火照らせた。

深呼吸をして胸の高まりを静めてから、エヴリンは言った。「あなたはどうしてそんな態度を取り続けているの？」

「さあね。別になんの不都合もないからさ。きみはわたしを救っているつもりかもしれないが、わたしが本当に変わったかどうかはわからないだろう？」セイントがまっすぐ前を向き、エヴリンはそのときになって彼に近づきすぎていることに気づいた。

咄嗟にうしろによけようとしたが、そのときにはすでにセイントに足首をつかまれていた。彼女はうめき声をあげてスツールから転げ落ち、地面に思いきり腰を打ちつけた。

助けを呼んだとしても、声の届く場所にはだれもいないだろう。セイントが身を乗り出し、開きかけたエヴリンの口を手で覆った。「しいっ」片方の手を上衣《ベリース》のポケットに差し入れ、足枷の鍵を抜きとる。「これでもわたしにまだ救いがあると思うか？」

鍵を取り戻そうとするエヴリンの手をさっと払い、セイントは彼女の上に覆いかぶさって動きを封じると、足枷の鍵穴に鍵を突っ込んでまわした。かちゃりと音をたてて足枷が外れ、彼は自由の身となった。

セイントが立ちあがって壁から離れ、エヴリンはドアのほうへと這った。先に外へ逃れ、鍵穴に差し込んだままになっている鍵をまわせば、彼は地下牢から出られない。

セイントは長い脚をもつれさせながらも数歩で彼女に追いついた。「わたしをもう一度閉じ込めるつもりらしいが、そうはさせない」

一瞬、エヴリンはパニックに襲われた。彼に閉じ込められる。頭の中が真っ白になった。

「セイント――」

彼は外側から鍵を抜きとってドアを閉めた。「いつまでもこんなところにいるつもりはないと言っただろう？」不敵な笑みを浮かべる。「きみをただではすまさないとも言ったはずだ」

わたしの次は子供たち。そして孤児院。そんなことさせるものですか。エヴリンはセイントの手にある鍵をめがけて飛びかかった。彼が手の届かない高さに鍵を掲げる。彼女は勢いあまって前につんのめり、セイントの裸の胸を押しながら壁に倒れ込んだ。

「みごとな作戦だ」彼は片方の手をエヴリンの背中にまわして引き寄せた。彼女の目をのぞき込み、顔を近づけて唇を重ねる。

熱く濡れた唇が、むさぼるようにエヴリンの唇をふさいだ。だれも見ていない。しばらくはだれもここに下りてこない。本当は逃げ出して、セイントをまた閉じ込めなければならないのに。さまざまな思いがエヴリンの脳裏をよぎった。でもこれほど熱いキスをしながら、彼が逃げる隙をうかがっているとは思えない。

エヴリンはこらえきれずにキスを返した。焦げつくような疼きが背中を駆け抜け、指先と爪先に震えが走った。鍵を取ろうと伸ばした指を、セイントの濡れた黒髪にうずめる。彼はほかの女性たちもこんなに酔わせ、こんなに狂わせるの？　セイントがエヴリンの顎を持ちあげ、首筋にゆっくりと舌を這わせた。彼女は荒い吐息をついた。空気を求めてあえぎ、セイントを求めて身をよじる。

「あなたはわたしの邪魔ばかりするのね」エヴリンは息を切らし、水滴のしたたる彼の胸に体を押しつけた。

セイントは顔を上げて脇を見やると、ドアの鍵を地下牢の隅に放った。「きみこそわたしの邪魔をしている」彼はうめくように言い、エヴリンの肩に指を這わせ、上着の肩からゆっくりと腕を抜いた。

唇と舌と歯で肩を愛撫しながら、セイントは彼女の背を壁に押しつけた。ペリースの前をはだけ、てのひらで胸を包みこむ。薄いモスリンの上から彼の手のあたたかさと力強さを感じ、エヴリンは息をのんだ。

「セイント、お願い。もっと」彼女は唇を求めてあえいだ。

「なにが欲しい？」セイントがエヴリンを抱き寄せると、ペリースが肩から外れ、足もとに滑り落ちた。背中をまさぐる彼の指先はハープを爪弾《つまび》くようによどみなく、エヴリンを壁に押しつけて、ドレスを肘のあたりまで引きおろした。彼女は腕の自由を奪われ、息つく暇も与えられず、シュミーズも下ろされて、欲望をたぎらせた彼の視線に裸の胸をさらした。

「ああ、セイント、お願い――」

「マイケルだ」彼はエヴリンの目をのぞき込んで言うと、胸に視線を戻した。「マイケルと呼んでくれ」

「マイケル」彼女はあえいだ。

セイントの指が胸を羽根のように這い、円を描いて先端へと近づいていく。かたくとがった乳首を、彼は親指で転がした。

「ああ……すてきよ」

「なめらかな肌だ」セイントはささやき、胸に顔を近づけた。「それにやわらかい」

片手で左の胸に愛撫を繰り返しながら、唇と舌はもう一方の手を追うように右の乳房へと下りていく。彼が乳首を口に含んだとき、エヴリンは気を失いそうになった。

舌が胸の膨らみを交互になぶり、吸いあげた。エヴリンは目を閉じて顎を上げ、激しい欲望に身を任せた。身動きができない。動きたくない。みだらな官能が全身を舐めつくし、脚のあいだが熱く疼いている。腕の自由がきかず、彼女はかろうじてセイントのウエストに手を伸ばすと上体を引き寄せた。もっと近づきたい。ほんの少しの隙間もないくらい。

セイントが顔を上げ、愛撫の手を止めた。「やめないで」哀願するような自分の口調にとまどいを覚えた。

「やめないよ」彼はドレスの袖をつかんで肘から抜くとエヴリンの腕を引きあげ、ドレスを足もとに落とした。

それからひざまずき、シュミーズをゆっくりとウエストまでずらす。肌があらわになるたびに舌を這わせながら。彼の唇は腹部から脚のあいだの茂みを通り、腿と膝へ下りていった。

「足を上げてごらん」セイントがささやき、エヴリンの足から小さな靴を脱がせた。もう片方も同じようにすると、彼の指と唇はふたたび上に移動した。腿の内側に指を滑らせる。

「ああ」エヴリンは脚を震わせ、小さく叫んだ。

「濡れているよ。わたしのために」

「マイケル」

「しいっ」セイントは立ちあがり、彼女のウエストに絡まったシュミーズをはぎとって、まわりに散らばった服の上に放った。「きみが欲しい。きみの中に入りたい」

彼はエヴリンの体を抱きかかえ、マットレスの毛布の上に横たえると、かたわらに座ってブーツを脱いだ。左足からブーツを抜きとるセイントの顔が苦痛にゆがんだ。「足が痛いのね」エヴリンが夢から覚めたようにまばたきをした。

「足首が腫《は》れている」セイントは彼女の顔をのぞき込んだ。「きみのせいだ。今すぐに償ってもらうぞ」

「まあ――」

「きみのせいで、ここもこんなだ」彼はベルトを外してズボンを下ろし、高ぶった下腹部をさらした。

「まあ、すごい」

「さあ、よく見てくれ。きみが欲しくてこんなに興奮している男の体を」セイントは身をかがめ、ふたたび彼女の胸に口づけた。

ズボンを脱ぎ捨て、エヴリンの両膝のあいだに身を滑らせる。そして脚を広げさせ、熱く潤った場所にこわばりを押しあてた。

「マイケル、お願い」エヴリンは腕を伸ばして、彼のたくましい肩を引き寄せた。激しい鼓動が耳の中で響いている。

「なにが欲しい？　言ってごらん、エヴリン・マリー。きみの口から聞きたいんだ。中に入ってほしいと言ってくれ」

「わたしの中に入って」未経験のエヴリンはどうすればいいのかわからなかったが、体が自然に反応した。彼女は背中をそらし、腰を浮かせてせがんだ。「お願い。今すぐ」

セイントはマットレスに両手をついて体を支え、エヴリンの唇のあいだに舌を這わせた。熱いこわばりが腿の内側を圧迫する。「痛むかもしれないが……」彼が乱れた息でささやいた。

「いいの――」

セイントが一気に腰を沈めた。身を引き裂くほどの激痛と体の奥深くを貫く衝撃に、エヴリンの視界がかすんだ。

目を閉じて叫び声をもらし、頭をのけぞらせる。彼は膝を折り、さらに深くエヴリンの体を貫いた。徐々に痛みが遠のいて、彼女はうっすらと目を開けた。セイントが苦しげな表情で見おろしている。「痛いのなら」彼はつぶやき、腰を引いた。

「だめよ。そのまま」エヴリンは懇願した。

「わかった」セイントは前かがみになり、ふたたび彼女の中に身をうずめた。「じゃあ、思いきり歓ばせてあげよう」

セイントはゆっくりと深く、同じ動作を繰り返した。エヴリンはもはやなにも考えられず、体の奥で彼とひとつになった喜びに酔いしれていた。焦げつくような快感と興奮で下腹部に力がこもり、彼を締めつける。セイントがエヴリンのヒップを持ちあげて強く突きあげると、彼女はこらえきれずに彼の背中にしがみついた。

「マイケル、ああ、マイケル」エヴリンはあえぎ、彼の名を狂ったように呼び続けた。

セイントの動きが速さと激しさを増した。エヴリンの唇を荒々しく求め、震える腕で体をしっかりと抱きかかえた。「エヴリン」彼はうめき声をもらし、彼女の肩に顔をうずめた。

エヴリンの上になったまま、セイントは荒い息をつき、彼女を押しつぶしているのではないかと気になった。けれどもエヴリンは彼のウエストにしがみつき、脚の力を抜いて快感に浸っている。これが良家に育った処女の正しいベッドマナーなら、これまでずいぶんと楽しみを逃してきたことになる。

セイントはエヴリンを徹底的に痛めつけ、仕返しをするつもりだった。だがクライマックスを迎えた彼女にきつく締めつけられたとき、こらえきれずに呆気なく果てた。抑制を失ったことなどなかった。このセイント・オーバンが。しかも、これほど手こずらされたそのあとで。彼をこんなに燃えあがらせた女はいない。これほどの歓びを与えてくれたのはエヴリンだけだ。

「マイケル」その声にセイントは顔を上げ、彼女を見おろした。

エヴリンの頬はピンク色に上気し、唇は激しいキスで赤く染まっている。彼はもう一度、ゆっくりと唇を重ねた。「なんだい？」

「こういうことって、いつもこんなに……すばらしいの？」

なんと答えるかによっては、今度こそ彼女を懲らしめることもできた。だが、セイントは首を振った。「いや、そんなことはない。きみだけは特別だよ、エヴリン」

彼は顔をしかめてエヴリンから体を離し、壁際に横たわる彼女の細いウエストに片手を置いた。余韻に浸っていたかったが、彼女が逃げ出すのではないかという不安が脳裏をよぎった。考えなければいけない。次になにをすべきかを決めなければ。もう一度、いや、何度も体を重ねること以外、なにも考えられそうにないが。

セイントは片手で頭を支え、エヴリンを見つめた。彼女はほほえみ、手を伸ばして彼の骨ばった顎をそっと撫でた。「やっぱりあなたはやさしい心の持ち主だったのね」

「わたしの心とこのことと、なんの関係がある？」彼女の指に胸をまさぐられ、また欲望が膨れあがりそうになるのをこらえながらセイントは言った。

「覚えているでしょう？　わたしがあなたのものになれば孤児院を閉鎖しないと言ったことを。だから、わたしたち……」彼の怪訝な表情に気づき、エヴリンは気まずそうに口を閉ざした。「違うの？」

セイントは上体を起こした。「きみは孤児院を守るために、わたしに抱かれたというのか？」だとしたら許しがたい。わたしからなにかを得るためではなく、エヴリンはわたし自身を求めていたはずだ。そうでなければ、ほかのやつらと同じではないか。彼女だけは違うと思っていたのに。

「違うわ！　わたしはあなたに……抱かれたかったのよ。でも、あなたは交換条件を持ち出した。だからわたしを抱いたんでしょう？　約束を守るために」

「きみを抱きたかったから抱いたんだ」セイントは苛立たしげに答えたが、なにか痛みに似た感覚が胸にこみあげてくるのを感じた。ひょっとすると、わたしも気弱になってきたのだろうか。父親も晩年はそうだったらしい。「それ以外の理由などない」

エヴリンはセイントのかたわらに座り、愛くるしい顔にやわらかな笑みを浮かべている。今も彼の空虚な魂を救済しようとする無邪気さには、先ほどの嬌態の片鱗さえ感じられない。

「でも、あなたは約束を守ってくれたわ」

「そしてきみはわたしを拉致した。わかっているだろう?」セイントは座り直し、腫れあがった足首をエヴリンの前に出した。彼女が息をのむ。

「あなたを傷つけるつもりはなかったのに」

「わかっている」彼はズボンを手に取った。

「お願い……」エヴリンは口にしかけた言葉をのみ込んだ。「わたしが逮捕されるのはしかたがないわ。でもすべてはわたしひとりの仕業で、ほかにはだれもかかわっていないことにしてほしいの」

その言葉を無視して、セイントは奥歯を嚙みしめながら、型崩れしたブーツに腫れた足を突っ込んだ。もう片方のブーツも履き、汚れたシャツを頭からかぶる。エヴリンから逃げたかった。なめらかな肌と蜂蜜の香りがする唇から一刻も早く離れ、ひとりになって考えたい。

「マイケル」エヴリンが腕に手を置いた。「セイント、子供たちを責めないで。お願い。彼らには味方になってくれる人もいないのよ」

セイントは彼女を見つめ、その手を振り払って立ちあがった。「子供たちにはきみがいる」

そう言い残し、ドアの外に姿を消した。

エヴリンは地下牢に閉じ込められるものとばかり思っていたが、セイントはドアの鍵には目もくれなかった。階段をのぼる足音がやむと、彼女は蠟燭の明かりと静寂の中に取り残された。

「ああ、どうしよう」エヴリンは恐怖に震えあがった。子供たちもわたしも逮捕される。ヴィクターの将来も台なしにしてしまった。子供たちは孤児院を追われ、そのかわりに牢へ入れられる。すべてわたしのせいだ。また失敗してしまった。セイントに人間らしい心を取り戻してもらうだけでよかったのに。孤児院の閉鎖を取りやめてもらいさえすればよかったのに。

夢は無残にも破れた。あんな無慈悲で冷酷な男に欲望を刺激され、愚かな希望を抱いたばかりに、エヴリンは自分の人生を踏みにじり、すべてを破滅に追い込んだのだ。

15

ハールボロー邸に帰り着き、正面玄関の階段を上がりきったセイントを、ジャンセンが迎え入れた。

「旦那様」執事は腰をかがめて言った。「どうなさったのかと心配しておりました——」

「ウイスキーと食事を部屋に運んでくれ。腹ぺこなんだ。それから風呂の準備も頼む。急いでくれ」

「かしこまりました」

髭も剃らず、シャツの前をはだけ、上着もベストもクラヴァットも身につけずに帰宅した自分の姿がいかに異様かわかっていたが、今のセイントは外見などかまっていられなかった。彼が七日間も鎖につながれ、地下牢に閉じ込められていたことはだれも知らない。エヴリン・マリー・ラディックを除いては。セイントを変え、彼の心を救おうとした彼女の試みは失敗に終わった。それを証明してきたばかりだ。

二階の寝室はいつもとなんら変わりなく、マホガニー材の家具の赤黒い色と壁掛けの暗い色が、分厚いカーテンの引かれた室内をより陰鬱に見せている。セイントは眉をひそめた。

足を引きずって窓際に行くと、濃紺のカーテンを脇へ押しやって窓を開けた。彼は同じ動作を繰り返し、召使たちが熱い湯の入った容器を運んできても手を止めず、五つの窓を次々と開けていった。一週間ぶりで暗がりの中から出てきたのだ。太陽の光がこれほどありがたいと思ったことはなかった。

ペンバーリーが部屋に駆け込んできたが、セイントの姿を目にして立ちすくんだ。「旦那様、その格好はいったい――」彼の服装に目をむいている。

「わかっている。出ていってくれ」セイントは怒鳴った。

「でも――」

「出ていけ！」

「はい、旦那様」

主人のただならぬ様子を従僕が言いふらして歩くのではないかと、セイントは気になった。足首の腫れと背中に残ったエヴリンの爪跡だけは見られたくない。昼食とウイスキーが運ばれるやいなや、彼は部屋のドアを閉めて椅子に腰を下ろした。シャツを手早く脱ぎ捨てたが、ブーツは時間がかかりそうだ。セイントは右足のブーツを引き抜いて床に放り投げ、左足に取りかかった。

なめらかな黒い革は薄汚れて、すっかり光沢を失っている。一度脱いだブーツをふたたび履いたため、足首の腫れはますますひどくなっているようだ。うめき声をあげながら何度かブーツを引っぱったあとで、彼は机から小型ナイフを取りあげ、ブーツを切り裂いた。

足首の腫れは青黒く鬱血していた。一時間前にさほど痛みを感じなかったのは、ほかのことに心を奪われていたせいだろうか。セイントはズボンを脱ぎ、バスタブに足を入れた。刺すような痛みをこらえ、熱い湯にゆっくりと身を沈める。

バスタブの中から手を伸ばし、椅子を引き寄せて骨付きチキンの皿をその上にのせた。ウイスキーの瓶に目を向けたが、湯につかっているあいだは飲む気にならなかった。

エヴリン・マリー・ラディックか。セイントのような生き方をしていると、他人の結婚生活や幸福を脅かす秘密を手にすることが多いものだが、彼はほとんどの場合、秘密を口にせずにその立場を楽しむことにしている。だが、ひとりの女を刑務所へ送る立場に立ったのは初めてだった。彼女は流刑囚としてオーストラリアに送られ、今回の企てにかかわった年長の少年たちは酷刑に処せられるだろう。しかし、エヴリンはすべての罪をひとりでかぶるつもりだ。

ともあれセイントは今、のんびりと熱い湯につかっている。弁護士を呼びつけて訴訟の準備をするわけでもなく、逮捕状を出してもらうために当局へ出向くわけでもない。孤児院閉鎖の計画案をまとめるためにジョージ皇太子に会いに行くでもなく、エヴリン・マリー・ラディックの体をついに奪ったと言いふらしてまわるわけでもなかった。セイントは頭を湯にひたし、石鹼に手を伸ばした。

彼は脱出を果たし、エヴリンへの欲望を満たして、鎖から逃れて自由の身となった。今、だれに対しても思いどおりに行動すればよかった。そして今のセイントを突き動かしているのは、エヴリンをもう一度抱きたいという思いだけだった。彼はふたたび頭を湯につけた。

この一週間と今日のできごとで、セイントはエヴリンに対して思いがけないほど優位に立っていた。上体を起こして鼻を鳴らし、彼は大声で怒鳴った。「ジャンセン！　郵便を持ってきてくれ」

社交界のこの一週間の動きは知るよしもないが、セイントは今後すべてのパーティーに出席するつもりだった。


「エヴリン！　急がないと遅れるわよ！」

エヴリンは驚いて飛びあがり、イヤリングを落とした。もう三度も同じことを繰り返している。「すぐ行くわ、お母様」

気分が悪いからと言い訳をすれば、アルヴィントン邸の舞踏会には行かずにすむかもしれない。青白い顔で手が小刻みに震えているエヴリンを見れば、母も兄も本気にするだろう。だがヴィクターはエヴリンに、アルヴィントン卿の息子クラレンスとダンスを踊らせるつもりらしい。今夜も彼女が家族のためにひと役買うのは当然と思い込んでいるようだ。

エヴリンは一日中、不安でたまらなかった。セイント・オーバン侯爵誘拐罪の逮捕状をたずさえた警備兵が、今にもこの家のドアをノックするのではないかと怯えていた。あるいは母か兄の知人が、久しぶりに見かけたセイント・オーバンから、エヴリンが自ら脚を開き、彼に愛撫をねだったことを聞きつけて、駆け込んでくるのではないかと気が気ではなかった。

イヤリングを拾おうと身をかがめたとき、エヴリンはふと気づいた。ラディック家の親戚、特におじのヒュートン侯爵の社交界での立場を考えると、彼女が公衆の面前で逮捕されることはまずありえない。だとしたら今夜はアルヴィントン家の舞踏会に行き、シーズン中はすべての催しに出席して、それ以外はどこかに隠れていればいいのだ。

エヴリンは身震いしてため息をついた。「あれほどみんなに反対されたのに。彼にまで警告されたのに。なんて愚かだったのかしら」

「エヴィ！　なにをしてるの！」

バッグをつかんで寝室から走り出たエヴリンは、この優雅な姿のまま今夜ここに戻ってこられることを祈らずにはいられなかった。「今、行くわ！」

馬車に乗り込むと、ジェネヴィーヴがエヴリンのショールに手を伸ばして言った。「せめて楽しそうな顔をしてちょうだい」

ヴィクターが注意深い視線をエヴリンに向けた。「顔色が悪いぞ。頬をつねってみろ」

ああ、まったく。こんなことなら刑務所に入れられるほうがましかもしれない。お願いだから放っておいて。「大丈夫よ。できるだけ楽しそうにするわ」彼女は奥の座席に身を沈めた。

「それから、最初のワルツはクラレンス・アルヴィントンと踊ってくれ」

「注文事項をすべて紙に書いて、わたしのドレスに貼《は》っておけば？　忘れそうになったら、だれかに読んでもらうから」

る舞うんだぞ」ヴィクターが眉をひそめた。「ここで不平を言うのはかまわないが、人前では愛想よく振

兄が声を荒らげないということは、選挙活動がうまくいっているのだろうか。数日前のグラッドストーン夫妻とのディナーで、エヴリンは気まずい立場に立たされた。セイントに惹かれていることをファティマに見透かされている気がしてならなかったのだ。その後グラッドストーン卿は、結局プリンプトンに寝返ったらしい。だがヴィクターは次々に新たな戦略と、新たな支援者の候補を見つけてくる。

エヴリンは身震いした。セイントがいったん行動を起こせば、ヴィクターは声を荒らげるどころか、支援者をすべて失うだろう。これほど衝撃的なスキャンダルに見舞われては致命的だ。兄はなにも関知していないことを証明したとしても、たとえきょうだいの縁を切ったとしても、事態は変わらないだろう。だとしたら、ヴィクターに本当のことを話すべきだろうか。そうすれば少なくとも今後の対策を練ることができる。でも、最悪の事態はすでにそこまで来ている。なにもわざわざハンカチを振って警告を発する必要もない気がした。

セイントを監禁したことには純粋な目的があった。もちろん彼に誘惑されたのは想定外だが、今日の午後のできごとは他人を巻き込んだわけではない。セイントに触れ、彼の腕に抱かれたかった。彼とひとつになるのはどんな感じか、知らずにはいられなかったのだ。

だがセックスに対する好奇心は満たされたにもかかわらず、セイントへの欲望がさらに膨れあがったのは問題だった。ましてセイントは何人もの女性と関係を持ち、エヴリンは彼だ

けを求めている。今度会ったら、彼に笑われるのだろうか。その場で告発されるのだろうか。

エヴリンは母と兄のうしろに続いて舞踏室へ入った。制服姿の警備兵がいないかと、落ち着きのない目であたりを見まわす。セイントに遭遇するのはもっと恐ろしかったが、彼が今夜ここに来ているとは思えない。舞踏室に彼女を脅かす人物の姿は見えなかった。ほっと胸を撫でおろしたそのとき、だれかがエヴリンの腕をつかんだ。彼女は弾かれたように振り向き、喉から出かかった叫び声をのみ込んだ。

「エヴィ」ルシンダが彼女の頬にキスをした。「クラレンス・アルヴィントンがあなたに夢中だって聞いたわよ」

エヴリンは深呼吸をして気を静めた。「彼とワルツを踊ることになってるの」

「うまくいくといいわね」ルシンダは鼻に皺を寄せて笑った。エヴリンの腕に腕を絡め、飲み物のテーブルに向かう。「ところで、セイント・オーバンがロンドンから消えちゃったんですって。あなたのレッスンが厳しすぎたんじゃない？」

エヴリンは作り笑いを浮かべた。「たぶんね」

「孤児たちの様子はどう？」

「しいっ。ここではまずいわ」

「わかっているわよ」ルシンダは顔をしかめた。「でも不幸な子供たちを助けているのに、ヴィクターに責められるなんて納得できないわ。正しい行為を邪魔されているのよ」

ああ、わたしはもっともっと責められるべきだわ。それにわたしと親しいというだけで、友人たちにまで迷惑をかけることになりかねない。エヴリンはルシンダの手から腕を引いて言った。「でも、少しは子供たちの役に立てたと思うわ。それはそうと、兄に見つかる前にクラレンスを見つけなきゃ」

「なにかあったの、エヴィ？」ルシンダは顔をしかめたまま言った。「役に立てたって、どういうこと？　もうボランティアはやめたの？」

「そうじゃないけど、ただ、もっと役に立てたらいいのにと思っただけ」

「あなたは精いっぱいがんばっているじゃない。そんな悲しそうな顔をしないで」

エヴリンは弱々しい笑みを浮かべた。「ちょっと頭が痛いだけよ。クラレンスとのダンスが終われば元気になるわ。ねえ、お願いがあるの。クラレンスを探すあいだ、兄の相手をしていてくれないかしら？」

ルシンダは笑った。「なんならダンスの相手になってあげてもいいわよ」

舞踏室に入っていくルシンダと入れかわりに、クラレンスが入口に姿を現した。黒い布地の中に無理やり押し込められたかのように、あるいは布地が体に縫いつけられているかのように、上着もズボンもはちきれんばかりだ。彼がお辞儀をしたとき、糸がぷつりと切れる音が聞こえたような気がした。

「おお、なんと美しい、ミス・ラディック」クラレンスは彼女の手を取って引き寄せ、唇を近づけた。「お目にかかれて光栄です」

「ありがとうございます」クラレンスのブロンドの縮れ毛は濡らしてまっすぐに撫でつけて

あるが、毛先は乾いて上に広がっている。まるで体の上に青い目のついた大きな花がのっているかのようだ。窮屈そうに上体を起こした彼を見つめ、デイジーを逆さまにしたみたい、とエヴリンは思った。

「今夜、ワルツを一緒に踊っていただけますか?」クラレンスはポケットから嗅《か》ぎ煙草《たばこ》入れを取り出し、ふくよかな指で銀色の蓋を叩いた。

「ええ、喜んでお相手させていただきますわ、ミスター・アルヴィントン」

「そんな他人行儀な呼び方ではなく、クラレンスと呼んでください」

エヴリンは頬にえくぼを作り、優雅にほほえんでみせた。「わかりましたわ、クラレンス。それではのちほど」

「えっ? ああ、そうですね。では、またあとで」上着の縫い目がはじけそうなお辞儀をもう一度すると、クラレンスは立ち去った。

任務の第一段階は無事に終わった。「ああ、よかった」思わずため息がもれる。ワルツが始まるまで隠れていられる場所はないかとあたりを見まわしたとき、エヴリンは凍りついた。ほんの数メートル先で、セイント・オーバンがトレヴォーストン卿と握手をしていた。トレヴォーストンはセイントと接触するのを頓着しない、数少ない貴族のひとりだ。彼女の視線に気づいたのか、セイントが振り向いた。それでは失礼、と言う彼の声がぼんやりと聞こえてきた。

エヴリンは息ができなかった。足が床から離れず、心臓が止まり、舞踏室の真ん中で今にも卒倒しそうだ。セイントが左足をわずかに引きずりながら近づいてくる。咄嗟に愚かな考えが頭に浮かんだ。これでクラレンスとワルツを踊らなくてもすむかもしれない。

「こんばんは、ミス・ラディック」セイントが首を振りながら言った。

彼も黒一色に身を包んではいるが、クラレンスとはなんという違いだろう。均整のとれたしなやかな姿は危険なまでに美しく、魂を奪われそうなほど魅力的だ。

「狐《きつね》につままれたような顔をしているね、エヴリン」セイントはゆっくりと彼女に近づいた。

「挨拶もできないのかい?」

「倒れそうよ」エヴリンはつぶやいた。

「どうぞご勝手に」

彼女は目を閉じて深呼吸をした。ここで倒れてもセイントは助けてくれない。ばったりと仰向けに倒れようと、手を貸してもくれないだろう。激しい動悸《どうき》がしばらく続いたが、やがてめまいが遠のき、エヴリンは目を開けた。セイントが同じ表情のまま彼女を見つめている。

「気分はどうだ?」

「わからないわ」

彼が観察するような目でエヴリンを見た。「まだ具合が悪そうだ。そうだろう? こんばんは、と言ってごらん」

「こん……ばんは、セイント・オーバン卿」

セイントは彼女の背後に視線を向けて言った。「きみに忠告しておくが、クラレンス・ア寸前という噂だ」

ルヴィントンを監禁するのは無駄だからやめておいたほうがいい。アルヴィントン家は破産

「まさか」

「それに、きみはもうほかの男に体を許した。その体でクラレンスと交際することはできないだろう？」

一瞬、セイントの口調に嫉妬の響きが感じられたのが意外だった。だが人間らしい心を持たない彼が、嫉妬などするはずがない。「兄に頼まれて彼とダンスをすることになっているだけよ。そんなことより、あなたはここでなにをしているの？　舞踏会は苦手だとばかり思っていたわ」

セイントは口をすぼめた。「ここに来たのはきみに会えると思ったからだ。きみはアルヴィントン家の舞踏会で逮捕されるはずがないと思い、ここに来ることにしたんだろう？」

ああ、そのとおりだわ。「わたしを告発するつもりなら……」エヴリンは青ざめた顔でつぶやいた。「好きなようにして。でも、お願い。子供たちとわたしの家族を巻き込まないで」

「それはもう何度も聞いたよ。わたしが秘密を守るかわりに代償を要求したら？」

エヴリンの心臓が早鐘を打った。「でも、わたし――」

「もう一度きみを抱きたいんだ、エヴリン」セイントは首をかしげ、彼女の顔をのぞき込んだ。「きみもわたしに抱かれたいんじゃないのか？」

まわりに大勢の人がいるから、あなたに抱きつきたい衝動を必死で抑えているのよ。不意

に涙があふれ、エヴリンはあわてて目を拭った。セイントがわたしを気にかけてくれている
はずがない。愚かだわ。わたしはすべてをめちゃくちゃにしたあげく、うろたえているだけ。

「わたしは子供たちとあなたを救いたかっただけよ」

「ああ、わかっている。言っておくが、きみを告発するつもりはない」

「えっ……」舌がもつれて言葉が出てこない。「嘘でしょう?」

セイントは首を横に振った。「きみを逮捕させるのは簡単すぎてつまらない。わたしはきみを脅迫するつもりだ」

「脅迫?」

彼は大股でさらに一歩エヴリンに近づいた。「きみはわたしのものだ」低い声でささやく。

「その事実に感謝するんだな」

「わたしは——」

エヴリンの目にあふれた涙を、セイントの親指が拭った。「明日の朝になったら、わたしの要求をきみに伝える。だから今夜は笑顔で、あの気取った男の相手をしてやるといい。わたしがなにを要求するかは明日のお楽しみだ」

「セイント、お願い。わたし以外に罪を負わせないと約束して」

彼はほほえんだ。あたたかくて暗い、危険なまでに美しい笑み。「そのことは心配するな。すべての責任はきみにある」

「なにが妹の責任だというのかね、セイント・オーバン卿?」ヴィクターが飲み物のテーブ

ルの陰から近づいてきた。

エヴリンが動揺のあまり気絶する余裕もないほどになっていなかったなら、いきなり兄が出現したことで、間違いなく床に引っくり返っていただろう。これでもなお平然としていられる自分の精神が異常としか思えなかった。病院に収容されれば、少なくとも罪を問われずにすむかもしれない。

「皇太子にきみのことを推薦しろと、しつこく頼まれていたことだ」セイントはよどみなく答えた。「おおかたの意見では、今期の終わりまでに閣僚のポストがいくつか空くという話だ。大使のポストもふたつあるはずだ」

ヴィクターは怪訝そうな表情だが、エヴリンはそれ以上に半信半疑だった。「それで、なぜわたしがきみの助けを必要とするのかね、セイント・オーバン卿？」

「ちょっと待っていてくれ」

セイントは応接室の方向に歩いていった。彼の姿が見えなくなると、ヴィクターはエヴリンの腕をつかんだ。

「あの男には近寄るなと言わなかったか？　まったく……」ヴィクターは頭を振りながら怒鳴った。「たったひと晩、わたしの言いつけを守り、自分の役目に徹することがそんなに難しいか？　まだ子供だからと大目に見てきたが、おまえは頭がどうかしている――」

「ミスター・ラディック」セイントの声が聞こえた。「きみにウェリントン公爵を紹介しよう。公爵、こちらがヴィクター・ラディックです」

エヴリンもヴィクターも狼狽を隠せなかったが、兄のほうが先に正気を取り戻し、前に進み出て公爵の手を握りしめた。「これはこれは。お目にかかれて光栄です、閣下」

「セイントに聞いたが、きみもインドに行っていたそうだな」ウェリントンはヴィクターをともなって歩き出した。「向こうでモーマー・シンには会ったかね？」

ふたりはエヴリンとセイントを残し、人込みの中に消えた。「いったいどうなっているの？」

「わたしはこれでも説得力があるんだ」セイントは彼女を見つめた。「独断的で頑固なきみの兄さんを黙らせるには、もっとも効果的な方法だろう？　だが、これはきみのためにしたことではない。ウェリントンはときには浮気もするだろうが、筋金入りの保守派だ。知り合ったばかりのヴィクター・ラディックの妹が、貴族を誘拐したとんでもない女だということが彼の耳に入ったら――」

「兄の将来は絶望的だわ」エヴリンは言葉を引き継いだ。

「いいか、エヴリン。これはきみとわたし、ふたりだけの秘密のゲームだ。きみが始めたゲームだが、わたしがルールを決める。一緒にこのゲームを最後まで楽しもう。では、また明日の朝」

不実なセイントも、今やエヴリン以外の女性に関心を向ける余裕はなさそうだ。だが、彼女はそのことが不安だった。ますます彼に心を奪われ、欲望をかきたてられるのが怖い。でも彼がこの〝ゲーム〟を続けるつもりなら、ひょっとすると子供たちを救うチャンスがまだあるかもしれない。そして願わくは、セイントを救うチャンスも。そしてそれによって、自分自身が救われるチャンスも。

あんなふうに会話を終わらせるつもりはなかった。しかし不愉快なできごとが重なって、すっかり調子が狂ってしまった。最初はエヴリンに会えたことが嬉しかったというのに、彼女の兄が小言を言うのを耳にして無性に腹が立った。それからクラレンス・アルヴィントンがエヴリンに近づこうとしているのを知って、殴りつけてやりたくなった。わたしが彼女を奪ったのだ。彼女はわたしのものだ。このゲームはだれにも邪魔させない。

エヴリンはいつもの行動範囲をはるかに超えた無謀な冒険をしているに違いない。だが、彼女は愚かでもなければ利己的でもない。エヴリンを知れば知るほど、セイントはそう思うようになっていた。頭よりも心に支配される傾向があるものの、彼が知る限り、その心は天使のように清らかだ。

けれども同時に、エヴリンによってさまざまな不都合がもたらされたことも事実だった。その償いをさせ、自省を余儀なくされた長い孤独な時間を返してもらわなければ気がすまない。エヴリンはセイントを紳士にしようとしているが、彼は彼女を自分の愛人にしようとしている。目的のためならどんな手段でも講じるセイントは、彼女の太刀打ちできる相手ではない。

ほかの男がエヴリンに近づくことを考えると、やむをえないこととわかっていても、セイントは苛立ちを覚えた。相手がどこのだれであろうと、彼女を手放すつもりはない。エヴリンが始めたことではあるが、彼は自分にとってもっとも好ましい結末をたぐり寄せるつもりだった。

「セイント」ファティマ・グラッドストーンの声がした。「社交界のシーズン中にあなたが旅行に出かけるはずがないと思っていたわ。噂はどうであれ」

「ほかにおもしろい噂はあったかい？」

ファティマは唇をすぼめてキスの真似をした。「あなたに新しい愛人ができたって、みんな言っているわ」セイントの上着の襟に指を這わせ、猫撫で声でささやく。「エヴリン・ラディックね？　そうでしょう？　あなたはもう三週間も、あの娘を追いかけまわしているわ」

「わたしの愛人にするには、彼女は行儀がよすぎる。そうは思わないか？」セイントはファティマの手をつかみ、襟もとから払った。すっかり忘れていたかつての愛人と無駄話をする暇も、嫉妬に駆られた彼女の夫と果たし合いをする暇もない。セイントはほかのことで頭がいっぱいだった。

「このあいだ、夫に頼んであのきょうだいをディナーに招待させたのよ。あなた、彼女に手を出したのね。女はこういうことに敏感なんだから」

「女を引っぱたきたくなる男の気分にも敏感になってくれるといいんだが」セイントは応じた。「前にも言ったはずだ。きみがわたしを楽しませてくれるあいだはよかったが、今はうんざりさせられるだけだよ。これ以上、わたしを煩わせないでくれ」

ファティマが眉をつりあげた。「そのうちつけがまわってくるわよ、セイント。夫にはプリンプトンの支援をさせることにしたわ。あのきょうだいがあなたから得るものなどなにもないことを思い知らせてやる」

「それは頼もしい。いずれ地獄の入口できみのうしろに並ぶことになるかもしれないな、ファティマ。では、失敬」

セイントに平手打ちを食らわしたい衝動を、ファティマはどうにかこらえた。今日のところはおとなしく引きさがろう。自分の身に危害が及ばない復讐方法が見つかるまでは。あるいは自分のかわりに復讐を遂げてくれる人間を見つけるまでは。セイントに報復を果たそうとした者は数多いはずだ。行動を起こす前に、かつての愛人たちに相談を持ちかけ、報復戦の敗因を探るのも賢い手かもしれない。

ワルツが始まった。セイントの足は無意識のうちに舞踏室へ向かっていた。エヴリンはすでにダンスフロアでクラレンスの腕に抱かれ、過剰なほど近くに引き寄せられている。彼を押しとどめるエヴリンのにこやかな笑顔が目に入った。

足枷をはめられて地下牢に一週間閉じ込められたら、クラレンスはどんな反応を示すだろう、とセイントは思った。あの気取り屋は恐怖のあまり失禁し、運よく脱出に成功したら真っ先にエヴリンを訴え、孤児院を子供たちごと叩きつぶすに違いない。

そうすることによって、せっかく手に入れた強力な武器を失うのだ。セイントは口もとに笑みを浮かべた。復讐は冷ましてから食べる料理だと諺《ことわざ》にあるが、エヴリンへの復讐は熱いまま食べても、さぞかし甘く美味なことだろう。良家の令嬢が誘拐犯であることも、セイントに脅迫される立場に置かれていることも、すべてが武器になる。彼に強力なカードを握られ、勝ち目がないことを知りつつも、エヴリンはこのゲームから抜けるわけにはいかない。セイントが彼女を手放すまでは。

16

ペンバーリーは三枚目のネッカチーフを床に投げ捨てた。「旦那様、いったいどんな服装をなさりたいのです？　説明していただかなければ、お手伝いのしようがありません」

セイントは鏡に映った自分の姿に眉をひそめた。「わかっていれば手伝いなどいらない。なんというか、もっと野暮ったい……」

「野暮ったい？　見苦しい装いでお出かけになるとおっしゃるのですか？」

「違う！　地味な服装だ。無難で人畜無害に見える格好。そうだな、紳士らしい装いというやつだ」

「ああ」ペンバーリーが小声でなにかつぶやいた。

セイントは目をつりあげた。「なにか言ったか？」

「いえ……なにも……」セイントに見据えられ、ペンバーリーは咳払いをした。「人畜無害に見せるおつもりでしたら、だれかほかの者をかわりに行かせたらどうかと申しあげたのです」

彼の言うとおりかもしれないとセイントは思った。「できる限りでいい。別人のようになれるとは期待していないさ」

「かしこまりました、旦那様」

この計画を実行することにしていなければ、セイントは今ごろそわそわと落ち着かない気分を味わっていたかもしれない。だが、落ち着きを失うことなどかつてなかったことを考えると、自分の心境がまったく理解できなかった。

玄関広間へと続く階段を下りながら、セイントは足首の痛みがおさまっていることに気づいた。しかし肋骨《ろっこつ》の内側のたとえようのない疼きは、エヴリンにしか癒せない気がした。良家の令嬢を見くびると痛い目に遭うということらしい。「馬車の準備はできているか?」彼はジャンセンから帽子と手袋を受けとった。

「はい、旦那様。すべてご指示どおりに準備いたしました」

「よろしい」執事がドアを開け、セイントは外に出ると立ち止まった。「今夜は帰ってくるつもりだが、もし帰らなかったら緊急事態が起きたと思ってくれ」

執事は愉快そうに笑った。「かしこまりました。では、緊急事態でのご健闘をお祈りいたします」

セイントはため息をついた。彼がまた行方不明になったとしても、だれも気にかけないことはすでにわかりきっている。「ありがとう」

玄関前の階段を下りて馬車に乗り込んだ。従僕が御者台に飛び乗り、馬車は通りに走り出した。

メイフェアの表通りは荷車や馬車や通行人で込んでいた。午前一一時というのは他人の家を訪問するのにふさわしい時間に思えたが、混雑した道をのろのろ走りながら、もう少し早い時間のほうがよかったかもしれないとセイントは思った。ひょっとすると、エヴリンはもう出かけてしまったかもしれない。だが、今朝会うことになっているのは覚えているはずだ。セイントは懐中時計をのぞいた。正午まで五三分ある。だとしたら、彼女は家にいるだろう。

ラディック邸に着いたのは一一時二三分だった。セイントは馬車から降りて花束を手に取ると、手綱を従僕に渡して玄関に向かった。

玄関口に現れた執事の慇懃な無表情から察するに、彼はセイントの正体に気づいていないらしい。「ミス・ラディックにお目にかかりたい」

「失礼ですが、あなた様は？」

「セイント・オーバンだ」

執事は落ち着き払った表情をゆがめ、ぽかんと口を開けた。「セイント・オーバン卿？た……ただいま……お嬢様が……ご在宅かどうか……訊いてまいります。少々お待ちください」

ドアがセイントの鼻先で閉まった。どうやらペンバーリーの選んだ地味なネッカチーフでは、人畜無害と判断してもらえないようだ。玄関広間にさえ通してもらえなかった。別の機会なら勝手にドアを開け、執事のあとに続いて家に入るところだが、今日は待つことにした。

玄関ポーチで五分間待たされ、セイントの気が変わった。だがノブに手を伸ばしたとき、ふたたびドアが開いた。

「こちらへどうぞ」

彼は廊下を行く執事のあとに続き、居間に通された。セイント・オーバンが来たというニュースはすでに使用人たちのあいだに広まっているらしく、何人ものメイドや召使たちが突然、用事ありげに広間に出入りし始めた。

「セイント・オーバン卿がお見えです」執事はドアを開けるなり、逃げるように立ち去った。

セイントは室内に足を踏み入れ、すぐに立ち止まった。こぢんまりとした居間の深緑色のソファにエヴリンが座っている。だが、彼女はひとりではなかった。「ミス・ラディック、レディー・デア、ミス・バレット、ご機嫌いかがです？」セイントはエヴリンを見つめたまま会釈をした。視線が合っただけで体中を熱い電流が駆け抜けるのはなぜなのか、その理由を探り、釈明したかった。

エヴリンは証人を同席させることで、優位に立つつもりのようだ。戦略としては悪くない。監禁のことや、その後の彼女の軽率な行動について人前で言及しても、セイントにはなんのメリットもない。せいぜいヴィクターをあきれさせるくらいだ。秘密だからこそ、セイントはエヴリンを脅迫できる。

「セイント・オーバン卿、わざわざお立ち寄りくださってありがとうございます」エヴリンは座ったまま言った。

セイントはにこやかに笑った。「なにやら照れくさいが――」心の中で舌打ちした。わたしには紳士らしい振る舞いなどできないことが、彼女にはまだわからないのか。先に知らせてくれれば、少なくとも人前でどう振る舞うか、準備してくることができたものを。「今日はきみをピクニックに誘うつもりで来た」彼は花束を差し出した。「プレゼントだ」

「まあ、すてきだわ。そう思わない、エヴィ？」ルシンダ・バレットが大げさに言った。

「ええ、きれいね。ありがとう」

セイントがエヴリンとふたりきりで会うつもりだったのはわかっていた。それに彼が薔薇の花束を手渡して立ち去るつもりではないこともわかっている。昨夜から今朝までの短い時間に考えた自衛手段は、友人たちを呼んでおしゃべりをすることだった。

「しばらくお留守だったとうかがいましたが――」ジョージアナがエヴリンにすばやく目配せして言った。その目は明らかに〝この人、なにしに来たの？〟と語っている。「お元気そうでなによりですわ」

セイントはうなずいてソファに近づき、すすめられもしないのにエヴリンの横に腰を下ろした。「ええ。片づけなければならない用がありまして、留守にしていました」彼は気さくな口調で応えた。エヴリンはぎくりとしたものの、セイントの友好的な態度に驚かされた。でも、彼がなんの意図もなしに好意的であるはずはない。

ああ、セイントはわたしの手に負えないわ。最悪なのは、彼によって歓びを知ってしまったこと。でも彼はきっと、ベッドをともにした女性たちから、そんな褒め言葉をいやというほど聞かされてきただろう。だからこそ、態度を改める必要性を感じたこともなかったのだ。

エヴリンは苦々しい思いで顔をしかめた。嫉妬などしていない。彼女たちが気の毒なだけよ。ジョージアナとルシンダが言ったとおりだ。ほかの孤児院を選ぶべきだった。ほかの男性を生徒に選ぶべきだった。これほど心をかき乱されることのない男性を。

はっと我に返ると、三人がエヴリンを見つめていた。なにか言わなくては。「お茶でもいかが？」

「いや、けっこう。従僕と馬車を待たせてあるのでね」

花束を受けとる手が、かすかにセイントの手に触れた。彼の肌のぬくもりが熱い疼きとなって全身を駆けめぐり、エヴリンは胸苦しさを覚えた。それが彼のせいなのか、エヴリン自身のせいなのかはわからなかったが、彼女は節度も自制心もない自分にあきれた。

ルシンダが咳払いをした。「ピクニックがお好きとは知りませんでしたわ」

「もっと日光に当たるべきだとエヴリンにすすめられたので、初めて出かけることにしたんですよ。さて、そろそろ行こう、ミス・ラディック」

やっぱり彼は悪賢い。ジョージアナやルシンダと取り決めたレッスンについてはなにも知らないはずだが、エヴリンにすすめられたというのはピクニックの理由としていかにも筋が通っている。

「彼女たちを置いていくわけにはいかないわ」エヴリンは声が高くなったことに気づいた。

「また今度の機会に」

セイントの目がエヴリンの視線をとらえると、彼女は頬を染めた。彼が顔を近づけて耳もとでささやく。「今日だ。でなければ皇太子に会いに行き、例の話をまとめてくる」

「それはやめて」

セイントは満面に笑みをたたえ、なごやかな口調で言った。「雉肉のサンドイッチを準備してきた。きっときみの口に合うと思うよ」

ルシンダとジョージアナは口を閉ざしたまま、エヴリンとセイントを見守っていた。ふたりの会話は興味深かったが、聞きとれない箇所が多く、彼女たちは今の状況を把握できずにいた。エヴリンに合図されるまでラディック邸を立ち去るつもりはなかったが、内心どうしていいのかわからないというのが本音だった。だが、エヴリンはもっと混乱していた。

「エヴィ？」居間のドアが開き、ヴィクターが顔をのぞかせた。「セイント・オーバンが来ているとラングレーが……。おや、失礼、セイント・オーバン卿。おはよう」

兄の政界への野望は承知しているものの、セイントに歩み寄って手を差し出したヴィクターを見て、エヴリンは目を疑った。そしてそれ以上に驚かされたのは、セイントが立ちあがり、ヴィクターの手を握り返したことだった。

「やあ、ミスター・ラディック。今日は妹さんをピクニックに連れていくつもりで迎えに来たんだが、彼女はきみが許可してくれないのではないかと心配している」

エヴリンは言葉に詰まった。彼女の動揺がセイントのせいではなく、厳しすぎる兄への反発のせいだと友人たちが解釈してくれることを祈る。セイントの自信に満ちた態度は、いかにも主導権を握っているのは自分だと言わんばかりだ。

一方、ヴィクターの険しい表情は、セイントの訪問もピクニックの誘いも歓迎していないことを物語っている。けれども兄はセイントの機嫌を損ねたくないはずだ。インドから帰国して以来、ウェリントン公爵に近づくことは兄の念願だったのだから。

「午後の数時間、ピクニックに行くのはかまわない」ヴィクターがゆっくりと言った。「もちろん付き添いは連れていってもらうがね」

そう、もちろんよ。召使の前でなら、セイントに告発される心配はない。なぜもっと早く気づかなかったのかしら。ばかね。少しは悪賢くならなくちゃ。

エヴリンとふたりきりになるチャンスを失うまいとするかのように、セイントが言った。「従僕を連れてきた」

ヴィクターは首を横に振った。「昨夜のことは感謝しているが、それとこれとは別の話だ。ピクニックに行くならエヴリンの召使を連れていってもらう」

「わかった。では、そうしよう」

エヴリンの家の居間で三人の証人に囲まれたのはセイントにとって予想外のできごとだったはずだが、それでも彼は結局、彼女とヴィクターを説き伏せた。エヴリンがピクニックに行くのを拒めば、またしても兄の怒りを買うことになるばかりか、セイントは孤児院閉鎖の最終決定を下してすぐさま実行に移すだろう。ルシンダとジョージアナにもおおよその展開がわかったらしく、ふたりはようやく立ちあがった。

「そろそろ行かないと、ジョージアナ。〈サッカーズ〉にレース糸を買いに行くんでしょう?」ルシンダがその場を取り繕うように言った。

「ええ、そうよ」ジョージアナはエヴリンの頬にキスをしてからそっと尋ねた。「大丈夫なの?」

エヴリンはうなずいた。「彼がそんなに早く態度を改めるはずがないのはわかっているわ」

ルシンダがエヴリンの手を握った。「明日、リディア・バーウェルのリサイタルで会えるわよね?」

ドアを開けながら、ヴィクターが口をはさんだ。「エヴリンは明日、ヒュートン家のティーパーティーに出席することになっている」

「じゃあ、夜に会いましょう」

「ええ、明日の夜は見逃せないわね」

「なんの話だ?」ヴィクターがルシンダとジョージアナをエスコートしてドアの外に出ると、セイントがエヴリンに尋ねた。

「ドルーリーレイン劇場に『お気に召すまま』を観《み》に行くの」

「おもしろい題名だ」エヴリンはセイントの次の言葉を待ったが、彼は眉を上げただけだった。「召使に準備をさせてくれ。時間を無駄にしたくない」彼がようやく言った。

冷たい汗がエヴリンの背中を伝った。友人たちや兄の前でセイントが秘密を守ったことにも、彼の礼儀正しい態度にも、すべて魂胆があるに違いない。「ほかの人たちは騙せても、わたしを騙すことはできないわよ」彼女は肩越しにささやいた。

「きみを騙す必要などないさ。忘れたのか？　きみはわたしのものだということを」セイントが低い声で応える。

　エヴリンは手袋を取りに二階へ上がった。いつものことながら、この場から逃げ出したい衝動に駆られていた。普段はヴィクターの政治活動に協力させられることからの逃避だが、今日ばかりは自分さえいなくなれば兄を救済できるような気がした。でもわたしがいなくなったら、だれが子供たちをセイントの手から救済できるのだろう。そして、だれがわたしを弁護してくれるのだろう。

　孤児院を閉鎖する計画がただの脅しでないことはわかっているが、あきらめるつもりはない。彼を説得して子供たちを救うチャンスはまだある。

　エヴリンが召使のサリーをともなって階下に下りると、セイントとヴィクターが玄関広間に立っていた。ふたりとも奇妙なほど居心地の悪そうな様子だ。自分自身がこれほど動揺していなければ、そんな彼らを興味深く観察していたかもしれないとエヴリンは思った。

「お待たせしました、行きましょう」彼女のきっぱりとした口調には、セイントの言動にはもうけっして驚かないという決意がこめられていた。

「では失礼する、ミスター・ラディック」

「四時までにエヴリンを帰してくれ」

　ヴィクターをウェリントン公爵に紹介したことで四時間の許可をもらったわけか。セイントはエヴリンに目を向けた。彼女はうなずいてセイントの前を通り抜け、帽子と日傘を手に取った。

彼は手袋をはめたエヴリンの手を腕にのせて、玄関前の階段を下りた。「ヴィクターが議員に当選するように取り計らってやれば、付き添いなしでひと晩、きみのベッドに泊まってもいいという許可がもらえるかもしれないな」

たぶんね。声に出して言いそうになったが、エヴリンの理性がそれを止めた。「サリーとわたしが座る場所はないでしょう？」かわりにそう言った。

「いや、ある」

「無理よ」セイントがしかめっ面をしたのを見て、彼女は思わず笑った。「あなたの従僕もいるのよ。それにサリーは馬を怖がっているの。彼女に馬を預けることはできないから、あなたの従僕を連れていかなければならないわ」サリーが馬を怖がっているというのは嘘だったが、召使は自分の役目を心得ているらしく、威勢よく嘶《いなな》く二頭の黒馬を見てあとずさりした。

セイントは小声で悪態をつき、悪意のこもったまなざしでサリーを睨みつけた。「わかった。だったら歩こう」

「歩くの？」

「そうだ。歩いていく。フェルトン、馬車に乗って帰ってくれ」

「はい」

セイントは馬車のうしろにまわって大きなピクニックバスケットを取り出すと、腕にぶらさげてエヴリンのかたわらに戻ってきた。「なにかほかに必要なものは?」

「いいえ、なにもないわ」

「よし。では出かけよう」

エヴリンは一瞬ためらったあとで、セイントが差し出した腕に腕を絡めた。付き添いがいる限りは、腕を組むのも触れ合うのも自由だ。取り澄ました表情とは裏腹に、エヴリンは彼に触れたくてたまらなかった。というより、触れずにはいられなかった。

「本当にピクニックは初めてなの?」

「バスケットにサンドイッチを詰めて、監視付きのピクニックに出かけるのは初めてだ」

「だったら、どんな……」エヴリンは口ごもった。「知りたくもないわ」

「きみは知りたいのに、行儀がよすぎて訊けないだけさ」セイントが彼女の顔をのぞき込んだ。

「あなたはお行儀が悪すぎて、みんなをいちいち動揺させないと気がすまないんでしょう。そんなことばかりやっていて、なにがおもしろいの?」

「わたしの態度をまた改善するつもりなのか、それともこれはただの折檻なのか、どちらなんだ?」

エヴリンはため息をついた。「あなたはなにも学んでいないのね」数メートルうしろをついてくるサリーに聞こえないように声をひそめて言う。

「わたしはいろいろなことを学んだつもりだが。きみが男を鎖で縛るのが好きなこと。体の自由を奪っておいてキスをするのが好きなこと。それから……」

「違うわ!」エヴリンは顔を火照らせて叫んだ。

「そうか? だが、きみはわたしに抱かれて燃えたはずだ。わたしにはわかっている」セイントは重いバスケットを持つはめになったことに苛立ちながら言った。「ほかの男ともあんなことをしたのか?」

「いいえ」

「嘘つきだな」

「あなたは何人もの女性とあんなことをしたのでしょうけど……。わたしが道を踏み外したことを、どうしてそんなにおもしろがるの?」

セイントの低い官能的な笑い声に通りすがりの女たちが振り返り、彼を見つめてひそひそとささやき合っている。「きみはわたしをまともな紳士に変身させたいと言ったが、わたしもきみをみだらな女に変身させたいんだ」

「そんなことになったら身の破滅よ」セイントの言動にはもう驚かないと決めたはずだったが、彼には正直に向き合うべきだと思い直した。「破滅などしたくないわ」

「それは人に知られた場合のことだろう? 慎重に行動すればすむことだ。きみがわたしとのセックスではめを外そうと、わたしが秘密を守りさえすればいい。そうじゃないか?」

「そうかもしれないけれど、なにをされるのかと思うと恐ろしくて、あなたに誘惑される気が失せてしまうわ」

セイントは弾かれたように笑った。彼がそんな笑い方をしたのは初めてだ。心の底からわきおこったような豪快な笑い声が、エヴリンの胸にこだました。まあ、なんて明るい陽気な声かしら。彼がこんなにひどい人だと知らなければ、すっかり夢中になっていたかもしれないわ。

「なにがそんなにおかしいの?」どれほど魅力的でも、セイントはわたしを脅迫しているのよ。

彼がエヴリンの耳もとに顔を寄せてささやいた。「きみはもうわたしに誘惑されているんだよ、エヴリン。これほどひどい男だから、きみはわたしに惹かれているんだ」

セイントのそのしぐさで、エヴリンは彼と初めて会った夜のことを思い出した。セイントがレディー・グラッドストーンの耳もとに顔を寄せて、下品な言葉をささやいていたあのときから、この悪夢が始まったのだ。そして今、エヴリンはセイントのスキャンダルの対象となり、彼によって目覚めさせられた欲望の疼きをひそかに楽しんでいる。

「そうかもしれないわ」エヴリンは応えた。レディー・トレントが危うく街灯にぶつかりそうになるのが視界に入った。エヴリンのような良家の令嬢がセイント・オーバンと腕を組んで歩いているなんて、と呆気に取られた様子だ。「でもあなたがもっと親切なら、今よりも心を惹かれると思うけど」

ハイド・パークの西側の入口で、セイントはもう一度ピクニックバスケットを抱え直した。もっと親切か。「わたしはきみをこうしてピクニックに連れてきた。わたしにしては実に親切だと思うがね」

エヴリンは彼の腕に寄りかかり、くすくす笑った。「ええ。一緒に来なければ孤児院閉鎖の計画を実行に移すと脅したあなたは、まったくもって親切だわ」

「脅されなければ来なかったのか?」

その質問は口から出たとたんに無邪気で子供っぽく響いたが、セイントはエヴリンの答えを不安げに待っている。彼女はいつものように真実しか伝えるつもりはなかった。

「わからないわ」エヴリンはゆっくりと答えた。「わたしが逮捕されないようにしてくれるとあなたは言ったけど、でも……」

「孤児院を閉鎖しないと言ってほしい」セイントはかわりに言った。彼女の腕のあたたかさに心を乱されていた。「そうなんだろう?」

その約束をしない限り、エヴリンは二度と体を許さないだろう。そしてもしもセイントが約束したなら、なにがあっても守りとおすことを要求するはずだ。彼は大きく息を吸い込んだ。あの場所を処分するチャンスを六年間も待ち続けてきたのだ。彼女への欲望が消えてなくなるまで、もう少し待つくらいどうということはない。

セイントはうなずいた。「それなら……四週間待とう。そのあいだにわたしを納得させて、〈希望の家〉を存続させなければならないという気持ちにさせるんだな。言っておくが、わたしはそう簡単に納得しないから、そのつもりでいてくれ」

彼の提案に、エヴリンはどうすればいいのかわからないという表情だ。それはそれでセイントにとっては好都合だった。彼は自分自身にも四週間という時間を与え、そのあいだになぜこれほどエヴリンに心を奪われるのかを解明し、狂おしいほどの欲望を存分に満たしてから、ふたりの関係を終わらせるつもりだった。セイントが終わらせるまでもなく、彼女が去っていくだろう。四週間経ったら、〈希望の家〉はそっくりそのまま皇太子の新しい公園の一部になるのだから。

「ここがいいわ」エヴリンが古い楢《なら》の木の下で足を止めた。

セイントは周囲を見まわした。十数メートル先の馬道も、数メートル後方の遊歩道も、いずれも混雑している。「ここでは人目につきすぎる」彼は公園の奥へとエヴリンを促した。

彼女はセイントの手を払いのけた。「ランチを食べるだけでしょう？　人目につくのがどうしていけないの？」

デザートにきみが欲しいからさ。「では、ここにしよう。人が多すぎて落ち着かない場所だが」セイントは不服そうに言った。

「ああ、いい気持ち。景色もきれいだわ」

「だがここできみにキスしたら、人に見られてしまう。人に見られたら身の破滅なんだろう？」

エヴリンは大きな笑い声をあげ、もう一度セイントの腕を取った。「だめよ。そんな話を人に聞かれるだけで、キスしてるところを見られるのと同じくらいまずいわ」

「同じくらい興奮するならわかるが、話だけではおもしろくもない」ふとセイントはだれかの夢に紛れ込み、のどかな風景の中をさまよっているような感覚にとらわれた。「きみはわたしに難しい注文ばかりつける」

彼女はにこやかな笑みを浮かべた。「慣れれば難しくないわ。毛布は持ってきた？」

セイントは重いバスケットを芝生の上に置いた。「さあ、どうかな。使用人に用意させたんだ」

「じゃあ、開けてみましょう」

エヴリンはセイントに指図することを楽しんでいるようだ。陽気な目の輝きと、頬にえくぼが浮かんだ明るい表情を見つめていると、彼はあらゆることを許せそうな気分になった。

彼女がバスケットの中からきれいにたたまれた青い毛布を取り出した。セイントはそれを受けとり、ひんやりした芝生の上に広げた。「さて、次は？」

「バスケットを毛布の真ん中に置いたら座っていいわ」

セイントはうしろを振り返り、親指を立てた。「わたしたちの監視人は？　サリーはどこに座るんだ？」

監視人という言葉にエヴリンはかすかに頬を染めた。セイントの好きな表情だ。ピンク色に頬を染めた彼女は純真無垢に見える。

「サリーには端に座ってもらいましょう」彼はエヴリンに指示されるまま、バスケットを毛布の上に置いた。グリーンのモスリンをなびかせながら、彼女がバスケットの横に膝をつく。立ったままエヴリンを見おろしたセイントの目が、そのうしろ姿に釘づけになった。頭の上に小意気にまとめられた赤毛。バスケットをのぞき込み、ワインのボトルを取り出すしなやかなうなじ。つぶらな瞳を覆い隠す長いまつげ。彼は思わず息をのんだ。口の中がからからに乾いている。ああ、今すぐに彼女を抱きたい。肩からドレスを引きおろし、体の隅々にまで唇を這わせたい。

エヴリンが顔を上げた。「座らないの?」

セイントは腰を下ろし、体の前で膝を折った。こんな昼日中に、わたしはいったいなにをしているのだろう? そして彼女はこんなわたしと、いったいなにをしているんだ?

「黙り込んで、どうしたの?」エヴリンがワインのボトルをセイントに手渡して言った。

「カベルネよ」

「雉肉と合うはずだ」彼はポケットに手を入れてフラスクを取り出した。「ジンがよければここにある」

「ワインにしましょう」エヴリンはバスケットから取り出したふたつのグラスを目の前に掲げ、セイントのほうに傾けた。「注いでちょうだい」

彼は正気を取り戻そうとするかのように頭を振った。小悪魔め。これではまるで無骨な田舎者が女に翻弄されているようではないか。セイント・オーバン侯爵ともあろうものが女の言いなりになるとは。しかもすでにベッドをともにしたあとで。セイントはボトルのコルクをひねりながら、ゆっくりと言った。「カベルネは女の肌に垂らして飲むのがうまいんだが、今日のところはグラスで我慢しよう」

セイントがワインを注ぎ、グラスがエヴリンの手の中でかすかに揺れた。「今日は……絶好のピクニック日和ね」彼女はさわやかな表情を浮かべてみせた。

「天気の話をするのか？」彼はボトルを芝生に置き、エヴリンの手に軽く触れながらグラスを受けとった。彼女に触れていないと落ち着かない。

「お天気の話が一番無難よ」

ワインをひと口すすり、セイントはグラス越しにエヴリンを見つめた。「無難な話題か。おもしろそうだ」

彼女が下を向いた。「まさか。退屈だわ」

間違ったことを言ったのだろうか？　正しい受け答えをするのは想像以上に難しい。「わたしにとっては今こうしていることさえ、めったにない新鮮な体験なんだ。わたしがピクニックに来れば、今ごろ裸で女を抱いているのが普通だからな。ほかに無難な話題はないのか？」

エヴリンは澄んだ瞳を怪訝そうに曇らせてセイントを見あげた。「天候の話がなんといっても一番無難よ。だれでも入っていける話題だもの。ファッションの話題も盛りあがるわ。最近の退廃的なスタイルを嘆く人もいれば――」

「退廃的なスタイルか。わたしは好きだが」

彼女がほほえんだ。「そうでしょうね。古きよき時代のワルツの話題は年配の人たちに受けるわ。それからナポレオンとアメリカはみんなが嫌ってる」

「ということは、無難であるためには好きなものがあってはいけないわけか」

エヴリンは一瞬ためらってから、ワインのグラスを一気に傾けた。「そしてなんの意思も持たず、なんの行動も起こさないこと」

「おやおや、きみがそんなに皮肉屋だとは知らなかった」セイントは首をかしげて彼女の顔をのぞき込んだ。「今言ったことは本心じゃないだろう？　選挙活動に没頭している兄さんへの当てこすりだな？　エヴリン、きみほどわたしの興味をそそった女はいないんだよ」

不意に彼女の目に涙があふれ、セイントは面食らった。なにか泣かせるようなことを言ったのだろうか。謝ろうと口を開いたとき、エヴリンの頬にあたたかな笑みが浮かんだ。セイントは下腹部に気まずいほどの高まりを感じた。

「今の言葉、本当に嬉しかったわ、セイント・オーバン卿」

狼狽していることを隠そうと、彼はバスケットに手を伸ばした。「こんなことを言ったのは初めてだ」そうつぶやいて、雉肉のサンドイッチを取り出す。「さあ、食べよう」

17

太陽が木立の陰に隠れ始めたころ、エヴリンはセイントに時間を尋ねた。

「四時二〇分前だ」彼は懐中時計をいまいましげにポケットに押し戻した。エッチングが施された銀の懐中時計に、なにか恨みでもあるかのような動作だ。

時間を知ってエヴリンも内心、苛立っていた。楽しい午後を過ごしたことは事実だったが、孤児院の話にも、子供たちの話にも、ひと言も触れていなかった。セイントを説得するために与えられた時間は一カ月もないというのに、すでに四時間も無駄にしてしまった。でも帰宅時間が遅れて兄の機嫌を損ねたら、今後セイントに会うのはさらに難しくなるだろう。

「もう帰らないと」

セイントは顔をしかめて腰を上げ、手を差し出した。「きみをさらってどこかに連れ去りたいが、無理のようだな」彼はエヴリンを立ちあがらせると、耳もとに顔を寄せてささやいた。「それに誘拐ごっこはもうたくさんだ」

「その話はやめて」セイントの言葉より、彼の甘いささやき声に体の奥がしびれたように反応し、エヴリンは思わず声を荒らげた。セイントは秘密を口外するつもりはないらしい。人に知られてしまえば、エヴリンの弱みにつけ入ることができなくなり、彼は願望を果たすチャンスを失うのだ。

セイントはグラスや食器をバスケットに戻し、毛布を丸めてその上に詰め込むと、ふたたびバスケットを持ちあげた。「あの植え込みの中にきみを連れていって――」

「セイント！」

「帰る前に握手をしたいと思っただけだ」彼はサリーを見やった。

それだけですまないことはサリーにも想像がつくだろうし、セイントの評判も知っているに違いない。これほど大胆に女性を誘う彼のあつかましさにも気づいたはずだ。

「握手もなしよ」

エヴリンはセイントの腕に腕を絡め、公園の出口に向かった。セイントはおとなしく彼女に従っている。今日の彼の振る舞いが称賛に値することを認めないわけにはいかない。それでもなおエヴリンは、しなやかな黒豹に見入られた子猫のような心もとなさを感じていた。たとえ爪を隠していようと、セイントをあなどることはできない。

「わたしの忍耐力には限度があるんだ、エヴリン・マリー」

セイントの目に浮かんだ獰猛さに気づき、エヴリンは体の芯が熱く反応するのを感じた。ピクニックのあいだ中、彼に抱きついてキスしたい衝動を何度抑えたことだろう。彼の腕の中で知った歓びをもう一度味わうことができたら、なにもいらないとさえ思った。けれどもそれをセイントに知られたら、彼女の自制心などなんの役にも立たなかっただろう。ふらふらと身をぐらつかせながらの危険な綱渡りだった。

「きみの兄さんがほかに会いたがっている人物は？」セイントはエヴリンを植え込みの向こうに連れていくのは無理だと判断したらしい。

「閣僚のポストを得るにはウェリントン卿と懇意になるのがもっとも近道だと思っていたはずよ。グラッドストーン卿の支持はおそらく得られないでしょうから、そうなるとウェストサセックスの議席を手に入れるにはアルヴィントン卿の協力を得る必要があるわ。それにしても、あなたはどうやってウェリントン卿を兄に引き合わせることができたの？」

セイントは肩をすくめた。「きみに会いたいと思っていたところ、ヴィクターがウェリントンに近づきたがっていることを聞きつけた。ウェリントンは高級シェリーに目がない。わたしはたまたま最高級のシェリーを数ケース持っていた。それだけのことさ」

「当選したら、兄は実力を発揮すると思うわ」

彼はエヴリンを見おろした。「それで？」

「あなたはとてもいいことをしたのよ」

「ああ。きみをピクニックに連れてきた」

エヴリンは眉をひそめた。「わたしが言った意味はわかっているでしょう。いいことをしたという事実を、なぜ認めようとしないの？」

「なにがいいことだったのかわからないからさ。わたしは自分の望みどおりのものを得るために必要なことをしただけだ」

彼女は首を振った。「いいえ、違うわ。わたしとピクニックに行くためだけにウェリントン卿を兄に紹介したとは思えないもの」

セイントはかすかに笑った。「選挙活動のためにヴィクターが会いたがっている人物がいるなら、わたしが段取りをしてやろう」

エヴリンは足を止め、セイントも隣で立ち止まった。数メートルうしろに続くサリーに聞こえるのもかまわず、彼女は言った。「そのかわりにあなたはなにを要求するの?」

「きみと過ごす時間だ」

政治的な駆け引きのために利用されるのはもうたくさん。エヴリンは思わず叫び声をあげそうになった。だがセイントがヴィクターの政治活動について知ったのはつい最近のことで、彼は自分の願望のために交換条件を提示しているにすぎない。

「やっぱり下心があるのね」

「ないと言ったら嘘になる。きみの前では正直になるほうがよさそうだ」

エヴリンはふたたび歩き出したが、しばらく口を閉ざしたままだった。セイントはたしかに正直だ。わたしになにを求めているか、嘘をついたことは一度もない。でも、その正直ささえ無意味だ。彼は欲得ずくの人間だと告白することで、自分の正直さをわたしに認めさせようとしている。セイントの性格はあまりにも複雑すぎる。でも彼へのレッスンを続けるつもりなら、正直であることの本当の価値を教えなくてはならない。

「お嬢様」背後でサリーが声をうわずらせた。「ミスター・ラディックが……」

エヴリンが顔を上げると、玄関ポーチに立つヴィクターの姿が目に飛び込んできた。片手に懐中時計を持ち、不機嫌そうに眉間に皺を寄せている。

「遅れてはいないはずだ」セイントが彼女の視線を追った。「まるで売春斡旋人《あっせん》だな。きみは娼婦《しょうふ》じゃないと伝えてきてやろうか?」

セイントの穏やかな口調の裏で激しい怒りが煮えたぎっているのが感じられた。彼はヴィクターに腹を立てている。エヴリンのために。彼女の体の奥に震えが走った。「やめてちょうだい。そんなことをしても兄の気分を害して、結局わたしがつらい立場に立たされるだけよ」

「そうかもしれないが、わたしの気分はすっきりする。わたしがだれと何時間過ごすかを、人に指図されたくない」

「セイント」私道を玄関に向かいながら、エヴリンはささやいた。

「今日のところはおとなしく引きさがるとしよう。だが、わたしの忍耐力が限界に近づいていることを忘れないでくれ」

からかうような口調で言うセイントを見つめ、エヴリンは彼の頬に、いや、本当は唇にキスしたい衝動に駆られたが、そんなことをしたら兄が卒倒しかねない。「忘れないようにするわ」

「楽しい午後を過ごしてきたかね?」ヴィクターが懐中時計をポケットにしまいながら、玄関前の階段を下りてきた。

「ええ、とても楽しかったわ」

　セイントに片手を預けたエヴリンのもう一方の手をヴィクターがつかんだ。セイントが彼女の腕を放さず、ふたりの男性に体を引き裂かれてしまうのではないかと彼女は不安になった。セイントの腕の筋肉が硬直するのが指に伝わってくる。

「彼女のおかげでいい午後を過ごせたよ」

「エヴリンはいつもチャーミングだと評判なんだ」

　彼女は咳払いをした。「あらまあ。ふたりとも、そんなに褒めてくださってありがとう。それから、すばらしい午後をありがとう、セイント・オーバン卿」

　セイントはぎこちなくうなずき、腕の力を抜いてエヴリンの手を放した。「こちらこそ、ミス・ラディック。きみの言ったとおりだったね」

「なんのお話？」エヴリンはうしろを振り返り、階段を下りるセイントに目を向けた。

「日光に当たるべきだと言われたことさ。最高の気分だ。それでは失礼する」

「ではここで、セイント・オーバン卿」

　セイントはピクニックバスケットを抱えて通りに出ると、辻《つじ》馬車を止めるために口笛を吹いた。ヴィクターがエヴリンをつかんだ手に力をこめた。彼女はセイントから目をそむけ、兄と向き合った。

「なんのことだったんだ？」ヴィクターはエヴリンの腕をつかんだまま階段をのぼり、家に入った。

セイントが振り向くのではないかと外をのぞこうとしたとき、ラングレーがドアを閉めた。外を見る必要はなかったが、別れたあともセイントが彼女のことを多少なりとも気にかけているのかどうか、確かめずにはいられなかった。「なんのことって?」

「日光がどうのという話だよ」

「ああ、あのこと。もっと日光に当たったほうがいいと彼に言ったの」

「なるほど」ヴィクターはエヴリンの手を放し、二階へと上がっていった。兄は午後のあいだずっと、二階の仕事部屋で選挙活動の戦略を練っていたのだろう。

「お兄様も試してみるといいわよ」エヴリンはヴィクターの背中に声をかけた。

彼が階段の上で振り返った。「なにを試してみるんだ?」

「日光に当たる話よ」

「セイント・オーバンがウェリントン公に引き合わせてくれたからといって、わたしはあのろくでなしと友達づき合いをするつもりはない。やつがわたしに便宜を図ってくれたから、おまえをピクニックに行かせたんだ。これが当たり前だと思うな。あの男には、もうなんの借りもない」

エヴリンはため息をついた。「お兄様は興味がないでしょうけど、今日の彼は完璧な紳士だったわ」

「おまえが淑女らしく振る舞ったのならいいがね。わたしを平気で困らせるその度胸はたいしたものだ。エヴリン、おまえは無知な大衆を擁護しているつもりだろうが、あの男は孤児院を叩きつぶして閉鎖しようとしているんだぞ」

閉鎖など絶対にさせるものですか。「そうね、お兄様」エヴリンはそう応えて居間に入った。「思い出させてくれてありがとう」


社交クラブに顔を出したセイントは、カードゲームのテーブルに着くなり言った。「婦人会のティーパーティーというのは、いったいなにをする集まりだ？」

デアア子爵トリスタン・キャロウェイは賭け金をテーブルに置くと座り直し、ワインのグラスに手を伸ばした。「わたしが生き字引に見えるか？」

「すっかり家庭的な男になったようだから、女たちのやることはすべて承知かと思ったが」

セイントはほかの面々の冷ややかな視線をものともせずにワインを注文した。「それで、なんの集まりなんだ？」

「わたしは家庭的なわけではないよ。妻を愛しているだけだ。きみも結婚するといい。人生の見方が奇跡的に変わるぞ」

「肝に銘じておくよ。だがそれが本当だとしたら、きみはなぜ今ごろこんなところにいるんだ？　愛する奥方はどこにいるんだい？」

デアはワインを飲みほし、二杯目を注いだ。「婦人会のティーパーティーというのはたしか、政界にたずさわる男性を家族に持つ婦人たちが、彼らをどうやってサポートするかを話し合うための集まりだったと思う」椅子をうしろに引きながら続ける。「それからもうひとつの質問だが、わたしの妻がどこにいようと、きみに説明する必要はない。そんな質問自体、やめてもらいたいね」

ワインのボトルを手に握りしめたデアは険しい表情を浮かべている。セイントは周囲を一瞥した。近くのテーブルではひそやかに賭け金のやりとりが行われていた。「きみの奥方を追いかけまわすつもりなどないさ、デア。喧嘩をしたいなら相手になってもいいが、とりあえずわたしはきみと飲みたい」

デアは首を横に振った。「どちらも遠慮しておくよ、セイント。言っておくが、エヴリン・ラディックはわたしの友人だ。きみの存在は彼女にとって得にならない。わたしと一緒に飲みたいなら、今後いっさい彼女に近づかないと約束してくれ」

数週間前のセイントなら、いかにしてエヴリンの処女を奪ったかを、デアだけでなくまわりの連中にためらうことなく報告していただろう。だが、今夜はそんな気分になれない。その理由を考える気すら起こらないまま、彼は立ちあがった。「それは気が進まないな。今夜のところはこれで失敬するよ」

セイントは社交クラブをあとにした。背後からひそひそと陰口を叩く声が聞こえてくる。純真無垢なエヴリン・マリーにセイントがよからぬことを企んでいると、勝手に噂し合っていればいい。エヴリンの体が純真無垢ではないことも、彼女のやわらかい体と甘い声とあたたかい笑顔をセイントが狂おしいほどに求めていることも、あの連中のあずかり知らぬことだ。どうやら婦人会のティーパーティーは男子禁制の集まりらしい。政治絡みであろうとなかろうと、彼が出席するのは不可能だろう。だが、ドルーリーレイン劇場でシェークスピアを観劇するのは問題あるまい。明日の夜、またエヴリンに会える。ほかのだれかがそれを不服に思おうと、知ったことではない。

外は肌寒く、霧が立ち込めていたが、監禁されていた記憶がいまだ生々しいセイントには、頬を打つ夜風さえも心地よかった。彼は馬を走らせながら、今日のできごとを思い起こした。ひと月前のセイントなら、良家の令嬢とピクニックに行くなど笑い話にしか思えなかったはずなのに、現実にピクニックに行き、心から楽しんだのだった。さらには、楽しかったと素直に認めることになんの抵抗も感じない。

いつもならこの時間は、まだ宵の口だ。しかしこの数日間、セイントはひとりでなにをすればいいのかわからずにいた。行きつけの賭博《とばく》場や売春宿、いかがわしいクラブのパーティーには興味もわかない。かつては肉欲を満たすために、見栄えのするおもしろい女がいればこと足りたものだが、今の彼は欲望のはけ口をほかのだれかに求めるつもりはなかった。

全身を駆けめぐる熱い血は、たったひとりの特別な女性を求めている。その感覚は、何年間も忘れていた情熱をセイントの体の奥によみがえらせた。エヴリンを見つめ、言葉を交わしながらも触れられないもどかしさは拷問のように彼を苛んだが、もう一度彼女を胸に抱く瞬間を夢見ることで、身を切られるほどの苦しみを耐え忍ぶことができた。

カシアスが速度を落とした。セイントはいつのまにか遠まわりして、ラディック邸の前に来ていたことに気づいた。二階の窓がひとつだけ蠟燭の明かりに照らされている。エヴリンも目がさえて眠れないのだろうか。そうであってほしい。わたしを思って眠れぬ夜を過ごしていてほしい。

セイントはふたたび静かに馬を先へ進めた。どんな犠牲を払ったとしても、エヴリンを自分のものにするつもりだった。ほかの女などいらない。彼女が拒絶するかもしれないとは思いたくもない。彼女の好きなものはもう知っている。あとは突き進むだけだ。

その日、兄と母の目を逃れて早めに家を出たエヴリンは、おばの家のティーパーティーに行く前に〈希望の家〉へ立ち寄った。

久しぶりにこの陰鬱な建物に足を踏み入れた気がしたが、二日前に来たばかりだった。子供たちはまるで彼女と一年も会えなかったかのような喜びようだ。

「ミス・エヴィ!」ローズがエヴリンに抱きついて叫んだ。「首つりの刑になったかと思って心配してたんだよ」

「そうじゃなきゃ、首をはねられたんじゃないかと思ってた」トーマス・キーネットが自分の言葉の薄気味悪さに目を丸くして言った。

「わたしはこのとおり無事よ。みんなに会えてとっても嬉しいわ」エヴリンは空いている手でペニーを抱きかかえた。

「それで、やつは逃げたの? それともミス・エヴィが逃がしたの?」窓枠に腰かけたランドールが、ナイフで木を削りながら尋ねた。

年長の少年たちに気をつけろとセイントが言ったことを思い出す。大げさに皮肉を言っただけかもしれない。彼らは危険をかえりみず、エヴリンに手を貸してくれた。「彼が逃げたのよ。でも、四週間待ってくれることになったわ。そのあいだに彼を説得できたら、孤児院閉鎖の話を考え直してくれるそうよ」

「四週間なんてあっというまだよ。それに鎖につながれても言うことを聞かなかったやつを、どうやって変えるつもりだい？」

「彼が四週間待ってくれると言い出したのよ。それだけでも大きな変化だわ」

「セイントに絵を返したほうがいいかな？」エヴリンのドレスに顔をうずめていたローズが顔を上げて言った。

「絵って、なんのこと？」

「セイントが描いた絵だよ」モリーがベッドのマットレスの下から何枚もの紙を抜きとった。「だれにも見られないように隠しておいたんだ」

どういうこと？　エヴリンは口を開きかけたが、モリーに紙を手渡されて口をつぐんだ。地下牢の中でセイントが絵を描いているところは何度か目にしていたし、もっと紙が欲しいと頼まれたことも二度あったが、ただ時間つぶしに手を動かしているか、あるいは弁護士に手紙を書いているのだろうと思っていた。

「ミス・エヴィがとってもきれいだよ」ベッドの端に腰を下ろしたエヴリンの横で、ローズが言った。

子供たちの顔と、セイント自身が牢の中で骸骨《がいこつ》になる風刺画が何枚もあったが、ほとんどの紙は表も裏もエヴリンのスケッチで埋めつくされていた。「まあ」彼女は頰が熱くなるのを感じた。

粗末な紙にセイントはみごとなタッチでエヴリンの笑顔を、しかめっ面を、泣き顔を描き出している。彼女はまるですべてを見透かされ、秘密を絵に描かれてしまったような気がした。

「本当にやつを逃がしたんじゃないのかい?」木を削っていた手を止めて、ランドールが尋ねた。「いいえ」「やつの言いなりになってモデルになったんだろう?」

ランドールの声には非難めいた響きがあったが、セイントの描いた絵を目にしたあとでは無理もない気がした。「セイントは思い出しながら描いたんだと思うわ。ほら、見て。あなたたちの絵もあるのよ。彼はきっと、みんなのことをじっくり観察して覚えてくれたんじゃないかしら」

「じゃあ、ずっとここに住めるのかな?」ペニーがベッドに腰かけ、エヴリンに抱きついた。

「道端でごみあさりをしながら暮らすのはいやだよ」

「まあ、ペニー! そんなこと絶対にさせるものですか。約束するわ」エヴリンは少女の痩せた体を抱きしめた。

「本当にそうだったらいいけど、確実な方法はほかにもあるよ」ランドールが言った。

「ランドール、軽はずみな真似はしないと約束して。まずわたしに相談してちょうだい」エヴリンは背筋に戦慄が走るのを感じた。

「大丈夫だよ。ミス・エヴィに迷惑がかかるようなことは絶対にしないから」

孤児院で張りつめたひとときを過ごしたエヴリンは、ヒュートン家の退屈なティーパーティーが苦痛でたまらなかった。候補者の名前で韻を踏んだ選挙スローガンを作りながら、彼女はストッキングの内側に隠してきた絵のことで頭がいっぱいだった。丸めた紙が脚をこするたびに、子供たちの好奇のまなざしに見つめられて、ゆっくりとセイントの絵を見るチャンスがなかったことを思い出す。

「ヴィクターから連絡をもらったわ」ヒュートン侯爵夫人の声がした。おばは選挙スローガンを書くエヴリンのかたわらに腰を下ろした。「ようやくウェリントン卿とのディナーの約束を取りつけたそうよ。金曜日ですって」

セイントの差し金だわ。「まあ、よかった」エヴリンは驚いたように大声をあげたが、この知らせは少しも意外ではなかった。「ディナーにはわたしたちとウェリントン卿だけで？」

「いいえ。アルヴィントン一家と……セイント・オーバンも同席するそうよ」

「まあ、そうなの？　彼が政治に関心があるなんて知らなかったわ」

「わたしもよ。これはセイント・オーバンの策略ではないかと、ヴィクターは心配しているけれど――」

「そんなはずないわ！」

「でも、ヴィクターはウェリントン卿とのディナーのチャンスに賭けてみるつもりだと言っていたわ」おばはうしろを向いてほかの客と言葉を交わしたあとで、ふたたびエヴリンと向き合った。「セイント・オーバンがなぜヴィクターの選挙戦に興味を持ったのか、なにか思いあたることはない？」

ああ、わたしは地獄に落ちるのね。セイントのせいで。「彼にピクニックに誘われたけれど、ウェリントン卿のことなどなにも聞いていないし、彼がなにを企んでいるかなんて、わたしにわかるはずないわ。わたしとセイントのあいだにはなんの関係もないのよ」

「セイントですって？」おばが眉をつりあげた。

「セイント・オーバンにそう呼ぶように言われたの。みんなが彼をセイントと呼んでいるわ」マイケルと呼ぶように言われたことも、彼をマイケルと呼ぶ者はだれひとりいないことも、おばに話すつもりはない。もちろん、そう呼ぶように言われたときの状況も。

「彼があなたに興味を持っているとしても、けっしてその気にさせちゃだめよ。セイント・オーバンは危険人物だわ。あなたがかかわる必要のない相手よ。特に今は充分に気をつけて」

おばの言葉の意味を問いただそうとエヴリンが口を開きかけたとき、レディー・ハリントンとレディー・ドーヴストンがスローガンの言葉をめぐって言い争いを始めた。

ソファの上で座り直すと、丸めた紙がストッキングの下で音をたてた。なんという時間の無駄かしら。セイントを教育し直すための時間は限られている。とはいえ、セイントの絵を見てからというもの、エヴリンは彼の気持ちがいつのまにか変わりつつあるような気がしていた。彼女を描いたスケッチの細やかな筆致を思い出し、すぐにもセイントが会いに来てくれることを願わずにはいられなかった。

18

「わたしたち三人のためにボックス席を丸ごと予約したの？」前列二席の片側に腰を下ろし、エヴリンはヴィクターに尋ねた。ジェネヴィーヴがうしろの席に座る。一階は満席だし、ボックス席もすべて埋まっていた。広いボックス席を独占していることが意外だった。兄はそんな浪費をする人間ではない。

「いや、そうじゃない。知人を招待したんだ」うしろの座席に腰かけたヴィクターが答えた。

エヴリンはかたわらの空席をいぶかしげに見つめた。「知人って、だれ？」

「こんばんは、ラディック」低いしわがれ声が聞こえたかと思うと、アルヴィントン卿がボックス席後方のカーテンの隙間から顔をのぞかせた。「お招きありがとう。今夜は満席のようだな。わたしはボックス席を姪の一家に譲ってしまったので、ちょうどよかった」

「さすがに閣下は気前がいい」ヴィクターはお世辞を言って子爵の手を握った。

ジェネヴィーヴが満面の笑みをたたえて立ちあがり、子爵夫人の丸々と太った頰にキスをした。「金曜の夜にウェリントン卿がディナーをご一緒してくださるそうですのよ。お聞きになりまして？」

「ええ。ウェリントン卿はすばらしいお方ですわ」

エヴリンも立ちあがったが、だれも彼女に注意を払おうとはしなかった。クラレンス・アルヴィントンがボックス席に入ってきたときになって、エヴリンは隣の椅子がだれのための席かにようやく気づいた。またしても彼女は政治の駆け引きに使われるのだ。腹立たしさを笑顔で隠し、エヴリンは膝を曲げた。クラレンスが手袋をはめた彼女の手を取ってお辞儀をした。

「今夜はまたいちだんとお美しい、ミス・ラディック」クラレンスが言った。

「本当に」レディー・アルヴィントンが同意する。「そのネックレスはどこでお求めになったんですの？　みごとだわ」

エヴリンはダイヤモンドをあしらった銀のハートを指で押さえ、このネックレスの本当の入手先を話したい衝動に駆られた。だが、それを聞いた彼らがどんな顔をするかを見るだけのために、そこまで大胆な発言をする価値はない。「先祖から受け継いだものですわ」母親が眉をひそめたのを横目で見ながら、エヴリンは言った。「たしか祖母からでしたわよね、お母様？」

「ええ、ええ。そうだったはずですよ」ジェネヴィーヴはエヴリンを一瞥しただけで座席に腰を下ろした。「ミスター・アルヴィントン、いかがお過ごしでいらっしゃいました？」

「お尋ねくださってありがとう、ミセス・ラディック。ぼくはこのところ、新しいクラヴァットのデザインを手がけています」クラレンスは顎を前に突き出し、複雑に結ばれた喉もとのクラヴァットを誇らしげに示した。「わかりますか?」顎を上に向けたまま言う。「これはマーキュリーノットという結び方です」

一同はクラヴァットに注目していたが、エヴリンは退屈そうにほかのボックス席を見渡した。ふたつ先のボックスには、ふたりのおばと弟たちをともなったデア夫妻の姿が見える。デアの弟のロバートの姿は今夜も見あたらない。彼はワーテルローの戦いから負傷兵として帰還して以来、屋敷にこもりがちだという。向かい側のボックス席には、ルシンダが父親のバレット陸軍大将と座っている。まわりには軍人や政治家の知人の姿も見えた。

客席の照明が暗くなり、エヴリンは口もとに笑みを浮かべてルシンダに片手を振ると、席に腰を下ろした。舞台のカーテンが上がったとき、オペラグラスの光が反射し、エヴリンは視線を引きつけられた。ステージにもっとも近い貴賓席のボックスから、だれかが彼女を見つめている。こちらに向けられたオペラグラスが下がり、おもしろがっているようなセイント・オーバンの顔が目に飛び込んできた。

エヴリンは息をのんだ。セイントの一族が代々ドルーリーレイン劇場のボックス席を所有していることは聞いていたが、彼女の知る限り、彼がこうした催しに顔を見せたことは一度もないはずだ。だが、間違いなくセイントはここにいる。しかもひとりではなかった。いかにも柄の悪そうな男女が数人、ボックスを埋め、厚化粧のブロンドの女性が巨大な胸をセイントの腕に押しつけるようにして座っている。

鋭い痛みがエヴリンの胸を襲った。あれほど強い関心を示しておきながら、やはりわたしも彼にとっては口説き落とした女のひとりでしかなかったのだ。体を奪い、もてあそんだあとは忘れるだけの女となんら変わりない。いいわ。それならそれでけっこうよ。わたしだって、好奇心に駆られて抱かれただけだもの。

「今日の芝居はなんでしたっけ？」クラレンスが顔を寄せてささやいた。強烈なオーデコロンのにおいが鼻をついた。

「『お気に召すまま』よ」思わずとげとげしい口調になった。片手に握ったプログラムを見ればわかるでしょうに。

「ああ、シェークスピアですね」

「そうらしいですわ」

だれかが椅子の背をつついた。ヴィクターに決まっている。今の態度を戒めるつもりなのだろう。エヴリンはクラレンスのクラヴァット越しに、もう一度セイントを見やった。彼はまだ隣席の女性と楽しそうにしているのかしら？　エヴリンが見ていることを知りながら、これ見よがしに女性と仲むつまじくしているなら、彼はなにひとつ学んでいないことになる。彼女は思わず眉間に皺を寄せた。それとも、なにも学んでいないのはわたしのほう？　セイントには近づくなとだれもがみな、彼自身さえもが、声をそろえて警告してくれたのに。

ヴィクターの頰が彼女の耳をかすめた。「しかめっ面をするな」兄は小声でささやいた。

ああ、今すぐここから逃げ出したい。どんな表情も涙も見逃さないように、観客がみんな自分に注目しているような気がした。「おなかが痛いの。水を飲んでくるわ」エヴリンはささやき返した。

「だったら、急いで行ってきなさい」

弁解の言葉をつぶやいてエヴリンは立ちあがり、後方のカーテンへと向かった。壁にもたれて泣きたかったが、給仕係が廊下を行き来し、ボックス席からボックス席へと飲み物やオペラグラスを運んでいる。声をひそめて給仕係にアルコーヴの場所を尋ねると、近くのカーテンで仕切られた一角を示された。中に入るが早いか、涙が頬にこぼれ落ちた。

セイントは体の向きを変え、デリアとのあいだに距離を取ろうとした。今夜はだれも招待したくはなかったが、六人がけのボックス席にひとりきりで座るのは滑稽に思えた。

先ほどから二分おきにエヴリンを見ずにはいられなかったが、今回そちらに目を向けると、彼女の席は空っぽだった。それに気づくと同時に彼は立ちあがっていた。

「セイント、ブランデーを持ってきて」デリアが甘えた声を出した。

返事もせずにボックス席を出ると、セイントは広い廊下をラディック家の席のほうへ向かった。エヴリンの姿はどこにも見えない。もう席に戻ってしまったのだろうか。舌打ちしながら踵を返したときだった。近くのカーテンの向こうからかすかに洟をすする音が聞こえ、彼は足を止めた。

「エヴリン？」そっと声をかけた。中にいるのが、ファティマやかつての愛人でないことを祈るばかりだ。

「来ないで」

よかった。彼女だ。「なにをしているんだ？」

「なにもしてないわ」

セイントはカーテンを押しやった。エヴリンが両手で顔を覆い、背を向けている。

「隠れているつもりかい？　丸見えだよ」

「あなたも丸見えだったわ。楽しそうね」

「そうでもない。あの女がボックス席から落ちればいいと思っていたところさ」

彼女は顔を覆っていた手を下ろし、セイントと向き合った。「なぜここにいるの？」

セイントは廊下をさっと見渡してからアルコーヴの中に入り、カーテンを引いた。「なぜだと思う？」言い終わらないうちに、エヴリンの唇に唇を重ねた。

彼女の体を背後の壁に押しつけ、セイントは激しいキスを浴びせた。息をあえがせてキスに応えながら、エヴリンは手袋をはめた手で彼の肩を引き寄せた。

「人に見られるわ」うめき声とともに彼女がささやく。セイントはエヴリンのヒップを押さえていた手を持ちあげ、ドレスの上から両手で胸を包み込んだ。

「しいっ」

エヴリンの姿を目にしただけで、セイントは荒々しい高まりを感じた。彼女が逃げ出さないように何度も熱いキスを繰り返したが、欲望は膨れあがるばかりだ。これほどまでに彼を燃えあがらせた女はいない。だが、ゆっくりとエヴリンを味わっている時間はなかった。セイントは胸から手を離すと、彼女の手を取ってズボンへと導いた。

「ここで？」エヴリンが彼の口もとで吐息をついた。

「きみが欲しい」セイントはズボンの中の高まりをエヴリンの指に握らせると、彼女のドレスの裾をつかみ、膝の上までめくりあげた。「どんなにきみが欲しいかわかるだろう、エヴリン・マリー？　きみもわたしが欲しいんだろう？」

否定されれば欲望は萎《な》えていたかもしれないが、エヴリンは震える指で彼のズボンをゆるめた。「あなたが欲しいわ。今すぐに」彼女は声を殺して懇願し、セイントの口の中で息をあえがせた。

ズボンが下ろされ、セイントはエヴリンを抱きかかえて両脚を自分の腰に巻きつけさせた。低いうめき声とともに彼女の体を貫く。エヴリンの背中を壁に押しつけ、彼は力強く腰を動かした。彼女の苦しげな息づかいが、セイントを快楽の極みへといざなった。このうえない歓喜が彼を満たす。エヴリンの中でふたりが溶け合い、ひとつになった。

彼女がのぼりつめるのを感じ、セイントはあえぎ声を唇でふさいだ。エヴリンの歓びが官能の炎をあおり、セイントは彼女の息が止まるほど強く壁に体を押しつけると、やがて喉の奥からしぼり出すような声をあげてクライマックスを迎えた。

エヴリンは荒い息をつくセイントの首に腕をまわし、靴を履いたままの足をヒップに巻きつけた。彼女の髪の香りに包まれながら、セイントはしなやかな体を抱きしめた。すべてを解き放った今も、彼女を放したくない。エヴリンの中で、彼はふたたび欲望が膨れあがるのを感じた。

「セイント?」彼女のうわずった声が聞こえた。やわらかな唇がセイントの顎をくすぐる。

「なんだい?」

「あなたのミドルネームはなんていうの?」

セイントは彼女の肩から顔を上げ、グレーの目をのぞき込んだ。「エドワードだ」

「マイケル・エドワード・ハールボロー」エヴリンは笑みを浮かべ、小さくつぶやきながら彼の頬をそっと撫でた。「こういうことって、いつもこんなに……すばらしいの?」

「そんなことはないさ」セイントはもう一度、ゆっくりと味わうように彼女の唇にキスをした。

「エヴィ? いったいどこに行ったのかしら?」カーテンの向こうから、ジェネヴィーヴの押し殺した声が聞こえてきた。

セイントの腕の中でエヴリンが身をこわばらせた。恐怖に顔が引きつっている。「ああ、困ったわ。どうしましょう。行かなきゃ」

どうやら議論の余地はなさそうだ。彼はエヴリンを抱きあげて、ようやく体を離した。床に下りた彼女のスカートをもとに戻す。「ここよ、お母様」彼女が廊下に向かって小声で言った。「すぐに行くわ。おなかの具合が悪いの」

「急いでちょうだい。ヴィクターが怒っているわ。あなたがミスター・アルヴィントンを避けているんじゃないかと疑ってるのよ」

セイントはズボンをはいた。エヴリンはドレスを直し終えると深呼吸をしてうなずき、カーテンに手を伸ばした。

彼はその手をつかみ、エヴリンが振り向いた。セイントは行かせたくないというように首を振り、ドレスの胸もとに指を這わせて、ふたたびキスをした。

「エヴィ!」

「今、行くわ」彼女はセイントの胸に手を置いて奥の壁に押しやると、カーテンの隙間から薄暗い廊下に出た。

セイントはカーテンに隔てられた暗がりにたたずみ、遠ざかっていくふたりの足音を聞いていた。またひとつ秘密が増えた。セイントとエヴリンの関係を知る者は、彼ら自身しかいない。数えきれないほど多くの女を知っていながら、エヴリンの体を奪ったのは自分だけだという事実に、彼はたとえようもない興奮を覚えた。

ふいにエヴリンの母親の言葉が耳によみがえった。ミスター・アルヴィントンのことを言っていたが。そうか、なるほど。それがヴィクターの戦略か。アルヴィントン卿は資産家ではないが、ウェストサセックスに領地を所有する有力者だ。選挙の票には絶大な影響力を持っている。単純な取引だ。ヴィクターは下院の椅子を手に入れ、それと引きかえにアルヴィントン家はエヴリンとラディック家の財産を手に入れるというわけだ。

セイントはひとけがないのを確かめてカーテンの外に出た。エヴリンはヴィクターの魂胆に気づいているのだろうか。彼女の財産がクラレンスの手に渡る事態になったら、孤児院でのボランティアを続けることは不可能だ。金はすべてあの男のクラヴァットと競馬と賭けごとで消え失せることになるのだから。

そのころにはわたしの熱も冷めているだろう。気にかけることもない。なよなよした気取り屋の男が夜ごとエヴリンの体を欲しいままにしようと、かまうものか。

「セイント、わたしのブランデーは？」席に戻った彼の横でデリアが言った。

「自分で取ってこいよ」

セイントは舞台に目を向けて意識を集中したが、せりふはまったく耳に入ってこなかった。ウェリントンにディナーを承諾させたことで、ヴィクターには貸しを作ってある。もう一度エヴリンを誘ったら、彼は許可せざるをえないだろう。だが、彼女は数日中に子供たちに会うために孤児院へ来るはずだ。彼女を抱くチャンスはまだある。そして四週間後に孤児院を閉鎖したあとは、ふたりきりになることはもうない。

ラディック家のボックス席に目を向けると、クラレンスがエヴリンに話しかけるのが見えた。彼女はそれを無視して正面を向いている。セイントと視線がぶつかったが、エヴリンはあわてて目をそらした。

拷問のようだとセイントは思った。いずれはほかの男の手に渡ることがわかっていながら、夜も眠れないほど彼女を求め、人目をはばかりながら見つめることしかできない。エヴリンは結婚したら最後、彼の誘惑に負けて不貞を働くような女ではない。たとえ結婚生活がどれほど悲惨であろうとも。

クラレンス・アルヴィントンが邪魔だった。しかし彼を追放するには、セイント自身がアルヴィントン卿になりかわり、議会か閣僚の議席をヴィクターのために確保しなければならない。そしてなにより先に、孤児院の閉鎖が遅れることを皇太子に告げる必要があった。孤児院が取り壊されれば、エヴリンには二度と会えなくなるのだ。

「セイント？」

「なんだ、デリア？」彼は我に返った。

「休憩よ」

客席が明るくなり、ボックス席の観客がロビーへと向かうなかで、セイントはひとり緞帳《どんちょう》の下りた舞台を見つめていた。「帰る」彼は不意に立ちあがった。

デリアも腰を上げ、胸をひけらかすようにドレスの襟もとを引っぱった。「あら、そう。芝居のあとで楽しませてあげようと思ってたのに」唇を舐めながらささやく。

「いや。わたしはもう楽しんだ。それでは失敬」

ああ、なんてことかしら。セイントが愛人と舞踏会の掃除用具置き場やテラスで、あるいは夫が居眠りをしているその横でセックスをしたというのは有名な話だけれど、とうとうわたしもそこまで身を持ち崩してしまったのね。

バレット家の馬車がリージェント・ストリートに出ると、エヴリンは日差しをよけるように目の上に手をかざした。最悪なのは、そこまで堕落しながらも、セイントにもてあそばれるのを楽しんでいることだ。彼はあまりにも率直だ。欲しいものは必ず手に入れる。そしてエヴリンを手に入れようと躍起になっている。セイントの関心を引きつけているという事実が、彼女をことさら燃えあがらせた。彼と離れていると、居ても立ってもいられなくなるほどだ。あとで孤児院に寄ってみようとエヴリンは思った。セイントに会えるかもしれない。

「こうなるとは予想もしていなかったわ」ルシンダの言葉で、エヴリンははっと我に返った。

「ごめんなさい、何を予想していなかったんですって？」

「セイント・オーバンの変身ぶりよ。あなたの話ではすっかり紳士らしくなったそうだし、昨夜は『お気に召すまま』の前半を静かに観劇していたわ。あなたの礼儀作法のレッスンが功を奏したとしか考えられないわね」

ええ、まったくそのとおりよ。セイントとわたしは礼儀作法どおり、アルコーヴで立ったままセックスしたの。「たぶん偶然だと思うけど」

「彼はまだあなたにショッキングなことを言うの？」ルシンダが頬にえくぼを浮かべて尋ねた。

「ええ、ことあるごとにね」嘘をつかずにすむ質問がありがたかった。

「もうなにも盗まれていない？」

「わたしの知る限りではなにも」処女を盗まれたけれど。

ルシンダが大きなため息をついた。「エヴィ、いったいどうしたっていうの？　わたしにはなんでも話してくれるはずでしょう？」

「もちろんよ」エヴリンは顔をしかめ、ルシンダに愛想を尽かされない説明がないものかと言葉を探した。「セイントは四週間だけ待ってくれると言っているの。そのあいだに彼を説得して、孤児院閉鎖を阻止しなければならないのよ。ありとあらゆることを試したけれど……なにひとつうまくいかなくて、どうすればいいのかわからないわ」

ルシンダが眉をつりあげた。「でも……」

冷たい予感がエヴリンを襲った。「でも、なんなの?」

「たしかな話かどうかはわからないけれど……」ルシンダはエヴリンの手を取って握りしめた。「ジョージ皇太子が建設を計画している公園用地が拡張されることになったらしいわ。議会で可決されたと、昨日聞いたの」

エヴリンの耳の中で轟音《ごうおん》が鳴り響き、しだいに大きくなった。ルシンダの声はもう聞こえなくなっていた。「嘘だわ」セイントは約束してくれたのよ。四週間待つと。ゆうべ彼に会ったとき、そんなことはなにも言っていなかった。激しく体を求められただけ。

彼女は心の中で嘲笑した。当たり前よ。セイントが言うはずないわ。言われていたら、けっして指一本触れさせなかったのに。

もしかしたらセイントは学んでいるのかもしれない、ほんの少しだけでも変わりつつあるのかもしれないと思い始めたところだったのに。そして、ひょっとしたらわたしのことを気にかけてくれているのではと……。ときどきやさしい言葉をかけてくれることもあったけど、嘘だったのね。なにもかも、でたらめだったんだわ。いつも本当のことしか言わない人だと思っていたのに。だからこそ、彼を信じられると思っていたのに。

「ルシンダ」涙が頬にこぼれ落ちた。「お願いがあるんだけれど、聞いてくれる？」

「もちろんよ。なんでも言って」

「一緒にセイント・オーバンの家に行ってほしいの。今すぐ」

「セイント・オーバンの？　本気なの？」

「ええ、本気よ」

ルシンダはうなずき、御者に向かって告げた。「グリフィン、予定が変わったの。セイント・オーバン卿の家に行ってちょうだい」

御者は驚いたように振り返り、ルシンダの顔を見た。「お嬢様、今なんと――」

「聞こえたはずよ。急いで」

「はい、お嬢様」


セイントは手すりから身を乗り出して執事を呼んだ。「ジャンセン、カールトンハウスからの返事はまだか？」

執事があわてて廊下に姿を見せた。「まだでございます。届きましたら、すぐにお知らせいたします」

「すぐにだぞ」セイントは書斎に戻ると、部屋の中を落ち着きなく歩きまわった。今は皇太子との謁見の許可を待っているところだ。孤児院閉鎖を延期するために、すぐにも行動を起こしたかった。そのあいだにアルヴィントンを締め出し、ヴィクターの議席を確保する方法を考えなければならない。都合のいいことに、ジョージ皇太子は議会の承認と経済的なうしろ盾と側近の助言がなければなにもできない。高価な赤ワインも必要かもしれない。セイントはもう一度ドアを開けた。

「ジャンセン、最高級のボルドーをひとケース、準備してくれ」

「かしこまりました」

孤児院を維持するのは大きな負担だが、やむをえない。セイントは舌打ちしながら自分に言い聞かせた。ほんのいっときのことだ。エヴリンとの関係がどうなっていくのか、答えが見つかるまでのこと。別のアイデアが浮かぶかもしれない。この件はしばらく保留にしておくのも悪くない。

半開きのドアをジャンセンがノックした。

「ボルドーの用意はできたか？」

「いえ、その、お客様がお見えです」

「いないと言ってくれ」

「ご婦人のお客様ですが」

「だったらなおさらだ。早くボルドーの準備をしろ。カールトンハウスから返事が来たら、すぐに出かける」

「かしこまりました」

アルヴィントンを追い払うのは至難の業だろう。なにしろウェストサセックスの有力者だ。セイントはその地区に領土もなければ縁故もない。アルヴィントンを失脚させるために使えそうな情報も人物も、心当たりがなかった。

「旦那様」

「カールトンハウスからの返事か？」

「いいえ」

「だったらなんだ？」

「ご婦人たちはお帰りになりません。緊急のご用件がおありだとか」

セイントはため息をついた。女のことで煩わされるのはこりごりだ。「どこの女だ？」

「お名前はおっしゃいません。お見かけしたことのない方たちですが、お心当たりは……？」

彼は執事を睨みつけた。「わかった。二分間だけ話を聞いてやろう。それと――」

「カールトンハウスからのお返事が届きしだい、お知らせいたします」

セイントは椅子の背から上着をつかみとり、それを着て書斎を出た。階段の上からは、玄関広間に立つ女性たちの帽子と靴の先が見えるだけだ。ときどき玄関先にやってきては寄付を募る慈善団体の女たちなら、すぐに叩き出してやる。

階段を下りながら、セイントは声をかけた。「今朝は忙しいんだが、どんな用件で――」

女性たちが振り返る。彼は息をのんだ。

「エヴリン？」

彼女が駆け寄ってきた。胸騒ぎがした。さまざまな思いがわきおこったが、セイントは彼女を迎え入れようと両腕を広げた。

エヴリンが突然、彼のみぞおちを殴りつけた。「嘘つき！　あなたなんか大嫌いよ！」

不意をつかれ、痛みよりも驚きのほうが大きかった。さらに叩こうとする彼女の手をつかみ、セイントは言った。「なんの話だ？」

エヴリンはセイントの手を振りほどこうとしたが、彼は力をゆるめなかった。「あなたにはすっかり騙されたわ。手を放して！」

「暴れるのはやめてくれ」セイントはエヴリンの背後に視線を向けた。「ミス・バレット、彼女はいったい――」

エヴリンが靴の踵で彼の膝を思いきり蹴った。

「痛い！」

「四週間待ってくれると言ったのに、まだ四日も経っていないじゃない！」

セイントは彼女の腕をつかんで体を揺さぶり、うしろに押しやった。「これ以上暴れたら、床に張り倒すぞ」身をかがめて膝をさすり、ふたたびルシンダを見やる。「いったいどういうことだ？」

「ルシンダは孤児院のことを知ってるのよ。お願い、セイント。嘘をつかないで」

「きみがなにを怒っているのかさえわからない」セイントは階段に腰を下ろした。「わたしは皇太子に謁見を申し込んで、カールトンハウスからの連絡を待っているところだ。孤児院閉鎖を延期すると伝えるつもりだった」

エヴリンの青ざめた頰に涙がこぼれた。「そんなこと、できるわけがないでしょう？　議会はもう公園用地の拡張を承認したというのに」震える声で言う。

セイントは目をみはった。彼女の勘違いか、あるいはなにか大きな手違いでもあったのだろうか。「なんだって？」

「驚いたふりなどしなくていいわ。やっと大切な使命を見つけたのに、あなたがすべてをめちゃくちゃにしたのよ」

「エヴリン、今の話は本当なのか？」

セイントの言葉に彼女はかすかなとまどいを見せた。「ルシンダのお父様が昨日、話していたそうよ。孤児院の閉鎖のことも、あなたがひと儲《もう》けを企んでいることも」

「わたしにはなんのことかわからない。本当に」その言葉をエヴリンに信じてもらえるはずがないのはわかっていたが、熱心に説得するのも得意ではなかった。

「とにかく、わたしはもう知ってしまったの」エヴリンは少し落ち着いた声で言った。「あなたになど会わなければよかった。こんなひどい人がいるなんて信じられないわ」

同じことを女たちに言われた経験は何度もあったが、エヴリンに言われると、もう一度みぞおちを殴られたような衝撃を受けた。セイントは立ちあがり、険しい声で言った。「なにが起きたのか知らないが、すぐに調べるつもりだ」だれかが裏で糸を引いているのだろうか。

皇太子がセイントに相談せずに話を先へ進めるはずがない。「わたしはきみに嘘をついたことはないよ、エヴリン」セイントは歩み寄ったが、彼女はあとずさりした。「わたしが数日間……留守にしているあいだに、なにかあったのかもしれない。ただちに調べて、しかるべき手を打つ」

エヴリンはドアに向かいながら首を振った。「もうなにもしないで。なにをしたって手遅れよ」涙を拭き、セイントのほうを振り返る。

彼は苦しげに顔をしかめた。エヴリンにのぼせあがっているあいだに、だれかに裏をかかれたのだとしても、彼女を手放すつもりはない。「エヴリン、待ってくれ」

「もう行くわ。子供たちの受け入れ先を見つけなくては。さようなら、セイント・オーバン。二度とあなたに会わずにすむことを祈っているわ」

セイントは引き止めなかった。どのみち今日はなにを言ったところで、聞き入れてくれないだろう。彼は悪態をつきながら外に出ると、馬丁にカシアスの準備をさせた。こんなことでふたりの関係を終わらせたくない。エヴリンと会えなくなるのは想像を絶する苦しみだ。ジョージ皇太子に会いに行こう。許可があろうとなかろうとかまうものか。

19

「いったいなにごとだね？」ジョージ皇太子はセイントが待つ部屋に入るなり言った。「わたしは今スペインの大使と会見中で、週末にはブライトンのロイヤルパビリオンで盛大なディナーパーティーを開く予定なのだ」

「公園拡張の話を議会でなさったのですね」セイントは単刀直入に切り出した。怒鳴ったところで皇太子は怖じ気づくだけだ。礼儀正しく穏やかに話をするつもりだったが、これほど激しい怒りに駆られたことはかつてなかった。

「実は深刻な財政難に陥っているところでな。知っているだろう？　議員どもがわたしの財布のひもをしっかり握って放さないのだよ。まったく情けないことだが——」

「わたしがしばらく留守にしているあいだに……」セイントは険しい表情で言った。「なぜ話を進めたのです？　経費を払うかわりに、わたしが陣頭指揮に立つつもりだったんです」

「きみの孤児院の理事たちにあと押しされたのだ。政府の金を無駄にしないためにも、あのかび臭い建物を取り壊すべきだと意見が一致した」皇太子はポケットから嗅ぎ煙草のケースを取り出して蓋を開けた。「きみの望みどおりではないか。なにを睨んでいるのだね？」

セイントは歯を食いしばり、皇太子の胸ぐらをつかんで殴りつけたい衝動を必死で抑えた。「考えが変わったんです。わたしの母が大切にしていた〈希望の家〉を取り壊すことはできません」

皇太子は声をあげて笑った。「だれの影響だ？」

「だれとは？」

「どこぞの小娘にすっかり骨抜きにされているそうではないか。〝母が大切にしていた〈希望の家〉〟か。これは愉快だな。どんな弱みを握られているのか知らないが、おおかた孤児院にはきみの隠し子がいて、そのことを暴露すると脅されてでもいるのだろう？　だれもそんなことを気にかけるものか。きみは悪名高きセイント・オーバン侯爵だ。そのくらいのことは驚くに値しない」

セイントは無言で皇太子の顔を見つめていた。セイントがなんの見返りも求めずに行動を起こしていることを、いったいだれが信じるというのか。彼の博愛精神を掘り起こそうとしたエヴリンさえ信じないだろう。セイント自身、自分が無私無欲で行動していることが信じられなかった。彼女の言うとおりだったのだ。

椅子に深く身を沈め、セイントはゆっくりと言った。「子供たちは、あのかび臭い建物を自分の家だと思っています。〈希望の家〉では今……相談役によって出された改革案を実施し、教育的なカリキュラムを開始しています。それによって、子供たちの将来を少しでも変えることができるのではないかと考えています。陛下、お願いします。〈希望の家〉の存続にお力をお貸しください」

「セイント、これは議会で決議されたことなのだよ。しかもすでに新聞で報道されている。今さら取り消しでもしようものなら、世間の笑いものだ」

「そんなことはかまいません」

「きみのようなろくでなしの言いなりになれば、笑いものにされるのはこのわたしだ。これ以上、わたしは評判を落としたくないのだよ。この件はもう世間に知られてしまった。本来ならば、わたしの意見にさえ耳を貸してもらえない民主主義のご時世だ。悪いが、孤児院のことはあきらめてくれ」

「子供たちはどうなるのです？」

「それはきみの役目ではないのかね？　さっさと孤児たちの受け入れ先を見つけることだ。遅れることがあってはならんぞ」皇太子は立ちあがり、ドアに向かった。「土曜日にブライトンに来たまえ。トルコ領事がベリーダンサーを連れてくるそうだ」

皇太子が立ち去り、ドアが閉まると、セイントは腰を上げて窓辺に立った。カールトンハウスの庭園が眼下に広がっている。庭師と訪問者の姿がまばらに見えるだけで、庭園は閑散としていた。新聞で報道された今、皇太子はこの件を変更するつもりはなさそうだ。理事たちは世間の反感を買わないように、いかに〈希望の家〉が荒廃しているかをもっともらしく訴えたのだろう。

理事たちは口の軽い皇太子の側近から、孤児院閉鎖の噂を聞きつけたに違いない。皇太子の公園建設計画を支持して恩を売っておけば、あわよくば政府の予算が自分たちのふところに転がり込んでくるとでも思っているのだろう。

セイントは窓のカーテンを閉めた。人生最大の苦境に立たされていた。受けた打撃は金銭や自尊心だけではないことに、ようやく彼は気づき始めていた。エヴリンが吐き捨てるように言った別れの言葉が、大きな塊となって胸を締めつけている。セイントは痛みをこらえ、大きく息を吸い込んだ。

エヴリンが子供たちの受け入れ先を探すと言っていたことを、彼はふと思い出した。帽子を手に大股でドアへ向かう。弁護士に会いに行くつもりだった。そんな方法しか思いつかなかった。

ルシンダが声をひそめてささやいた。「ねえ、わたしたちだけで大丈夫かしら？　こういう施設の中には――」

「危険なところもあると言いたいんでしょう？　わかってるわ。でもセイント・オーバンが子供たちを放り出す前に、できる限り調べておきたいの」

ドアが開き、顎の垂れさがった大男がオフィスに入ってきた。黒い小さな目をぎらつかせ、机の向こうの椅子に腰を下ろす。「お子さんのために施設をお探しとうかがいましたが」男のよどみない口調が、エヴリンにはぞっとするほど不快だった。「うちの施設は秘密を厳守なさりたい場合にはうってつけですよ。お子さんの食事と衣類にかかる充分な費用をおさめていただければの話ですが……。お嬢さんたち、頭金のご用意は?」

「まあ」ルシンダが悲鳴をあげて立ちあがった。「こんなひどい話、聞いたことないわ!」

エヴリンはなだめるようにルシンダの手を握った。「誤解なさっているようですわ」

「ああ。よくあることですよ」

「施設を探している子供はひとりではありません」エヴリンはてきぱきと言った。こんな男が管理している施設に子供たちを預けられるはずがない。それがわかっていながら会話を続けている自分が不思議だった。「五〇人の子供たちが収容先の施設から追い出されてしまうのです。新しい施設を見つけてやらなければなりません」

「ああ、〈希望の家〉のことですね? 閉鎖になると聞きましたよ。うちではそんなことは絶対に起きません。ここは政府の資金で運営されていますから」

「そのうえ寄付金を巻きあげるつもりね?」ルシンダがぴしゃりと言った。

「ときには、口外できないような家柄の子供を預かる場合もありますからね。そういう場合は当然ながら、特別な待遇が必要になります」

セイントの父親の子供のように……。エヴリンは彼から聞いた話を思い出していた。セイントに腹違いのきょうだいがいるのだとしたら、今ごろどこでどうしているのだろう。ここに預けられていないことを願うしかない。「お話はよくわかりました。お時間を取っていただき、ありがとうございました」彼女は立ちあがった。

男も椅子から腰を上げた。「今うちでは七歳以下の子供なら、五、六人預かることができ

「ますよ。なんならひとりにつき五ポンド、金を払ってもいい」

「なぜ七歳以下の子供なんですか?」気分が悪かったが、子供たちによりよい施設を見つけてやるためには、あらゆることを知っておく必要があった。

「軽いからですよ。うちでは子供たちに煉瓦作りの作業をさせるんですが、大きくなって体重が重くなると、湿った煉瓦の上をへこませずに歩くことができなくなる」

「わかりました。考えてみますわ」エヴリンはルシンダに続き、ドアに向かった。「失礼します」

「またお待ちしてますよ」

ふたりとも、バレット家の馬車が通りに出るまで口を開かなかった。

「ひどいわ、言語道断よ！」ルシンダがようやく声をあげた。

「セイントがそれほど悪人に思えなくなったわ」エヴリンも言った。「少なくとも彼は子供たちに労働させたりしないし、寄付金を巻きあげたりもしていないもの」

「セイント・オーバンはあなたの言葉にショックを受けていたわよ」ルシンダが言った。

「知るもんですか。彼は子供たちを今の施設のような場所に入れようとしていたんだわ」エヴリンは背後の薄汚れた建物を指差した。

セイントはエヴリンを裏切ったのだ。信頼とようやく見つけた生きがいと誠意は、マイケル・エドワード・ハールボローによって粉々に打ち砕かれた。たとえ彼が本当のことを言っていたとしても、今さらなにも変わりはしない。どちらにしても、彼のことはもう信じられないのだから。彼がわたしの信頼を取り戻すのは不可能だ。ほかの人たちの言うとおりだった。わたしだけが間違っていた。その事実がなによりつらい。

ルシンダが哀れむようにほほえんだ。「あなたの心をすっかりとりこにした子供たちに、わたしも会ってみたいわ」

次に子供たちに会いに行くときは、いい知らせを伝えてやりたいと思い、エヴリンは〈希望の家〉に行くのをためらっていた。ルシンダに付き添われて訪問した施設は、どこもかしこも劣悪な環境だったのだ。子供たちにも本当のことを知らせる必要がある。この先なにが彼らを待ち受けているのか、心の準備をさせなければならない。

「じゃあ、連れていってあげるわ」エヴリンは御者に道順を告げた。


孤児院の建物に自由に出入りできるようになっていたエヴリンは、玄関口でミセス・ネイザンに出迎えられたことが意外だった。

「ミス・ラディック」家政婦のいかつい顔に不安の表情が浮かんでいる。「本当なんですか？　セイント・オーバンがこの孤児院を取り壊すというのは？」

「ええ、残念ながら本当よ、ミセス・ネイザン。子供たちはそのことを知ってるの？」

「ええ、何人かは。ああ、まったく、あいつを見つけたときに鍵を捨てるんだった」

ルシンダが怪訝そうにミセス・ネイザンを見つめている。絶対的な信頼を寄せている友人とはいえ、セイントを拉致した一件までは理解してもらえないに違いない。ミセス・ネイザンは彼が監禁されていたことを知っていながら、見て見ぬふりをしたのだろうか。セイントに尋ねることも、今となっては不可能だ。

「あなたはよくやってくれているわ。本当に感謝してるの。それで、子供たちは授業中？」

「そうです。でも、これからどうなってしまうんでしょう？」

「わからないわ。どうすればいいのか、だれかに訊きたいくらいよ」

ミセス・ネイザンが頭を振って立ち去ると、エヴリンはルシンダの手を取って教室へ向かった。家政婦が口にした鍵のことも、どこでだれを見つけたという話も、ルシンダに追及されないことを願った。

「子供たちにどう説明するの？」

「本当のことを話すしかないわ。彼らだって真実を知る必要があるもの」エヴリンは大きく息を吸い込んだ。「こんなつらい知らせを伝えずにすむなら、どんなにいいかしら。でも、そう思うのは身勝手で卑怯《ひきよう》なことよね」

「ところで今日は侯爵の姿が見えないわね」

「ここに来られるはずがないわ」

エヴリンはそれぞれの教室に顔を出し、授業が終わったら子供たちを運動場に集合させるよう教師たちに指示した。終始無言でかたわらに寄り添ってくれているルシンダの友情が、このうえなくありがたかった。

「ミス・エヴィ！」ペニーが叫び声をあげて、階段を駆けおりてくる。そのうしろにローズの姿も見えた。

少女たちと抱き合い、歓待を受けながら、エヴリンはここで歓迎される資格はないと思った。また失敗したのだ。しかも今回はなんの解決策もない。


セイントは疲れていた。この三日間で、浅い睡眠を五時間ほど取っただけだった。

「旦那様、ミスター・ウィギンズからご要望の書類が届きました」

彼は読んでいた法律書を気だるそうに脇へ置いた。書斎のゆったりとした椅子から腰を上げ、本や書類の散らばったテーブルに移動する。「見せてくれ」

ジャンセンと従僕のひとりが、革表紙で装丁された書類を運んできた。「ミスター・ウィギンズからのお言伝《ことづて》です。旦那様が今朝ご覧になった物件の所有者が、明日ロンドンにおいでになるとのことでございます」

セイントはうなずいた。「それはよかった。ありがとう」

従僕が立ち去ったあと、ジャンセンが戸口でためらいがちに言った。「旦那様」

「なんだ？」

「ミセス・ドーリーにスープを作らせましたが、今夜はご在宅ですか？」

彼は記憶を探った。「今日は何曜日だ？」

ジャンセンの顔に一瞬かすかな笑みが浮かんだような気がしたが、すぐにいつものきまじめな表情に戻った。「今日は金曜日でございます、旦那様」

「金曜日だと？」セイントはポケットから懐中時計を取り出した。八時一五分。「まずい。遅れてしまった。すぐにペンバーリーを呼んでくれ」彼は立ちあがり、大股でドアに向かった。

ヒュートン家の玄関口に着いたとき、時刻は九時近くになっていた。三日ぶりでエヴリンに会えると思うと胸が高鳴ったが、彼女に拒絶されるのはわかりきっている。そのことがセイントを悩ませていた。だが目下の問題は明日、彼女をどうやって誘い出すかということだ。彼女とクラレンス・アルヴィントンの親しげな様子を目にするのはつらい。

「セイント・オーバン卿」ヒュートン侯爵が立ちあがって手を差し出した。「先に食事を始めていたが、気を悪くしないでくれ」

セイントはエヴリンを避けるようにして室内を見まわした。彼女の姿が目に入ったら最後、ほかのことに集中できなくなる。「やあ、ヒュートン卿。お招きありがとう。弁護士と急な打ち合わせがあって遅れてしまった。申し訳ない」

「ジョージ皇太子の公園用地拡張の件が決まったそうだね」ヴィクター・ラディックが続いて立ちあがった。

かすかに眉をひそめ、セイントはうなずいた。「ロンドンの建物は簡単に入手できるが、公園用地はめったに手に入らない」

「そのとおりだ」ウェリントン公爵が手を差し出して言った。「先日は貴重なシェリーをありがとう、セイント。絶品だったよ」

「喜んでいただけて光栄です」

レディー・アルヴィントンとミセス・ラディックのあいだの椅子に腰を下ろしながら、セイントはそこがエヴリンの真向かいの席だということに気づいた。彼女から視線をそらし続けるのは不可能に近い。ましてセイントは、彼女を部屋から引きずり出して伝えたいことがあった。悔恨。かつて抱いたことのない感情に、彼はこのところ悩まされていた。「いかがです、ウェリントン卿？　ミスター・ラディックとインドの思い出話で盛りあがっていたのではありませんか？」

セイントが到着したことで中断されていた会話が、ふたたび始まった。彼の親しげな口調で、ヴィクターはウェリントンに近づきになれたのがだれのおかげか思い出したに違いない。会話の流れとしては悪くなかった。セイントはナプキンを膝に置き、大きく息を吸い込んで目を上げた。

エヴリンはクラレンス・アルヴィントンと談笑している。気取り屋のクラヴァットに留められた異様な真珠のピンを褒めちぎっていた。今夜もヴィクターのために愛敬を振りまいているのだろう。クラレンスを近づけようとする兄の真意に、彼女は気づいているのだろうか。

セイントはヴィクターの魂胆が許せなかった。「クラレンス、最近〈ジェントルマン・ジャクソンズ〉で見かけないが、どうしているんだ？」給仕係が運んできたローストポークにかぶりつきながら、セイントは言った。

「ええ、このところ詩を書くのに忙しくて」クラレンスがエヴリンを見つめながら答えた。

セイントの頭に血がのぼった。はらわたが煮えくり返る思いだ。「詩?」

「正確に言うと一四行詩《ソネット》ですが」

　クラレンスとセイントに共通点はなさそうだった。交友関係にも、接点はまったくないだろう。だが珍妙なクラヴァットや、縫い目のはちきれそうなベストと上着を身につけている趣味の悪さから察するに、彼の詩がどんなものかは簡単に想像できた。エヴリンの失笑を買うことは間違いない。「ひとつ聞かせてくれないか?」

　クラレンスが頰を赤らめた。「いや、まだ完成していないんです」

「ここにいるのは親しい友人ばかりだ。かまわないだろう?」セイントはとっておきの笑顔で言った。「わたしは詩に目がなくてね。聞かずにはいられない」

「気が進まないならおやめになったほうがいいわ、ミスター・アルヴィントン」エヴリンが小声で言い、セイントのほうにちらりと視線を向けた。

「クラレンスは詩の才能がありますのよ」レディー・アルヴィントンが自慢げに口をはさんだ。「大学の寮にいたころは毎週、詩を書いて送ってくれましたの」

「それはすばらしい」セイントはにこやかにうなずいた。それが紳士の正しい夜の過ごし方だというなら、ろくでなしでよかったと彼は思った。

「わかりました」クラレンスが顔を輝かせて立ちあがり、咳払いをした。「先ほども申しあげたとおり、この作品はまだ完成していませんが、のちほどみなさんの感想をお聞かせください」

りをした。

「やれやれ」アルヴィントン卿がため息まじりにささやいたが、セイントは聞かなかったふりをした。

「〝きみを目にしたのは、夏の朝日がきらめくロンドンの表通り。夢と見まがうばかりのその姿に、わたしはただため息をつく。ときめきと喜びがわたしを揺さぶり、わたしは馬車から飛びおりる。見あげたわたしの目に映るのは、地上の乙女に姿を変えた天使のほほえみ〟」

エヴリンが頬を赤く染め、もう一度セイントに視線を向けた。彼は見つめ返した。クラレンスが地上の乙女に詩を詠んで聞かせるのがなぜなのか、気づいてほしかった。

「〝わたしは乙女に名を尋ねた。彼女はやさしい笑みを返し、頬を染める。その清らかさは、まぶしい光に照らされた朝露のごとく。わたしの心をなごませるその静けさは、ひそやかにたち込める朝靄のごとく〟」

「〝朝露〟と〝朝靄〟ね。すてきだわ。先を続けて、クラレンス」レディー・アルヴィントンが間の抜けた感想を口にしてほほえんだ。

「〝おお、エヴリン、エヴリン、魂が躍り、魂が歌う〟いいですか、ここでぼくは〝魂が〟と二度繰り返し、新しい韻を踏まなければなりません」クラレンスは続けた。「〝夜空の星にきみが輝く。夜明けの光にきみがまたたく。きらめく陽光にきみがはばたく〟」

一同が拍手を送るあいだ、セイントはエヴリンの顔を見つめていた。彼女はクラレンスからヴィクターへと視線を移し、ふたたび前を向いたが、その表情が不快そうにゆがんでいくのがわかった。「すばらしいわ、ミスター・アルヴィントン」エヴリンはワインをひと息に飲みほしてから、ようやく口を開いた。「わたしは……」

「ソネットは一四行の詩だったはずだが──」セイントはエヴリンの表情に気づいて口をはさんだ。彼女はクラレンスの詩を褒めそやせばいいのか批判すればいいのかわからず、当惑しているようだ。「今の詩は一二行しかなかった」

「ええ、形式を少し変えてみたんです。最後の四行が醸し出す晴れやかな雰囲気のまま、完結させたかったので」

「まったくそのとおりだ」セイントはクラレンスにグラスを掲げてみせた。「みごとな作品だった」

「ありがとう、セイント・オーバン卿。実を言うと、あなたが文学を嗜《たしな》む方とは思っていませんでした」

「セイント・オーバン卿はお世辞と言い訳に使えることなら、なんでも嗜まれる方ですわ」エヴリンが澄ました顔で言い、唇の端をナプキンで拭いた。

まあ、いいさ。話しかけてはもらえなくとも、少なくとも彼女はわたしのことを話題にしている。「ミスター・アルヴィントンはけっしてお世辞のつもりであの詩を書いたわけではないと思うがね、ミス・ラディック」セイントは言い返した。

「当然ですわ」レディー・アルヴィントンが弁護した。

「わたしは……そんな意味で言ったのではありません」エヴリンの頬がさらに赤くなった。

「今の詩についてお世辞を言っているという意味です。わたしの想像では、セイント・オーバン卿が見え透いたお世辞を言うときは、なにかの魂胆があるはずですわ」

セイントは眉をつりあげた。「きみに想像してもらえるとは光栄だ、ミス・ラディック」

「エヴィ」ミセス・ラディックが険しい口調で言った。「お客様になんてことを。口を慎みなさい」

「彼はお客じゃないわ」エヴリンはナプキンをテーブルに投げつけて立ちあがった。「勝手に来たのよ」

「エヴィ！」

エヴリンはドアに向かって大股で歩きながらヴィクターを見やった。「頭が痛いの」声を震わせ、ドアを荒々しく開けて廊下に飛び出す。彼女の背後でドアが勢いよく閉まった。

セイントは呆然とドアを見つめた。彼はクラレンスとエヴリンのあいだに立っていたが、だからといって、なんの役に立ったわけでもない。あのいんちきソネットは明日になれば忘れ去られるというのに、彼女のセイントへの怒りは明日になってもおさまらないだろう。だが彼は一日たりとも待ってはいられなかったし、待つつもりもなかった。

「ウェリントン卿」セイントは静寂を破って言った。「次回の選挙ではどの候補者を支援なさるか、もうお決まりですか？　ミス・ラディックとは多少の意見の食い違いがありましたが、彼女の兄であるミスター・ラディックは、なにごとにおいてもわたしとは正反対のまじめで有能な男です」

「お兄様を議員に当選させるためにクラレンス・アルヴィントンに身売りするなんて、絶対にいやよ！」エヴリンは居間の暖炉の前を歩きまわりながら、ヒステリックに叫んだ。

新聞を読んでいたヴィクターは一瞬ちらりと目を上げたが、すぐに視線を戻して口を開いた。「彼はなかなか美男子だし、家柄もいい。しかもアルヴィントン卿は、プリンプトンを凌《しの》ぐだけの票数を確保すると言ってくれているんだ」

「彼はただのまぬけよ！　それにあの格好、みっともないったらないわ！　わたしがどんなに惨めな思いをしてもかまわないというの？」

「彼はあなたに夢中よ、エヴィ」ジェネヴィーヴが居間の隅で忙しそうに宛名書きをしながら言った。もしかしたら、結婚式の招待状を書いているのかもしれない。「覚えておいて。あなたは自分で結婚相手を選ぶことなどできないのよ」

「それでもあの人だけは絶対にいや。お兄様はわたしになにも言わずに勝手に決めていたのね。そのせいで、みんなの前で知るはめになったのよ。あんなくだらない詩を朗読するなんて信じられないわ」

ヴィクターは新聞の紙面から目を上げ、ふたたび視線を落とした。「セイント・オーバンはあの詩を気に入ったようだな」

「彼はからかっていただけよ。〝輝く、またたく、きらめく、はばたく〟なによ、これ？　わたしだって吹き出したくなるわ。吐き気をこらえるのに精いっぱいで、それどころじゃなかったけれど」

ヴィクターが乱暴な動作で新聞を置いた。「いいかげんにしろ。まだなにも決まったわけではない。クラレンスがおまえに好意を持っているというだけの話だ。彼は無害だし、わたしは彼の父親の支援を必要としている。彼と結婚しても、おまえの交友関係に不都合は生じないはずだ」

「でも――」

「この五年間、おまえは自分で結婚相手を見つけることができなかった。クラレンスならふさわしい相手だと思う。ひょっとしたら、おまえの格が上がるかもしれない。しかもこれまでのおまえの男友達と違って、わが家のために役に立ってくれるのだよ。今日わたしはまた彼に会うことになっているが、昨夜のことで彼の気が変わったのではないかと心配だ」

エヴリンは兄の顔に指を突きつけて叫んだ。「わたしはクラレンス・アルヴィントンとは結婚しないわ。一生独身でいるほうがまだましよ」吐き捨てるように言って背を向ける。

勢いよくドアを開けたエヴリンは、危うくラングレーとぶつかりそうになった。執事はドアの前でノックをしようと手を上げたところだった。「失礼いたしました、お嬢様」エヴリンの胸を叩きそうになったことに気づき、彼は手を下ろした。

「出かけるわ」

「それはよかった。一緒に出かけよう」

そのときになってエヴリンは、執事のうしろにたたずむ人影に気づいた。セイント。怒りと失望と胸の痛みで叫び出しそうになりながらも、彼の姿を目にしただけでエヴリンの体はいつもと同じ反応を示していた。鼓動が激しくなり、熱い疼きが全身を駆け抜ける。「あなたと一緒になんて行かないわ」

「見せたいものがある」セイントはささやき、まるで執事が消えたかのように歩み出てエヴリンと向き合った。

まさかここでわたしを誘惑するつもりじゃないわよね。あんなひどいことをしたあとですもの。「帰って」

セイントがエヴリンの腕をつかんだ。意外なほどゆるやかな手の動きに彼女は息をのんだ。「一緒に来てくれ」耳もとに顔を寄せて、セイントがささやく。彼の唇がエヴリンの髪をかすめた。「わたしがきみの秘密を握っているのを忘れたのか?」

今日はだれかを殴りつけてやらないと気がすまない。「ろくでなし」エヴリンは小声で言い返すと、ふたたび居間に顔を向けた。「セイント・オーバン卿がお兄様にウェリントン卿を紹介した見返りとして、わたしを動物園に連れ出したいそうよ。サリーを連れていくわ。昼食までには戻ります」

ヴィクターがうめき声のような承諾の言葉を口にすると、エヴリンはサリーを呼んでくるよう執事に頼み、玄関へ向かった。セイントがあとを追う。だれも彼もが、なんの断りもなく彼女の行動を勝手に決めている。泣こうがわめこうが、なにも変わりはしない。

「当ててみようか? クラレンスとのことを話し合っていたところだったんだろう?」セイントが言った。

兄の魂胆にセイントは気づいていたのね。彼はなんでもお見通しなのだから、驚くことではないのかもしれない。「わたしを脅してどこに連れていくつもりか知らないけれど、あなたと会話をするつもりはないわ」

「どうぞご勝手に」

サリーが階段を駆けおりてくると、エヴリンは外に出た。セイントがなにを企んでいるにしろ、召使の前で露骨に誘惑できるはずがない。それに家にいることを考えたら、彼と出かけるほうがまだましだ。

「きみの気に入るといいんだが、今日は召使を全員乗せられるほど大きな馬車を用意してきた。なんなら執事や庭師を誘ったらどうだい？」

彼とは口をきかないと決めていたエヴリンは顔をそむけ、馬丁に手を取られて馬車に乗り込んだ。セイントはエヴリンの態度にひるむ様子も見せず、下段の座席に腰を下ろすと、彼女の目を見あげた。

口をきかないと決める前に行き先を訊いておくんだった、とエヴリンは悔やんだ。でも召使を同行し、正午までには帰ると家族に告げてきたのだから、セイントが悪ふざけをする暇はないはずだ。エヴリンは彼にちらりと目を向け、ふと思い出した。暇があろうとなかろうとセイントが大胆な悪ふざけをすることは、先日劇場のアルコーヴで身をもって体験したではないか。

一五分ほど経ったころ、馬車が動物園にもハイド・パークにも向かっていないことに気づき、エヴリンはとうとう口を開いた。「どこに行くの?」

「わたしとは会話をしないはずじゃなかったのか?」

「これは会話じゃないわ。目的地を尋ねているだけよ。質問に答えてちょうだい」

セイントは横目で彼女を見た。「それはできない。着いてからのお楽しみさ」

いいわ。わたしに意地悪をしたいなら、わたしも同じようにさせてもらうから。「わたしがあなたのことを大嫌いと言ったのを覚えてるでしょう?」

彼はうなずき、エヴリンを見据えた。「ほかにも好ましくない言葉を言われたのを覚えているよ。そのことに関してはいずれ謝罪してもらう」

「絶対に謝らないわ」

「絶対というのは長期にわたる話だよ、エヴリン・マリー」

「そのとおりよ」

馬車は閑散とした並木道に入った。通りの両側には古い家々がひっそりと立ち並んでいる。痩せこけた黒い犬がよろよろと目の前を横切った。

半ブロックほど行ったところで、馬車は通りの右に寄って停止した。通りの反対側にはカーテンの閉ざされた大型の四輪馬車が止まっている。かすかな不安がエヴリンを襲った。彼女はセイントを拉致したのだ。彼が同じことをしないとなぜ言い切れるだろう。この静かな古めかしい通りの家々は、いかにも監禁場所にふさわしいように思える。

セイントは馬車から飛びおり、エヴリンの座席のほうにまわって手を差し出した。エヴリンは彼に触れたくなかった。触れたが最後、彼に愛想を尽かしたことを忘れてしまいそうな気がしたのだ。とはいえ、ドレスとハイヒールのまま地面に這いおりることもできない。エヴリンが息を吸い込んで立ちあがると、セイントは前に進み出て、両手で彼女のウエストを抱きかかえて地面に下ろした。

「放して」エヴリンはささやいた。シンプルですっきりとしたクラヴァットを見つめ、セイントの視線を避けた。目を合わせてしまったら、そのあとにキスと抱擁と狂乱が続くに決まっている。そして、そうなることを望んでいる自分が無性に腹立たしかった。

「今のところはしかたがないな」彼はエヴリンから手を離した。「さあ、行こうか?」

彼女の返事を待たずにセイントは通りを横切り、壮大な領主邸のゆるやかにカーブした短い私道を進んだ。好奇心が不安を追いやり、エヴリンは彼のあとに続いた。

わずかに腰の曲がった老紳士が足を引きずりながら玄関口に現れ、ふたりを迎え入れた。

「セイント・オーバン卿かね?」老人は手を差し出した。

セイントも手を出して握手をする。「今日はお時間を作っていただいてありがとうございます、ピーター・ラドロー卿」

「ようこそ、お越しくださった」老人はセイントの背後に目を向けた。「そちらのお嬢さんも一緒に中を見学するかね?」

「わたしは――」

「ええ、お願いします」セイントはエヴリンの言葉をさえぎり、腕を取った。

なんという変わりようかしら。彼はすっかり礼儀正しくなっているわ。ふたりは古い館に足を踏み入れた。サリーがあとに続く。がらんとした広い廊下に足音だけが響き、エヴリンはセイントの腕をつかんだ指に力をこめた。セイントがなにを企んでいるにしろ、無事に家へ帰るまで、彼のそばからけっして離れないようにしよう。

「昨日も見てもらったとおり、家具やカーテンはずいぶん前に処分したままだが、床はこのままで充分使えるし、壁と屋根は去年の冬の大雨のあとに修理をした」

「部屋数はいくつですか?」セイントが尋ねた。

「二七だ。二階には居間がふたつと図書室。一階にも居間がある。それに舞踏室と控え室、音楽室は三階。食堂はここをまっすぐ行ったところだ。使用人の部屋は階下に一〇室ばかりある。キッチンと食料貯蔵室も地下だ」

「セイント」エヴリンは声をかけた。この巨大な館に本当に閉じ込められるのかもしれないと不安になった。

「しいっ」セイントはなだめるように彼女を見つめた。「食堂を見に行こう」

廊下を数メートル行ったところで、ピーター・ラドローは大きな両開きの扉を押した。中は中世風の大食堂といった趣で、長方形の室内に七、八〇人はゆうに収容できそうだ。

セイントはポケットから紙切れを取り出し、鉛筆でなにかを書き込むと、ピーター・ラドローに手渡した。老人は一瞬目をみはったが、そのあとでおもむろにうなずいた。「さあ、こ

「あとのことはきみの弁護士に伝えよう」老人はポケットから鍵を取り出した。

れはきみのものだ」

セイントは鍵を受けとり、意外にもふたたび老人に手を差し出した。「ありがとうございます、ピーター・ラドロー卿」

「こちらこそありがとう。値段の交渉が必要ない相手はありがたい」彼はエヴリンに帽子を傾けて挨拶をした。「ごきげんよう、お嬢さん」

玄関のドアが閉まると、エヴリンはつかんでいたセイントの腕を放した。「わたしに立ち会ってほしかったようだけど、いったいなにを企んでいるの？」彼女は詰め寄った。

セイントは口をすぼめた。「召使に席を外すように言ってくれ」

「いやよ」

「だったらなにも答えられない」

彼は本気だ。このままでは本当になにも答えてくれないだろう。エヴリンは顔をしかめて召使に顔を向けた。「サリー、ちょっと外に出ていて。五分経ったら戻ってきてちょうだい」

サリーは膝を曲げてお辞儀をした。「かしこまりました、お嬢様」

召使が立ち去ると、エヴリンはセイントと向き合った。ふたりきりになるには五分は長くもあり、短くもあったが、なにがあっても動揺を見せまいと覚悟を決めた。「さあ、ふたりきりになったわ。あなたがどんな悪辣なことをするつもりか知らないけれど、わたしがあなたにしたことは、あなたが受けるべき当然の報いだったのよ」

セイントはしばしエヴリンの顔を見つめてから言った。「そしてきみにはこれが当然の報いだ」静かに言い、鍵を差し出す。「おめでとう」

彼女は眉をひそめて鍵を受けとった。閉じ込められても、これで逃げられると思うと同時に、セイントに触れたくてたまらなかった。「わたしにこの古い館をくれるというの？」エヴリンは怪訝そうに尋ねた。

彼は首を振った。「古い館ではなく、新しい孤児院だ」

エヴリンは息をのんだ。「なんですって？」

「いずれきみの好きなように家具を整えよう。職員もきみが選んでくれ。ただし、ミセス・ネイザンを引き続き雇うことには異議を唱えるがね」

片手に鍵を握りしめ、彼女はセイントを見つめた。〈希望の家〉の閉鎖が決まり、あれほど嫌っていた責務からようやく逃れられるというのに、また新たな孤児院を手に入れるなんて。「い……いったいどうして？」

「皇太子に変更を願い出たが、公園用地拡張の計画案を公表したあとで前言を翻しては体面を汚すことになるという返事だった。新聞で報道されてしまえば、摂政といえども国の統治者を説得してきみの望みをかなえることは難しい」

「でも、あなたは〈希望の家〉を嫌っていたわ。それなのに、また同じ問題を抱え込むつもり？」

官能的な唇に小さな笑みが浮かんだ。「しかるべき手を打つと言ったろう？」

エヴリンは呼吸を整えたが、心臓は耳を聾《ろう》するほど大きな音をたてていた。「つまりあなたがここを買ったのは……」ふたりを取り囲む壮大な館を見渡す。「わたしのため？」

「そうだ」

まあ、なんてこと。「言葉が見つからないわ、セイント。信じられない……」

彼が首をかしげてエヴリンの顔をのぞき込んだ。「でも……と言いたいんじゃないのか？」

グリーンの目にいつもの冷ややかな光が宿った。「なにか言いたいことがあるようだな。顔を見ればわかる」

そのときになってエヴリンは、数日前から感じていたセイントの変化の正体に気づいた。冷たくあざ笑うような表情が顔から消えていたのだ。そのことに、彼女はなにより当惑していた。「この館を買ったのが子供たちのためだったらよかったのに、と思っただけよ。わたしのためではなくて――」

「やめてくれ、エヴリン！」セイントが声を荒らげた。「すべての善行には正しい動機がなければならないのか？　それとも動機があると善行ではなくなるのか？　わたしにはわからない。説明してくれ。きみのためにこの館を買ったことが、なぜ間違っているのかを」

「わたしは――」

「説明してくれ。きみがこの館を受けとるのは分不相応だと思っている理由を」セイントは彼女に詰め寄った。「きみは今、そう言おうとしたんだろう？」

「セイント、これは――」

「説明してくれ。どうしてきみのためであってはいけないのか」彼は両手でエヴリンの顔を包み込んだ。「説明してくれ。なぜ素直に喜んでくれないのか。なぜ今ここで、きみにキスしてはいけないのか」

セイントの唇が彼女の唇にかすかに触れた。

「喜んでいるわ」エヴリンは両手で彼の肩を抱きしめたい衝動を必死に抑えながら答えた。

「とても感謝しているの。でも――」

「小悪魔め。わたしはきみにすっかり魂を奪われてしまった」セイントが彼女の口の中でささやいた。

エヴリンはセイントの質問に答えることができなかった。熱いキスを返すのに夢中で、それどころではなかった。

20

帰りの馬車の中で、エヴリンは堰《せき》を切ったように話し続けた。別れ際には口数が減ったもののの、セイントとは口をきかないと豪語したことをすっかり忘れているようだったが、大喜びで話しているエヴリンを見ているのはあまりに楽しく、彼は水をさす気になれなかった。セイントとは口をきかないと言ったことに言及すれば、エヴリンは家を飛び出したときの状況を思い出すだろう。そしてヴィクターが彼女をクラレンス・アルヴィントンと結婚させようとしていることも。

「舞踏室を仕切って、小さな教室をいくつか造ったらどうかしら?」エヴリンが座席の上で飛び跳ねるようにしながら言った。

彼女の胸が揺れるのに、セイントはしばし目を奪われていた。「資金源はわたしだが、決定権はきみにある。必要なものがあればなんでも言ってくれ」

「いろいろなものが必要になるのよ。わかってる?」

セイントはほほえんだ。なごやかなあたたかい雰囲気に気持ちが満たされるのを感じていた。「なにが必要か、きみはわかっているのか?」

「ええ、まずは取りかからなければならない作業が山のようにあるわ。でも、適任者を雇えばなんとかなると思うの」

ということは、エヴリンは今後も家族には内緒で活動を続けるつもりなのだろう。セイントは馬車の行く手を見つめながら、目下の状況を思案した。破産寸前のアルヴィントン家にとって、資産家の令嬢であるエヴリンは頼みの綱に違いない。彼女の清らかさと可憐《かれん》さはヴィクターにも大きな恩恵をもたらしたはずだ。そしてそれゆえに彼女は今、取引の道具にされようとしている。だれかが阻止しなければ、ただ利用されるだけだ。「きみなら大丈夫さ。だが、わたしが言ったのは別のことだ」

「別のことって？」

「なにをするにもすべて金がかかるということだよ、エヴリン」セイントは彼女にちらりと目を向けた。「二万ポンド以上もの金額を、理由もなしにつかうはずがないだろう？」

「でもあなたは……わたしのためだと言ったわ」

彼女の声ににじむ失望感がセイントの胸を締めつけた。「そのとおりだ。だが、無報酬ではない」

エヴリンは取り澄ましたように顎を上げた。「だったら、あなたは報酬としてなにを要求するの？」

「家族に話してほしい」

エヴリンの顔から血の気が引いた。今にも気を失いそうな様子に、セイントは彼女が馬車から落ちるのではないかと思い、身構えた。この要求に従えば、エヴリンは家族の信頼を失うが、彼の得るものは大きい。彼女にスキャンダルという汚点でもつけば、ほかの男を追い払うことができるからだ。

「なんですって？」

「聞こえたはずだ」セイントは肩越しにサリーを見やった。「きみが孤児院でボランティア活動をしていたことを家族に伝えるんだ。きみの献身的な努力が功を奏して、孤児たちがよりよい環境の施設に移れることになり、きみは今後も孤児院での活動を続けていくつもりだと話してほしい」

「無理よ、セイント。兄がどれほど――」

「そんなことはどうでもいい。ただ家族にきみのしていることを伝えればいいんだ」

「できないわ！」

「だったら、この話はなかったことにしよう」

「だめよ」

彼はかたい笑みを浮かべた。「わたしは自分のやりたいとおりにやる。それはもうきみにもわかっているはずだ」

「わたしの人生をめちゃくちゃにするつもりなのね」エヴリンは声を震わせ、こぶしを握りしめた。「それがわからないの？　それとも、あなたにとってはどうでもいいことなの？」

セイントは口を閉ざした。エヴリンの言うとおりなのだろう。本当のことを告げたとたん、ヴィクターにどんな仕打ちをされるのか、セイントにも想像がついた。だが、そんなことを気にかける必要はない。他人を犠牲にしてまでも、自分の都合だけを重視して生きてきたではないか。彼女のことも同じ……と思いたい。しかし、明らかに違っている。

「ならば、それにかわる折衷案を見つけよう」彼は簡単に折れた自分に心の中で毒づいた。「家族に告白するかわりに、きみはわたしになにを提供するつもりだ?」

エヴリンは開きかけた口を閉じた。「わからない」

「あまり心を引かれる返事ではないな」

「すぐには答えられないわ。考えさせて」

「二四時間だけ待とう」セイントはサリーを見据えて言った。「この話は他言無用だ。もしもだれかに口外したら、きみは後悔することになる。そうなったら困るだろう?」

サリーは怯えたように目を丸くした。「はい、侯爵様」

「よろしい」

エヴリンは眉をひそめて彼を睨みつけたが、内心ほっとしていた。「彼女を脅すのはやめて、セイント」

馬車がラディック邸の前に着いたとき、セイントは彼女の耳もとに顔を寄せてささやいた。

「きみをこのまま連れ去りたい、エヴリン。その体を提供すると言ってくれ」

「二四時間、考えさせてもらうわ」青ざめていた彼女の顔が、今度はピンク色に上気した。

「きみはわたしのことが忘れられないんだろう?」セイントは声をひそめてささやき続けた。

召使と馬丁の姿が見えなくなったかわりに、家の中から従僕が迎えに出てきた。「わたしが欲しくてたまらないはずだ」

「ええ」エヴリンはため息まじりに答え、従僕に手を取られて馬車から降りた。「動物園に連れていってくださってありがとう、セイント・オーバン卿」大きな声で言う。「兄にもあなたからのご挨拶を伝えておきますわ」

セイントが馬車から降りて追いかけようと思ったときには、エヴリンの姿はすでに家の中に消えていた。それでよかったのかもしれないと彼は思った。彼女の短い返事を聞いたあとでは、これ以上行儀よく振る舞えるかどうか自信がない。

セイントの馬車がゆるやかなカーブをまわったとき、入れかわりに二頭立ての四輪馬車がラディック邸の前で止まった。クラレンス・アルヴィントンだ。ちくしょう。

ヴィクターが仕組んでいることとはいえ、自分よりもクラレンスのほうがエヴリンと長い時間を過ごしているのではないかと思うと、無性に腹が立った。ましてセイントはウェリントン公に近づくためのお膳立てを整え、ラディック家に貢献しているのだ。気取り屋のクラレンスは、これといって噂にのぼることもない退屈な男だ。もっともセイントと比べたら、だれもが退屈に見えるのはいたしかたないが。

家に着き、玄関前の階段を上がると、ジャンセンがドアを開けた。今夜はヒラリー邸の舞踏会を始めとする催しがいくつか開かれる。その前に少し体を休めておきたい。今夜こそは家でくつろぎ、ゆっくり眠りたかったが、エヴリンの姿をひと目だけでも見たいという思いのほうが強かった。

セイントはコートを脱ぎながら執事に声をかけた。「部屋にいるから――」

「旦那様、お客様がお見えです」ジャンセンが居間のほうにちらりと目を向け、セイントの言葉をさえぎった。

「だれだ?」

「セイント! わたしよ!」

ファティマが駆け寄ってきて、彼に抱きついた。セイントは反射的に彼女のウエストをつかみ、体を引き離した。

「ここでなにをしている?」

「話があるのよ、ダーリン」ファティマは彼の手を引き、居間のほうへと歩き出した。「あなたにしか話せないことなの」

ダーリンと呼ばれ、セイントは不快感を募らせた。だが廊下に立っていたのでは、彼女の訪問の目的を知ることができない。彼はファティマに引かれるまま居間に入り、ドアを閉めた。

「ずいぶん大げさだな」セイントは彼女の手を振りほどいた。「用件は?」

「どこに行っていたの?」ファティマが尋ねた。

「きみの知ったことではない。用件はなんだ? 同じことを言わせないでくれ」

「彼女と一緒だったのね。そうでしょう? エヴリン・ラディックと」

咄嗟にエヴリンを守らなければと思ったことに、セイントは内心驚いていた。これまでの彼なら、真っ先に保身を考えたものだ。「ああ、そうだ。エヴリンと乱痴気騒ぎに興じていたところさ。わたしの関心を引く女は、もうロンドンには残っていないのでね」

ファティマの表情が苦しげにゆがんだ。「セイント」

「わたしがどこにいたのか、朝食になにを食べたのか、そんなことを尋問しに来たのなら、もう帰ってくれ」

「そんなに邪険にしないでちょうだい。もう一度チャンスをあげようと思っているのに」ファティマはドレスの胸もとを撫でつけて言った。

彼女の言葉がセイントの耳に留まった。「チャンス？　きみとのことを言ってるのか？」

「夫はまだわたしとあなたの関係が続いていると思ってるわ。どうせ疑われているんですもの。もう一度あなたと楽しみたいの」

「つまり、ブラムリー卿はもう飽きたというわけか？」

ファティマはセイントを見つめた。「あなたはなんでも知っているのね」

「知識はわたしの武器のひとつだ」彼は無表情で言った。「思わぬ攻撃をかわすための防衛手段でもある」

「それで、あなたの答えは、セイント？」ファティマは甘えた声で言い、彼の顎に指を這わせた。「わたしたちの相性は抜群だったはずよ」

そんな言葉にも気持ちを動かされないのが、自分でも意外だった。「それは以前の話だ。すまないが、今回は断る」

ファティマが背筋を伸ばしてセイントを見据えた。「じゃあ、次回は？」

「わたしたちに次回はもうないんだ」彼はほほえんだ。「誘ってくれてありがとう」

彼女が驚いたように目を見開いた。「どういたしまして。ずいぶん礼儀正しいこと。教会にでも行っていたの？」

「まあ、そんなところだ」

「すぐに飽きるわ」

「だろうね」

セイントはファティマを見送ると二階へ上がった。エヴリンとの関係をファティマに隠すことができようとできまいと、自分をごまかし、彼女とのつながりを否定することはできない。いったいなぜなのだろう。わたしはエヴリンだけを、飢えた獣のごとく追い求めている。長くは続かない。続けられない。いずれエヴリンはクラレンスと結婚する。そのとき、わたしはいったいどうするんだ？　彼女の家の窓の下に身をひそめ、妄想にふけるというのか？　エヴリンの醜聞を流せば、厳格なアルヴィントンを怖じ気づかせることができる。それがエヴリンを手放さずにすむもっとも現実的な方法に思えるが、彼女がヴィクターにどれほど悲惨な目に遭わされるかは想像に難くない。

「くそっ」セイントはいまいましげにつぶやき、ベッドに身を投げ出した。エヴリン、エヴリン、エヴリン。寝ても覚めても、頭の中は彼女のことでいっぱいだ。まともな思考力を取り戻せるのは彼女のそばにいるときだけだったが、そんなときですら、セイントは自分自身がどれほど穏やかで陽気になっているかに気づきもしなかった。正気の沙汰とは思えない。二万ポンドも出して孤児院を買い、たったひとりの支援者として全責任を背負い込むなど、以前の彼ならけっして犯すことのなかった愚挙だ。

だが新しい孤児院を手に入れれば、エヴリンとかかわっていられる。定期的に会うことができる。さもなければ彼女と結婚する以外、ほかに方法はない。

セイントははっと起きあがった。

なんと愚かなことを考えているんだ。エヴリンにのぼせあがっているのは百も承知だが、結婚とはあまりにばかげている。女に関心を持つようになってからというもの、セイントは父親の生き方を手本にしながら暮らしてきた。放蕩の限りを尽くし、体力が続かなくなったら適当な女と結婚して跡継ぎをもうけ、人生を終了すればいい。

エヴリンがクラレンスのものになるのは耐えがたいが、それを阻止するために彼女と結婚するのはいくらなんでもやりすぎだ。そもそも、エヴリンがわたしとの結婚を承諾するはずがないではないか。彼女にはこれまで、数えきれないほど卑劣漢呼ばわりされてきたのだから。

だが、エヴリンとのセックスは間違いなくすばらしかった。ほかのだれでもないわたしこそが、彼女の官能を燃えあがらせる方法を知っている。しかしエヴリンのことだから、醜聞の絶えないろくでなしのわたしと結婚して家名に傷をつけるくらいなら、修道院にでも行くと言い出すかもしれない。それに比べれば、クラレンスと結婚するほうがまだましだろう。

疲労感と苛立ちがまざり合い、セイントはベッドから起きあがった。寝室の中央に敷かれた最高級のペルシャ絨毯《じゅうたん》の上を歩きまわる。あれほどばかげたことを考えたあげくに、いったいわたしはなにをしているんだ？　この一カ月間、エヴリン以外の女とは会ってもいないし、話もしていない。ましてや触れてもいない。きっとそのせいだ。脇目もふらずにひとりの女とつき合ったことなどないから、こんな状況に心も体もなじめずにいるのだろう。だとしたら、ファティマを追い返したのは失敗だった。今すぐに女友達を訪ね、エヴリンを頭から締め出すための行為に没頭する必要がある。本当に彼女との結婚を思い描いていたのだとしたら、どこかでその妄想を断ち切らなければ。早くかつての自分を取り戻さないことには、次は彼女とのあいだに子供を作る計画まで立て始めるかもしれない。

やれやれ。セイントはこめかみをこすりながら、暖炉の前の肘掛け椅子に身を沈めた。女友達を訪ねたりなどしないことは、よくわかっていた。たしかによい解決策には思えたが、彼が求めているのはエヴリンただひとりなのだ。ほかの女にエネルギーを注ぎ込んだからといって、その事実を変えられるわけではない。やめておこう。家で少し体を休め、疲れ果てた老人のようにひと眠りしたら、夜会に出かけよう。今夜の催しの中でもっとも堅苦しそうな会に行けば、彼女に会えるかもしれない。

首のうしろでサリーがペンダントの鎖を留めた。エヴリンはダイヤモンドがあしらわれた銀のハートをそっと手の中で握りしめた。小さな集まりに出席するには大げさすぎるかもしれないと思ったが、今夜の彼女はセイントに慈愛のようなものを感じ、彼にもらったペンダントを身につけて出かけたかった。

慈愛という言葉が適切かどうかはわからない。今の思いを表現するにふさわしい言葉は存在しない気もした。セイントは子供たちを救ってくれたが、その行為にはもっと大きな深い意義があるとエヴリンは感じていた。彼は自分の利益も都合もかえりみず、自らの願望とは正反対の選択をしたのだ。そして、それはとりもなおさずエヴリンのためだったという。

ノックの音が聞こえ、ジェネヴィーヴがドアを開けて顔をのぞかせた。「今夜はグリーンのシルクのドレスを着ていくのね。とてもきれいよ。あなたの瞳の色が引き立つわ」

「どうして今夜、わたしの瞳の色を引き立たせる必要があるの？」髪にピンを留めるサリーの手を止めて、エヴリンは母親に鋭く尋ねた。クラレンス・アルヴィントンのことで今朝は家族と口論になったし、あのまぬけな詩にはうんざりしていたが、必要なときには家族に協力するつもりだった。

「今夜に限ったことではなく、常に美しく装ってちょうだい。あなたはもう二三歳なのよ。少しはまじめに考えてもらわなければ困るわ。もう結婚して子供を持つ年齢なんだから」

エヴリンはなにも応えなかった。クラレンスの話を持ち出されなかったのはありがたいし、今夜は彼に会わずにすむ。もっとも、クラレンスが予想以上にまぬけなら話は別だ。「レディー・ベッソンの読書会で結婚相手を見つけるわけじゃないわ。どんなドレスを着ていこうとかまわないと思うけど」

ジェネヴィーヴが鼻に皺を寄せた。「そんなくだらない文学愛好家の集まりにあなたが参加することを、よくヴィクターは許可したものね。あなたの分別のなさをわかっていながら、あの子はあなたに甘すぎるわ。暇なご婦人たちともったいぶったご老人が、とうの昔に死んだ人の書いたものをほじくり返して、なにがおもしろいのかしら」

「わかっていないのね、お母様は」エヴリンは言い返した。頭の弱い可憐な天使を装うのも、ヴィクターの選挙活動のためと思えばこそ我慢してきたが、兄は彼女がひとりではなにもできない未熟な娘だと思い込んでいる。もちろん母親も同様だ。だが最近になって、エヴリンは自分が想像以上に意志が強いことを知った。「レディー・ベッソンのいとこは財務大臣なのよ。もしかしたらお兄様の役に立てるかもしれないと思って近づいたのだけれど、レディー・ベッソンは人格的にもすばらしい人だわ」

「おやまあ。いつからそんな自己主張をするようになったのかしら、エヴィ」

「以前は自己主張などしなくてすんだのよ」

ジェネヴィーヴはエヴリンを見据えた。「じゃあ、およしなさい。自己主張をしてもなんにもならないのはわかっているはずよ。そうそう、忘れないで、明日の朝九時にヴィクターが朝食を食べながら話をしたいと言ってるわ」

いい話のはずがない。朝食の招集がかかるのは、ヴィクターから迷惑な申し渡しがあるときと決まっている。エヴリンはおとなしく兄の言いなりになっているつもりはなかった。母親にはすっかり見くびられているが、彼女は自分の能力を発揮できるチャンスを見つけたのだ。自分の意思で行動することによって、かつてない充足感を味わってもいた。兄に押しつけられた男性よりセイント・オーバンのほうがよほど好ましいと正直に言ったら、家族はどんな顔をするだろう。実際、兄には政治的な目的のために何人もの男性と引き合わされてきたが、セイントはどんなに腹立たしい振る舞いをしようと、兄が紹介する男性たちよりもはるかに魅力的だ。兄は妹のためによかれと思うことをしていると信じたいが、あまりにも過小評価されていることがエヴリンは情けなかった。

セイントのことを思うと、またしても心臓が早鐘を打った。孤児院の話を進めてもらうためには、なにを彼に提供するか一八時間以内に決めなければならない。自分がなにを提供したいかはわかっている。セイントによって呼び覚まされた本能は、自分の中にあったとは思いたくないほどはしたない。

セイントとエヴリンが互いに同じ解決策をどれほど望んでいるにしろ、体を提供するというのはあまりに安易な方法に思えた。どんな方法をとったとしても、それは彼の要望を満たし、同時にこれまで続けてきたレッスンの趣旨に沿ったものでなければならない。

ルシンダがラディック邸に着いたときも、エヴリンはセイントに突きつけられた難題を考えあぐねていた。いいアイデアが思い浮かばなければ、結局は彼の前でドレスを脱ぐはめになるだろう。何十人もの孤児を背負い込むことになったとは、なにがあっても家族に知らせたくない。

「そんなに思い悩まないで」ルシンダが元気づけるように明るい声で言った。「子供たちのために、どうにかしてまともな環境の施設を見つけましょうよ」

エヴリンは目をしばたたいた。事態が今日一日で激変したことを、ルシンダにはまだ話していなかったのだ。「実はいい知らせがあるの。セイント・オーバンが子供たちのために、新しい孤児院の建物を手に入れたのよ」

「セ……セイント・オーバンが？」ルシンダが呆然としてつぶやいた。だれかの頭がおかしくなったに違いないと言わんばかりの表情だ。

「ええ、すてきな建物よ。子供たちはまたみんな一緒に暮らせるわ。わたしは教室の準備をしたり、家具や調度品を整えたりするの。明るい希望に満ちた施設にするつもり。楽しみだわ」

「ちょっと待って」ルシンダはソファの上で身を乗り出し、眉をひそめた。「セイント・オーバンは〈希望の家〉を閉鎖して、また新たに孤児院を買ったわけ？」

「まあ、そういうことになるわね。彼は公園用地拡張の計画案を取りさげてもらおうとしたのだけれど、すでに決定事項として新聞で報道されてしまって、皇太子の気持ちを変えることはできなかったらしいわ。それでさっそくその物件を見つけてきて、わたしに見せてくれたの。物件の所有者のピーター・ラドロー卿とその場で値段の話がまとまって、セイントは鍵を受けとり、その鍵をわたしがもらったというわけ」

ルシンダは長いことエヴリンの顔を見つめていた。「エヴィ」ようやく口を開く。「彼があなたのためにその建物を手に入れたという話をほかのだれかに聞かれたら、取り返しのつかないことになるわ」

だからこそスリルがあるのはたしかだが、さすがにルシンダにそのことを言うつもりはなかった。エヴリンとセイントのあいだになにがあったかを知る者はひとりもいない。彼女は首を振った。「わたしのためではなく、孤児たちを救うためだったのよ」

「それだけとは思えないわ。だれがそんなこと信じるものですか。セイントはただではなにもしないと、デア卿が言ったのを聞いたでしょう？　それにセイントがあなたを連れて物件を見に行って、その場で話をまとめただなんて、だれが聞いてもあなたはまるで彼の……愛人じゃないの」

セイントの愛人。たしかにそうだとエヴリンは気づいた。一瞬にして心臓が凍りつく。ルシンダに言われたとたん、なにもかもが不潔に思えた。エヴリンを貶《おとし》めるためにセイントが仕組んだことだとしたら？　彼を地下牢に監禁したとき、無事に逃げ出せたらただではすまさないと言われたことを思い出す。彼がなにかを企んだとしても不思議ではない。それは身をもって知っている。でも、もしそれが本当なら、ただの悪巧みというより悪意そのものではないか。

「わたしはそれほど世間知らずじゃないわ」エヴリンはやっとの思いで言い、屈託のない笑みを浮かべてみせた。「あれほどがんばってきたんですもの。子供たちの新しい家を見つけるためにリスクを冒さなければならないなら、そうするしかないわよ」

実際、そのとおりだった。セイントとかかわるには、常にリスクを覚悟しなければならない。セイントになにを提供するかは今エヴリンにゆだねられているが、彼が最初に要求したとおり孤児院での活動を家族に告白したなら、彼女は悲惨な立場に追い込まれるだろう。しかし、あくまでも家庭内での立場がまずくなるだけですむ可能性もあるのだ。セイントが彼女のために孤児院を手に入れたことを、世間に知られずにすむかもしれない。

「あなたの考えていることがわからなくなったわ」ルシンダが言った。

「わたしはもう間違いを犯すことが怖くないの。たぶんそのせいよ。今は自分の能力をだれにも認めてもらえないと文句を言うかわりに、少なくともなにかをやろうとしているわ」

ルシンダがさらになにか言いたそうに口を開いたとき、馬車が止まった。従僕が座席の扉を開ける。エヴリンは内心ほっとしていた。ルシンダやジョージアナに嘘をつくのは耐えられない。でもセイントに関する彼女たちの意見は、ロンドン中のすべての人の意見と同じだ。だれもが彼とかかわることを恐れ、恥じている。友人たちに理解してもらえなくとも、エヴリンはセイントの前で毅然とした態度を取り続ける必要があった。そうしなければ、これまで彼を変えようと努力してきたことがすべて無駄になってしまう。

エヴリンは馬車から降りると、ルシンダの次の質問はなんだろうと思いをめぐらした。エヴリンが大きく変化しつつあることの原因を訊かれるのだろうか。だとしたら、その答えはただひとつ。セイントだ。

世の中を変えたいという思いも、価値あることに貢献したいという願望も、セイントがいなければただの夢で終わっていたに違いない。エヴリンは自分の行動を初めて誇りに思っていた。同時に、これまでの努力が実を結びつつあるのは彼のおかげだと思ってもいた。

話し合いたいことが山のようにある。セイントに会うのが待ちきれない。エヴリンは頬が上気するのを感じた。今すぐ彼に会いたい。マイケル・エドワード・ハールボロー。これほど心をかき乱されるなんて。これほど不思議な聖の化身のような人が存在するなんて。

「こんばんは、ミス・バレット、ミス・ラディック。ようこそ来てくださったわ」レディー・ベッソンが居間でふたりを迎えた。

「こんばんは、レディー・ベッソン」エヴリンは頭を切りかえ、笑顔を作って女主人の頬に軽くキスをした。

おばが主催するヒュートン家のティーパーティーとは違い、エヴリンは月に二回開かれるこの読書会を心待ちにしていた。ここではおばのまわりの上品ぶった婦人たちと顔を合わせる心配もない。というのも、この集まりは文学愛好家が意見を交換する場所で、参加者にはそれ相応の知識と見識が要求されるからだ。

「さて、みなさんおそろいになったようですわね」クェントン子爵が席に着くのを見届けてから、レディー・ベッソンが言った。クェントン卿はこの読書会の常連のひとりで、温厚な紳士だ。「それではさっそく始めましょう。今日はウィリアム・シェークスピアの『真夏の夜の夢』です」

一同は脚本を取り出し、脚本の用意がない者は持っている人の横に移動した。男性の参加者は少なかったが、セイントならこういった集まりを気に入るに違いないとエヴリンは思った。十数人の参加者たちは気さくで気取ったところがなく、頭の回転の速い知的な読書家ばかりだ。そうでない者は参加を拒否されるか、自分でやめていくことになる。

『真夏の夜の夢』の朗読が始まり、クェントン卿が読む織工のボトムのせりふに一同が笑い声をあげたときだった。ベッソン家の執事が居間に現れ、伯爵夫人の耳もとになにかをささやいた。

「まあ、珍しいこと」レディー・ベッソンがため息まじりに言い、執事にうなずき返した。

「お連れしてちょうだい」客たちが執事のうしろ姿を見送るなか、彼女はマディラワインをひと口すすった。「参加者がもうひとり増えたわ」

彼女が言い終わらないうちに、セイント・オーバンが執事に案内されて居間に姿を現した。

「こんばんは、レディー・ベッソン」セイントは伯爵夫人の手を取り、お辞儀をした。

「セイント・オーバン卿、驚きましたわ」

「こちらの読書会の評判を聞きつけてまいりました」セイントは応え、エヴリンにちらりと視線を投げた。彼女の腕に一瞬、震えが走った。「ぜひとも参加させていただきたいのですが」

「人数が多ければ多いほど楽しいわ。それにしても悪名高き侯爵が、今日は猫をかぶっているのかしら」レディー・ベッソンはくすくすと愉快そうに笑った。

セイントがうなずいた。「実はそのとおりです」

エヴリンは彼から目をそらしたが、ルシンダが横目で彼女の表情をうかがっている。「なに？」エヴリンはささやいた。

「なにも言っていないわよ」ルシンダがささやき返す。

「ミス・ラディック、脚本を一緒に見せていただいてもかまいませんか？」セイントがエヴリンの前に立ってほほえみ、グリーンの瞳を輝かせた。「なにも準備をしてこなかったので」

セイントが今夜、なんの目的で現れたのかはともかく、その礼儀正しい振る舞いには目をみはるばかりだ。別れてから数時間しか経っていないというのに、長いあいだ会っていなかったような気がした。口もとにセイントの視線を感じ、エヴリンは彼にキスされることを夢想した。今すぐ彼の体に腕を絡め、力強い鼓動を感じとりたかった。

「もちろんですわ」エヴリンは我に返った。しっかりするのよ、エヴィ。どちらかが自制心を働かせなければならないけれど、セイントにそんなものがあるとは思えないわ。「今、『真夏の夜の夢』を読んでいたところでしたのよ」

「そうですか」セイントは彼女の手にかすかに指を触れながら、ソファに腰を下ろした。

「〝まるであばれ馬みたいに飛ばしましたね。抑えがきかないんでしょう。いい戒めですよ。口をきくだけではいけません、正しくきかないと〟」

レディー・ベッソンが愉快そうな笑い声をあげた。「文学的にもワルなのね。あなたはまったく不思議な人だわ、セイント・オーバン卿」

この伯爵夫人も不思議な人だ、とエヴリンは思った。率直で自信に満ちたレディー・ベッソンに、彼女はいつも心服していた。男女を問わず、セイントに面と向かって彼の醜聞の話題を持ち出すことのできる者はそう多くない。

「どうやらわたしはただの遊び人と思われているようだ。まったく情けない」セイントはにこやかに言い返した。彼も自信に満ちた伯爵夫人の態度に好感を持ったらしい。彼がそういった女性を好むのは、エヴリンには当然のように思えた。

クェントン卿が咳払いをした。「若い男性が参加したが、わたしは織工のボトムの役から下りる気はないぞ」

セイントが目を輝かせて言った。「わたしはパックのほうが気に入っています」

レディー・ベッソンが大きな声で笑った。「おやまあ。では、セイント・オーバン卿にパック役をお願いするわ。さあ、続けましょう」

シェークスピアのこの喜劇は一番のお気に入りだというのに、エヴリンはすっかりうわの空だった。セイントは腿が触れ合うほど彼女に体を密着させて座り、脚本をふたりの膝の上に置いた。身を乗り出し、知性を感じさせる低い声でパックのせりふを読む。エヴリンは彼の耳にキスしたい衝動を必死に抑えた。

ライサンダーとティターニアのせりふを読みながら、エヴリンはパックと言葉を交わす場面がないことをひそかに感謝した。セイントの横で普段どおりの声を出すのがやっとだというのに、せりふを読み交わすことなどできるはずがない。

「なにを提供してくれるのか決まったかい？」セイントが声をひそめてささやいた。ほかの参加者たちはライサンダーとハーミアがヘレナと会話する場面を読み交わしている。

「まだ二四時間経っていないわ。静かにして」

「今、この場で言ってくれ。さもなければ、そのやわらかい体を提供してもらう――」

「いいわ、わかったわよ。じゃあ……」エヴリンは口ごもった。心と体は彼に抱かれたがっているが、別の案を今すぐ見つけなければ。「年に一度のバレット将軍のピクニックに連れていってあげる」

「なんだって？」

いいアイデアだわ。ルシンダの父親、バレット将軍が主催する恒例のピクニックパーティーに招待されるのは興味深い面々ばかりで、客たちの交わす会話はいかにもセイントが気に入りそうなほど機知に富んでいる。それでいて節度のある紳士淑女の集まりだから、彼が紳士らしい振る舞いを学ぶいいチャンスにもなるだろう。彼にはまだレッスンが必要だ。「限られた人たちのための、とても楽しい催しなのよ」

「知っている。だが、そんなパーティーにわたしがのこのこ出かけていっても、陰口を叩かれるか、つまはじきにされるのが落ちだろう？」

「そんなことはない――」

「きみがわたしのそばから離れないと約束するなら」

エヴリンは拒否しようとしたが、革新派が多く参加する催しにはヴィクターがけっして顔を出さないことを思い出した。「わかったわ」

セイントは脚本に注意を戻し、ボトムが仲間たちと王家の結婚式で演じる芝居の相談をする場面を読み始めた。膝の上に置いた脚本の下で、彼が手を動かす。指がふたりのあいだの隙間に滑り込んで腿をまさぐり始め、エヴリンは思わず飛びあがりそうになった。

「やめて」下を向いてささやく。体をずらそうとしたが、スカートをつかまれて引き寄せられ、彼の腿に体を押しつけたまま動けなくなった。

「唇を舐めてごらん」セイントが小声で言った。

「いやよ」

彼の指がエヴリンの腿の重みに圧迫されながら、ゆっくりと這いあがる。「濡れているんだろう?」

彼女はちらりと舌を出し、唇を舐めた。「今度は逆立ちでもしてみせましょうか? いいかげんにして。ルシンダに見られるわ」

セイントは指の動きを止めたが、腿の下から手を引こうとはしなかった。「彼女がだれかに言いつけるのか?」

「いいえ」エヴリンは彼の横顔を恐る恐るのぞき込んだ。「でも、なにをしていたのかと訊かれたら、あなたのことを説明しなきゃならなくなるわ」

まわりで大きな笑いが起こり、彼女は遅まきながら作り笑いをした。セイントは眉ひとつ動かさなかったが、なにかに気を取られているのがはっきり見てとれた。エヴリンは息苦しさを覚えた。

「わたしのことをどんなふうに説明するつもりだ?」セイントが彼女の耳もとでささやく。

ああ、どうしよう。彼に触れたくてたまらない。「あなたを好きになった理由を説明するわ」震える声でささやき返した。「だからがっかりさせないで。お願いだから、その手を引っ込めてちょうだい」

セイントがようやくスカートから手を離して脚本の下に戻すと、エヴリンはほっと息をついた。彼の肩に腕をまわし、官能的な唇をキスでふさぎたくてたまらなかった。でも、今は我慢しなくてはならない。

「きみがわたしを好きだとは驚きだな」不意にセイントは顔を上げ、パックのせりふを読み始めた。まるで脚本に意識を集中していたかのような落ち着き払った声だ。「〝野蛮な職人どもめ、なにを騒いでいるんだ、お后様《きさき》が休んでいるすぐそばで？〟」

あんなことをしながら、脚本に注意を向ける余裕があったなんて。わたしはほかの人たちの存在すら忘れていたというのに。これでは淑女のたしなみもなにも、あったものではないわ。

21

名残惜しくも読書会が終わり、セイントはふた切れ目のケーキを口に運んだ。社交界の催しがどれもこの読書会ほど楽しければ、パーティー嫌いにならずにすんだかもしれない。

だが、なによりセイントを驚かせたのは、声をひそめて交わしたエヴリンとの会話だった。彼女は今、ルシンダ・バレットと伯爵夫人に囲まれて談笑している。読書会と食事のあいだはずっと隣に座っていたのだから、そのあとで彼女が席を立ったのはやむをえなかった。セイントはエヴリンの言葉を思い出した。彼女はセイントが好きだと言ったのだ。そしてそれは彼とセックスをしたからでもなければ、新しい孤児院を手に入れたからでもないような気がした。

これまでセイントに向けられた数少ない褒め言葉は、セックスのテクニックや容姿や射撃の腕前に関することばかりだった。それらは本質と関係ない外見や能力についての賛辞だったので、単に好きと言われるのはまったく思いがけない貴重なことに思えた。

ほどなくエヴリンとルシンダが笑いながら立ちあがった。セイントはケーキの皿を脇に置き、腰を上げてレディー・ベッソンの手を取った。「そろそろ退散しなければ、ナイトクラブのオーナーたちに行方不明だと思われてしまいます。今夜は無理やり押しかけたにもかかわらず、参加を許可していただき、感謝しています。存分に楽しませていただきました」レディー・ベッソンはふくよかな頬にえくぼを浮かべた。「次回は一二日よ。バイロンの『チャイルド・ハロルドの巡礼』を読むことになっているの。またいらしてね。お待ちしているわ、セイント・オーバン卿」

「ええ、ぜひ参加させていただきます」セイントは伯爵夫人に別れを告げると、エヴリンとルシンダに追いつき、腕を差し出した。「外までご一緒しましょう」

ルシンダはためらいがちにセイントの腕に手をのせたが、エヴリンはしっかりと腕をつかんだ。その違いがエヴリンの気持ちの表れのように感じられた。彼女は人前でもセイントに触れることを厭《いと》わない。もっとも、それは状況が許す場合に限るが。ならば適切な状況を作り出せばいい、と彼は思った。

「エヴリンから聞きましたわ。思いがけないお買い物をなさったそうですね」玄関前の階段を下りながら、ルシンダが言った。バレット家の馬車が正面で待ち受けている。

秘密にしておくこともできたはずなのに、エヴリンはわざわざ友人に告げたらしい。「それが自分のなすべきことだと思ったのでね」セイントは馬車に乗り込む彼女に手を貸した。

エヴリンの手を放すのが身を裂かれるようにつらかった。彼女は馬車の上で振り返り、セイントを見おろしてようやく手を引いた。「おやすみなさい、セイント」

「ゆっくりおやすみ、エヴリン・マリー」

馬車が出発して、セイントはカシアスにまたがった。まだ宵の口だったが、今夜は〈ジザベルズ〉で賭けごとに興じるより、家でブランデーを飲みながら静かに思索にふけりたい。

家に着くと、ジャンセンが玄関のドアを開けるなり目をみはった。「旦那様、ずいぶんお早いお帰りで」

「予定が変わったんだ」セイントは執事にコートを手渡し、廊下のテーブルからブランデーのデカンターを取りあげた。

「ペンバーリーをお部屋に行かせましょうか?」

「いや、その必要はない」

「では、おやすみなさいませ」

セイントは階段を上がり、長い廊下を寝室へと向かった。明日からは忙しくなるが、せめて今夜はブランデーを数杯飲んで、たっぷり睡眠を取りたい。

寝室のドアを開けた。暖炉の火格子の向こうで炎が揺らめいているというのに、室内には冷たい空気が流れている。だれかが窓を閉め忘れたのだろうか。

「やあ、侯爵」

背後で声がした。セイントは驚くこともなく振り向いて、ベッドのヘッドボードにもたれている少年のほうを見た。高価なベッドカバーがブーツの泥で汚れている。

「ランドール」セイントは上着を脱いで近くの椅子に放った。「窓を開けっぱなしにしないでくれ」

「急いで逃げなきゃならないから、開けておいたんだ」

セイントはランドールの右手が枕《まくら》の下に隠れていることに気づき、ドアと洗面所と少年との距離をすばやく目で測った。一番近いのはランドールだ。

「急いで逃げる理由は？」

ランドールは枕の下から手を出し、黒光りする拳銃の銃口をセイントに突きつけた。「あんたの頭に一発ぶちかましたら、すぐに召使たちが飛んでくるだろう？」

セイントは身をかたくしてうなずき、暖炉とベッドのあいだの大きな椅子に腰を下ろした。

「なにか気に入らないことでもあるのか？　それとも殺人はきみの趣味なのか？　だとしたら、もっと狙いやすい標的はほかにいくらでもいるぞ」

「あんたを地下牢から逃がしたらろくなことにならないって、おれはミス・エヴィに何度も言ったんだ。あんたみたいな金持ちには、おれたち貧乏人が邪魔なんだろう？　でも、ミス・エヴィにはそれがわからないのさ」

「金持ちは殺人のターゲットとしておすすめできないな。つかまったら絞首刑だ」

ランドールは肩をすくめ、床に飛びおりた。手に握られた拳銃はぐらつきもしない。この少年はためらわずに引き金を引くだろう。狙われているのがエヴリンでなくてよかったとセイントは思った。

「今まで住んでいた家を取りあげられるんだぜ。道端に放り出されて、ごみをあさって暮らすことになるんだ。みんな不安で泣いてるよ。あんたならどうする？　自分の家を奪うやつがいたら、貴族だろうとなんだろうとぶっ殺したくならないか？」

ランドールが猛烈な怒りに駆られるのも無理はない。「そうだな。わたしなら、そいつをぶっ殺すだろうね。ただし、そいつがほかの解決策を見つけた場合は話が別だ」

「なんとでも言えよ。けど、あんたがおれたちにしたことはなにも変わりがないんだ。ミス・エヴィは騙せても、おれを騙せるとは思うなよ」

「なにを騙すんだ？」

ランドールが口を開きかけた瞬間、セイントは椅子から飛び出してつかみかかった。拳銃を腕と胸で押さえつけ、手首をひねってもぎとり、少年を床にねじ伏せる。

セイントは片手で拳銃をつかみ、銃口を下に向けた。「一緒に来い」

ランドールが上体を起こして手首をさすった。「ちくしょう。貴族のくせに、どこで喧嘩のしかたを覚えたんだ？」

「拳銃を突きつけられたのはこれが始めてじゃない」セイントは無表情で言った。「さあ、立て」

「どこに連れていく気だ？」

「いいから立てよ」

「いやだ」

セイントはため息をついた。「刑務所にも地下牢にも連れていかないし、鎖でつなぎもしない。だが言うとおりにしないなら、きみがわたしにしたように、わたしもきみの頭を殴りつけるまでだ」

ランドールが顔をしかめ、よろよろと立ちあがった。「ミス・エヴィはおれがあんたを殺すんじゃないかと心配してた。でも、あんたには太刀打ちできないよ」

少年の過激な衝動がエヴリンに向けられずにすんだことを、セイントはまたしても感謝せずにはいられなかった。彼女に危害を加えたら、いや、ただ脅すだけでも許さない。そんなことを想像するだけで、先ほどまでの穏やかな気分は一気に消し飛んだ。

ランドールが攻撃の機会をうかがっているのを警戒し、セイントは彼のうしろを歩いて階下の書斎へと向かった。使用人たちはもうベッドに入っている時間だ。だれも起きてはこないだろう。むしろそれがありがたかった。子供に銃を突きつけている姿など、だれにも見られたくない。

「そこに座れ」セイントは机の前の椅子を示した。

ランドールは怪訝そうな目でセイントを見つめ、言われたとおりに腰を下ろした。

セイントは机の反対側の椅子に腰かけ、拳銃を手の届く場所に置くと、机の上の書類を少年のほうに押しやった。「ミス・エヴィに読み書きを習ったはずだが、最初のページは読めるか？」

ランドールは顔をしかめた。「少しなら」

内心驚いたが、セイントは無表情でうなずいた。エヴリンはまさに彼らの人生に奇跡をもたらしている。「だったら読んでみろ」ランプの火を近づける。

ランドールは口を動かしながら文字を目で追った。五分ほど経ったころ、顔を上げて尋ねた。「これはどういう意味？」

セイントは身を乗り出した。「固定資産税は一年ごとに計算し直されるということだ」彼はランドールの顔を見つめた。聞いたこともない外国語の意味を理解しようとするかのように、少年は苛立ちを募らせている。「なんのことかわかるか？」

「家のことだと思うけど」

「そのとおり。アールズコート・ガーデンの大きな家だ。二七部屋ある」セイントは書類をぱらぱらとめくってみせた。「そこに保護者のいない子供たちを住まわせるためには、この二三ページもある分厚い契約書にサインをしなければならないんだ」

ランドールの顔から当惑の表情が消えた。「新しい孤児院を買ったってこと？」

「そうだ」

「どうして？」

セイントはため息をついた。「ミス・エヴィにしつこく頼まれたからさ」

「ミス・エヴィと結婚するの？」

出し抜けに訊かれてセイントはうろたえたが、平静を装って肩をすぼめた。「さあね」机の上の書類をそろえ直し、少年に言う。「さあ、もう帰りなさい。拳銃のことも、ここに忍び込んだことも、だれにも言わないほうがいい。この拳銃はミス・エヴィが用意したのだろうから、彼女が責任を問われることになりかねない」

「わかったよ。あんた、思ってたほど悪いやつじゃなかったんだね。殺さないでよかったよ」

「わたしも同感だ」

セイントは拳銃を手にしたままランドールを送り出すと玄関の鍵をかけ直し、重厚なオーク材のドアにもたれた。もっと危険な目に遭った経験は何度もあるし、今夜のことはそれに比べればたいしたものではなかった。なのに過去のどんな危険にもまして、今夜のできごとは彼を動揺させた。

以前は愛人の女たちの夫や恋人に拳銃を突きつけられても、どうなろうとかまわなかった。それが今夜は違った。撃たれるのが怖かったわけではない。殺されて目標が達成できなくなることが、なによりも無念に思えたのだ。その目標とはエヴリン・マリー・ラディックを手に入れることだ。早い話が、セイントは死にたくなかった。生きる目的を、大切ななにかを見つけたのだから。

彼はポケットから拳銃を取り出し、弾を抜こうとてのひらの上で傾けた。なにも出てこない。指で軽く叩いて撃鉄を戻し、玄関広間の窓に差し込む月明かりに銃身をかざしてみた。

「なんてことだ」

なにも入っていなかった。よく見ると、この拳銃に弾が込められた形跡はない。ということは、地下牢で拳銃を突きつけられたときも、弾は入っていなかったのだ。エヴリンにまんまと騙されたことに気づき、セイントは苦笑した。けっして危害は加えないと彼女は言ったが、どうやら本当にそのつもりだったらしい。これほど大胆な真似をされたのは初めてだ。まったく彼女の勇気には感服する。

その勇気と善意、そしてなにごとに対しても、だれに対しても前向きであろうとする意志を持ち合わせたエヴリンは、セイントにとって脅威だった。その脅威から身を守るたったひとつの方法は、彼女をつかんで放さないことのように思える。

この奇妙な発見について、セイントはだれかと話したくてたまらなかった。だがそんな話ができそうな相手は、それぞれがみなエヴリンとかかわりのある人物だ。彼は静まり返った玄関広間にたたずみ、耳を澄ました。ふと絶好の相談相手がいることを思い出した。セイントはドアから離れて使用人部屋の棟へと急いだ。

「ジャンセン」大声をはりあげ、一番手前の部屋のドアをノックする。「出てきてくれ！」

ドアがすぐに開いた。執事がシャツの裾をはだけ、上着も着ずに廊下へ飛び出してきた。

「旦那様、どうなさいました？」

「一緒に来てくれ」セイントは踵を返した。

「今すぐにですか？」

「そうだ、今すぐに」

「あの……はい……かしこまりました」

靴下をはいただけの足で、ジャンセンは静かにセイントのあとに続いた。セイントは廊下の小さなテーブルの上から蠟燭を取りあげ、足もとを照らしながら居間に入った。すぐ暖炉の前にうずくまり、高く積まれた石炭に火をつける。執事は戸口で立ち止まった。

「中に入って座ってくれ」セイントは立ちあがり、蠟燭をマントルピースの上に置いた。

「わたしは解雇されるのですね、旦那様」ジャンセンが恐る恐る尋ねる。「もしそうなら、せめて靴を履いて行かせてください」

セイントは奥の椅子に腰を下ろし、戸口に顔を向けた。やれやれ。絶好の相談相手は解雇通告をされるものと思い込んでいる。「ばかなことを言うな。きみを首にするときは、荷物をまとめる時間くらい待ってやるさ。とにかく座ってくれ、ジャンセン」

執事は咳払いをすると、靴下をはいた足でおどおどと居間に入り、セイントの向かいの椅子に浅く腰かけた。身の置き場がなさそうにそわそわしていたが、観念したように骨ばった膝の上で手を組んだ。

まったく。これでは相談もなにもあったものではない。まるで処刑されるのを待っている犯罪者ではないか。執事が脳卒中を起こして倒れる心配までしなければならないとは。「ブランデーは？」

ジャンセンがあわてて立ちあがった。「ただいまお持ちします」

「座っていろ。わたしが用意する。きみも飲むだろう？」セイントは腰を上げ、窓際の酒類のワゴンの前に立った。

「わたしも？」

セイントは肩越しに執事を睨みつけた。「いちいち鼠みたいな声を張りあげるな。そうだ、きみも飲むかと訊いているんだ」

「あの……その……はい、いただきます」

ふたたび椅子に身を沈めると、セイントはブランデーをあおった。「相談したいことがある」

おもむろに口を開く。「きみを相談相手に選んだんだ」

「それは光栄でございます、旦那様」ジャンセンのグラスのブランデーはすでになくなりかけている。セイントは身を乗り出して、おかわりを注いだ。

「よく考えたうえで、率直な意見を聞かせてほしい」

「承知しました」

ここからが思案のしどころだ。なにしろあまりにもばかげている。こんなことを考えること自体が信じられないのだから、口に出して言うとなったらなおさらだ。しかも使用人を相手に。「実は、少し変えようと思っていることがある」

「はい」

「というよりも、考えていることが――」セイントは言いよどんだ。言葉が出てこない。なにもかもがなじみのない不思議な感覚だった。咳払いをして、もう一度口を開く。「実は今、検討中のことが――」

「新しいカーテンをご購入なさるのですか？　率直な意見をお望みということで申しあげますが、一階の部屋のカーテンはどれも――」

「カーテンの話ではない」

「はい」

セイントはブランデーを一気に飲みほし、二杯目を注いだ。「カーテンよりも大きな話なんだ」

「新しいお屋敷をお求めになるのですか？　パークレーンのウェンストン邸がもうじき売りに出されるという話ですが――」

「結婚だ」セイントは吐き出すように言った。「結婚しようと思っている」

執事は口を開けたまま、長いこと無言で座っていた。「あの……そういうことでしたら、わたしには助言などできるはずがありません」

「そんなことはどうでもいい。わたしが結婚するなんて、きみには想像できるか？」

意外にも、ジャンセンはグラスを脇に置いて身を乗り出した。「出すぎたことを申しあげるのは大変心苦しいのですが、旦那様はこのところずいぶんお変わりになりました。ご結婚なさるのを想像できるかどうかとのお尋ねには、他人が答えるよりも、ご自身とお相手の女性の方が答えるべきではないかと思います」

セイントは執事を睨みつけた。「臆病者《おくびょう》め」

「おっしゃるとおりで」

階段の踊り場の大時計が一時を告げた。「もう下がっていい、ジャンセン。話にならない」

「はい、申し訳ございません」執事は戸口に向かったが、ドアのところで立ち止まった。「ご自身にお尋ねすべき問題は、ご結婚なさったら今以上にお幸せになるのかどうかということでございます」

ジャンセンは廊下の暗闇に姿を消した。セイントは蠟燭の明かりがぼんやり揺れる居間の薄暗がりの中で、ひとりブランデーを口に運んだ。結婚するかしないかが問題なのではない。エヴリンと結婚するかどうかが問題なのだ。彼女を自分のものにすれば幸せになれるのか、それともクラレンスのものになるのを黙って見ているべきなのか。答えはイエスかノーかの単純な二者択一ではない。あるいは行動を起こすか、これまでのように心の中に願望として抱き続けるかの選択によって得られるものでもない。なぜなら本当に知りたいのは、エヴリンと一緒にいて幸せかどうかではなく、彼女なしで生きていけるかどうかなのだから。

22

サイドボードに新鮮な苺がのっているのを目にして、エヴリンは兄の思惑に気づいた。ヴィクターはすでにテーブルに着き、蜂蜜を塗ったトーストにハムというふうにいつもどおりの朝食の最中だった。手もとには『タイムズ』の朝刊がたたまれたまま置いてある。

「おはよう、エヴィ」

彼女は苺を数個とトーストを皿に取った。「おはよう、お兄様」

「ゆうべは楽しかったかい？」

月に二度開かれる読書会を〝文学愛好家ゴシップサークル〟と揶揄《やゆ》し、なんの興味も示さないヴィクターがいつになくにこやかにそんなことを尋ねるなんて、ますますおかしい。とはいえ昨夜のことでエヴリンが覚えているのは、隣に座ったセイントの行儀の悪さと、それとは正反対の紳士的な振る舞いの落差に驚いたことだけで、それ以外はほとんど記憶になかった。

「エヴィ？」

彼女は脳裏からセイントの姿を追い払った。完全に消せないのはわかっていたが。「ええ、楽しかったわ。ありがとう」

「昨夜はどんな本を読んだんだ？」

エヴリンは皿を取りあげ、テーブルに着いた。「お母様は？」

「すぐに来るよ。苺はどうだい？」

彼女は苺を投げつけてやりたいほど腹が立った。兄の魂胆は見え見えだ。穏やかな態度でエヴリンの機嫌を取ってから、まぬけなクラレンス・アルヴィントンとの結婚話を持ち出すつもりだろう。もちろん彼女は断固として抗議し、部屋を飛び出して、そのあげくに結局は兄の言いなりになるのだ。これまでいつもそうだった。だがエヴリンは最近になって、自分の意志を貫く新たな生き方を学んでいた。セイントはその道の達人だ。今の彼女には兄の意志ではなく自分の意志を貫くための正当な理由がある。正確に言えば、七歳から一七歳までの五〇の理由が。「おいしい苺だわ。わたしのために注文してくれたのね。ありがとう」

ヴィクターは疑わしげな表情でエヴリンを見たが、すぐ視線を皿に戻した。「それはよかった」

ジェネヴィーヴが姿を現し、ヴィクターとエヴリンの頬にキスをした。「おはよう。朝食をみんなで一緒に食べられるなんて嬉しいわ。もっとこういう機会を作りましょうよ」

取り乱してはだめよ、エヴィ。どんな話になっても、けっして大声をあげないで。エヴリンは自分に言い聞かせた。「本当にそうね。それでお話ってなに、お兄様？」

ヴィクターはナプキンで口を拭いた。「まずふたりに礼を言いたい。今シーズン、母上もエヴィも本当によくやってくれた。おかげで有力な人物とのつながりがいくつかできた」

「ええ、本当にわたしはずいぶん働いたものだわ」

ジェネヴィーヴがため息をつく。「絡むのはおやめなさい、エヴィ」

「絡んでなどいないわ。よくやってくれたというお兄様の言葉に同意しているだけよ」

ヴィクターが眉をひそめた。「話を続けていいかな？　ありがとう。おまえには役に立ってもらったが、同時にずいぶん手も焼かされた」

エヴリンはうなずいた。兄がなんのことを言っているのかはよくわかっていた。「ええ、そうね。でもそのおかげで、セイント・オーバン卿にウェリントン卿を紹介してもらえたのよ」

彼女の視界の端にラングレーの姿が映った。かたい無表情を装った執事の口もとに一瞬、かすかな笑みが浮かんだ気がした。少なくともだれかが、わたしの味方をしてくれている。

「そんなことを言っているのではない」

「じゃあ、なんなの？　ウェリントン卿以外にも有力者がいるのね？」

ヴィクターはコーヒーカップの縁越しにエヴリンの顔を見た。「わたしが言いたいのは、アルヴィントン卿が下院に当選するための票を確保してくれるということだ。プリンプトンを凌ぐにはそれしかない。それから、わかっているとは思うが、わたしは長いあいだおまえにふさわしい相手を探してきた。おまえの長所を引き出し、その明るさが損なわれることのないよう大切にしてくれる相手だ。幸せになってほしいんだよ、エヴィ。この結論に至るまで、わたしも悩んだんだ。おまえを幸せにする条件が整っていなければ、クラレンス・アルヴィントンを選びはしなかった。そしてその結論はわたしに多大な恩恵をもたらすものだということは、今さら隠すつもりもない」ヴィクターはテーブルの上で身を乗り出した。「おまえがわめき出す前に言っておく」

エヴリンは膝の上で両手をしっかりと組んだ。「聞いているから早く言ってよ」

「なんという態度……いや、やめておこう」

ヴィクターは策略家だ。けっして短気を起こすことはない。だがエヴリンは、ほかのどんな政治家よりも兄のことはわかっている。彼が自制心を失いかけているのがはっきりと見てとれた。

咳払いをして、ヴィクターは続けた。「クラレンスはおまえに対する思いを、何度かわたしに告白している。彼はいずれ父親の爵位を継いで子爵となる身だ。おまえが得る利益も大きい」

「わたしがセイント・オーバン卿の友人だということを、クラレンスはどう思っているのかしら?」エヴリンにはそれが精いっぱいの反抗だった。相手かまわず自分の意見を述べるセイントがさわやかにさえ感じられたが、彼女にそんなわがままが許されるはずがない。

「そのことは考えないようにしている」ヴィクターが厳しい口調で言った。「おまえもそんなことを考えている暇はないはずだ。とにかく、良家の令嬢としての評判を汚さないように細心の注意を払ってくれ。おまえとクラレンスのことはアルヴィントン夫妻も賛成している。

だが、彼らはことのほか名声を重んじる人たちだ。冗談は通じない」

薄々感づいていたことではあったが、兄の口から聞かされるということは、どうやら話はかなり進んでいるらしい。「もう決定事項なの？」エヴリンは冷ややかに尋ねた。「お兄様とアルヴィントン家の人たちが勝手に決めたのね」

「いつかは結婚しなければならないのよ」ジェネヴィーヴが口をはさんだ。「どうせなら、わが家にとって役に立つ男性がいいわ。しかも彼なら人畜無害よ」

クラレンスに対するその評価には同意しかねたが、家族と言い争いをしても意味がない。すでに運命は決定づけられてしまったのだから。エヴリンは喉にこみあげてくる冷たい塊をのみ込んだ。まだ結婚したわけではない。家族が決めたとおりの人生を歩むか、自分の計画を実行するかは、彼女の次のひと言しだいだ。「わかったわ」

ヴィクターがまばたきをした。「今、なんと言った？」

エヴリンはため息をついた。「お兄様やお母様と議論しても始まらないでしょう。わたしのことは家族がだれよりも一番わかってくれているはずですもの」

兄は眉をつりあげた。「ふざけないでくれ」

「ふざけてなどいないわ」

「おとなしくクラレンスと結婚すればいいんだ。癇癪を起こすな」

「彼と本当に結婚することになったら、癇癪なんて起こさないわよ」ただし、その前に計画を練るための時間が必要だ。「でも、彼はわたしに直接言うべきだわ。契約書にサインするような結婚ではなくて、ちゃんとプロポーズされたいもの」

「わかった」ヴィクターが立ちあがった。「今日彼と会ったら、今の言葉を伝えておこう。おまえもこの結婚に異存はないと」

よけいな言葉を返せば兄の疑惑を深めることになりかねない。新聞を手にして部屋を出ていくヴィクターに、エヴリンは無言でうなずいた。アルヴィントン一家がそれほど名声を重んじる人たちなら、どうすればいいかは簡単だ。エヴリンが厳格なアルヴィントン家の家風に合わないことを知れば、クラレンスは結婚をあきらめるに違いない。セイントに教わったことを活用させてもらおう。ほんの少し、ふしだらな女を演じるだけで、クラレンスを追い払えるかもしれない。

「あなたはわたしの誇りだわ」ジェネヴィーヴが腕を伸ばし、エヴリンの手を握りしめた。「ヴィクターがきっとあなたにふさわしい男性を見つけてくれると信じていたのよ」

「ええ、こんなすばらしい結婚ができるなんて幸せだわ」エヴリンは最後の苺を口に運ぶと立ちあがった。「ルシンダとジョージアナが待っているから、もう行くわ」

「皮肉なものよね、エヴィ」ジェネヴィーヴが声をひそめて言った。「ヴィクターがインドから帰ってくる前に、自分で相手を見つけなさいと言ったでしょう？　でも、あなたは友達と遊ぶことに夢中だった。今となっては選択の余地はないのよ」

「お母様がわたしの味方をしてくれていたら、ほかの選択肢もあったかもしれないのに、いつもお兄様の言いなりだったわ。わたしにだって夢や理想や願望はあったのに、お母様はそんなことおかまいなしで、勝手にわたしはなにも考えていないと決めつけていたのよ。お兄様に協力することはかまわない。でも、どうしてわたしだけが犠牲にならなければいけないの？」

「エヴィ――」

「出かけるわ。レディー・ハンフリーズのティーパーティーの時間までには帰ってきます」

帽子とショールを手に取り、エヴリンは玄関を出た。サリーがあとに続く。通りに出ると、エヴリンは召使を振り向いて言った。「ルシンダに会いに行くだけよ。来なくていいわ」

「お嬢様がお出かけになるときはいつもついていくようにと、旦那様に言われたんです」サリーが気まずそうに笑った。

「兄は理由を言った？」

「お嬢様がはめを外さないように監視してほしいとおっしゃいました。なにかあったら報告するようにと」サリーは膝を曲げてお辞儀をした。「わたしは旦那様にはなにも言いません、お嬢様。でも、そのことが知れたら首になってしまいます」

「じゃあ、兄には絶対に知られないようにしましょう。あなたにけっして迷惑がかからず、兄にも怪しまれない嘘を考えればいいのよ」エヴリンはすっかり楽観的な気分になり、サリーの腕に手をかけた。「教えてくれてありがとう」

「いいえ、どういたしまして、お嬢様。どうすればいいのかわからなくて、困っていたんです」

まもなくエヴリンは、サリーと自分の横を馬が同じ速度でついてきていることに気づいた。「きみとでくわすときは、いつも乗り物でしくじっているようだな」セイントの低い声が聞こえた。「残念ながら、きみたちふたりをカシアスに乗せるのはちょっと無理のようだ」

ゆっくりと息を吸い込み、エヴリンは上を見あげた。ウエーブのかかった黒髪に青いビーバーハットを颯爽《さっそう》とかぶり、馬にまたがったセイントは、まさに小意気で完璧な紳士に見えた。何時間でも飽きるまで彼を眺めていたい、とエヴリンは思った。「おはよう」セイントに目を奪われていることに気づき、あわてて言う。

彼は左手に手綱を握り、馬から降りてエヴリンの横を歩き出した。「おはよう。なにかあったのか?」

「なにもないわ。どうしてそんなことを訊くの?」

「わたしに嘘はつくなよ、エヴリン」セイントは低い声で言ったが、顔には苛立ちよりも不安が浮かんでいる。「きみの正直さを、この世のなによりも当てにしているんだからな」

「あら。わたしがそれほど重要人物とは意外だわ」彼女は弱々しい笑いを浮かべた。クラレンスとの結婚話をどうやって破綻《はたん》させるかを考えなければならないのに、セイントの顔を見ただけですっかり思考力を失い、自分の名前も思い出せないほどだ。

セイントが肩をすくめた。「正直であることの価値を知っている者にとっては、きみは貴重な存在だ。さあ、なにがあったのか話してくれないか? それとも、どこかそのあたりの家の裏手に引っぱり込まれるほうがお望みかな?」

「セイント、しいっ」数メートルうしろをついてくるサリーにちらりと目を向けて、エヴリンは制した。

彼はさらに顔を近寄せ、耳もとでささやいた。「もう一週間近くも、きみの中に入っていない。わたしはそれほど辛抱強くないんだ」

「ゆうべ、こっそりいたずらをしたでしょう？」エヴリンの脚のあいだに熱い疼きが走った。「脚本を膝に置いていなければ、わたしがすっかり興奮しているのをみんなに知られてしまっただろうね」

若い女性を乗せた二頭立ての馬車が通り過ぎ、エヴリンは顔をそむけた。こんなところでセイントと立ち話をしていては、すぐヴィクターの耳に入るだろう。今後の計画が決まらないうちに、よけいな波風を立てるのはまずい。兄の勝手な都合で小言を言われるのはもうたくさんだ。「そんな話はしないで。わたし……結婚するの」

横を歩いていたはずのセイントが突然立ち止まったことに気づいたのは、彼女が数メートル先まで進んでからだった。振り返ったエヴリンは、彼の表情に胸を締めつけられた。

「セイント？」

「きみは……あの男と……クラレンスと結婚することに同意したのか？」グリーンの目で彼女を凝視しながら、セイントはうめくように言った。

「兄が仕組んだことなの。下院の椅子を手に入れるには、アルヴィントン卿の助けが必要なのよ」家庭内の事情をそこまで詳しく説明するべきではないのかもしれない。でも隠したところでセイントには知られてしまうだろう。というより、すでに知っているに違いない。

「きみは承諾したんだな？」

「クラレンスにはまだプロポーズされていないの。でも、承諾したことになっていると思うわ」エヴリンは曖昧《あいまい》な言葉ではぐらかした。

「うるわしき忠誠心だな。ヴィクターはさぞかしきみに恩義を感じていることだろう」

「皮肉はやめて、セイント。わたしは利用されているのよ」

「きみはまるで飼い犬だ」

「なんですって？」涙があふれそうになるのを、彼女は必死でこらえた。「結婚したら、もうわたしたち……今までのように会えなくなる。あなたが怒っている理由はそれだけでしょう。もう行って、セイント。わたしは正しいことをしているのに、あなたはわたしを罵倒するだけだわ」

「正しいこと？」彼は怒りをあらわに繰り返した。

「お願い、もう行ってちょうだい」

訊きたいことはたくさんあった。なぜクラレンスとの結婚を承諾したのか、セイントは問いつめたかった。だが同時に、エヴリンに憎まれることがなによりも耐えがたかった。クラレンスとの結婚を思いとどまらせるための正当な理由がない限り、彼女はセイントの言葉に耳を貸さないだろう。ましてや兄の政治的な立場を危うくしてまで、ほかの男と結婚するなど考えられない。

「では、ここで」セイントはカシアスにまたがり、すぐさま走り出した。

もう二度とエヴリンに触れることができない。舞踏会でほかの男と踊るエヴリンを物陰から見つめ、クラレンスが夜ごと彼女を欲しいままにするのを知りながら、なすすべもないのだ。その苦しみを想像することさえ、セイントには耐えられなかった。それ以上の責め苦がこの世に存在するとは思えない。

「ちくしょう」咄嗟に思いついたのは、クラレンスに決闘を挑むことだった。彼を殺せば気分はいくらか晴れるはずだ。だが、それによってエヴリンを手に入れることはできなくなる。それどころか国外逃亡を余儀なくされ、彼女の姿を見ることさえかなわなくなるだろう。

目的地に近づくとセイントは馬の速度を落とし、もう一度頭の中を整理した。エヴリンの曖昧な言葉が気になっていた。結婚の話はまだ決定ではなく、クラレンスにプロポーズされたら承諾するということなのだろうか。彼女は結婚に乗り気ではなく、ただ利用されているだけなのか？　先ほどエヴリンがわたしを追い払ったのは、立ち去ってほしかったのではなく、わたしがなにも手助けできないことに苛立っていたからか？

セイントは馬を止めて飛びおり、従僕に手綱を渡した。エヴリンがクラレンスを愛していないのは明らかだ。しかも悲惨なことに、あのまぬけ男と結婚したら、彼女はもう孤児院でのボランティアを続けられなくなる。問題はセイントがどんな手を打つかということだ。

彼はブーツの音を響かせて長い廊下を歩いた。今日も遅刻だ。だが、欠席よりはましだろう。今はこうすることしか思いつかない。そしてこれが最良の方法に思えた。ヴィクターは妹に政略結婚をさせようとしている。ならば、よりふさわしい候補者が目の前に現れたなら、賢い政治家として見逃す手はないだろう。

「セイント、こんなところでなにをしているんだ?」席に着こうとするセイントに、デアがささやいた。

「仕事だよ」セイントは答え、デアの横にいるワイクリフにも会釈をした。それしかない。わたし自身がよりふさわしい候補者になればいいのだ。

数列うしろでハスケル伯爵が立ちあがった。気色ばんだ顔は異様なほど赤い。「わしはきみが出席するのを断じて許さんぞ、セイント・オーバン。きみがこの部屋から今すぐ立ち去らないなら、わしが出ていく」

くそっ。セイントは立ちあがった。「ハスケル卿、あなたは二八年間も議会で活躍してこられた方だ。豊富な知識と貴重な時間を惜しみなく提供し、大いなる貢献をしてこられたというのに、わたしは二週間前、大変失礼なことを申しあげてしまった。今日は心から謝罪いたします。わたしにあなたの賢さの一〇分の一でもあれば、もっとまともな人間になっていたでしょうに」

上院本会議場に大きなどよめきがわきおこったが、セイントは気にも留めなかった。議員たちの好奇の目にさらされて一時間座り続けることくらい、なんでもない。

「きみの言葉を信じろというのかね? これは驚きだ」ハスケルが言った。

「いいえ、そうではありません。わたしの謝罪を受け入れていただければいいんです。先日のことは本当に申し訳ありませんでした」セイントは息を止め、身をかがめて手を差し出した。これはエヴリンのためだと自分に言い聞かせる。ハスケルが険しい目でセイントを睨んだ。彼女のためならこんなことさえも我慢できる。なんだってできる。

「きみの謝罪など受け入れられないと言ったら?」

「でしたら明日、また謝罪します」

ハスケルはため息をつき、肩を落としてセイントの手を握った。会議場内に割れんばかりの拍手が起こったが、だれもがセイントの言葉をうのみにしたわけでないのは明らかだ。これまでいつもそうだった。だがそんな中で、ハスケルは彼の言葉を信じてくれた。思いがけずセイントは、人に信用されることのさわやかな喜びを感じていた。

「ありがとう、ハスケル卿。身に余る厚意に感謝します」セイントは口もとに笑みを浮かべて着席した。「けっして後悔はさせません」

「今のところはきみの態度に充分満足しておる」ハスケルはつぶやき、腰を下ろした。

「諸君」議長が演壇を叩いた。「議会を再開します」

「こいつは驚いたな。いったいなにがあったんだ?」デアがささやく。

「わかったら教えるよ」セイントはささやき返した。

なにがあったのかはもうわかっている。セイントは会議場の係員を呼びつけ、水を持ってこさせた。喉がからからに渇いていた。そのときになって、ある思いが不意に彼の心をとらえた。あれほど軽蔑していたハスケルに謝罪したのはなぜなのか。これまで顔を出すこともまれだった議会に出席し、途中で席を立たずに最後まで参加しようと思ったのはなぜなのか。明日も、明後日も、今シーズンが終わるまで毎日欠かさず出席しようと思っているのはなぜなのか。そして、なんとしてもエヴリン・マリー・ラディックを手に入れようと思っているのはなぜなのか。すべての理由に、セイントは今はっきりと気づいた。彼女を愛しているから。理由はそれだけだ。人間らしい心を失ったはずのマイケル・エドワード・ハールボローが、生まれて初めて人を愛し始めている。なにがあってもその愛を成就させ、エヴリンを手に入れようと彼は思った。

セイントの口もとが思わずほころんだ。エヴリンの努力がついに実を結んだことを、早く彼女に知らせたい。彼女のためなら立派な紳士になれる。そう心に決めて五分も経っていないが、すでにその変化を楽しんでいる自分に彼は苦笑した。

「許可はもらえそう?」エヴリンは窓の前をそわそわと歩きまわりながら言った。

「たぶんね。でも、父を説得するのは大変よ。どうしてセイント・オーバン卿をピクニックに招待するのかと、質問攻めにされているの」ルシンダはため息をつき、ソファに背を投げ出した。「またあれこれ訊かれるに決まってるわ。父の書斎の前を通りかかるたびに呼びつけられるのよ。次に父と顔を合わせるまでに、まともな答えを用意しておかないと」

「まともな答えがあれば、とうの昔にあなたに説明してるわ」バレット邸の正面に馬が止まったのがエヴリンの目に入った。一瞬胸が高鳴ったが、馬から降り立った人物の体形は小太りで、セイントでないのは一目瞭然《りょうぜん》だ。軽い失望感を覚えつつ、かまわないでほしいと彼に告げたことを思い出した。そう言われてまで、セイントがあとを追ってくるはずがない。

「説明なんてしなくていいわ。あなたの考えてることはわかっているつもりよ」ルシンダは立ちあがり、窓辺に立つエヴリンに近づいた。「これもレッスンの一部なんでしょう？　でも、それだけのためならリスクが大きすぎると思うの。ヴィクターがあなたのすることで足を引っぱられていると感じたら、どんな手を使って阻止しようとするかわからないわよ」

「すでにひどい手を使われているわ」

「えっ？」ルシンダがエヴリンの腕をつかんで振り向かせ、顔をのぞき込んだ。「ヴィクターになにをされたの？　それは説明してもらうわよ」

「兄はわたしがなにをしているかも、なにを考えているかもまったく知らないくせに、わたしを操ることにだけは長《た》けているの」エヴリンの頬を涙が流れ落ちた。「クラレンス・アルヴィントンと結婚させられるなんて悲惨だと思わない？」

ルシンダはしばらくエヴリンを見つめていたが、部屋の隅のテーブルのほうに歩いていき、グラスにマディラワインを注いだ。ふたつのグラスを手に戻ってくると、ひとつをエヴリンに差し出した。

「クラレンス・アルヴィントンですって？」ルシンダがようやく言った。「クラレンスの父親が所有するウェストサセックスの領地が目当てなのね。ひどいわ。ヴィクターはあなたとクラレンスがお似合いのカップルだとでも思っているのかしら？」

エヴリンはマディラワインをすすりながら、もっと強い酒が必要だと思った。「クラレンスはまぬけだし、兄はわたしをばかだと思っているから、お似合いというわけよ」ため息をつく。「それが本当かどうかは別として、クラレンスは退屈で毒にも薬にもならない人よ。結婚の話を知る前から、彼のことなど眼中になかったわ」

「困ったものね。それで、どうするつもり？」

「まだ計画を練っている最中なの。でも難しいわ。どんな方法を取るにしても、兄の選挙の邪魔だけはしたくないから」エヴリンは弱々しく笑った。「わたし、やっぱりばかよね？」

ルシンダがエヴリンを抱きしめた。「あなたは兄思いのやさしい妹なのよ。いつかヴィクターがそのことに気づくといいのだけれど。妹のフィアンセにそれほど退屈な男性を選ぶなんて、あんまりよね」

理解ある友人の言葉が身にしみてありがたかった。「ありがとう、ルシンダ。実はわたし、セイント・オーバンから学んだことを使えるんじゃないかと思っているの。彼を教育し直して紳士に変身させるという試みは失敗だったかもしれないけれど、少なくともわたしは彼からいろいろなことを学んだわ」

「あなたの評判に傷がつくような真似はやめて、エヴィ。たとえクラレンスの目をくらますためだとしても」

「わかってる。限度は心得ているつもりよ。だけどマイケルはあんなに評判が悪くても、信じられないほど刺激的な生き方をしているわ。クラレンスとは大違い」

ルシンダはソファに戻り、サイドテーブルにグラスを置いて振り返った。「マイケルって？」

エヴリンは頬を赤くした。いけない。彼への思いはだれにも秘密にしておくつもりなのに、クリスチャンネームを口にしてしまうなんて迂闊《うかつ》だった。「セイント・オーバンのことよ。彼に言われて、そう呼ぶこともある――」

居間のドアが勢いよく開いた。ジョージアナが帽子も脱がずに居間へ駆け込んできた。

「エヴリン、探したのよ」

「どうしたの？」

ルシンダは戸口に執事が立っているのに気づき、ドアを閉めた。「いったいなにごと？」

「大成功よ、エヴィ。それを伝えに来たの」ジョージアナは帽子を取って椅子に置くと、エヴリンに言った。「まるで奇跡だわ。あなたの家に行ったのだけれど、ラングレーにあなたはここにいると聞いてきたの」

ジョージアナは上機嫌で興奮している。エヴリンは自分の抱えた問題の深刻さを一瞬忘れ、心が軽くなるのを感じた。少なくともだれかが嬉しそうにしていることで気分が明るくなった。「なんのことを言っているのかわからないわ」

「セイント・オーバンのことよ。午前中の議会から戻ってきたトリスタンが、信じられないことが起こったと話してくれたの」

セイントの名前を耳にしたとたん、エヴリンはめまいに襲われた。窓枠に腰かけて、マデイラワインを一気に飲みほす。「セイント・オーバンがどうかしたの？」

「今日の議会に出席して、前回ハスケル卿に暴言を吐いたことを謝罪したんですって」

エヴリンは目を見開いた。「彼がだれかに謝ったというの？」

「とても紳士的だったそうよ。しかもセイント・オーバンは議会の最後まで残り、児童就労法改正委員会にまで出席したらしいわ」

ジョージアナとルシンダはエヴリンの顔をのぞき込み、彼女の言葉を待ち受けている。

「まあ」エヴリンはようやく口を開いた。

言葉が見つからなかった。今すぐ外に飛び出してセイントを探し、いったいなにがあったのかを尋ね、抱きしめてキスしたい。でも本当は、なにがあったかなんてどうでもいい。セイントがなにか学んだことだけが重要で、たとえそれがエヴリンの助けにならないとしても、彼はこれからどんなことにもうまく対処していくだろう。ふと友人たちの話し声に気づき、エヴリンは我に返った。

「……クラレンス・アルヴィントンと結婚させられるのよ」ルシンダがジョージアナに告げている。

「だめよ！　あんな気取り屋とあなたが合うはずないわ。ヴィクターにはそれがわからないのかしら？」ジョージアナが窓辺に歩み寄った。

「たぶんわからないと思うわ。でもクラレンスが役に立つことだけは知っているのよ。わたしが彼と結婚すれば、下院に当選できるんですもの」

「あなたに頼らずに自分の功績で当選すべきよ」

エヴリンはほほえんだ。「その言葉を借りていって、兄に言ってやりたいものね」

「いつでも貸してあげるわ」

借りたいのはジョージアナの生活だ、とエヴリンはふと思った。ジョージアナは夫に心から愛されて幸せに暮らしている。それればかりか理解のあるおばと身分の高い有力な政治家のいとこに守られ、生活を脅かされる心配もなければ、社会活動をして顰蹙《ひんしゅく》を買うこともない。それに引きかえエヴリンは、醜聞の絶えない女たらしに目をつけられたあげくに破滅へ追い込まれそうになり、世間体と評判ばかりを気にする家族からは意見を押しつけられ、たったひとつの夢もはかなく消えようとしている。孤児院でボランティアを続け、不運な子供たちの役に立ちたかったのに。

だが一方でエヴリンは、セイントの助力なくしてはこれまでなにひとつなし遂げられなかったことに気づいていた。最初は軽薄な小娘の暇つぶしと思われていたが、そうではないことを証明してからというもの、皮肉を言われたり代償を求められたりもしたけれど、セイントは常に貴重な助言を彼女に与えてくれた。

「それで、どうするつもり?」ジョージアナが尋ねた。

「セイント・オーバン流の方法で対処するつもりなんですって」エヴリンが口を開く前に、ルシンダが答えた。「少しふしだらなふりをして、クラレンスと彼の両親を怖じ気づかせるという作戦よ」

「そんなの危険だわ、エヴィ。わかってるの？」ジョージアナが不安そうな面持ちで言った。

「ええ。実は――」エヴリンは大きく息を吸い込み、心の中で祈りの言葉を唱えた。「あなたたちに手伝ってもらいたいことがあるの」

「ふしだらなふりをする手伝い？」

ジョージアナとルシンダはいぶかしげな表情だ。ふたりとも、エヴリンには効果的な解決方法など見つけられないと思っているのだろう。そんなことないわ。わたしには模範的な教師がいるのだから。

「そうではなくて……」エヴリンは苛立ちを隠して無理やり笑みを浮かべた。「ふしだらなことなど、なにも起きていないという態度を装っていてほしいの。顔をしかめるだけでもだめよ」

ルシンダがため息をついた。「もう一度ヴィクターに、クラレンスとは相性がよくないと説明してみるほかないんじゃない？　でも、そんなことはもう何度も言ってみたはずよね。だったらあなたの言うとおり、ふしだらなことなどなにも起きていないふりをするわ」

「わたしも協力するわ」ジョージアナも同意した。「だけど今はこんなことで思い悩むより、セイント・オーバンの変化を祝福すべきよ」彼女はルシンダに顔を向けた。「彼がすっかり紳士らしく変身したとすると、レッスンを実行していないのはあなただけになるわね、ルシンダ」

「セイント・オーバンは五分でまたもとに戻るわよ。決定的な成功とは言いがたいわ。それにわたしたちのもともとの約束は、身の程知らずの男性に女性の正しい扱い方を教えることじゃなかった？　エリザベス女王以来、貴族院に女性議員はいないはずだから、レッスンが実を結んだということにはならないわよ」

エヴリンのレッスンが成功だったかどうか、ジョージアナとルシンダが議論するのを聞きながら、エヴリンは胸の中で膨れあがる期待と興奮を必死で抑えていた。明日は一日中、セイントのそばから離れないという約束だった。彼に会ったら少しはめを外そうかしら。彼を変えようとあれほど情熱を注いだそのあとで、エヴリンは心のどこかで気づいていた。セイント・オーバンにはワルのままでいてほしいと思っていることに。彼女だけのワルでいてほしいと。

23

町外れの草原に続く道は、バレット陸軍大将のピクニックに向かう馬や馬車ですでににぎわっていた。二頭立ての四輪馬車で、年に一度の伝統的なイベント会場に到着したセイントは、大草原の絵のような美しさに目を奪われた。小高い丘からはロンドンの古い町並みが一望できる。顔見知りのミルトン夫妻の意外そうなまなざしに気づき、彼は居心地の悪さを感じながらも会釈をした。

屋外の昼食会やパーティーにセイントはめったに招待されることはなかった。たまに招待状を受けとっても、礼も言わず、出欠の返事も出さず、時間に遅れて顔を出しては最後まで居座るという無礼を平気で繰り返してきたものだ。

彼が馬車から降り立ったころには、すでに四、五〇人の招待客が到着していた。会場の準備に駆り出された従僕や馬丁、召使はかなりの人数で、客と使用人の見分けもつかないほどだ。

「来てくれたのね」

エヴリンの声が聞こえたとたん、居心地の悪さも、不慣れな状況も、ビーバーハットの上を飛びまわる蜂も、どうでもよくなった。「わたしのために招待状を手に入れてくれたようだね」セイントは彼女に向き合った。

「まだ怒ってるんじゃないかと思っていたわ」

「それでもきみは、わたしとの約束を果たそうとしたわけか」

目が合うと、エヴリンのグレーの瞳が輝いた。草原に咲き乱れる水仙と同じ黄色のドレスに身を包んだ彼女の笑顔を見つめ、セイントは息をつくのも忘れた。

「あなたをこのピクニックに招待できなければ、わたしの体を提供するはずだったのよね」

セイントは首を振った。「おいおい、今日はそういう話は慎むべきじゃなかったのか？」エヴリンに腕を差し出して、彼はささやいた。「もっとも、体を提供してもらうことに関しては、きみさえよければこちらはいつでも歓迎するよ」

エヴリンが頬を染めるのを見て、セイントは気持ちがなごむのを感じた。どれほど大胆なことを口にしようと、彼女はいつも慎み深く、それでいて孤児院のためならなんでもする、あのエヴリンなのだ。驚いたことに、彼女はセイントが差し出した腕に腕を絡めた。

「めぼしい人たちにあなたを紹介したほうがいいわね」

おもしろそうだ。もちろん不愉快な思いもするだろうが、予測のつかないことには興味をそそられる。「腕と腕を絡めて？」セイントは目を見開いて尋ねた。「わたしはかまわないが、人前ではきみに触れないほうがいいような気がする」顔を寄せてささやき、エヴリンの髪の香りを思いきり吸い込んだ。

「わたしはあなたに借りを返すためにここへ来たのよ。そばから離れるなと言われたから、ここにいるの」

エヴリンがおとなしくセイントの腕を取ったのもそれだけの理由だ。彼女はけっして約束を破らないのだろう。悪魔との約束さえ、守りとおすに違いない。「では、紹介してくれ」

ふたりは草地を横切り、招待客たちが集まっているあたりへと向かった。デアとジョージアナの姿が目に入り、セイントは眉をひそめそうになった。デアがすっかり家庭的になったことを先日あざ笑ったばかりなのに、その彼が夫婦で参加するイベントにセイントもこうして参加している。しかも今回が初めてではない。

違う。わたしは家庭的な男になるためにここへ来たんじゃない。エヴリンに会うために来たのだ。おもしろいかもしれないと思って。革新派の有力者や教養人たちが招待されるこのピクニックに、わたしもそのひとりとして招待されたのだ。

「バレット大将」エヴリンがセイントの袖を引いて言った。「セイント・オーバン侯爵をご紹介いたします。セイント・オーバン卿、今日の主催者のオーガスタス・バレット陸軍大将です」

グレーの髪と同じ色の目をした背の高い紳士が、敬礼をするようなきまじめな面持ちでうなずいた。「やあ、セイント・オーバン卿。娘のルシンダにきみを招待するようにとせがまれてね。楽しんでいってくれたまえ」バレットはちらりとエヴリンを見やり、もう一度セイントに視線を戻した。「だが、楽しみすぎないように」

「ありがとうございます」

バレットが歩み去り、次の客と挨拶を交わしている。その姿を目で追いながら、今のバレットの言葉に成功の鍵が隠されているとセイントは思った。あのまぬけなクラレンスからエヴリンを奪うためには、楽しみすぎないことだ。自制心こそが勝利をもたらしてくれる。無遠慮にものを言っては結果を呪ってきた、これまでの行動パターンを変えなくてはならない。容易なことではないが、それは承知のうえだ。

「軽くすんでよかったわ」エヴリンが彼の腕を引き寄せてささやいた。

「そうだな」セイントは彼女の指が袖をしっかりとつかんでいるのを見おろした。「なにをしているんだ?」

「なにって、どういう意味? あなたとの約束を果たしている――」

「出会ってから一カ月のあいだ、きみはずっとわたしにかかわりたくないと言い続けてきた。それなのにどうしたというんだ? 気が変わったというのか? あるいはクラレンスと結婚してからもわたしと……友達でいる気になったのか?」人前では礼儀正しい紳士の振る舞いを見せたとしても、エヴリンに本音を隠す必要はない。

彼女は呆気に取られたように口を開けた。「ふざけないで!」

現実的にはそれが最善に思えた。エヴリンが家族の決めた相手と否応《いやおう》なしに結婚させられるのなら、彼女の愛人になるしかない。「そんなにひどいことか? きみとわたし以外、だれも知らなければ問題ないはずだ」セイントは声をひそめた。

「やめて」エヴリンがぴしゃりと言った。「そんなこと聞きたくもないわ。わたしはけっして夫を裏切らないつもりよ」

「それでもきみを手放したくないと言ったら？」

彼女は歩調をゆるめ、セイントの顔を見据えた。「だったら、なにか手を打てばいいのよ」

吐き捨てるように言い、彼の手を振り払う。

セイントは立ち止まり、デア夫妻のほうへ歩いていくエヴリンのうしろ姿を呆然と見つめた。今の言葉はどういう意味だろう？　彼女を手に入れるためにはそれなりのことをすべきだという意味なら、もちろんそうするつもりだ。しかしセイントのように醜聞にまみれた男を、ヴィクターが妹の結婚相手として認めるはずがない。

エヴリンを誘拐するという手はどうだろう。同じことを彼女にされたのだから、できないことはない。シルクのローブ一枚に身を包んだ彼女を屋敷に閉じ込めるという企みに、セイントは心を動かされた。おそらくエヴリンにとっても、それは悦楽の時となるはずだ。だがつかのまの幻想から覚めたときには、取り返しのつかない事態が待ち受けていることになる。

不意にセイントは、自分のまわりにぽっかりと大きな空間ができているのに気づいた。いつものことだ。こうした集まりに参加しても、わたしのそばにはだれも寄ってこない。でも今日はエヴリンがそばにいる約束だ。彼女はだれからも好かれている。わたしの姿を見てたじろぐ連中も、けっしてエヴリンを嫌いはしない。大きく息を吸い込み、セイントは彼女のあとを追った。落ち着け。なにがあっても自分を抑えるんだ。

「なにをそんなに嬉しそうにしているの？」ジョージアナがエヴリンの頰にキスをして言った。

「こんなにいいお天気なんですもの」そして今日はセイントと一緒にいられるんですもの。デアがエヴリンの手を取ってお辞儀をした。「どんなに天気がよかろうと、小鳥のさえずりが聞こえようと、あの気取り屋のクラレンスと無理やり結婚させられると思ったら、わたしはにこにこ笑ってなどいられないね」

ジョージアナが肘で思いきり夫を突いた。「デア！」

「痛いっ。こうして幸せな結婚をしたわたしが口出しすることではないかもしれないが」

「いいえ、口出ししてくれてけっこうよ。わたしも同じ気持ちだもの」ジョージアナが夫の肩に顔をすり寄せ、指を絡め合うのを見つめながら、エヴリンは激しい嫉妬に駆られていた。彼らの結婚に至るまでの道のりもけっして平坦《へいたん》ではなかったが、今ふたりが愛し合っていることは傍目にも明らかだ。そんな彼らの仲むつまじい様子に、エヴリンは泣き出したいほどの嫉妬を覚えた。こんなふうにセイントと寄り添うことができたら、どんなにすてきだろう。頭の中に浮かぶイメージを、彼女は追い払った。

「あなたはまだ結婚したわけではないわ、エヴィ」ジョージアナが表情を引きしめて言った。「ヴィクターを説得することもできるかもしれない」

「誘拐するという手もある。脅して考え直させるんだ」セイントがエヴリンのうしろで言った。

彼の辛辣な言葉には慣れてきたが、そばにいるだけで顔が火照り、熱いものが背中を駆け抜けるのは今も変わらない。「そんなことをしても兄には効果がないわ」

セイントは肩をすくめ、彼女の横に並んだ。「ときとして、人には驚かされるものだよ」

不意にエヴリンは先日のレディー・ベッソンの読書会のときと同じ衝動に襲われ、身を震わせた。セイントに触れたい。裸の胸に指を這わせたい。そういえば、今日は少しはめを外そうと思っていたのだった。「そうね。人に驚かされることはたしかにあるわ」エヴリンは両手を彼の腕に置いた。

セイントが身をこわばらせるのが指に伝わったが、表情はまったく変わらなかった。「だったら、ヴィクターを誘拐するのもひとつの方法だ」彼はかすかにうわずった声で言った。デアが咳払いをした。「セイント、昨日きみはせっかく貴族院で汚名を返上し、ハスケル卿のご機嫌を取ったばかりじゃないか」

「あの場では謝るか一戦交えるかのどちらかしかなかった。見た目のいいほうを選んだだけさ」

エヴリンはセイントの端整な顔を見あげた。彼はご機嫌取りの方法など知らないとでも言いたげな、しぶい表情だ。どんな状況だったとしても、セイントはうわべだけのお世辞を言う人ではない。ああ、やっぱり彼はすばらしいわ。今すぐにキスしたい。激しい衝動が彼女を痛いほどに揺さぶり、身動きもできなかった。

「エヴリン」セイントがささやいた。

「なに？」彼女の胸が高鳴る。

「そんなに強く握ったら、腕がしびれてしまうよ」

「まあ、ごめんなさい」エヴリンは手の力をゆるめた。

ジョージアナが陽気に尋ねた。「バレット大将のこのピクニックをどうお思いになる？」

「なかなかのものだね。ミス・ラディックのおかげで参加できてよかったと思っている」

ハントリー夫妻が招待客たちと挨拶を交わしながら、エヴリンの目の前を横切った。ハントリー伯爵夫人はクラレンスのまたいとこで、家名を重んじる貞潔な婦人として知られている。ヴィクターもアルヴィントン夫妻もこのピクニックには参加していないが、今日の話はハントリー夫妻からクラレンスの耳に届くことになるだろう。エヴリンはセイントの腕を引っぱった。

「お花を摘みに行きましょうよ、セイント・オーバン卿」彼女はことさらはしゃいだ声を出した。「ここに来る人たちはみんな、お花を摘んで帰って家のテーブルに飾るのよ」

セイントは一瞬呆気に取られた表情を見せてからうなずいた。「花を摘む？　まあ、いいだろう。きみたちも一緒にどうだ、デア？」

エヴリンはもう一度セイントの腕を引いた。彼の気が変わらないうちに動かなければ。

「みんなが摘みに行き始めたわ。わたしたちも早く行かないと、きれいなお花がなくなってしまうわよ」

うがーー」

デアも不思議そうな顔つきで彼女を見つめている。「エヴリン、きみたちはここにいるほ

「行ってらっしゃいな」ジョージアナが口をはさんだ。「なんの問題もないはずよ。ほら、ミセス・マレンとバレット大将も水仙を摘んでいるわ。わたしたちみたいな退屈な夫婦の相手などする必要はないのよ」

デアが眉をつりあげてみせた。「退屈な夫婦だって？」

セイントは夫婦喧嘩に巻き込まれるのを避けるように、木の根もとを離れてしぶしぶ歩き出した。彼にもたれていたエヴリンはバランスを崩し、危うく転びそうになった。

セイントに肘を支えられて体勢を立て直す。「いきなり歩き出さないで」

彼は目を輝かせた。「すまない、きみがか弱い子羊なのを忘れていたよ」

「まあ」エヴリンは片手でセイントの腕を取り、もう一方の手でスカートをつまんで草地の丘を下った。

「いったいどういう心境の変化だ？」セイントが尋ねた。

「お花を摘みに行くことが？」

「わたしと一緒にいるのを人に見られると困るんじゃないのか？　そばにいてくれとは言ったが、ふたりで林の中に入り込むのはまずいだろう。きみの兄さんの耳に入ったらーー」

「兄のことなら気にしないで」エヴリンはさえぎり、自信ありげなふりをしてみせた。これは危険な綱渡りだ。理性が欲望に屈し、茂みの中で彼と戯れることになったとしてもおかし

くない。「よけいなことは考えずに楽しめばいいのよ、マイケル」

「ほかのことを考えずにただ楽しもうと思うなら、今ごろきみをベッドに引きずり込んでいるよ」セイントは招待客たちを見渡した。「こんなところには来ていない」

エヴリンは歩調をゆるめた。今日ここに彼を連れてきたことは、思いやりのない自分勝手な行為だったのかもしれない。人々の冷たくよそよそしい視線にさらされていては、楽しめるはずがないではないか。「来なければよかったと思っているの？」

セイントは口もとに笑みを浮かべた。彼独特の扇情的な笑顔だ。「ここに来なかったら今ごろ、行けばよかったと悔やみながら、家のビリヤード室を歩きまわっていただろうね」

「どうして？」

「きみがここに来ているのを知っているからさ。ほかに理由があると思うのか？」

「いいえ……ただ……」彼が身を寄せ、エヴリンは頬が火照るのを感じた。

「わたしがそんなことを言うとは思ってもみなかったんだろう？」セイントが彼女のかわりに言った。「わたしが言ってはおかしいか？」

「セイント――」

彼が黒い髪を揺らして首を横に振った。「マイケルと呼んでくれ」

そうだわ、いい考えがある。彼とキスしたあとで目を丸くして驚いたふりをしてみせれば、少しは体面を保てるかもしれない。やってみる価値はあるわ。そうすれば熱いキスを楽しみ、彼の腕に抱かれることができる。彼も同じようにわたしを求めていることを感じられるはず

――。

「見てごらん、デイジーだ」

セイントが突然エヴリンから離れ、背を向けて小川のほうへ歩き出した。いつもの優雅な動きとはまったく違う、ぎこちない動作だ。エヴリンは啞然《あぜん》として彼のあとを追った。なにかがおかしい。彼女がキスを求めたのを知りながらセイントは拒絶し、逃げ出したのだ。少なくとも、そう見えたことだけはたしかだった。

「どうだい？　きれいだろう？」セイントがデイジーを数本、地面から引き抜いた。

エヴリンはまばたきをした。頰の内側を嚙み、笑い出しそうになるのをこらえる。彼が居心地悪そうにそわそわしているのがほほえましかった。「あらあら。根から抜かずに、茎をつまんで切るのよ」

セイントは足もとに視線を戻して茎を軽くひねり、うっとりと見とれている彼女にデイジーを差し出した。「これでいいかい？」

小川の土手まで来ると、エヴリンは茎が引きちぎられたデイジーを受けとった。「まあ、きれい。ナイフがあるといいんだけど」

「あるよ」セイントは身をかがめ、刃渡り二〇センチほどの細長いナイフをブーツから抜きとった。

彼女は息をのんだ。「そのナイフ……」おもしろがっているようなセイントの顔とナイフを交互に見る。「孤児院でも持ち歩いていたの？」

「そうだとしたら？」

「だったら、使わずにいてくれたことを感謝するわ」

セイントは唇をとがらせたが、その目はどこか遠くを見つめ、なにか別のことを考えているように見えた。「孤児院に持っていったことはないよ。今思えば、それでよかったんだが」

彼はうずくまり、今度はナイフを使って摘みとったデイジーを、ふたたびエヴリンに手渡した。「武器を持っていれば、いろいろなことが違っていたかもしれない」

「つまり……わたしに鎖でつながれて孤児院の地下牢に一週間も監禁されたことを、あなたはよかったと思っているの？」

セイントの顔に、これまで一度も見せたことのない心のこもった笑みが浮かび、エヴリンの心臓は早鐘を打った。「ようやく気づいたんだ。あの孤児院が〈希望の家〉と名づけられたわけに。その名前をつけたやつは、きみとわたしがそこで出会うことを知っていたんだよ、エヴリン・マリー」

ああ、もう我慢できない。「マイケル、あなたにキスをしたくてたまらないわ」

にこやかにほほえむセイントの瞳に官能的な光が宿った。「エヴリン、今きみにキスをしたら、それだけではすまなくなる」彼は新たに摘んだデイジーをまたエヴリンに差し出し、立ちあがった。「だから今はなにもしない」

彼女は思わず不服そうに顔をしかめた。「どうして？」

セイントはエヴリンの頬に指を這わせた。「今日は行儀よくしていようと思っているからさ」

「でも、わたしははめを外したいの」頰をなぞる軽やかな指の感触に彼女は身を震わせた。

「草の上できみと戯れたら……すてきだろうね」セイントはつぶやき、腕を差し出した。

「でも人に見られてはまずいだろう？　わたしがきみに求めていることは、きみを抱けばおさまるようなことではないんだ。どれほど辛抱を強いられようと、正しい振る舞いをしなければならないなら、ほかに選択肢はない」

エヴリンはなんと応えていいのかわからなかった。セイントは……いえ、マイケルは信じられないほどの変貌を遂げている。しかもわたしのために。「あなたはすばらしいわ」彼女はようやく口を開いた。セイントとの関係に将来がないことを認めたくはなかった。自分に対しても、彼に対しても、せめて今日だけは望みを捨てずにいたかった。

ひそやかな男女の会話が遠ざかり、川の流れの音にかき消されて聞こえなくなると、ハントリー夫妻は茂みの陰から顔を上げてあたりを見まわした。この茂みに隠れていたおかげで、思いがけない会話が耳に飛び込んできた。「あなた、今の話をお聞きになった？」レディー・ハントリーが夫を肘で突いた。

「セイント・オーバンがラディックの娘を誘惑しようとしているらしいな」ハントリー卿は立ちあがり、膝から湿った草を払うと、妻の手を引いて立たせた。

「いいえ、事態はもっと深刻ですわ。彼女がもうあの男の手に落ちているのは間違いありませんわよ。それに孤児院とか、鎖とか、監禁とか、いったいなんなのかしら？　さっそくアルヴィントンに知らせなくては」

「アルヴィントンに？　なぜ？」

「あのラディックの娘こそ、クラレンスが結婚したがっている相手ですのよ。それくらい覚えていてくださらないと困りますわ」

「ああ、わかったよ」


こんなに早く奇襲攻撃を受けるとは思っていなかった。あとになってエヴリンは自分の迂闊さを悔やんだが、その夜ヴィクターが開いた晩餐会はいつにも増して退屈で、居眠りをしないように目を開けているのが精いっぱいだったのだ。その後に待ち構えている展開を予測する余裕はなかった。夢のような一日を過ごしたそのあとで、礼儀ばかりを重んじる慇懃な客たちの会話を聞きながら、彼女はセイントと出会っていなければ人生がいかに殺伐とした味気ないものになっていたかを思い知った。

不意にエヴリンは、客たちの好奇のまなざしに気づいた。いつもは単なる装飾品のような扱いを受けるのに、今夜はずいぶん人々の関心を集めている。その理由がわからないまま、彼女は素知らぬふりを続けた。向かいの席に座ったクラレンスさえもが、テーブルの下でエヴリンの足を軽く蹴っている。こうなったら徹底的に無視しよう。さっさと雉肉のローストを食べ終えて自室に引きこもればいい。クラレンスにプロポーズされれば現実に直面することになるけれど、それまではまわりの反応などいっさい無視して、ふしだらな女を演じるつもりだ。

「今日、とんでもない話を聞きましたのよ」ナイフとフォークの音にまじって、レディー・アルヴィントンの声が聞こえた。

同時におばのレディー・ヒュートンがエヴリンのほうに困惑の視線を向けた。鼓動が速まる。ハントリー夫妻からの話が、もう伝わっているのだろうか。エヴリンが一日中セイントのそばから離れなかったことも、仲むつまじく腕を組んでいたことも、彼の黒髪に止まったてんとう虫を指で払ったことも、そして彼が笑いながら彼女の指に移ったてんとう虫を吹き飛ばしたことも。

「どんな話をお聞きになったんです、レディー・アルヴィントン？」ヴィクターが尋ねた。

「申しあげにくいことですの。このテーブルにいるどなたかに直接かかわることですから」

「だったら、よけいお聞きしたいものですわ」ジェネヴィーヴが言った。

彼らの大げさな口調は自分への当てつけなのだろうか、とエヴリンは一瞬思った。それとも大げさにでも話さない限り、あまりの退屈な内容に眠くなってしまうから？　もともと兄の知人たちの会話に関心を持ったことはないが、人生にはもっと大切なことがあると知ってからというもの、ますます注意を払わなくなった。

「では、しかたがありませんわね」レディー・アルヴィントンはいわくありげに身を乗り出したが、声の調子を落としもせずに話し始めた。噂話は使用人が盗み聞きし、そこから広まってこそおもしろいとでも思っているのだろう。「セイント・オーバン卿のことですのよ。どうやらあの方は、ご自分が管理している孤児院のどこかに監禁されていたらしいんですの。そういえば一週間もお見かけしませんでしたものね」

エヴリンの顔から血の気が引いた。頭の中はパニック状態だ。気を失いそうになるのを必死でこらえ、何度も深呼吸する。どうして？　いったいなぜ？　どこから伝わったの？　セイントのはずはない。彼はだれにも言わないと約束してくれたのだから。

全員の視線がエヴリンに集中した。だれもが冷ややかな面持ちだが、おばだけがかすかに同情的な表情を浮かべている。どうすればいい？　なにかうまい嘘でもないかしら？　いいえ、嘘をついても無駄よ。セイントがよけい悪者にされるだけだもの。そうなったら、わたしには耐えられないわ。

「ええ……そのことなら、知っているけど」エヴリンは口ごもった。「でも、そんなにひどい話ではないの。本当よ」無理に笑ってみせながら、マディラワインのグラスに手を伸ばす。

「そんな話をどこでお聞きになったんですの、レディー・アルヴィントン？」

ヴィクターがたまりかねたようにフォークを皿に叩きつけた。高価な食器が割れんばかりの勢いだ。「おまえの口からだよ、エヴリン」

「なんですって――」

「今日の夕方、アルヴィントン卿がいとこのハントリーご夫妻をともなってここに駆け込んでこられた。そのときのわたしのショックが想像できるかね？　バレット大将のくだらないピクニックで、ハントリーご夫妻はおまえがセイント・オーバンにずいぶんはしたないことを言っているのを聞いたそうだ。そのうえ、おまえはあのごろつきにキスをしたがっていたというではないか。もっと口汚く罵ってやりたいところだが、ご婦人たちの前では控えることにしよう」

「弁明させていただいていいかしら?」エヴリンは尋ねたが、言い訳の言葉さえ見つからず、真実を話すほかなかった。もっとも、兄が真実に耐えられればの話だが。

「弁明の余地などない。自分のしていることがわかっているのか? おまえがあんな悪党とかかわるのを、わたしが黙って見ていると思ったのかね? おまえが管理するヒュートン家のティーパーティーを欠席していた話も聞いたよ。セイント・オーバンが管理する〈希望の家〉で、くそったれの孤児たちを相手に無駄な時間を費やしていたそうだな。いや、これは失言でした」

エヴリンはレディー・ヒュートンに目を据えた。「話したのね?」落ち着き払った自分の声に我ながら驚いた。

「ごめんなさい、エヴィ」レディー・ヒュートンがすまなそうに言う。「ヴィクターは薄々気づいていたらしくて。本当のことを言うしかなかったのよ」

「ありがたいことに、ハントリーご夫妻はアルヴィントン卿に報告しただけで、ほかに口外していない。我々なら取り返しのつかない事態になる前になんとか手を打てる」

エヴリンは目を閉じた。すべてが消え失せてしまえばいいのに。ああ、セイント。彼と話したい。どうすればいいか、彼なら答えを教えてくれるはず。「どんな手を打つつもり？」

クラレンスがとまどい気味に咳払いをした。「きみの面目を保つための解決策をヴィクターと話し合った結果、ぼくはきみを妻として迎えることに同意しました」

彼女の心臓が止まった。こうなることはわかっていたものの、現実にその言葉を受け入れる心構えはできていなかった。「わたしとの結婚を同意なさったというの？」クラレンスに目を据えて尋ねる。

「わたしも同意した」ヴィクターが口をはさんだ。「幸い、このたわけた噂話を知っているのは我々だけだ。おまえの軽率さが生んださまざまな疑惑も、婚約発表によって一掃されるだろう」

「でも、わたしは同意しないわ」エヴリンはゆっくりと大きく息を吸い込んだ。もうたくさん。こうしてわたしを攻撃するために六人も味方が必要だなんて。兄ひとりではわたしに太刀打ちできないというわけね。「わたしには隠しだてすることなどなにもない。こんな結婚をさせられるなら、みんなに言いふらしてやるわ。そうしたら、だれもお兄様の政治的な手腕など認めなくなるわよ。妹を利用してのしあがろうとする悪辣で独裁的な兄だと、陰口を叩かれることになるでしょうね」

ジェネヴィーヴが息をのんだ。「エヴリン！」

「わたしがおまえに対していかに寛大で辛抱強いか、世間は認めてくれるはずだ。どうやらおまえを甘やかしすぎたようだな。ここまでわがままと気まぐれを増長させることになるとは思わなかった。部屋に行って頭を冷やしてきなさい。態度を改めるまで自分の部屋から出ないように。孤児院に出入りするのも、くだらない友達と買い物に行くのも禁止だ。それからセイント・オーバンに近づくことは二度と許さない」

エヴリンはナプキンをテーブルに置き、ゆっくりと立ちあがった。「お兄様は勝手な思い込みや人から聞いた話だけで判断して、一度だってわたしの言い分を聞いてくれたことはないわ。こうしてみんなの前で攻撃する前に、ひと言わたしに確かめることくらいできたはずよ。お兄様がどれほどすばらしい政治家になったとしても、兄としては失格ね。妹の話をけっして聞いてくれなかったんですもの。それではみなさん、ごきげんよう」

必死で理性を保ちながら、エヴリンは階段を上がった。廊下の先の自室に入り、うしろ手に閉めたドアにもたれて、ゆっくりと深呼吸を繰り返す。憤慨してはいたが、心はそれほど乱れていない。彼女は振り向いてドアに鍵をかけた。外側から鍵をかけられるのはたまらない。せめて自分がこの状況の、そして人生の主導権を握っていると思いたかった。

そう、わたしは自分の人生の主導権を握っているのよ。拒否すればいいんだわ。兄といえども、いやがるわたしを無理やり結婚させることはできないはず。もっともそのかわり、わたしはウェストサセックスの領地に閉じ込められて、ほかの男性との結婚など望むべくもなくなるでしょうけれど。兄に協力しなかった罰として経済的にも窮地に立たされ、行動の自由さえ奪われてしまう。

しかしそれよりも子供たちのことを考えると、エヴリンは暗澹たる思いにとらわれた。セイントは約束どおり、子供たちを新しい孤児院に移してくれるだろうか。彼が実行してくれたとしても、わたしは約束を破ることになる。子供たちは見捨てられたと思うに違いない。やっぱりわたしもほかの大人たちと同じだと。

「いやよ、絶対にいや」エヴリンは居ても立ってもいられず、部屋中を歩きまわった。六カ月前の彼女なら、泣き叫んで抗議したあげくに、結局ヴィクターの言うなりになってクラレンスと結婚しただろう。

でも、今はあのころとは違う。この六カ月でエヴリンは大きな変貌を遂げていた。〈希望の家〉の子供たちと出会い、彼らの人生を変えるという目標を見つけたのだ。ほかの施設を訪問し、世の中には改善すべきことがいかに多く残されているかも目の当たりにした。そして男性の力強い腕に抱かれる歓びに目覚め、その男性がどれほど自分の人生に潤いをもたらしてくれたかに気づいたのだ。

エヴリンは窓を開け、眼下に広がる暗い庭を見おろした。窓と地面のあいだにあるのは家の壁だけだ。ロマンティックな小説なら、主人公は生け垣や木の枝を伝って逃げるのに。あるいは真夜中に恋人が助けに来てくれるはずなのに。わたしには、暗闇に身をひそめて救出のチャンスをうかがうような恋人などいない。

彼女は窓際の読書用の椅子に腰を下ろした。今すぐセイントに会いに行き、一緒に逃げてほしいと頼めたらいいのに。せめて解決策が見つかるまで、かくまってほしいと頼めたら。けれどセイントがいくら予想外の展開を好むひねくれ者だとしても、厄介ごとに巻き込まれるのは嫌悪している。いきなり彼の玄関先に押しかけたとしても、今のわたしは巨大な災厄を背負っているのだ。

セイントはだれにも知られずに、なんのしがらみもない状態でわたしとかかわっていたいだけなのだろうか。エヴリンは椅子に座ったまま、身を乗り出して窓を閉めた。クラレンスと結婚して悪夢のような人生を送ることになったとしても、そんなふうにセイントとの関係を続けていけば、少なくとも彼を愛し続ける夢にすがっていられる。セイントに重荷を負わせることも、それによって彼に見放されることも耐えられない。「ああ、マイケル、わたしはどうすればいいの？」彼女はつぶやいた。

セイントは弁護士を睨みつけた。「考え直す気などないと言っているんだ。書類を渡してくれ。サインする。さもなければ腕ずくで取りあげるまでだ」

ウィギンズが唾をのみ込んだ。「ええ、もう充分お考えのことと思います」目もとを痙攣《けいれん》させながら、鞄《かばん》の中から契約書を取り出す。「最初の三枚はイニシャルだけでけっこうです。四枚目はサインをお願いします。同じものが二セット必要です」

セイントは書類に目を落とし、深々と息をつくと、ペンを取りあげてサインをした。「さあ、これであの家はわたしのものになったんだな？」

「そのとおりです。あとは支払いに関する書類にサインをしていただくだけです」

「よろしい。書類を提出してきてくれ。送金の手配はすべてきみに任せる。正午までに譲渡証書を届けてほしい」

「正午——はい、かしこまりました」

弁護士が立ち去ると、セイントは頭のうしろで手を組み、椅子を傾けて本棚にもたれた。これで孤児たちに新しい家を準備することができた。そこを〈セイント・イヴの家〉と呼ぼうと彼は決めていた。人生でおそらくは最大の愚行だろう。その家を手に入れたことで、セイントにもたらされる利益はなにもない。それどころか大きな損害だ。有益な作用を及ぼすわけでもない。だがそれによって、彼はひとりの女性の夢をかなえることができる。どれほどの損害をこうむってもかまわないと思えるほどの価値が、その女性にはあるのだ。

とうとう契約書にサインした今、ようやくエヴリンを永久に彼のもとにとどめておくための方法を考えることができる。「ジャンセン！」

執事が書斎の戸口に滑り込んできた。「はい、旦那様」

「カシアスの準備をしてくれ。それから赤い薔薇の花を一ダース、用意してくれないか？」

「かしこまりました」執事は立ち去ろうとした。

「ジャンセン！」

執事がもう一度戸口に顔をのぞかせる。「なんでしょう？」

「二ダースにしてくれ」

「かしこまりました」

セイントは残りの事務手続きを終えると、乗馬用の手袋をはめた。弁護士が最終書類を持ってくるのに手間どったため、時刻は午前九時をまわっている。エヴリンは、今朝は新しい孤児院を訪れ、買いそろえなければならないもののリストを作る予定だと言っていた。そこで彼女に会えるだろう。昨日の様子から察するに、個室へ誘い込むのはたやすいはずだ。すぐにも彼女と体を合わせ、激しい渇望感を満たさなければ、気が狂いそうだった。

ウェリントンに会いに行くのはそのあとだ。彼を説き伏せて、閣僚の座にヴィクターを推薦してもらうつもりだった。セイントはワルツを口ずさみながら、玄関広間に続く階段を下りた。礼儀正しく振る舞うのは思ったほど難しくない。なんといってもとびきりのご褒美が待ち構えていると思えば、努力も苦にならないものだ。

「正午までにウィギンズから書類が届くことになっている。それまでには帰るつもりだ」

ジャンセンが玄関のドアを開けた。「かしこまりました。花束はこれでよろしいですか？」

「ああ、ありがとう」

「どういたしまして。幸運をお祈りいたしております、旦那様。おこがましいようですが」

セイントはカシアスにまたがり、にこやかに応えた。「まったくおこがましいぞ」

〈セイント・イヴの家〉の前の通りは、近隣の屋敷の前に馬車が数台止まっているだけで、閑散としていた。玄関には鍵がかかっている。セイントは留め金のかかっていない窓から家の中に入った。

「エヴリン？」がらんとした空間に声だけが響く。「ミス・ラディック？」

彼女が来ていないことがわかると、セイントはカシアスに戻った。ここにいないとなると、次に考えられるのは〈希望の家〉だ。彼はマリルボーンを通り抜け、グレート・ティッチフィールド通りへと馬を走らせた。

階段の踊り場で家政婦が不格好なお辞儀をした。

「ミセス・ネイザン、ミス・ラディックを見かけなかったか？」

家政婦は解雇通告をされなかったことにまごついているようだったが、だからといってセイントには彼女を安心させるつもりもなかった。エヴリンが彼女を気に入っているから、首にはしない。鉄モップに関しては、それ以上考える気にもならない。

「いいえ、侯爵様。子供たちも待っているんですが、この三日間、ミス・ラディックはお見えになっておりません」

「そうか、わかった。ありがとう、ミセス・ネイザン」セイントは踵を返した。

「侯爵様？」

セイントは立ち止まった。「なんだ？」

「ランドールがほかの子供たちに信じられない話をしています。なんでも、新しい孤児院ができるんだとか。子供たちは大喜びしていますが、もしかしてランドールにからかわれているだけなのではと思いまして……」

「ランドールの話は本当だ」セイントはためらった。「契約の手続きが完了したら、ミス・ラディックが自分の口からみんなに発表するつもりだと思う。そのときには初めて聞いたようなふりをするように、子供たちに伝えてもらえると助かるんだが」

家政婦がいかつい顔をほころばせてほほえんだ。「ええ、任せてください。あの……ありがとうございます。子供たちにかわってお礼を言わせてください」

「いや、当然のことをしたまでだ。それではごきげんよう、ミセス・ネイザン」

メイフェアに向かって馬を走らせながら、セイントは不思議な思いにとらわれていた。人が嬉しそうにしている様子を目にすることが、これほど心を満たしてくれるとは……。エヴリンを見つけたら真っ先に、この現象について納得のいく理由を説明してもらおう。

バレット邸の前に着くと、ちょうどルシンダとレディー・デアが玄関から出てきたところだった。「おはよう、ご婦人方」セイントは帽子を取って挨拶した。

「セイント・オーバン卿」ふたりは声をそろえ、目を見交わした。

「ミス・ラディックを探しているんだが、今朝はきみたちと一緒ではなかったのかな？」

ルシンダは顔をしかめそうになったが、すぐに笑みを浮かべて答えた。「今朝は行くところがあるという話だったけれど」

彼はカシアスから飛びおりた。「そこにはいなかったし、ここにも来ていないようだね」

「今日は午後から美術館に行く約束をしていたのだけど、行けなくなったという連絡を受けとったところよ」レディー・デアが考え込むような面持ちで言った。

セイントはくつろいだ様子のまま、レディー・デアがコートのポケットから取り出した手紙を受けとった。「なぜ行けなくなったのかは、なにも書いていないな」彼はつぶやいたが、エヴリンらしからぬそっけない文面に内心驚いていた。

「きっとまたヴィクターの言いつけで、どこかの集まりに行かされているんじゃないかしら」レディー・デアがそう言ったが、表情はいかにも心もとない。

彼女たちはエヴリンがクラレンスと結婚させられることを知っているはずだ。ふたりが困惑しているのは、わざわざ訊くまでもなく、目を見ただけでわかった。不意にセイントは、昨夜アルヴィントン一家がラディック家の晩餐に招待されたことに思い至った。心臓が早鐘を打ち始め、彼は激しい衝撃に突き動かされた。それは心配という、まったくなじみのない不穏な感情だった。

「彼女の家を訪ねてみたほうがいいんじゃないかしら？　もしかしたら具合が悪いのかもしれないわ」

ルシンダの言葉が終わる前に、セイントはすでにカシアスにまたがっていた。「きみたちが行く必要はない。わたしが行く」

なにかがおかしい。そう思う根拠はなにもないものの、セイントの鋭い防衛本能がこの朝の異変を告げていた。カシアスを全速力で走らせたかったが、彼ははやる気持ちを抑え、あくまでも優雅な物腰でラディック邸に乗りつけた。

ノックをすると執事がドアを開けた。「おはようございます、セイント・オーバン卿」

「ミス・ラディックがご在宅なら、お目にかかりたい」セイントは苛立ちをあらわに言った。

「居間でお待ちいただけますか？　ただいま訊いてまいります」

セイントは安堵のため息をつき、そのときになって息を止めていたことに気づいた。どうやらエヴリンはここにいるらしい。どこかに無理やり連れ去られ、セイントに策を講じるチャンスも与えないままクラレンスと結婚させられてしまったのではないかと、それだけが気がかりだったのだ。

彼は居間を歩きまわった。どうしてもエヴリンに会わなければならない。その思いが熱のように血管を駆けめぐる。彼女は大丈夫だ。すぐに居間へ下りてきて、ゆうべは兄の退屈なディナーでワインを飲みすぎて寝坊してしまった、と言い訳をするのだろう。

「セイント・オーバン卿」

セイントは振り向いた。「やあ、ミスター・ラディック」髪が首のうしろで引きつったような気がした。なにがあったにしろ、事態は予想していたほど気楽な状況ではなさそうだ。落ち着け。穏やかに。そう自分に言い聞かせた。エヴリンは最終的には兄の言いつけに従うことになるのだから、彼女の心を獲得するためにはヴィクターに誠意を示す必要がある。

「おはよう」

「妹は体調を崩して休んでいる」

セイントは歯ぎしりをした。彼女に会えないというのか？「深刻な病気ではないんだろう？」やっとの思いで言った。

「ただの頭痛だよ。だが、だれにも会いたくないと言っている」

「それならこれで失敬する」セイントはヴィクターの前を通り抜け、廊下に出ると薔薇の花束を執事に押しつけた。「ミス・ラディックに渡してくれ」

「それから、セイント・オーバン卿」玄関広間に向かう彼の背後でヴィクターが言った。ヴィクターがこの場にいなければ階段を駆けあがり、すべてのドアを開けてエヴリンを探し、無事を確かめずにはいられなかっただろう。「まだなにか用か？」

「妹の軽率さには手を焼いていたが、ようやくクラレンス・アルヴィントンとの婚約が決まった。そこで紳士同士として、きみに頼みがある。今後、エヴリンに近づくのは遠慮してもらいたい」

セイントの体が凍りついた。こうなることはエヴリンに言われていたが、どうにか阻止できるはずだと思っていた。自分の愛した女がほかの男と婚約するなど、あってはならないことなのだ。しかも、なんの手出しもできないとは。「彼女はクラレンスとの結婚に同意したのか？」

「もちろんだ。アルヴィントン家も妹を心から気に入ってくれている。ごきげんよう、セイント・オーバン卿。二度と彼女に近づかないでくれ」

執事が玄関のドアを開けた。セイントは戸口で立ち止まった。「ミスター・ラディック、わたしは自分ほどの悪党はロンドン中、どこを探してもいないだろうと思っていたが、どうやらそれは間違っていたようだ。きみには恐れ入ったね。わたしはロンドン一の悪党の座を、きみに譲ることにするよ」

「きみに妹がいたら、わたしの気持ちを理解してもらえるはずだ、セイント・オーバン卿。さあ、出ていってくれ。そしてもう二度とここには来ないでほしい」

ラディック邸を離れるのは身を引き裂かれるほどつらかった。エヴリンがそこにいて、悲嘆に暮れていることを知りながら、なにもできずに立ち去るしかないのか。彼女に会わなければいけない。なんとかして助け出さなければ。だが、どうやって？

24

ラディック家の馬丁からカシアスの手綱を受けとったセイントは、執事が玄関から出てきたことに気づいた。「おい、そこの物乞い！」執事は叫んだ。「この家のお客様に近づくな。勝手口は裏だ」

セイントは振り返り、執事が怒鳴っている方向を肩越しに見やった。物乞いの姿など、どこにも見えない。執事は一瞬彼に視線を向け、家の中に入るとドアを閉めた。

ヴィクターを叩きのめしてやりたいという獰猛な怒りを胸に押し戻し、セイントはラディック邸をあとにした。チェスターフィールド・ヒルの角を曲がったところで通りすがりの若い男を呼び止め、一シリングでカシアスを見ていてもらう段取りをつけた。執事とは、なんとありがたいものだろう。

セイントはラディック邸の正面の私道をすり抜け、家の裏手へとまわった。勝手口に近づくと、ドアが内側から開いた。執事が手招きしている。

キッチンでは使用人たちが黙々と忙しそうに立ち働いていた。「ありがとう」セイントはささやき、狭い裏階段へと向かう執事のあとに続いた。

「ミスター・ラディックに見つかったら、あなたをお助けしたことを否定しなければなりませんが、どうかそれはご了承ください。おやさしいお嬢様がこのような仕打ちを受けておいでなのが、あまりにもお気の毒で。お嬢様はあなたのことを大変気にかけておられます。どうぞ二階にお上がりください。左の四つ目がお嬢様の部屋でございます」

セイントはうなずいた。すでに階段のなかばまで上がっていた。恐れていたとおり、エヴリンが強制的に自由を奪われたことは執事の言動から明らかだ。二階の廊下にだれもいないことを確かめ、彼は執事に教えられたドアの前で立ち止まった。そっとノックをして、分厚い木のドアに耳を押しつける。「エヴリン?」

「来ないで。お兄様とは絶対に話したくないわ!」

「エヴリン・マリー」セイントは低い声で言った。「わたしだよ。セイントだ」

布のすれる音が近づいてくる。「セイント? どうしてここにいるの?」

「部屋の鍵はどこだ?」

「わたしが内側から鍵をかけたのよ。帰ってちょうだい、セイント。あなたがいたら、事態がますますややこしくなるわ」

彼はドアの取っ手をひねった。「開けてくれ、エヴリン。話がある」

「だめよ……」

「だったらドアをぶち壊すぞ。そうしたらきみの家族が飛んできて、わたしがここにいることが知れてしまう。だれかに見つかる前にドアを開けてくれ」

エヴリンはあくまでも拒絶するつもりだろうかとセイントが思ったとき、中からかちゃりと鍵のまわる音が聞こえ、ドアが開いた。彼は部屋の中に身を滑り込ませ、ドアを静かに閉めた。

セイントが振り向くのをエヴリンは無言で見つめた。彼への狂おしい思いに胸を焦がし、ゆうべはほとんど眠っていない。けれども今、こうして目の前にいるセイントに自分を救い出す手立てがあるのかどうか、彼女にはわからなかった。「なぜここに来たの?」声がかすかにうわずる。「兄に見つかったら、わたしはウェストサセックスに連れていかれるわ」

彼はしばしエヴリンを見つめてから、ふたりのあいだの距離を詰めた。両手で彼女の頬を包み、身をかがめて唇を寄せる。甘くやさしいキスに、エヴリンは泣き出しそうになった。「きみの兄さんは数分前に、わたしをこの家から追い出したばかりだ」セイントはもう一度彼女にキスをした。昨日会ったばかりなのに、何年間も会えなかったような気がした。「だからわたしがここにいるとは夢にも思っていないはずだ」

「だったら、どうやってここに——」

「ヴィクターがどれほどがんばっても、悪賢さにかけてはわたしのほうがまさっているというだけさ。それで、なにがあったんだ?」

たしかにそのとおりだとエヴリンは思った。セイントほど悪知恵が働く人間はいない。彼女はセイントの腕の中に身をうずめ、思いを打ち明けたかった。すべてを彼に任せて窮地を脱したかった。だが、いかにセイントといえども、この状況はどうすることもできないだろう。「孤児院でボランティアをしていたことやあなたとのことが、兄に知れてしまったの。もう取り返しがつかないわ。わたしはクラレンスと結婚させられる。多額の持参金と引きかえに、兄はアルヴィントン卿の領地の票を手に入れることになるのよ」

セイントが険しい表情で彼女から体を離した。「もう決まってしまったのか？　手遅れなのか？　ヴィクターはきみの気持ちを知っているのか？　きみがなにを望んでいるのか、わかっているのか？」

「兄はわたしの気持ちなどおかまいなしよ。でも限度を超えたのはわたしだから、こうなったのはしかたがないことなの」

「じゃあ、きみはこれでいいのか？」

エヴリンはため息をついた。「マイケル、あなたにここへ来てほしくなかった。もちろん、あんなまぬけな人と結婚するのはいやよ。でも、ほかにどうすることもできないでしょう？」

「ここを出て、わたしと一緒に来てくれ。今すぐに」

ああ、そのひと言をどんなに待ち焦がれていたか。「わたしの家族はどうなるの？」

「きみを売ろうとした人たちだ。気に病むことはない」

「それでもわたしの家族よ。わたしはこれまで、どんなことにも前向きな姿勢で取り組んできたわ。でもわたしのせいで兄の将来が台なしになったら、今まで自分がしてきたことの意味がなくなってしまう」

セイントは顔をしかめた。「だが、それでおあいこだろう」

「わたしにはそんな考え方はできないの」エヴリンはセイントの上着の襟に指を這わせた。彼に触れずにはいられなかった。

セイントは彼女の手を握り、てのひらを胸に押しあてた。「クラレンスとは結婚させるものか」これまで聞いたことがないほど暗く沈んだ声で言う。「そんなことは許せない」エヴリンの手の下で、彼の鼓動が激しくなった。

「この状況から逃れる方法があるなら教えてちょうだい。でも、家名に傷をつけるような真似はできないわ。わたしの父は誇り高き人だった。わたしも自分に誇りを持っていたいの。それに兄は煩わしいけれど、悪い人間ではないのよ。誤解されやすいだけで」

「子供たちのことはどうするつもりだ？」セイントはエヴリンを引き寄せた。「わたしひとりであの子たちの面倒を見ろというのか？」

「あなたなら大丈夫よ、セイント」彼女の頬に涙が流れ落ちた。昨夜以来、こらえていた涙だった。「本当はやさしい心の持ち主ですもの」

セイントが不意に手を離したので、エヴリンはよろめいた。「わたしには心などないと言っただろう？　だからこそ……きみが必要なんだ。わたしと一緒に来てほしい。きみの望みはすべてかなえてやる。欲しいものを手に入れて、行きたい場所に連れていってやる。ヨーロッパ中に孤児院を開いてもいい。とにかく一緒にいてほしいんだ」

彼の必死の思いが痛々しいほどエヴリンの胸に伝わった。「あきらめて、マイケル。わかってちょうだい」

セイントは彼女に背を向けて窓辺に立った。引きしまった肩が小刻みに揺れている。「わかっているさ」彼はようやく口を開いた。「ヴィクターは議会の椅子を手に入れ、子供たちは新しい孤児院に移され、そしてきみは悲惨な結婚生活を送るというわけだ」

「やむをえないことだわ」

彼はさっとうしろを振り返り、エヴリンと向き合った。「最初のふたつはいいだろう。だが、三つ目はなんとしても阻止する」一歩前に進み出て、もう一度キスをする。「今夜、会おう」

「無理よ――」

「今夜だ」

セイントがドアに手を伸ばした。逆上した彼が捨て身の行為に及ぶのではないかという不安に駆られ、エヴリンはドアを押し戻した。獣のような荒々しさがセイントの体から感じられたものの、彼はドアを開ける手を止めた。

「マイケル、わたしの目を見て」

彼は乱れた息をつき、エヴリンに向き直った。

「約束して。これからも紳士らしい振る舞いをし続けると」

セイントは首を振った。「それはできない。きみひとりが犠牲になるというのに、それどころではないよ。たとえきみがあきらめたとしても、わたしは自分の欲しいものを手に入れる」

そう言い残すと、セイントは部屋から滑り出て静かにドアを閉めた。エヴリンはドアにもたれてしばらく耳を澄ましていたが、彼が戻ってこないことがわかると鍵をかけた。今夜、彼が戻ってきても、けっして鍵は開けない。開けたら最後、二度と離れられなくなってしまうから。

家に帰る途中、セイントはグラッドストーン家の壮大な屋敷の前を通り過ぎた。もっとも、それに気づいたのは二ブロックほど先に進んだあとのことだ。その事実は、彼がどれほど大きな変貌を遂げたかを物語っている。ファティマにも、大きな胸とうつろな目をした名前も知らない女たちにも、興味すらわかない。ほかの女は必要ないのだ。エヴリンがいれば、ほかにはなにもいらない。それほど大切な女性があのまぬけな男と結婚するのを、黙って見ていられるはずがない。

セイントがだれにも引けを取らないことがあるとすれば、不正工作の巧みさかもしれない。

「ウェリントン公に大至急、メッセージを届けてくれ」家に入るなり、彼は言った。

「トマソンを行かせましょう」ジャンセンが応え、廊下を走り去ると、セイントは書斎に入った。サイドテーブルに積まれた一〇通ほどの招待状に一通ずつ目を通す。以前はこんなに送られてこなかった。だれかがセイントの態度の変化に気づいたかどうかはともかく、彼が以前よりはるかに多くの夜会に出席していることだけは確かだ。

目当ての招待状は一番下にあった。今夜、ドーチェスター邸で開かれる舞踏会への招待状だ。のんびりはしていられない。

セイントは紙を取りあげ、ウェリントン公爵へのメッセージを書き始めた。高級シェリーの最後の一ケースを進呈するかわりに、今夜のドーチェスターの舞踏会にラディック一家を誘ってはもらえまいかという内容だった。トマソンにメッセージを託し、その場で答えを聞いてくるように命じる。

皇太子にもメッセージを送るべきかと迷ったが、閣僚のポストを得るのに必要なのは実権を握っている人物だ。今さら選挙の票を確保するために奔走している暇はない。そしてアルヴィントンは、その切り札をすでに手にしている。皇太子が指名したとなれば議会にかけられ、結論が出るのに一年かかるだろう。ヴィクターを納得させ、大逆転を狙うには、早急に手はずを整えなければ意味がない。

三〇分もしないうちにトマソンが戻ってきた。「ずいぶん早かったな」書斎の中を歩きまわっていたセイントは顔を上げた。「ウェリントン公の答えは?」

トマソンが怯えたようにあとずさりした。「それが……公爵様はご不在でした」

「くそっ。外出先は聞いてきたか?」

「はい、旦那様」

セイントは従僕の顔を見据えた。紳士的な振る舞いも思いやりも念頭から消え去り、堪忍袋の緒が切れかかっている。「それで、ウェリントン公はどこにいるんだ?」

「カレーです」

セイントは立ち止まった。「カレーだと？　フランスにいるというのか？」

「はい。パリに向かっておられるそうです。今からそちらに向かいましょうか？」

「いや、いい。下がってくれ。ひとりで考えたい」

「かしこまりました、旦那様」

ウェリントンが不在となると、残るは皇太子しかいない。だが今から夜会に誘い出しても、あの男のことだから、着るものを選ぶのに時間がかかるだろう。それに皇太子にはラディック一家を呼び出す理由がないのだ。ヴィクターにセイントの策略だと気づかれては元も子もない。彼はふたたび書斎の中を歩きまわり、不意に立ち止まった。「トマソン！」

使用人たちが近くで聞き耳を立てていたのか、トマソンとジャンセンが同時に駆け込んできた。「旦那様、フランスに行く準備はいかがいたしましょう？」

「いや、それはいい。ウェリントン公が発《た》ったのはいつだ？」

「今朝だそうです。暗くなる前にドーヴァー海峡を渡るご予定とのことで」

セイントはうなずいた。「だとしたら、彼がフランスに発ったことは、まだ新聞に載っていないはずだな。そこで待っていてくれ」彼は机に戻り、ふたたび紙を手に取った。

「なにかお手伝いできることはございますか？」ジャンセンが尋ねた。

「いや……ああ、そうだ。馬車を八台、用意してくれ」セイントはちらりと目を上げたが、すぐにまた手もとへ視線を落とした。「やはり一〇台だ。今夜七時までにここへ手配してほしい」

「かしこまりました、旦那様」

セイントは二度書き直して完成させた手紙を折りたたんだ。問題は封蠟だったが、自分のものを使うことにした。やわらかい蠟を垂らした上に印章を押しあててひねると、紋章はまったく判別できなくなった。

紋章に息を吹きかけて立ちあがったとき、トマソンの黒と赤の上着がセイントの目に入った。ハールボロー邸の従僕用の制服だ。「まずいな。ほかに上着は持っていないか?」

「はっ?」

「ペンバーリーに訊いてみてくれ。ウェリントン家の従僕の制服は無地の黒だったような気がする。違うか?」

「そのとおりでございます」

「わたしのチェストの中に似たような上着があるから、それに着替えてくれ。きみには今からウェリントン家の従僕として、この手紙をラディック家に届けてもらう。返事を待つ必要はない。ウェリントン家の従僕なら、すぐに立ち去るはずだ」

「かしこまりました」

「いいな、トマソン? きみがウェリントン公の従僕であること。公爵はロンドンにいること。急ぎの用件でこの手紙を届けに来たこと。これを見破られたらすべてが水の泡だ」

「わかりました、旦那様」

セイントは大きく息をついた。「さっそくペンバーリーのところに行ってくれ」トマソンが出ていくと、セイントは外出の準備をした。時間があっというまに過ぎていく。片づけなければならない用事が三つばかりあった。

ドアにノックの音が聞こえ、エヴリンはセイントが迎えに来たのだと思った。今度こそ一緒についていくわ。ここから救い出すと言ってくれたときに、わたしはなぜ拒んだのかしら。彼の言うとおり、わたしだけが犠牲になって、ほかのみんなは望みどおりのものを手に入れるなんて不公平よ。

「エヴィ、ドアを開けてくれ！」ヴィクターの怒鳴り声が聞こえた。

希望が打ち砕かれた。「いやよ！」

「どうしても開けないなら――」

「ドアを壊せばいいわ。そうしたら今度は地下室に閉じ込めなければならなくなるわよ」

ドアの向こうでヴィクターが罵声をあげた。抵抗し続けるエヴリンになすすべもないのだろう。

「今夜、ドーチェスターの舞踏会に参加することになった。ウェリントン公のたっての希望だ」ヴィクターがようやく言った。

「わたしは行かないわよ」

「ウェリントン公はおまえにダンスの相手をしてほしいそうだ。口答えは許さないぞ、エヴィ。クラレンスとも踊って、婚約の噂を広めなければならないんだ」

二階の窓から飛びおりるほうがまだましだわ。ふたたび抗議の言葉を口にしかけたとき、エヴリンはふと、セイントが今夜会おうと言ったのを思い出した。これは彼が仕組んだことなの？　どちらにしても、彼がウェリントン公と懇意にしていることだけはたしかだわ。

チャンスかもしれない。舞踏会に出かけたからといって必ずしも期待はできないが、少なくとも友人たちに会うことができる。もしかしたら打開策も見つかるかもしれない。ルシンダに子供たちへの伝言を託すこともできる。彼らのことをけっして忘れてはいないと伝えてもらうのだ。

「行くわ」エヴリンは応えた。「ただし友達に会わせてくれるなら」

「わたしはおまえのそばについているつもりだから、セイント・オーバン以外ならだれに会ってもかまわない」

彼女は返事をしなかった。なにを言おうと、兄に信じてもらえるはずがない。

エヴリンはセイントにもらったダイヤモンドのペンダントを身につけた。ささやかな抵抗だ。ふたり以外に、このペンダントの意味を知る者はいない。もしも今夜セイントが舞踏会に現れてこのペンダントを見たとしたら、なにかの意図を感じとるだろう。彼に救出されるのを待っているという合図だと受けとるかもしれない。彼女はペンダントをつけることで強くなれるような気がした。

「エヴリン！」会場に着くやいなや、叫び声がした。人込みをかき分けて近づいてきたルシンダが、エヴリンを思いきり抱きしめた。「心配していたのよ。大丈夫?」

エヴリンはほほえんでみせた。ジョージアナとデアがルシンダのあとを追ってきた。

「妹は体調を崩している」ヴィクターが口をはさんだ。部屋のドアを開けた瞬間から、彼はエヴリンのそばをかたときも離れない。「興奮しすぎたのだろうね」

「興奮? いったいどうして?」ジョージアナがエヴリンの手を取って言った。

「近日中に『タイムズ』で発表するつもりだが、クラレンス・アルヴィントンのプロポーズを承諾したんだよ」

友人たちが目を丸くしてエヴリンの顔を見つめた。

「そ……それはおめでとう、エヴィ」ルシンダがためらいがちに言う。「驚いたわ」

「わたしもよ」エヴリンの心を読もうとするかのように目を据えて、ジョージアナが言った。

「さっそくおばに知らせないと」険しいまなざしのまま、ヴィクターに笑いかける。「ワイクリフ公爵未亡人はエヴィととても仲よしですのよ」

「そうだったわね!」ルシンダが調子を合わせて言い、エヴリンのもう一方の手を取った。

「公爵未亡人に伝えに行きましょう」

ジョージアナとルシンダがエヴリンの手を引いたとき、デアがヴィクターの前に割って入った。いつものように絶妙のタイミングだ。彼はヴィクターの肩に腕をまわした。「やあ、ラディック。久しぶり——」

ヴィクターはデアの腕を払いのけ、ルシンダの手からエヴリンを奪い返した。「さっきも言ったとおり、エヴリンは具合がよくないんだ。今夜はウェリントン公のお誘いでやむなく出かけてきたが、家に帰ったらすぐに休ませなければならない」

ジョージアナが眉をひそめた。「でも――」

「悪いが、妹のことは放っておいてくれ」

友人たちが苛立ちを募らせているのに気づき、エヴリンはとりなすような笑みを浮かべた。このままでは、ジョージアナとルシンダがヴィクターになにを言い出すかわからない。そんな事態になって、互いに不快な思いをするのだけは避けたかった。「兄の言うとおり、あまり気分がよくないの」

「じゃあ……明日お見舞いに行くわ」

ヴィクターが首を横に振った。「木曜日になれば具合もよくなっているはずだ。それまでは遠慮してもらいたい」

そういうことね。それまでには婚約発表の記事が『タイムズ』に載り、ロンドン中にニュースが広まっているんだわ。そうなったら最後、だれも手出しはできない。手出しをしてはいけないのだ。それが目下の最大の課題だった。

「クラレンスが来ている」ジョージアナとルシンダのうしろに視線を向けて、ヴィクターが言った。「彼とダンスの約束をしたんじゃなかったのか、エヴィ？」

エヴリンは横目で兄を睨みつけた。首つりの縄を自分でなえと言っているようなものだわ。

「そんなことを言った覚えはないけれど」

「いや、おまえは約束したはずだ」ヴィクターはエヴリンの友人たちに会釈をした。「それでは失礼」

エヴリンは無理やりヴィクターに腕を引かれて舞踏室を横切り、ようやく彼の視線の先に目を向けた。「クラレンスなんていないじゃないの」

「ワルツが始まったら誘いに来るだろう。とにかくわたしは、おまえが友達に悩みごとを明かすのを黙って見ているわけにいかなかったんだよ」

彼女は苦しげなため息をついた。「お兄様はすでにわたしを屈服させたのよ。それでもなおわたしの自由を奪うつもり？」

「おまえがわたしの信用を失ったのは自分自身のせいだろう？」

エヴリンは同じ言葉を返したかった。「早くウェリントン公を探してよ。せいぜいわたしのことを見世物にすればいいんだわ」

「ウェリントン公には焦っているように見られたくないんだ」

「あらそう。これがそんなに大事なことなら、お兄様がウェリントン公とダンスをすればいいのよ」

「おまえの皮肉は聞きたくない」ヴィクターはエヴリンを睨みつけてから、自分の腕に彼女の手をのせた。「どうやらおまえが暴れ出す前に、ウェリントン公を見つけたほうがよさそうだな」

一五分ほど探しまわったが公爵は見つからず、結局あきらめるしかなかった。同様にセイントの姿も見あたらない。失望感がエヴリンの胸に広がった。彼が救い出してくれると期待していたわけではないが、ひと目だけでも会うのが今のエヴリンには意味のあることに思えた。

「くそっ」混雑した舞踏室へと戻りながら、ヴィクターが口の中で悪態をついた。

「すっかり予定が狂ったみたいね。わたしの運命にも同じことが起きるといいのに」

「いいかげんにしろ。ワルツが終わったら家に帰る。おまえは部屋へ戻って、木曜まで出てくるな」

エヴリンは突然立ち止まり、ヴィクターも足を止めた。「当然のことだと思っているの？」

ヴィクターが眉間に皺を寄せた。「なんだって？」

「わたしが拒否するとは思わないの？　この舞踏室の真ん中で癇癪を起こしたり、わたしはセイント・オーバンの愛人だと大勢の人たちの前でわめいたりするとは思わないの？　そんなことになったら、お兄様の将来はどうなるのかしら？」

「おまえの人生が台なしだ」ヴィクターは声を押し殺し、厳しい目つきで彼女を見据えた。

「ええ、そうでしょうね。でもクラレンス・アルヴィントンと結婚するくらいなら、人生が台なしになるほうがまだましよ。お兄様にはこれまでいやというほどひどい仕打ちをされてきたけれど、それでもわたしはお兄様が立派な政治家になって、国のために貢献すると信じてきたわ」エヴリンは人差し指を兄の胸に突きつけた。「だからこそ、黙って協力してきたのよ。それでもすべてが当然のことなの？」

「慈悲深いのもけっこうだが、おまえのしたことはろくなことではないだろう？　セイント・オーバンと乱痴気騒ぎをしたり、不潔な孤児院に付き添いもなしに出入りしているのは、わたしではなくおまえだぞ」

　エヴリンは言い返そうとしたが、兄の落ち着き払った容赦のない表情を前にして、言い負かすことなどできはしないと気づいた。ヴィクターが妹への行為をかえりみることはないし、ましてや反省などするはずがないのだ。でもひとつだけ、どうしても言わずにいられないことがあった。彼女は静かに言った。「セイント・オーバン卿はクラレンスなど足もとにも及ばないほどの紳士だわ。お兄様はまるで見当外れの選択をしたのよ」

　ヴィクターが不敵な笑みを浮かべた。「おまえがなにを言おうと、ますます頭がおかしくなったことの証明にしかならない。さあ、あそこにクラレンスがいる。ワルツを一曲踊ってきなさい」

　彼女は顎を上げて背筋を伸ばした。「ええ。これ以上お兄様の小言を聞かされるくらいなら、そうするわ」

　エヴリンが近づいていくと、クラレンスは彼女の手を取って舐めるようにキスをした。エヴリンはその姿を冷ややかな傍観者のように見つめた。手袋をはめていてよかったわ。「ぼくのいとしいエヴリン」クラレンスが鼻にかかった声を出し、彼女の指を握りしめた。

「ミスター・アルヴィントン。ご一緒にワルツを踊ることになっていましたわね？」

「クラレンスと呼んでください」

「ご遠慮しますわ」クラレンスの困惑した表情が哀れでもあり、愉快でもあった。気の毒なのは彼かもしれない。この政略結婚はほかの共謀者たちに膨大な恩恵をもたらすというのに、彼だけはエヴリンと暮らさなければならないのだから。

ワルツが始まり、クラレンスが彼女のウエストを引き寄せた。その手の感触に、エヴリンは思わず彼との結婚生活を想像し、虫唾が走るのをどうすることもできなかった。この人に抱かれるんだわ。セイントに抱かれたように……。彼女は目を閉じて、身を震わせた。マイケル、こんなに会いたいのに。そばにいるだけでいいのに。あなたはいったいどこにいるの？

そのときだった。舞踏室のドアが音をたてて開いた。口を開けたまま呆然と立ちすくむエヴリンの目に、子供の姿が飛び込んできた。一〇人、二〇人、いや、もっとだ。みすぼらしい服をまとった子供たちが、次から次へと舞踏室になだれ込んでくる。孤児たちだわ。わたしの子供たち。

ドアの近くにいた客たちは野生の牛の大群に遭遇したかのように、金切り声をあげて壁際に逃げた。楽団は演奏をやめ、ダンスをしていたカップルたちは抱き合ったまま、フロアの真ん中に取り残された。

「反乱だ！」クラレンスが青い顔で叫んだ。

下層階級が暴動を起こしたと思ったのは彼だけではなかった。レディー・ハレングローヴはその場で気絶し、客たちは給仕係を押し倒して庭園に続く出口へと殺到した。

そのときエヴリンは、大混乱の中央にそびえる人影に気づいた。セイントだわ。彼は腕にローズを抱きかかえ、ボンド・ストリートでショッピングを楽しんでいるような表情だ。

セイントの合図で子供たちが室内に散らばったことに気づいたエヴリンは、この混乱がすべて彼の企みであることを悟った。アルヴィントン卿は飲み物の並んだテーブルに倒れ込み、ランドールとマシューと年長の少年があとふたり、ヴィクターを取り囲んでいる。

〝なにをするつもり？〟エヴリンはセイントを見つめ、声を出さずに口を動かした。これが喜ぶべきことなのか、恥ずべきことなのか、見当がつかない。

セイントは彼女を無視してヴィクターの前に進み出た。「やあ、ミスター・ラディック。元気かい？」よく通る声で言う。

招待客たちの騒ぎが不意に静まった。すぐさま危険が身に及ぶことはないと、だれもが判断したようだ。エヴリンは握った手を放そうとしないクラレンスを引きずりながら、セイントとヴィクターがいるほうへ向かった。

「いったいなんの真似だ、セイント・オーバン卿？」ランドールの頭越しにヴィクターが怒声をあげた。「きみには警告したはず――」

セイントがポケットからなにかを取り出した。「さあ、これを見ろ。きみは財務大臣補佐に任命された」ヴィクターの胸もとに羊皮紙を押しつける。「おめでとう」

「いったい――」

セイントはヴィクターに背を向け、今度はまっすぐエヴリンのほうに近づいてきた。心臓が早鐘を打つ。やってのけたのね、セイント。アルヴィントンを負かし、ヴィクターのために閣僚の座を手に入れたのね。

「ちょっと頼むよ」セイントはクラレンスの腕にローズを預けた。

「あなたがわたしのパパなの？」ローズがすかさず言った。セイントに教え込まれたに違いない。

「えっ、いや……ぼくは……」

セイントがエヴリンの前に歩み出た。「やあ」声は穏やかだ。

彼女は息をするのもやっとだった。「こんばんは」

彼はエヴリンの両手を取った。「きみの子供たちを連れてきたよ」

「ええ」

「この子たちはきみを必要としている」

舞踏室は水を打ったように静まり返っている。ふたりの会話の一言一句を、客たちは耳を澄まして聞いているはずだったが、エヴリンにはどうでもよかった。セイントが来たのだから。こうして手を握られているのだから。

「わたしもきみを必要としている」

「セイント——」

「マイケルだ」

「マイケル、いったいどんな手を使ったの？」

彼が首をかしげ、口もとに官能的な笑みを浮かべると、エヴリンの膝が震えた。「きみがヒントを与えてくれたんだ。読書会のレディー・ベッソンを紹介してくれたのもきみだ。きみの願いをかなえるために、わたしはなんでもすると言ったろう?」

彼女の頬を熱い涙が濡らした。「ありがとう。心から感謝しているわ」

セイント――マイケルは荒い息を吐き出すと、不意に床に片膝をついた。「わたしはきみに嘘をついた」低い声で言う。

「えっ?」エヴリンは一瞬めまいに襲われた。もう会えないとでも言われたら、この場にうずくまって死んでしまうかもしれない。

「わたしには人間らしい心などないと、いつかきみに言ったね」セイントは彼女を見あげ、かすかに声を震わせた。「だが、どうやらわたしにも人間らしい心があったらしい。きみに出会うまで気づかなかった。きみが心に明かりをともしてくれたんだ。わたしの魂がきみを必要としている。きみが気づかせてくれた心のすべてで、きみを愛している。きみなしで生きていくことは可能かもしれないが、そんな人生ならいらない。エヴリン・マリー、わたしと結婚してくれ」

エヴリンは立っていられなくなった。膝をついてセイントの腕の中に身をうずめ、彼が消えてしまわないように両手で肩を抱きしめた。「愛しているわ」彼の頬に唇を寄せてささやく。「心から愛してる。あなたはわたしの夢をかなえてくれたのね」

「きみがその方法を教えてくれたからだよ」セイントはエヴリンの腕をつかみ、体を離して顔を見つめた。「結婚してくれ」

「ええ、マイケル。あなたと結婚します」

彼はほほえんでポケットに手を入れ、ベルベットの小箱を取り出すと、蓋を開けてエヴリンに差し出した。そこにはダイヤモンドの指輪が燦然《さんぜん》と輝いていた。ダイヤモンドのまわりで銀のハートがきらめいている。セイントは箱から指輪を取って彼女の指に滑らせ、身をかがめてキスをした。子供たちのはやしたてる声がぼんやりと聞こえ、エヴリンは彼と唇を合わせながら笑い声をもらした。

「あなたを紳士らしく変身させようと、あらゆる努力をしたのよ」彼女はセイントに助けられて立ちあがった。「それなのに最近、無作法なワルに魅力を感じてしまうの」

二度と放さないとでもいうように、セイントも彼女の手を握ったまま立ちあがる。「それはよかった。きみの前では紳士らしい振る舞いなどできそうもない」

舞踏室の向こう側で、ジョージアナとデアとルシンダが歓声をあげていた。エヴリンは笑い、セイントのたくましい肩にもたれた。〝次はあなたの番よ〟ルシンダに向かって口を動かす。

「ワルツを頼む」セイントが楽団に向かって叫んだ。

子供たちに取り囲まれていたレディー・ドーチェスターが青白い顔のまま、頭を振りながらダンスフロアに歩み出た。「これはいったいなんの真似ですの？　プロポーズをここでなさるのはかまわないけれど、この薄汚い子供たちはここになんの用もないはずですわ。さっさと追い出してくださいな」女主人は金切り声で言った。

「なぜです？」セイントは軽やかなステップを踏みながら、無作法なほど強くエヴリンを抱きしめた。「この子たちはワルツを踊れますよ」

訳者あとがき

「態度の悪い男性を教育し直して、立派な紳士に変身させましょう」仲よし三人組、ジョージアナ、エヴリン、ルシンダが誓い合ってスタートした恋のレッスン。第一作目ではジョージアナがデア子爵トリスタン・キャロウェイをターゲットに選び、はからずも幸せな結婚に至りました。本書はシリーズ三部作の第二作目にあたります。

友人たちと約束し合った日から一年、今回の主人公、エヴリン・ラディックは、下院議員の座を狙う兄、ヴィクターの操り人形のような日々を送っていました。兄の支援者を募るために、社交界の催しに駆り出されては、有力者たちに愛嬌を振りまかなくてはならないのです。厳格なうえに政界進出の野望に燃えたヴィクターは、家族が自分に協力するのは当然と言ってはばからないのですから、レッスンの対象とすべきはこの兄かもしれません。

兄の従順な駒《こま》としての役割を果たしながらも、そんな日常に変化をもたらしたいと願っていたエヴリンは、孤児院でボランティア活動をしようと思いつきます。ところが孤児院の理事長はロンドン社交界きってのプレイボーイで、女性たちとの醜聞が絶えないセイント・オーバン侯爵。彼はエヴリンのボランティアの申し出を、暇な小娘の道楽だと突っぱねます。

それでもなんとか活動の許可を得たものの、彼女の前には次々と試練が……。兄への義務感、孤児たちへの使命感、そして正義感と自立心。さまざまなジレンマに思い悩むエヴリンですが、セイントとのかかわりを通じて、彼女自身も大人の女性へと成長していきます。

時は一九世紀初頭、精神に異常をきたしたジョージ三世に代わって、皇太子が政務をとった英国摂政時代。父親の精神障害の原因とさえ言われたほど無節操な摂政皇太子のエピソードに加え、英国議会の裏側や政界の駆け引き、文学や演劇など興味深い話題が盛りだくさん。ヒストリカル・ファンには見逃せない作品です。

作者のスーザン・イーノックは、カリフォルニア生まれのカリフォルニア育ち。シェークスピアをこよなく愛し、『スター・ウォーズ』のマニアックなファンでもある彼女は、愛犬のケイティーと独身生活を謳歌しています。

一九九五年、英国を舞台にしたヒストリカル・ロマンスでデビューして以来、彼女の作品は『ロマンティック・タイムズ』誌のレビュアーズ・チョイス賞にノミネートされるなど、数々の高い評価を得ています。最近では現代ものにも挑戦し、『パブリッシャーズ・ウィークリー』誌などで好評を博しました。彼女の作品の魅力は、なんといっても個性あふれる登場人物とスパイスのきいたユーモア。華やかな社交界を舞台に、三人の愛すべきレディーたちが繰り広げる波乱万丈の〝恋のレッスン〟を、どうぞお楽しみください。

二〇〇九年七月

ライムブックス

天使《てんし》の罠《わな》にご用心《ようじん》

著 者 スーザン・イーノック
訳 者 高村《たかむら》ゆり

2009年8月20日 初版第一刷発行

発行人 成瀬雅人
発行所 株式会社原書房
〒160-0022東京都新宿区新宿1-25-13
電話・代表03-3354-0685 http://www.harashobo.co.jp
振替・00150-6-151594
ブックデザイン 川島進(スタジオ・ギブ)
印刷所 中央精版印刷株式会社

落丁・乱丁本はお取り替えいたします。
定価は、カバーに表示してあります。
 ISBN978-4-562-04367-5 Printed in Japan